W0405872

Mortelle confidence

HEATHER GRAHAM

Mortelle confidence

BestSellers

Titre original : NIGHTWALKER

Traduction française de JEAN-CHRISTOPHE NAPIAS

HARLEQUIN®
est une marque déposée par le Groupe Harlequin

BEST-SELLERS®
est une marque déposée par Harlequin S.A.

Photos de couverture
Paysage : © ROYALTY FREE / M. GILE
Maison & champs : © PAUL MASON/GETTY IMAGES

Si vous achetez ce livre privé de tout ou partie de sa couverture, nous vous signalons qu'il est en vente irrégulière. Il est considéré comme « invendu » et l'éditeur comme l'auteur n'ont reçu aucun paiement pour ce livre « détérioré ».

Toute représentation ou reproduction, par quelque procédé que ce soit, constituerait une contrefaçon sanctionnée par les articles 425 et suivants du Code pénal.

© 2009, Heather Graham Pozzessere. © 2010, Harlequin S.A.
83/85, boulevard Vincent-Auriol, 75646 PARIS CEDEX 13.
Service Lectrices — Tél. : 01 45 82 47 47
www.harlequin.fr

ISBN 978-2-2802-1290-8 — ISSN 1248-511X

Pour mes amis de Vegas,
Dan Frank, Adam Fenner, Shelley
Martinsen et Dick Martinsen,
et avec une affection toute particulière pour
Lance Taubold et Rich Devin

Prologue

Nevada, 1876

Il était question d'une cage dorée dans la chanson que Milly Taylor interprétait, accompagnée au piano par George Turner, un sang-mêlé aux origines diverses. Et il semblait bien que le saloon se fût lui aussi transformé en cage, une cage de fumée échappée des cigares et des cigarillos. Elle formait comme une nappe de brouillard grisâtre qui planait au-dessus des clients, les enveloppait par endroits, épaissie par cette poussière du désert qui paraissait ne jamais vouloir se déposer. Dehors, la sphère enflammée du soleil disparaissait à l'horizon.

— Je veux voir ton argent, le métis…

John Wolf resta impassible. Pas même un battement de paupières. Il savait que Davison cherchait juste à l'énerver. Il avait une quinte flush à l'as en main et il y avait beaucoup d'argent au milieu de la table, mais la somme en jeu lui importait peu. Il était détendu, et pas seulement à cause de sa désinvolture habituelle. Non… Il revenait d'un voyage qui pouvait leur changer la vie à tous, ici. Il attendait simplement l'arrivée de Mariah pour rendre la nouvelle publique.

Il se laissa aller contre le dossier de sa chaise. Davison

perdait son temps. Si John avait appris quelque chose, en grandissant dans ce désert de sable sans foi ni loi, entre deux mondes, c'était à ne rien laisser paraître de ses émotions.

— Je relance de deux, continua Davison.

L'homme était arrivé de l'Est avec de l'argent qui lui venait de sa famille. Il avait aussi des manières. Qu'il perde ou qu'il gagne, il donnait toujours un pourboire au barman et aux filles ; ça, au moins, c'était bien. Mais il s'était lié à Frank Varny et sa bande et ça, ça l'était beaucoup moins.

— Deux dollars, répéta-t-il, les joues légèrement colorées.

— Deux dollars, fit John, imperturbable, en faisant glisser la somme au milieu de la table.

A l'expression de son adversaire, il comprit que ce dernier s'attendait à ce qu'il se couche.

— Je vous rappelle qu'il s'agit d'une partie de poker amicale, les gars…

C'était Grant Percy qui venait de parler. Percy… le soi-disant shérif. Malgré l'insigne qu'il portait, ce n'était pourtant pas lui qui faisait la loi dans la ville, mais Frank Varny.

Varny s'était imposé par la force et conservait à présent son pouvoir par l'intimidation. Ou on était de son côté, ou on allait faire un tour dans le désert, avec sa mule et son piolet. Et seuls la mule et le piolet revenaient.

Mais aujourd'hui, John le savait, les choses allaient changer. Une fois que Mariah l'aurait rejoint, tout le reste n'aurait plus d'importance. Mariah était la bonté même, l'être le plus honnête qu'il ait jamais rencontré et il allait lui livrer l'information dont elle avait besoin pour qu'enfin les gens d'ici — pas seulement la tribu, mais tous ceux qui souffraient depuis trop longtemps de l'emprise de Varny sur cette ville — redécouvrent que la vie méritait d'être vécue.

Percy remua sur sa chaise et abandonna ses cartes sur la table, sans un mot.

— Je me couche aussi, dit alors Ringo Murphy, le quatrième et dernier homme autour de la table de poker. Alors montrez-nous vos cartes…

Murphy était un joueur invétéré. On racontait qu'il avait été propriétaire d'un ranch, dans le Missouri, jusqu'au jour où tout son univers s'était effondré. Il était devenu tireur d'élite pendant la guerre civile et, depuis qu'elle était terminée, il courait après un rêve de richesse et de confort. Il était fin mais musclé, et ne se laissait pas impressionner par qui que ce soit. Il s'adossa à sa chaise, laissant voir ses deux revolvers, dans leurs holsters d'épaule. Chaque arme avait un nom gravé sur le canon : Lolo et Lilly.

— Allez, Davison ! fit-il avec impatience. J'aimerais revenir dans le jeu !

Davison lui ressemblait, physiquement. Lui aussi était plutôt maigre, avec la peau tendue sur les os. Excellent tireur. Toute sa force reposait sur les Colt qu'il portait à la ceinture.

John était armé également. Il ne se séparait jamais de ses Colt, des six coups à canon double, ce qui lui donnait un coup supplémentaire par revolver. Il avait encore deux poignards à la cheville, dans des étuis en cuir. Rien de méchant. Rien d'anormal non plus : être armé, ici, était une simple question de survie…

— Je suis, fit Davison d'un ton bourru.

John abattit ses cartes sur la table.

Au même moment, les portes battantes du saloon s'ouvrirent à la volée. La silhouette d'un homme se dessina dans l'ouverture, sur le rouge profond du ciel que le soleil couchant embrasait.

Frank Varny.

Comme prévu…

Sauf que le minutage était mauvais. Varny était en avance ; il ne devait pas quitter son « bureau » des collines avant la nuit.

— Wolf ! cria-t-il d'une voix qui fit l'effet d'un rugissement.

John ne tressaillit même pas. Il réprima un juron et ne répondit pas au nouveau venu. Alors qu'il avait prévu jusqu'au moindre détail, quelqu'un l'avait trahi ! Varny n'aurait pas dû savoir qu'il était de retour. Pas avant que Mariah n'arrive.

La fumée commençait à se dissiper et la plupart des clients se levèrent et gagnèrent en hâte la porte de derrière, sans même chercher à dissimiler leur peur. On aurait dit des feuilles emportées par un tourbillon de vent.

Même le barman disparut derrière le comptoir. Milly Taylor lança quelques dernières notes, *a capella* : son pianiste était déjà dans l'escalier, courant se cacher à l'étage.

Seul John semblait ne pas avoir remarqué l'arrivée du nouveau venu.

Or Frank Varny n'aimait pas qu'on l'ignore. Il s'avança à grands pas dans la salle, si habitué à incarner la loi qu'il ne remarqua même pas l'étincelle de contrariété dans les yeux de Ringo Murphy.

Davison leva les yeux nerveusement, en même temps qu'il exposait ses cartes, d'un geste réflexe.

John avait gagné.

— Mon flush est meilleur que le tien, fit-il remarquer, avant de se pencher pour réunir les dollars en or amassés sur la table.

— Bien… marmonna Muphy. Maintenant, on peut tous revenir dans la partie.

— Elle est terminée, la partie ! déclara Varny.

Quatre de ses hommes venaient à leur tour de faire irruption dans le saloon. Ils avaient les mains posées sur la crosse des revolvers qu'ils portaient à la ceinture.

— Distribue, dit John à Grant Percy.

— Allons, allons…, fit le shérif, en s'humectant les lèvres. On dirait que M. Varny doit d'abord te parler, John…

John tourna son regard du côté des portes battantes et aperçut une boule d'herbes sèches dansant dans le vent qui s'était soudain levé. Il observa le soleil, plus sombre, presque cramoisi, comme le sang séché d'un cadavre. Du coin de l'œil, il estima la position des hommes de Varny.

Varny s'approcha de la table, se pencha et tapa du poing dessus.

— Tu as trouvé la veine, Wolf ? C'est ça ? Je te rappelle que c'est ma terre ! Et que c'est donc mon or !

John consentit enfin à le regarder et lui sourit.

— C'est la terre des Paiute, déclara-t-il avec calme.

Réunissant lui-même les cartes, il entreprit de les battre.

— Je suis allé faire une revendication en propriété à Carson City et j'ai pris possession, au nom de la tribu paiute, de la terre qui lui appartenait autrefois, avant que vous autres, les Blancs, arriviez et nous l'enleviez. Là-bas, dans les bureaux de Carson City, ils n'ont pas peur de toi, Varny. Ils croient en quelque chose qui s'appelle la loi ! La revendication s'est donc faite sur une terre *paiute*, mon ami…

Ringo Murphy laissa échapper un grognement et dévisagea les deux hommes.

— On joue aux cartes, ici, oui ou non ?

— La ferme ! lui intima Varny. On est en train de parler affaires.

— Débarrasse le plancher, Varny ! reprit John. Je te l'ai dit, cet or appartient aux Paiute…

L'homme paraissait sur le point d'exploser de fureur et John n'en apprécia que davantage son triomphe.

— C'est *mon* or et tu vas me dire où il se trouve, saloperie de Peau-Rouge !

— Quelqu'un distribue ? demanda Murphy d'une voix étale. J'aimerais bien me refaire, moi…

— On joue dans un instant, lui assura John, qui se tourna de nouveau vers Varny. En réalité, je suis à moitié indien. Ma mère était blanche. Elle travaillait dans ce saloon, quand elle a été enlevée. Mais elle a très vite compris que sa vie de prisonnière chez les Paiute était de loin préférable à celle de serveuse ici.

— Une serveuse ? Une pute, tu veux dire !

Varny avait lâché ces mots comme il aurait craché par terre.

John soutint son regard.

— Quoi qu'elle ait fait dans sa vie pour s'en sortir, elle valait bien mieux que toi. Tu n'es qu'une ordure, un assassin !

Varny dégaina, aussitôt imité par ses hommes. John n'avait plus le choix : il devait se défendre.

Il se leva et renversa la table d'un coup de pied pour s'abriter derrière. Il tira ses revolvers de ses holsters et vit que Murphy faisait de même, équilibrant très légèrement les forces en présence.

Les premiers coups de feu claquèrent. Grant Percy et Davison plongèrent pour se mettre à l'abri, tandis que Milly Taylor s'accroupissait derrière le piano en hurlant.

John eut alors l'impression que le mouvement du monde

se ralentissait, lui permettant de voir et d'analyser en détail ce qui se passait.

Murphy était bon tireur. Rapide. Sûr. L'œil aiguisé. Alors que le shérif rampait pour aller se réfugier sous une table voisine, Murphy, sans bouger, fit claquer ses deux revolvers. John distingua clairement le bruit sourd des balles qui trouvaient leurs cibles. Deux des hommes de Varny s'écroulèrent, libérant tout un flanc.

Dans le même temps, lui-même tirait sur les deux autres hommes de main.

Toujours le même bruit sourd, sinistre, et le sang qui jaillissait des poitrines et venait ruisseler sur le sol.

Les quatre hommes de Varny étaient morts, mais Ringo Murphy lui aussi avait été touché. Il regarda John, murmura un « désolé, partenaire » à peine audible et s'effondra. Dans sa chute, il heurta la table voisine qui n'avait été d'aucune utilité au shérif, allongé dessous, ses yeux vitreux ouverts sur la mort. Davison n'avait pas été mieux protégé. Effondré sur Percy, la veine jugulaire sectionnée par une balle, il se vidait de son sang, qui coulait en une rivière sombre et épaisse, en se mêlant à la poussière du sol.

Milly Taylor, prostrée contre le piano, sanglotait. Derrière elle, le mur était criblé d'impacts.

Quant à Varny, il était toujours debout, bien que touché au bras droit.

C'était entre John et lui que cela se passait, maintenant. Que tout devait être dit, une fois pour toutes…

Ils se tenaient au milieu de ce carnage et se fixaient l'un l'autre.

— T'es un sacré veinard de fils de pute ! le provoqua Varny. Sans ton copain, là, qui a buté Riley et Austin, tu serais mort. Jamais tu n'aurais pu les tuer tous les quatre.

— Le monde est plein de ce qui aurait pu se passer, déclara John d'une voix égale.

Varny grimaça un sourire.

— Je vais être obligé de te tuer, tu sais… Alors que si tu me donnais l'or, je te laisserais la vie sauve. Pourquoi résister ? Tu vas encore me sortir tes histoires à dormir debout sur le peuple de ton père ? Tout à l'heure, tu as dit que c'était ta terre. De quoi s'agit-il, au juste ? D'héroïsme déplacé, ou de cupidité personnelle ?

John haussa les épaules.

— Héroïsme déplacé ? Ceux qui sont venus ici les premiers ont besoin de cette terre. Et ils vont se la partager. Toi, tu as déjà plus que ce qu'il faut à un homme dans toute une vie. D'ailleurs, il y a une rumeur qui court, comme quoi tu aurais du sang indien, toi aussi…

— Mensonges !

— Tant mieux. Les nations indiennes n'ont pas besoin de gens comme toi.

Varny avait repris son calme et parvint à esquisser un sourire, même si une veine, au niveau de sa gorge, palpitait fort, témoignant d'une tension qu'il cherchait à camoufler.

— Et ta moitié blanche, mon garçon, qu'est-ce que tu en fais ?

John haussa un sourcil. Mon garçon ?

— Ma mère est morte et je n'ai jamais rien su de sa famille. Mais il ne s'agit pas de couleur de peau, de rouge ou de blanc. C'est de cupidité dont il est question ici. De la tienne. Tu as causé beaucoup de problèmes, depuis la guerre Paiute, en enlevant les femmes dans les villages, puis en t'en débarrassant comme de détritus. Et quand leurs maris, leurs pères et leurs frères sont venus te réclamer des comptes, tu as réussi à les tuer ou à les faire pendre. Pour autant que je sache, tout ce qui t'a jamais intéressé, c'est l'or. L'or paiute. Mais tu ne l'obtiendras pas. Cette terre et l'or qui s'y trouve appartiennent maintenant à la tribu !

Les yeux de Varny s'emplirent de rage. Mais il resta à distance, sans tirer. John se dit qu'il était peut-être à court de munitions. Avec six armes qui tiraient en même temps, il n'avait pas été simple de compter, mais si Varny avait ses habituels vieux Colt de l'armée, les barillets de ses revolvers étaient probablement vides.

— J'ai quelque chose que tu veux autant que je veux cet or, John Wolf…

Varny avait un sourire glacé, triomphant.

John resta impassible. Qu'avait-il à perdre, à présent ? Les choses ne s'étaient pas déroulées comme il l'avait prévu, et c'était maintenant entre eux deux que cela se passait. S'il mourait, ce salaud mourrait avec lui.

— Tu pensais vraiment que j'aurais abattu mes cartes aussi vite, Wolf ? Tobias ! Amène-toi !

Tobias était un gros type imposant, aux longs cheveux couleur paille, mais pas assez impressionnant cependant dans l'absolu pour inquiéter John. Sauf que cette brute entra dans le saloon, traînant avec lui une prisonnière terrifiée.

Mariah !

Elle portait sa tenue en daim et ses mocassins ; ses cheveux étaient nattés, ainsi qu'il convenait à une jeune fille paiute. Une parfaite Indienne, sauf qu'elle avait les yeux plus bleus qu'un ciel sans nuages à midi et que sa peau avait la pâleur diaphane de la porcelaine. Elle était de ces gens, rares, qui trouvent le bonheur et l'harmonie où qu'ils aillent ; elle adorait sa famille d'adoption autant qu'elle avait aimé son père blanc, avant qu'il meure et qu'elle soit accueillie par la tribu. Elle était la voix de la droiture et de la paix.

— Je vais la tuer, dit Varny d'un ton uni, sans la moindre émotion dans la voix. Je m'amuserai d'abord un peu avec elle, sauf qu'elle est si timide que ça risque de n'avoir rien d'amusant. Mais qui sait ? J'essaierai. En fait, je préfère les femelles vicieuses et sauvages, comme Milly. Mais pour cet or je suis disposé à faire des efforts. Et puis il y a d'autres façons de procéder, pour obtenir un renseignement… Une balle dans la rotule, par exemple. Ça fait un mal de chien… Je parie que tu te montrerais plus bavard et conciliant !

La première pensée qui s'imposa à John, c'était qu'il était prêt à tout, absolument tout, pour sauver la vie de Mariah. A abandonner tout l'or de l'univers, à renoncer au salut du monde, rien que pour lui rendre la liberté. Il était prêt à déposer les armes à terre et à donner à Varny ce qu'il demandait.

Mais ça ne servirait à rien. Une fois qu'il aurait l'or, Varny les tuerait tous les deux, quoi qu'il en ait dit, probablement même les torturerait-il avant pour le plaisir.

— Eh bien ? fit Varny d'un ton pressant.

C'est incroyable, pensa John, qu'il n'ait pas compris la vérité au sujet de l'or.

— Ne lui donne rien ! cria Mariah, en essayant vainement de se libérer de Tobias. Rien du tout !

Ses yeux étaient illuminés de haine, ce qui eut pour conséquence d'exciter Varny.

— Notre jeune fille n'est peut-être pas si ennuyeuse que ça, tout compte fait, dit-il.

Durant la poignée de secondes qui restait avant que la situation ne lui échappe totalement, John passa en revue ses options. Elles étaient peu nombreuses. Il ne devait compter sur aucune aide. Ringo gisait au sol, mort, et c'était le seul qui avait été assez fou pour oser lui apporter son soutien.

Quelles étaient ses chances ? Il pouvait abattre Varny, mais pouvait-il le faire *et* sauver Mariah ? Peut-être… S'il essayait de négocier, s'il gagnait du temps, si Varny était le premier à…

Non, sans second tireur, la situation était désespérée.

Il releva pourtant brusquement les canons de ses armes et tira à la vitesse de l'éclair, avec ses deux revolvers.

Une balle pour Tobias, une pour Varny…

Mais Varny était rapide, lui aussi.

Si ses deux balles atteignirent leurs cibles, celle de Varny le toucha en pleine poitrine.

Curieusement, il n'éprouva aucune douleur. Juste l'impact de la balle et puis le froid.

Un froid glacé.

On racontait toujours que ce genre de mort était instantané.

Elle ne l'était pas. John eut conscience de beaucoup de choses, alors qu'il mourait.

Il vit le visage de Mariah, sa bouche qui dessinait un O sur un cri silencieux, en même temps qu'il tombait. Il essaya de formuler ce qu'il devait lui dire, mais il ne sut pas si ses lèvres bougeaient, ni si un son les franchissait. Il n'était même pas certain que cela ait encore de l'importance.

Au moins Mariah était-elle libre. Elle vivrait. Une fois encore, il tenta de lui parler de l'or et de la terre. L'avait-elle compris ?

La mort emprisonnait les mots dans sa gorge… Elle vint, avec sa lumière blanche, sur laquelle tomba un rideau de ténèbres. John n'eut bientôt plus conscience de rien, pas même de cette poussière omniprésente qui se mêlait à son sang par l'écoulement duquel sa vie s'échappait…

1

— Un double cinq, ma belle, sortez-nous un double cinq !

La voix de Coot Calhoun était reconnaissable entre toutes, autour de la table. Une voix nasillarde, avec un fort accent texan. Coot était probablement un surnom, mais c'était comme cela que tout le monde l'appelait. Un type bien. Pas un de ces losers qui traînaient dans la ville. C'était un habitué, ici, et Jessy l'avait aussi vu au Big Easy. Il avait hérité d'un des plus gros champs de pétrole du Texas. Il était marié et il aimait sincèrement sa femme, Minnie — encore un surnom, Jessy en était persuadée. Il distribuait de bons pourboires parce qu'il était généreux et non parce qu'il attendait en retour la moindre faveur.

— Je fais ce que je peux, Coot, je fais ce que je peux…, lui assura-t-elle.

Et elle pria pour sortir un double cinq. Elle voulait faire plaisir à Coot, mais elle pensait surtout à Timothy, son grand-père.

Il régnait maintenant une très grande tension autour de la table. Des plaques et des jetons de couleur étaient éparpillés sur le tapis. Pour une valeur de plusieurs milliers de dollars…

Si elle était là, en train de jouer au Vegas Sun, c'était

parce qu'elle n'avait pas le droit de le faire au Big Easy, où elle travaillait. Le Sun était la propriété d'un milliardaire depuis longtemps dans l'industrie du casino. Le Big Easy, lui, appartenait à Emil Landon. Un homme riche, très riche, arrivé récemment dans l'univers du jeu.

Cet univers, Jessy le connaissait bien. Elle avait été donneuse, hôtesse, serveuse, barmaid, chanteuse, danseuse et même acrobate durant une courte période à Vegas, un endroit qui n'avait plus aucun secret pour elle. Elle ne jouait jamais d'ordinaire : elle avait appris, il y avait de cela très longtemps, qu'il ne fallait pas jouer, parce que c'était toujours la maison qui gagnait.

Mais on était dans la ville de tous les mirages, la ville de tous les miracles… Il n'était pas rare que des hommes et des femmes s'élèvent en une nuit comme des météores jusqu'au sommet du ciel, pour redescendre tout aussi vite. C'était risqué de braver les dieux de Vegas ! Ils n'étaient jamais du côté des joueurs.

Pourtant, elle était là ce soir, prenant un risque stupide, désespéré, défiant les lois de la probabilité.

Pour ça, oui, elle était une belle idiote d'être venue s'asseoir à cette table de craps avec tout ce qui lui restait d'économies ! Elle travaillait à Vegas, elle y avait grandi. Elle avait vu tous ces gens qui se retrouvaient sur le pavé. Elle avait eu le loisir de les observer, les pauvres, les pathétiques, les alcooliques, les drogués, tous à tenter le gros coup.

Mais elle était là pour Timothy et ça, ça changeait tout…

— Ma belle, ma toute belle, ma jolie toute belle, vas-y… un double cinq ! l'encouragea un autre homme.

Il était jeune. Ivre. Il avait probablement trop d'argent sur le tapis et trop d'alcool dans le sang.

Jessy avait conscience de tous ces gens qui la regardaient. Elle sentait la tension, autour d'elle. Elle avait trouvé cela plutôt amusant, au début, mais à présent elle éprouvait une forme de malaise. Même Darrell Frye, un des chefs de table du Sun, la jaugeait du regard, comme s'il craignait qu'elle ne soit sur une de ces séries de lancers qui défiaient complètement les lois de la probabilité.

— Dix, dix, dix ! répéta une femme avec ferveur.

Emaciée, le regard hagard, elle portait une robe qui avait eu du style vingt ans plus tôt, quand elle-même était encore une jolie femme. A présent, ses traits portaient le poids des ans. Elle sourit à Jessy, qui lui sourit en retour.

— Allez-y, maintenant ! dit quelqu'un. Lancez-les, ces dés !

Ce qu'elle fit.

Les dés commencèrent à rouler, puis ils rebondirent et quittèrent la table sous ses yeux horrifiés.

— C'est bon, ce n'est qu'un jeu, fit une voix masculine et profonde.

Jessy leva les yeux. L'homme qui venait de parler se trouvait sur sa gauche, un peu en arrière. Elle l'avait déjà remarqué. Difficile de ne pas le faire ! Il n'était pas séduisant au sens habituel du terme, ni véritablement beau, mais il avait ce qu'on pouvait appeler de la présence. Grand, les épaules larges, il réussissait à paraître à la fois nonchalant et élégant, avec un brin de rudesse pour pimenter le tout.

Elle lui sourit. Il n'était pas ivre ; il sirotait le même verre depuis qu'elle avait commencé d'observer ceux qui entouraient la table. Elle dépassait le mètre soixante-quinze au naturel et portait des talons, pourtant il la dominait d'au moins dix centimètres. Il avait des yeux foncés et des cheveux très noirs. Ses pommettes incroyablement saillantes évoquaient une ascendance indienne. Il était tout simplement superbe, avec sa chemise blanche à fines rayures ouverte sur son cou, une veste joliment assortie et un jean noir. Il n'avait pas risqué de grosses sommes, mais il avait joué en donnant l'impression de savoir ce qu'il faisait ; il avait toujours misé le même montant. Il semblait attendre autre chose que le verdict des dés.

Il leva son verre en direction de Jessy, puis tourna son regard vers le donneur, en jetant deux jetons de cent dollars.

— Un double cinq pour moi… et pour la lanceuse, dit-il.

— Vous n'avez pas besoin de…

— Jessy, ma douce, contentez-vous de lancer, la coupa Coot.

Il se tourna vers le croupier, en ramassant lui aussi deux jetons.

— Mon argent sur la petite dame. Mettez ça sur le double cinq, je vous prie. Un pour moi, un pour elle…

Et il lança ses jetons de cent dollars.

D'autres jetons furent alors misés sur le double cinq, dont de nombreux pour elle, et Jessy sentit que son visage s'embrasait.

— Merci, murmura-t-elle à l'adresse de l'homme qui était à l'origine de tout cela.

Un double cinq, appelé aussi « hard ten », payait très bien et avec tous les jetons sur la table la pression était à son comble. Mais il y aurait beaucoup d'argent perdu, si jamais elle échouait.

— Ne vous inquiétez pas, la rassura son séduisant bienfaiteur. Vous allez le faire sortir, ce double cinq. Et si ça n'est pas le cas, tant pis. Le mal ne sera pas grand. Je ne risque jamais plus que ce que je peux me permettre de perdre.

Elle aurait aimé pouvoir en dire autant. Mais en cet instant elle n'avait pas d'autre choix que de tout risquer. Si elle ne revenait pas avec beaucoup d'argent, elle n'aurait pas de quoi payer pour que Timothy, son grand-père, reste dans la résidence spécialisée où il vivait. Elle revit le visage de M. Hoskins, alors qu'il lui déclarait, impavide : « Je suis désolé, mademoiselle Sparhawk, mais on ne peut rien y faire. J'ai été aussi patient que possible. Malheureusement, si je n'ai pas ces trois mille dollars demain matin, vous devrez trouver un autre endroit. »

Elle haïssait ce Hoskins, avec ses grosses lèvres et son nez en trompette. Si c'était bien lui qui dirigeait la Hawthorne Home, ce n'était pas lui qui s'occupait de Timothy, heureusement ! Son grand-père adorait Jimmy Britin, l'aide-soignant, et Liz Freeze, son infirmière. Et aussi le Dr Joe, un homme merveilleux qui travaillait à la résidence pour être en mesure de donner de son temps dans plusieurs refuges de la région.

Un double cinq… Si elle faisait sortir un double cinq, un « hard ten », ce n'était pas juste sa mise de cent dollars qu'elle récupérerait, mais dix fois cette mise ! Beaucoup d'argent pour permettre à Timothy de rester là où il avait besoin d'être.

Elle inspira et lança les dés.

— Double cinq ! Double cinq !

C'était comme un chant, une psalmodie, autour d'elle.

Jamais elle n'avait vu des dés rouler aussi longtemps sur une table de craps.

Un quatre et un trois…

Des grognements s'élevèrent autour de la table, car un sept signifiait qu'elle devrait passer la main.

Mais les dés n'en avaient pas fini de rouler…

Un cinq et un trois…

Un cinq et un deux…

Un cinq et…

Un cinq.

Un hard ten !

Les cris fusèrent instantanément, assourdissants. On applaudissait, on se tapait dans la main. Jessy ne savait pas trop qui l'avait soulevée et la faisait tournoyer, mais elle ne protesta pas. Pas plus qu'elle ne protesta quand on la serra, quand on lui tapa dans le dos, ou lorsqu'un Coot enthousiaste fit claquer un baiser légèrement alcoolisé sur sa joue.

Elle était bien trop stupéfaite.

Le seul qui ne vint pas la féliciter chaleureusement, le seul qui ne sauta pas au plafond, ce fut l'inconnu aux cheveux noirs. Il se contenta de la regarder, ravi et grave en même temps.

Jessy avait peine à croire au nombre de jetons qu'on poussait vers elle.

— Je vais encaisser, dit-elle au donneur.

Il fit une drôle de mine.

— C'est toujours vous qui lancez, lui rappela-t-il. Si vous quittez la table, tout ce petit monde va me lyncher. Continuez jusqu'à ce que vous deviez passer votre tour.

Elle glissa un regard sur le côté, vers l'inconnu aux cheveux noirs.

Il était parti.

Elle eut le sentiment étrange que les choses n'allaient plus aussi bien se passer, maintenant qu'il n'était plus là. Sentiment qui se confirma car, très vite, il lui fallut passer la main. Pourtant, alors qu'elle récupérait ses jetons — une somme supérieure aux trois mille dollars dont elle avait besoin —, on la fêta comme si elle était une célébrité. Elle remercia tout le monde et se tourna, impatiente de quitter cet endroit.

C'est alors qu'un homme massif lui arriva droit dessus.

Massif et immense. Bâti comme un garde du corps. Un homme chauve, dont les yeux étaient injectés de sang.

— Hé ! cria Coot avec indignation.

Cela n'arrêta pas l'homme, qui percuta Jessy avec tant de force qu'il la fit tomber sur la table, avant de s'écrouler sur elle comme une masse.

Elle était coincée et, quand elle tenta de soulever l'homme, elle en fut incapable. Elle voulut demander de l'aide à l'assistance, mais son appel fut couvert par un hurlement strident.

Elle sentit alors un liquide chaud couler sur elle et se débattit de plus belle sous le poids de l'homme.

Son poids *mort*…

Il la regardait de ses yeux fixes, étrangement vitreux, et ses lèvres se mirent à remuer.

Il ne prononça qu'un mot : « Indigo », puis sa bouche se pinça et quelque chose dans ses yeux, une lumière, s'éteignit.

Jessy essaya encore de se dégager. C'est alors qu'elle vit le couteau qu'il avait planté dans le dos et qu'elle-même se mit à hurler.

Dillon Wolf venait à peine de faire son entrée dans la partie « high roller », réservée aux flambeurs, quand il entendit crier. Il fit demi-tour et revint sur ses pas en courant, arrivant en même temps que la sécurité du casino à la table de craps qu'il avait quittée très peu de temps auparavant. La magnifique jeune femme rousse sur qui il avait parié essayait désespérément de se débarrasser d'un homme affalé sur elle. Dillon reconnut très vite le visage de l'homme en question : Tanner Green…

Bon sang ! Tanner !

Il avait passé la majeure partie de la soirée à surveiller

les entrées et sorties du casino, à essayer de comprendre qui fréquentait ce nouvel établissement, et la dernière chose qu'il aurait imaginée, c'était de tomber sur le cadavre de Green. Impensable ! Ce type était un pro, quand même ! Du moins l'*avait-il été...* Avant de renouer avec le monde civilisé, en travaillant notamment comme garde du corps, Green avait été mercenaire. Alors qu'on ait pu avoir par surprise un homme aussi aguerri était tout simplement inconcevable.

Cela dit, le fait que la police exigerait qu'on laisse le corps *in situ* n'empêchait pas Dillon d'aider la rousse à se libérer, n'est-ce pas ? Il se précipita donc vers elle.

— Hé ! protesta un des hommes de la sécurité.

Dillon l'ignora.

— Merci, dit la jeune femme, tandis qu'il soulevait le cadavre et lui permettait enfin de quitter la table et de se redresser.

Pendant un instant, leurs yeux se croisèrent. Elle les avait immenses. D'un bleu profond, radieux. Il put aussi noter qu'elle portait un parfum agréable. Et le contact de son corps contre le sien, un bref instant, n'avait rien de désagréable, loin de là...

Dès qu'il fut certain qu'elle tenait debout, il la relâcha et chercha son portefeuille dans sa poche, pour présenter ses papiers au responsable des agents.

— Dillon Wolf, détective privé, annonça-t-il. La police a été prévenue ?

— Oui, les secours ne devraient pas tarder...

Deux vigiles avaient déjà commencé à former un périmètre de sécurité autour de la table ; deux autres se précipitaient vers la porte de la salle pour la bloquer.

— Mon Dieu ! Il faut que je sorte ! s'écria une femme, paniquée. Il faut que je sorte !

— Calmez-vous ! lui intima Dillon d'une voix grave et autoritaire.

Il avait depuis longtemps appris que, dans les situations d'urgence, les gens n'obéissaient pas aux voix aiguës ; au contraire, ils devenaient encore plus hystériques.

La jeune femme rousse n'avait pas ouvert la bouche ; en revanche, elle tremblait beaucoup. Dillon vit dans ses yeux qu'elle se savait au centre d'une affaire de meurtre et qu'elle savait qu'elle devrait rester ici un long moment. Elle était superbe, vraiment superbe, avec un petit quelque chose en plus qu'il ne parvenait pas à définir et l'intriguait. Las Vegas regorgeait pourtant de femmes magnifiques — des girls, des serveuses, des actrices, des chanteuses... —, mais cette femme-là était différente.

Quand il l'avait remarquée pour la première fois, ses yeux lui avaient paru comme... hantés. Ce n'était pas la crainte de voir un rêve s'envoler, certainement pas la peur de perdre de l'argent. Non... Elle semblait redouter de perdre quelque chose de bien plus précieux. Elle lui avait donné l'impression que c'était son âme qu'elle jouait en lançant les dés.

Il coupa court à ses pensées. Il avait d'autres sujets de préoccupation dans l'immédiat. Un cadavre écroulé sur une table de craps. Et pas n'importe lequel : un cadavre qui se trouvait être celui de Tanner Green.

Un grand type qui en imposait arriva. Dillon reconnut Jerry Cheever, de la brigade criminelle de Las Vegas. Il était pratiquement sûr que Cheever le détestait, mais c'était un homme qui connaissait les règles du jeu. Ses patrons avaient dû lui donner l'ordre de laisser carte blanche à Dillon et, comme le policier tenait à son salaire et à son poste, il obéissait. Mais il aimait aussi s'attribuer le mérite des bons résultats sur une affaire, et il savait que Dillon avait un talent certain pour résoudre une enquête. Pas question pour lui, donc, de ne pas en tirer avantage.

D'autant qu'il avait conscience de ses limites et savait qu'il n'était pas le flic le plus doué de la planète.

— Personne ne bouge ! brailla-t-il, en entrant dans le périmètre. J'ai bien dit personne !

Puis son regard se posa sur le sang que le feutre vert de la table n'avait pas absorbé et qui souillait les jetons, avant de remonter jusqu'à Dillon.

— Wolf, tiens donc ! fit-il d'un ton sec, en découvrant sa présence sur les lieux. Que s'est-il passé ?

— Je n'étais pas présent. J'ai accouru en entendant des cris.

Cheever s'adressa alors à Jessy :

— Que s'est-il passé ?

— J'allais quitter la table. Cet homme est arrivé et… et il m'est tombé dessus.

— Vous le connaissez ?

— Je ne l'avais jamais vu.

— Vous en êtes sûre ?

— Certaine !

Elle tremblait encore légèrement et évitait de porter les yeux sur le cadavre, dont le sang avait taché ses vêtements.

— Vous êtes blessée ? lui demanda le policier.

Elle fit non de la tête.

— Bon sang, mais c'est Tanner Green ! s'écria alors Cheever, qui venait seulement de découvrir l'identité de la victime.

Il se tourna vers Dillon.

— Vous ne travailliez pas tous les deux pour… ?

— Si.

— Et vous n'étiez pas ensemble ?

— Non.

— Inspecteur Cheever… Le légiste est là, annonça un policier qui venait d'arriver.

— Faites-lui de la place. Mais personne ne sort d'ici, compris ?

Un murmure de protestation et d'impatience parcourut la foule des clients, mais Cheever ne parut pas en être troublé.

— Vous payez tout le monde et vous fermez vos tables, ordonna-t-il aux employés du casino.

Puis il se tourna vers d'autres policiers.

— Je veux des hommes postés à toutes les portes. Personne ne sort d'ici sans avoir présenté une pièce d'identité et une adresse valide en ville ! Ni sans avoir été interrogé… Pigé ?

Une autre rumeur suivit ces ordres, mais personne ne bougea. Pas même les employés du casino.

— Vous payez ! Tout de suite ! Je veux qu'on ferme toutes les tables. J'ai besoin d'un peu d'ordre, ici !

La situation parut soudain se débloquer. Le légiste, Doug Tarleton, un as dans son domaine, avait à moitié retourné le corps pour l'examiner superficiellement.

— Seigneur ! fit-il. C'est Tanner Green !

— Oui, dit simplement Dillon.

Cheever se tourna pour s'adresser de nouveau à Jessy.

— Et vous êtes… ?

— Jessy Sparhawk, répondit-elle sans se troubler.

— Que s'est-il passé exactement ?

Elle haussa les sourcils, puis expliqua posément :

— Je m'apprêtais à quitter la table. Je n'ai pas vu d'où venait cet homme. Il m'est tombé dessus et m'a plaquée sur la table. Je suis restée prisonnière jusqu'à ce que ce monsieur, précisa-t-elle en désignant Dillon, m'aide à me dégager. C'est tout ce que je sais.

— Vous le connaissiez ?

— Non, je vous l'ai déjà dit.

On pouvait au moins reconnaître aux hommes de Cheever qu'ils étaient efficaces ; ils avaient déjà investi les lieux, dans le calme. Dillon savait que certains d'entre eux étaient postés aux portes et que d'autres allaient très vite commencer à interroger les centaines de clients qui se trouvaient dans le casino. Une tresse de scène de crime avait été tendue autour de la table.

Cheever se tourna de nouveau vers Jessy.

— Les caméras de surveillance ont dû tout filmer, vous savez, lui fit-il remarquer avec brusquerie.

— Je vous ai dit ce qui s'est passé, exactement. Je n'ai rien à voir avec tout ça.

— Inspecteur Cheever, intervint Dillon, en s'avançant. Mlle Sparhawk est une victime, dans cette histoire, ne l'oubliez pas… Et elle est sans aucun doute très mal à l'aise, en cet instant.

— Cet homme aussi est mal à l'aise, répliqua Cheever, en désignant Tanner Green.

— Cet homme ne ressent plus quoi que ce soit, souligna le Dr Tarleton. Il est mort. Blessure au couteau dans le dos. Un couteau avec un petit manche et une longue lame — ce qui expliquerait pourquoi personne n'a rien remarqué. Ça, et le fait que tout le monde était occupé par ce qui se passait sur les tables.

— Vous êtes sûr, pour l'arme ? lui demanda Cheever.

Tarleton s'éclaircit la gorge et le considéra d'un regard hargneux qui en disait long sur les sentiments qu'il lui portait.

— Oui, j'en suis sûr ! D'ailleurs, il l'a toujours dans le dos, au cas où vous ne l'auriez pas remarqué !

— Il ne devrait pas y avoir une traînée de sang qui

nous indiquerait l'endroit où il a été poignardé ? demanda encore Cheever, les sourcils froncés.

— On trouvera peut-être quelques taches par terre. Le couteau a fait office de bouchon. Quand Tanner est tombé, l'arme a bougé sur le côté et le sang a commencé de jaillir. Ce qui explique pourquoi Mlle Sparhawk en est couverte.

— Faites venir les techniciens de scène de crime. Je veux des empreintes dès que possible.

Cheever semblait embarrassé de ne pas avoir pensé tout seul que le couteau avait pu empêcher le sang de couler ; il avait tenté de cacher son embarras sous le ton autoritaire.

— Allez, tout le monde dégage d'ici ! dit-il encore. On va laisser les autres travailler…

Il regarda Dillon, presque soupçonneux.

— Vous aussi, Wolf. Laissez l'équipe de scène de crime examiner les lieux et Tarleton faire son boulot.

Dillon indiqua son nom et son adresse à un policier, montra ses papiers et observa Jessy qui faisait de même. C'est ainsi qu'il apprit qu'elle vivait à Henderson, un quartier situé en périphérie de la ville. Elle était comédienne et travaillait dans un casino récemment ouvert, le Big Easy. Quand un policier en uniforme vint l'interroger une nouvelle fois, elle répondit calmement à ses questions. Elle tremblait toujours, pourtant. Cela se comprenait. Elle était toujours couverte du sang du cadavre.

— Hé ! Combien de temps on va encore rester ici ? demanda avec colère un type au visage rougeaud.

— Jusqu'à ce que l'inspecteur vous dise que vous pouvez y aller, lui répondit l'un des policiers.

Jessy jeta un coup d'œil à sa montre et se mordilla la lèvre.

— Vous êtes en retard pour votre travail ? lui demanda Dillon.

Elle secoua la tête.

— Non, c'est Timothy… je n'avais pas prévu d'être absente aussi longtemps.

— Votre fils ?

Si elle avait un fils, se dit-il, il ne pouvait pas avoir plus de dix ans et elle ne lui faisait pas l'impression d'une femme capable de laisser son gamin tout seul à la maison pour sortir et aller jouer.

— Timothy est mon grand-père, lui expliqua-t-elle.

— Oh ! Je vois… Accordez-moi une minute…

Il traversa la salle pour rejoindre le lieutenant Cheever, en train de persécuter deux joueurs qui se trouvaient à côté de la porte quand Green était entré.

— Excusez-moi, lieutenant…

Cheever se tourna vers lui, contrôlant visiblement son hostilité.

— Quoi ?

— C'est au sujet de la jeune femme qui s'est retrouvée sous le corps, Jessy Sparhawk. Elle est dans un état lamentable. Elle a besoin de rentrer chez elle, pour se laver et se changer.

Cheever fonça les sourcils.

— Il faut que je vous parle, vous.

— Quand vous voudrez. Mais laissez-la partir. J'ai remarqué que vous ne gardiez pas les gens après les avoir interrogés…

Pendant un instant, Cheever parut presque humain.

— La situation n'est pas simple, ici, Wolf. Je dois empêcher une émeute, tout en évitant qu'un meurtrier me file entre les doigts !

— D'après ce que j'ai compris, Green est entré dans le casino, il s'est frayé un chemin dans la foule en titubant et il s'est écroulé sur Mlle Sparhawk, raide mort. Il a probablement été poignardé à l'extérieur. J'imagine que même les joueurs les plus acharnés remarqueraient quelqu'un en train de courir après une autre personne en brandissant un couteau de cette taille.

— C'est vous qui le dites. Green travaillait comme garde du corps pour Emil Landon, n'est-ce pas ? Comme vous ?

— Je ne suis pas garde du corps. Landon est convaincu que quelqu'un veut le tuer. Ma mission consiste à découvrir qui. Je viens de prendre l'affaire et n'étais pas particulièrement lié avec Tanner Green. Je le connaissais, c'est vrai, mais ça s'arrêtait là.

— Et vous étiez où, si vous ne vous trouviez pas à la table ?

— J'étais en train de me promener du côté des *high stakes*, là-bas.

De la main, il désigna la partie de casino située au fond à sa gauche.

— Vraiment ? fit Cheever, en plissant les yeux.

Le ton avec lequel il avait prononcé ce simple mot suggérait une autre question : « Qu'est-ce que *tu* fabriquais du côté des *high stakes* ? »

— Je voulais voir quels joueurs sont à Vegas en ce moment, continua Dillon, comme si la question lui avait réellement été posée. Comme je vous l'ai dit, j'ai accepté l'offre d'Emil Landon, pas plus tard que ce matin, en fait. J'ajoute que je me trouvais très loin de la porte. Green a été poignardé à l'extérieur. Je suis prêt à parier mes revenus de l'année que vos techniciens vont trouver des petites taches de sang quelque part sur le trajet entre la porte et la table.

Cheever le fixa sans rien dire : Dillon avait raison.

— Elle ne l'a pas tué… Elle a la charge de son grand-père et doit rentrer chez elle. Laissez-la partir.

— Lieutenant ? appela un policier, qui venait de les rejoindre. Les enregistrements vidéo de la sécurité sont prêts…

Cheever hocha la tête et fit mine de le suivre.

— Lieutenant… ? fit à son tour Dillon, pour se rappeler à son bon souvenir.

— C'est bon, raccompagnez mademoiselle chez elle. Mais vous avez intérêt à être demain matin dans mon bureau, à 8 heures pétantes !

— J'y serai. Emil Landon va exiger d'en savoir le plus possible sur cette histoire, vous savez…

— Et il en saura plus… *quand* j'aurai quelque chose à lui communiquer.

— Il va insister pour que je voie ces vidéos.

— Comme je n'aime pas me répéter, je ne vais le dire qu'une fois, Wolf. Je sais que vous connaissez quelqu'un qui connaît le foutu gouverneur de cet Etat, mais il va quand même falloir attendre que j'aie visionné les vidéos. Compris ? Et n'oubliez pas : demain matin, 8 heures pétantes.

— Entendu…

Dillon fit demi-tour et commença à s'éloigner. On laissait partir de plus en plus de gens. Certains allaient rejoindre d'autres casinos, agacés que la mort d'un homme ait gâché leur soirée. D'autres, descendus au Sun, allaient regagner directement leurs chambres, ébranlés par les événements.

Tanner Green n'avait rien d'un ange. Il était connu dans tout Vegas et avait un casier. Malgré tous les efforts de Cheever, il était plus que probable que son assassin avait depuis longtemps quitté les lieux. Le policier devait le savoir, mais il continuait à tenir la place, protégeant ses arrières, sauvant les apparences.

— Wolf ! appela-t-il de nouveau.

Dillon marqua une pause et attendit tranquillement la suite.

— 8 heures pétantes !

Dillon fit de son mieux pour ne pas rire. C'était ainsi : il fallait que Cheever ait le dernier mot. Il avait alors le sentiment de contrôler la situation.

Dillon repartit, contournant les tables de jeu. Tarleton se tenait toujours à côté du corps, l'examinant avec un autre membre de l'unité médico-légale.

Dillon s'immobilisa et observa la salle.

La *sentit.*

Mais rien ne vint. Il attendit encore un peu, avant de rejoindre Jessy Sparhawk. Il sortit de nouveau sa licence de détective, au cas où il tomberait sur un policier qui ne le connaîtrait pas.

— Mlle Sparhawk est autorisée à quitter les lieux, expliqua-t-il tranquillement au policier en faction qui bloquait la porte, les bras croisés sur le torse.

L'homme, qui l'avait reconnu, hocha la tête et jeta à peine un coup d'œil à ses papiers.

Prenant le bras de Jessy, Dillon la conduisit à l'extérieur du casino. Elle se laissa faire sans la moindre résistance. A peine eurent-ils franchi la porte, devant laquelle les voitures de police étaient maintenant aussi nombreuses que les fourmis à l'entrée d'une fourmilière, que la jeune femme laissa échapper un soupir de soulagement.

— Merci. Merci beaucoup. Détective privé, hein ? Eh bien, je suis contente que vous soyez ami avec ce lieutenant…

— Je ne sais pas si le mot « ami » est le bon…, murmura-t-il, retenant une grimace.

Ils marchèrent jusqu'au Las Vegas Boulevard, où une autre foule s'était formée sur le trottoir, qui observait avec curiosité ce qui se passait. Chacun y allait de son commentaire, de son hypothèse.

Le téléphone portable de Dillon se mit à sonner et il ne fut pas surpris en reconnaissant le numéro d'appel. En fait, ce qui était étonnant, c'est qu'il n'ait pas sonné plus tôt.

— Excusez-moi, dit-il à Jessy, avant de répondre. Wolf, à l'appareil…

Emil Landon paraissait dans tous ses états.

— Je viens d'apprendre que Tanner Green est mort… Mort ! Assassiné… Poignardé dans le dos…

— Oui, je me trouvais sur place quand c'est arrivé.

— Et vous avez vu…

— Rien. Je ne l'avais même pas vu entrer.

— Vous auriez dû, bon sang !

— Je vous demande pardon ?

— Il faut que je vous parle. Tout de suite !

— Je viens dès que possible.

— Je l'employais comme garde du corps. Et il est mort. Il faut que je vous parle tout de suite !

— Dès que possible, répéta calmement Dillon.

— Je peux vous virer, Wolf…

— Ne vous gênez pas.

Landon changea aussitôt de ton.

— Venez aussitôt que vous pourrez. Je vous ai dit que j'étais en danger.

Dillon raccrocha. Jessy s'était détournée, par politesse, mais le gros de la conversation ne lui avait pas échappé.

— Je suis désolée. Vous êtes sûrement occupé. Et il faut que je rentre chez moi.

— Où est votre voiture ? Je vous y accompagne.

— Je ne l'ai pas prise, ce soir.

Il la vit rougir.

— J'avais un rendez-vous pour le travail, et j'ai pensé que j'aurais peut-être envie de m'arrêter quelque part, après, en rentrant à la maison. C'est pour cette raison que je n'ai pas pris ma voiture. Je… je préfère ne pas boire et conduire.

— Je ne vous ai pas vue boire.

— J'aurais pu. C'est une longue histoire… Ecoutez, je suis désolée, mais il faut vraiment que je rentre, maintenant.

— Je vous dépose. Ma voiture est juste là, sur le Strip.

— Non, ça ira, vraiment. Je suis pressée et ce sera plus pratique de prendre un taxi. Mais merci beaucoup. Merci pour tout…

Dillon n'osait pas insister. De quel droit l'aurait-il fait ?

— Vous êtes peut-être en danger, dit-il quand même.

Elle ne fut pas dupe et sourit.

— Merci. Ça va aller…

Il riva son regard au bleu cristallin de ses yeux, cherchant une de ses cartes dans sa poche.

— Je vous en prie, appelez-moi si vous avez besoin de quoi que ce soit.

Elle continua de sourire et baissa les yeux sur la carte.

— Wolf… C'est ute ? demanda-t-elle. Cherokee ? Apache ?

— Paiute, indiqua-t-il, en esquissant lui-même un sourire. A moi de jouer, maintenant. Sparhawk ? Ute ? Apache ? Nez Percé ? A moins qu'il ne s'agisse d'un nom de scène. J'ai cru comprendre que vous étiez comédienne…

— C'est sioux du Lakota, par mon arrière-arrière-grand-père. Je suis un produit du métissage américain, commenta-t-elle avec une note d'amusement dans la voix.

Ils se regardèrent encore un instant. Puis, elle s'écarta, maladroitement.

— Je dois m'en aller. Merci encore.

Elle hésita, puis demanda :

— Vous le connaissiez ?

Il répondit affirmativement, d'un hochement de tête.

— Je suis désolée…

— La mort d'un homme est toujours désolante. Mais ce n'était pas un ami.

— Oh !

Il fronça les sourcils.

— Au fait, vous n'avez pas encaissé vos jetons. Il est trop tard, j'en ai peur. J'ai complètement oublié les miens, dans la panique.

— Je n'y pensais plus, moi non plus. Mais je les encaisserai demain.

— Il y en a pour une grosse somme. On pourrait vous agresser…

Jessy se mit à rire.

— Comment voulez-vous qu'un chauffeur de taxi aille se douter que j'ai autant de jetons sur moi ! Ça ira, je vous assure. Je suis une grande fille. J'ai grandi ici. Et si ça peut vous rassurer, j'ai un spray au poivre dans mon sac.

Un taxi approchait. Dillon pensa au grand-père auquel la jeune femme avait fait allusion. Il était peut-être malade, il l'attendait…

Dillon descendit sur la chaussée et siffla en faisant signe au chauffeur. Il regarda Jessy monter dans le véhicule et lui dit au revoir de la main.

Tandis que la voiture s'éloignait, il eut l'impression qu'une silhouette se dessinait à côté d'elle, comme si quelqu'un d'autre se trouvait déjà sur la banquette arrière.

Le taxi passa sous un lampadaire et Dillon put voir qu'il n'y avait personne d'autre. Elle était seule.

Pourtant, il ne put se débarrasser d'une impression de malaise.

2

Le taxi semblait rouler avec une incroyable lenteur. A moins que la perception du temps ne fût momentanément altérée pour Jessy, tant elle était tendue.

Quand le chauffeur s'arrêta enfin devant chez elle, dans Henderson, elle manqua de trébucher dans l'allée, pressée de rentrer.

— Sandra ! appela-t-elle, avant même d'avoir ouvert la porte. Sandra !

Son amie, qui devait se trouver à l'arrière de la maison, accourut en même temps que Jessy entrait.

Sandra était une jolie femme de trente-cinq ans. Après avoir mené une carrière de girl, elle écrivait aujourd'hui des romans pour les adolescents, une façon pour elle de gagner sa vie en revisitant ses angoisses existentielles de jeunesse. Elle avait une fille de seize ans, Reggie, précieuse source d'inspiration pour elle également, dans son exploration de l'âme adolescente.

Sandra Nelson était une très bonne amie. Beaucoup auraient renâclé à prendre soin de Timothy, lorsqu'il séjournait chez Jessy et que la jeune femme devait sortir. Pas Sandra. Elle voyait en cela un petit boulot facile, affirmant que tout ce qu'elle avait à faire, c'était écouter les histoires de Timothy et veiller à ce qu'il ne mette pas le feu à la maison, parce qu'il voulait absolument mettre une autre bûche dans le feu de la hutte de sudation, le sauna à l'indienne.

En voyant le regard plein d'inquiétude de Sandra, Jessy esquissa un sourire navré.

— Je suis désolée. C'est juste que…

Elle ne termina pas sa phrase, interrompue net par une exclamation de surprise en provenance du séjour.

— Maman ! Maman ! C'est Jessy… Elle passe à la télé ! Il y a eu un meurtre !

Sandra interrogea du regard Jessy, qui fit la grimace et se précipita dans le salon où Reggie, allongée sur le canapé, regardait la télévision. L'adolescente poussa un nouveau cri quand Jessy entra dans la pièce.

Jessy fixa l'écran, atterrée. Elle était si pressée de rentrer chez elle, tout à l'heure, qu'elle n'avait pas vraiment prêté attention aux caméras de télévision en quittant le casino. Sur les images qui passaient, elle se vit littéralement accrochée au bras de Dillon Wolf.

— Tu es mêlée à un meurtre ? lui demanda Sandra.

— On s'en fiche, intervint Reggie. Dis-nous plutôt qui est ce type, là… Il est trop canon !

Grande et mince, Reggie avait les mêmes yeux verts que sa mère et un visage en forme de cœur parfaitement dessiné. En dépit de sa beauté et de son âge, que l'on dit volontiers ingrat, c'était une fille adorable et Jessy était toujours heureuse de la voir, quand elle venait aider Sandra à surveiller Timothy.

— Un meurtre ? répéta Sandra.

A cet instant, Timothy émergea de sa chambre. Il portait un jean et une chemise écossaise, à l'envers, ce qui ne l'empêchait pas de conserver une grande dignité.

— Un meurtre ? fit-il à son tour. Evidemment que c'était un meurtre ! On peut enterrer mon cœur à Wounded Knee, car le massacre des Indiens d'Amérique reste une des plus grandes injustices et tragédies de l'histoire de notre nation !

— Ne vous en faites pas, déclara Sandra pour l'apaiser. Les Indiens d'Amérique prennent une juste revanche. Ça s'appelle le bingo indien et c'est merveilleux. Ils gagnent de l'argent sans que personne ne meure…

Alors que Jessy s'avançait pour le serrer contre elle, le vieil homme se contenta de la fixer sans bouger. Ses yeux, bleu clair, comme voilés par une brume légère, restèrent d'abord sans expression. Puis ils parurent s'animer, comme s'il la reconnaissait seulement.

— Jessy ! Tu es revenue. Et tu vas bien.

La jeune femme le serra contre elle et tressaillit en sentant qu'il tremblait. Par-dessus son épaule, elle interrogea Sandra du regard, les sourcils froncés.

— Ça vient juste de passer à la télé, souligna tranquillement Reggie.

— Tu étais en danger, murmura Timothy. On me l'a dit.

— Qui te l'a dit ?

— Les cavaliers fantômes… Ils sont venus me prévenir que je devais être fort, que tu étais en danger et qu'il fallait que je te défende.

— Je vais bien, je t'assure, lui affirma Jessy, plus contrariée de ce qu'elle venait d'entendre que de ce qui s'était passé au casino.

Des *cavaliers fantômes* ? Voilà qui était nouveau…

— Timothy…

— Mon lit me manque, dit-il.

— Tu as un lit ici, Tim…

Il lui sourit. Son regard s'était de nouveau fait brumeux.

— Oui et je t'en remercie. Mais ce n'est pas mon lit. Je devrais être chez moi, là où tu me rends visite.

— Tu y retournes demain, Timothy.

Sandra fixa Jessy d'un air de désapprobation. Son regard disait clairement : « Ça n'est pas bien de lui mentir. Où vas-tu trouver l'argent nécessaire ? »

— Allez, Timothy, il faut te coucher, maintenant, lui dit Jessy, en ignorant le reproche muet de son amie.

Le vieil homme se raidit, redevenu parfaitement lucide.

— Je peux aller au lit tout seul, ma petite Jessy !

Il se tourna vers Sandra et Reggie.

— Merci, mesdames, pour ce dîner charmant. Merci de m'avoir écouté raconter de très vieilles histoires. Sur ce, bonne nuit…

Reggie vint l'étreindre avec affection et Sandra lui déposa un baiser sur la joue. Il se tourna pour rejoindre sa chambre. Jessy ne voulait pas qu'il la surprenne en train de le surveiller et elle le suivit du regard, sans bouger. Mais elle se promit d'aller jeter un coup d'œil sur lui plus tard.

— Alors, que s'est-il passé, au casino ? demanda Sandra, quand elle fut certaine que Timothy ne pouvait pas l'entendre.

— Et tu ne nous as toujours pas dit qui est cet homme ! ajouta Reggie.

— Et ce sang sur tes vêtements ! Tu en as partout ! Tu es certaine que ça va ?

— Ça va, ça va… Je vous assure. Maintenant, si vous voulez bien m'excuser…

Elle courut jusque dans sa chambre. Là, elle se déshabilla, pas assez vite à son goût, et jeta ses vêtements dans la corbeille à papier, sous son bureau. Elle savait qu'elle ne les porterait plus jamais. Elle se précipita dans la douche et resta longtemps sous l'eau chaude, brûlante même, se frottant encore et encore la peau. Elle se fit plusieurs shampoings. Puis elle passa enfin son peignoir en tissu-éponge et rejoignit Sandra et sa fille, qui l'attendaient dans le séjour.

C'est Reggie qui se montra la plus rapide au jeu des questions.

— Maintenant, est-ce que tu vas enfin nous dire qui est cet homme ? Est-ce que tu nous aurais caché des choses ?

— Absolument rien ! Je ne l'avais jamais vu avant ce soir. Il s'appelle Dillon Wolf.

— Oui, c'est bien le nom qu'ils ont donné à la télé, confirma Reggie.

— Oh ! Est-ce qu'ils ont aussi donné le mien ?

— Non… Apparemment, tu es juste la rousse non identifiée, dit Sandra.

Elle semblait inquiète. Elle se leva du canapé pour tendre à Jessy une tasse de thé. Jessy la remercia et en but une gorgée. Elle manqua de s'étrangler. Il y avait autant de thé dedans que de cognac !

— Sandra…

— Tu en as besoin, crois-moi.

— Tu aurais pu au moins me prévenir !

— Si on revenait plutôt à ce qui s'est passé ?

— Je jouais aux dés et…

— Quoi ?

— Pas d'inquiétude… Je n'ai pas risqué la maison ou quoi que ce soit d'autre.

Enfin, presque, songea-t-elle.

— Et le beau gosse ? insista Reggie. Il jouait aussi aux dés ?

Jessy se mit à rire.

— Je ne crois pas qu'il apprécierait qu'on l'appelle comme ça…

— Il est ici pour s'en plaindre ?

— Non, mais…

— Oublions ce type, proposa Sandra. A mon avis, nous en savons plus que Jessy à son sujet.

— Comment ça ?

— Ils n'arrêtent pas de donner son nom, à la télévision. C'est un détective privé, qui travaille pour le compte d'une agence gouvernementale secrète, ou quelque chose de ce genre.

— J'avais cru comprendre qu'il travaillait pour Emil Landon, dit Jessy, troublée.

Elle but une autre gorgée de thé au cognac. Elle était prévenue, à présent, et la boisson lui parut délicieuse.

— Je parie qu'il travaille sous couverture ! s'écria Reggie, tout excitée. Comment vous êtes-vous rencontrés ? Et pour quand le prochain rendez-vous ?

— Comme tu y vas ! Qui a parlé de rendez-vous ? J'étais en train de jouer au craps et je lançais les dés. Dillon Wolf était à la table, mais je ne savais même pas comment il s'appelait, à ce moment-là. Et puis… j'ai gagné. J'ai gagné beaucoup d'argent. C'est étrange, d'ailleurs. J'ai eu l'impression qu'une main invisible faisait bouger les dés, jusqu'à ce qu'ils s'arrêtent sur un double cinq… Toujours est-il qu'au moment où j'allais quitter la table cet homme est arrivé sur moi, il m'a fait tomber sur la table et…

— Dillon Wolf t'a fait tomber sur la table ?

— Pas lui. Le mort.

— Il était mort et il t'a fait tomber sur la table ?

Sandra avait visiblement du mal à comprendre.

— Il était mourant, quand il m'a renversée. Et il… il est mort sur moi. Dillon Wolf est revenu pour m'aider. Il a aussi convaincu les policiers de me laisser partir.

— Cool ! commenta Reggie. Tu vas le revoir, alors ?

— Je n'ai aucune raison de le revoir…

— Mais aucune raison non plus de ne pas le revoir !

— Pour commencer, il ne me l'a pas demandé, lui fit remarquer Jessy.

— Il le fera ! lui assura l'adolescente.

Jessy sourit et but une nouvelle gorgée. Tous ces événements semblaient presque lointains, à présent, comme s'ils étaient arrivés à une autre personne. Cet homme, Tanner Green, qui s'écroulait sur elle, qui mourait sur elle…

— Quelle soirée, ma pauvre ! compatit Sandra. Et pour ce que tu as dit à Timothy… Tu as gagné assez d'argent pour qu'il reste dans sa résidence, c'est ça ?

Jessy eut un nouveau sourire, mais moins assuré.

— C'est incroyable ! Ça ne m'était jamais arrivé, et ça ne m'arrivera sans doute jamais plus, mais oui, j'ai gagné assez pour que Timothy reste là-bas au moins un an de plus.

Sandra en eut le souffle coupé.

— Tant que ça ? Mais… il a fallu que tu paries la maison, pour ça !

— Je t'assure que non. C'est ça qui est fou ! Ce n'était pas mon argent que je pariais. Comme je lançais bien, les gens ont commencé à miser de l'argent pour moi.

— Tout ça est en effet incroyable… Cet argent… Et cet homme qui vient te mourir dessus. Tu parles d'une soirée ! Mais personne n'a rien vu ?

— Pas que je sache. Il m'est arrivé dessus et il est mort.

Elles restèrent toutes les trois silencieuses un instant, jusqu'à ce que Sandra donne le signal du départ.

— Bon, il est temps qu'on y aille, nous… Enfin, si tu es certaine que ça ira…

Jessy hocha la tête.

— Moi, je ne suis pas trop rassurée, avoua Reggie. Ce meurtre, cet assassin qui court toujours…

Un frisson désagréable parcourut le dos de Jessy. Elle revit le visage de Tanner Green, ses lèvres qui bougeaient, ses yeux qui se troublaient, juste devant elle.

Elle se secoua pour repousser cette image.

— Je me sens bien, leur assura-t-elle. Dans deux jours, toute cette histoire sera oubliée.

Elle mentait. Jamais elle n'oublierait ce qui venait de lui arriver. Comment le pourrait-elle ?

— Appelle-moi, lui dit Sandra. Si je peux faire quoi que ce soit, n'hésite pas.

— Je n'y manquerai pas.

Jessy regarda les deux femmes rejoindre leur voiture, puis elle referma la porte d'entrée et la verrouilla. Elle regretta soudain de ne pas avoir de système d'alarme, mais jusqu'à ce soir, étant donné ce que coûtait l'hébergement de Timothy dans sa résidence spécialisée, une telle dépense aurait été du gaspillage.

Elle alla jeter un coup d'œil sur son grand-père, qui s'était changé pour la nuit et dormait bruyamment.

Elle rejoignit sa propre chambre. Quelle chance d'avoir cette maison ! Elle la tenait de ses parents, qui l'avaient achetée bien avant que Henderson ne devienne un endroit très recherché. Le jardin était tapissé de petits cailloux, avec ici et là des cactus, ainsi que des statues achetées au fils des années. Le salon, où se trouvait le vieux piano de sa mère, permettait d'accéder au petit patio et à la piscine. En plus du salon, la maison se composait d'une cuisine, d'une salle à manger, de trois chambres et d'un bureau.

Il ne lui manquait qu'un système d'alarme, songea de nouveau Jessy.

Elle tenta de se convaincre qu'il était ridicule d'avoir peur. La personne qui avait tué Tanner Green n'avait aucune raison de s'intéresser à elle. Elle n'avait rien vu. Elle se trouvait juste au mauvais endroit et au mauvais moment.

Ce qu'elle ne regrettait pas complètement, puisque cela allait permettre à Timothy de continuer à vivre heureux dans sa résidence.

Alors qu'elle se glissait dans son lit, elle pensa à Dillon Wolf. Il l'avait indéniablement intriguée ; il l'avait même attirée, la première fois qu'elle l'avait vu. Qu'il ait reparu juste à temps pour l'aider à se relever tenait quelque part du miracle — un miracle en mode mineur, mais un miracle quand même.

Pourquoi ne l'avait-elle pas laissé la reconduire chez elle, comme il le lui avait proposé ?

Parce que cela n'aurait servi à rien ! Elle n'avait pas assez de temps pour sortir avec un homme. Pour commencer, elle avait la responsabilité de Timothy. Cela ne la dérangeait pas. Pas du tout. Il avait toujours été présent, pour elle, et elle était trop heureuse de pouvoir à son tour être là pour lui. Il y avait sa vie professionnelle, aussi. Elle était si habituée à travailler dur, à récupérer toutes les heures supplémentaires possibles, qu'elle était bien en peine de se rappeler son dernier rendez-vous, encore moins sa dernière relation. Si l'occasion se présentait, elle ne saurait sans doute même plus comment s'y prendre.

Pourtant, elle avait trouvé son contact agréable. Elle avait apprécié de le toucher. Qu'il la touche. Elle avait aimé sentir le tissu de sa veste.

Elle ferma les yeux et se laissa doucement glisser dans un rêve où évoluait un homme du nom de Wolf.

Mais au milieu de ce rêve, alors qu'il lui souriait, les choses changèrent brusquement. Elle était de nouveau à la table. Et tout parut étrangement se réduire. Elle se tournait. Tanner Green s'avançait vers elle en titubant. Droit sur elle. Effrayant. Puis elle sentit de nouveau son poids écrasant. Elle revit ses yeux qui plongeaient dans les siens juste avant que la lumière de la vie ne s'éteigne définitivement.

Elle revit aussi ses lèvres bouger, et une nouvelle fois, dans son sommeil, elle entendit le mot qu'il avait chuchoté.

Indigo.

Elle se réveilla en sursaut. Il faisait toujours nuit et les ténèbres semblaient peser sur elle, particulièrement épaisses. Elle eut alors l'effroyable certitude qu'il y avait quelque chose, là, avec elle, dans l'obscurité ; elle eut la certitude qu'elle était observée.

Elle se pencha et plongea pour presser frénétiquement l'interrupteur de sa lampe de chevet, le cœur battant. Un flot de lumière inonda la pièce. Elle cligna des yeux, tendue, prête à bondir.

Mais il n'y avait personne.

Elle se sentit stupide. Elle se leva quand même et récupéra dans la corbeille les vêtements tachés de sang qu'elle avait jetés. Elle les emporta dans la cuisine, où elle les fourra dans un grand sac-poubelle qu'elle laissa dans le garage. C'était idiot, elle le savait, mais elle préférait éloigner autant que possible ce souvenir tangible de la soirée.

Quand elle eut retrouvé son lit, elle alluma la petite télévision de sa chambre, sans éteindre la lumière.

Elle s'avisa alors que personne ne lui avait demandé si Tanner Green, avant de mourir, lui avait dit quoi que ce soit.

Elle était donc la seule à savoir qu'il avait parlé.

Il était difficile de donner un âge à Emil Landon ; on pouvait aussi bien voir en lui un trentenaire fatigué qu'un fringant quinquagénaire. Grâce aux contacts d'Adam Harrison — propriétaire et directeur de Harrison Investigations, l'agence d'enquêtes très spéciales qui était le véritable employeur de Dillon —, ce dernier avait accès à n'importe quelle information concernant n'importe quelle personne vivant sur le sol américain, et même au-delà ; il savait ainsi que Landon avait quarante-huit ans, qu'il s'était marié trois fois, avait divorcé de ses trois femmes, qu'il avait un fils qui vivait à Dublin avec sa mère, et qu'il avait hérité de millions d'un grand-père turc magnat du pétrole. De solides investissements dans l'immobilier avaient augmenté sa fortune. Friand de beaux vêtements et de belles voitures, il affectionnait particulièrement les femmes qu'attirait le chant de l'argent. Comme il n'était guère heureux au jeu, il avait préféré tirer profit de la propension de ses semblables à compter sur la chance, à parier et à perdre. Il avait ouvert son propre casino et était en train de négocier la création d'autres temples du hasard, un sujet qu'il valait mieux éviter dans la communauté indienne. Landon était cependant en mesure de fournir les documents requis prouvant qu'il était paiute pour un trente-deuxième — un soixante-quatrième aurait suffi —, ce qui lui donnait le droit de construire des casinos sur une terre appartenant aux Indiens, lesquels étaient supposés recevoir une partie des bénéfices. Au vu du personnage, on pouvait se douter qu'il veillerait à ce que les gains générés par son entreprise restent dans ses poches.

Dillon n'avait pas jugé nécessaire d'examiner en détail la procédure légale ; il avait déjà vu ce genre d'affaire bien trop souvent. Il n'avait en tout cas pas une haute opinion d'Emil Landon et il n'était pas sûr de comprendre pourquoi un homme aussi droit qu'Adam Harrison avait accepté de travailler pour lui.

Il avait été maintes fois en contact avec des gens riches qui se montraient responsables et courtois avec ceux qui les entouraient, quel que soit leur statut social ou financier. Emil Landon n'était pas du nombre.

L'homme était par ailleurs convaincu que quelqu'un cherchait à le tuer. Il avait dû si souvent se conduire comme un salaud dans sa vie que les raisons de l'éliminer ne devaient pas manquer. Mais il y avait un grand pas entre vouloir tuer quelqu'un et passer à l'acte. Le plus souvent, la vengeance se savoure juste par la pensée. La plupart des gens avaient une conscience et, quand bien même en auraient-ils été dépourvus, ils n'avaient pas forcément les moyens de commettre le crime parfait et ne voulaient évidemment pas se faire prendre et passer le reste de leur vie en prison. Lorsque l'on avait de l'argent, il était toujours possible de charger quelqu'un du sale boulot. Et si on ne trouvait pas un assassin de haut vol, il restait encore la solution du drogué prêt à commettre un meurtre pour quelques milliers de dollars ou des doses de crack.

Dillon avait passé sa soirée dans les casinos à essayer de voir qui était en ville, qui avait l'argent et les connexions pour commanditer un meurtre. Il n'était pas certain cependant que Landon fût réellement en danger. Durant leur première entrevue, Landon lui avait simplement révélé qu'il avait rêvé qu'on le tuait. On lui tirait dessus dans son propre casino, on le poignardait dans son lit... Sans en avoir la preuve, il était convaincu qu'on le suivait.

Il avait embauché deux des meilleurs gardes du corps de Las Vegas, Hugo Blythe et Tanner Green. Il ne lui restait plus, à présent, qu'Hugo Blythe.

Landon vivait au dernier étage du Big Easy, où le personnel chargé de la sécurité du casino — engagé et sélectionné selon des critères que la CIA aurait pu envier — était toujours en faction, au niveau de l'ascenseur privé qui desservait le penthouse et de la porte qui donnait sur le bureau.

Quand Dillon se présenta au Big Easy, Landon portait un luxueux peignoir imprimé léopard et il se trouvait en compagnie de sa secrétaire — une blonde au tour de poitrine vertigineux —, de son chef de la sécurité et d'Hugo Blythe.

Il était dans tous ses états. L'assassinat de son garde du corps sonnait pour lui comme un arrêt de mort.

— Je vous avais bien dit que j'étais en danger ! Mais vous ne m'avez pas cru… Et maintenant Green est mort. C'est un avertissement ! Une façon pour le tueur de me faire savoir qu'il peut abattre n'importe qui autour de moi et que je ne peux me reposer sur personne. Comment est-il possible qu'on l'ait poignardé ainsi, juste devant vous ?

Dillon secoua la tête avec dédain.

— On ne l'a pas tué devant moi ; il a été poignardé à l'extérieur du casino. Grâce aux caméras installées à l'entrée, la police devrait trouver des choses intéressantes. Ma théorie, c'est qu'on l'a poignardé dans une voiture, puis abandonné devant le casino. Il est entré en titubant et il est mort. Il est possible qu'en étudiant ses relevés téléphoniques des derniers jours et en reconstituant ses faits et gestes on ait des indications sur son ou ses meurtriers. Il y a évidemment la probabilité qu'il ait été tué pour une raison en lien avec sa vie passée, et que sa mort n'ait aucun rapport avec vous…

Mais Landon n'était pas convaincu.

— Je vous l'ai dit : quelqu'un m'en veut !

— Vous me l'avez dit, d'accord, mais est-ce que vous m'avez dit tout ce que j'ai besoin de savoir ?

Il ne s'attendait pas à recevoir de réponse. Landon jouait les cachottiers depuis le départ. Ses activités n'avaient pas toujours été en accord avec la loi… Même s'il n'espérait pas obtenir des informations utiles, Dillon devait poser des questions susceptibles de lui apporter les indices dont il avait besoin pour faire son travail.

— De quoi est-ce que vous parlez, bon sang ? Quelqu'un veut ma peau. Ça me paraît assez évident, non ? Qu'est-ce que vous avez besoin de savoir de plus ?

— J'ai besoin de savoir pourquoi — *tous les pourquoi.* J'ai besoin que vous soyez honnête avec moi, que vous pensiez à toutes les affaires qui auraient pu mal tourner. Je dois connaître toutes les raisons pour lesquelles quelqu'un pourrait vouloir votre mort.

— Je suis honnête avec vous, Wolf... J'ai des ennemis, bien sûr. Certains esprits radicaux des tribus indiennes ne comprennent pas que mes casinos pourraient fournir un emploi à de nombreuses personnes. Tous les gens riches ont des ennemis, vous le savez. Mais là... Merde ! Tanner Green était un pro ! Pas un homme qu'on peut avoir comme un débutant !

La jeune femme blonde s'approcha de Dillon avec un plateau chargé de verres remplis d'alcools divers.

— Non, merci, lui signifia-t-il, en secouant la tête.

— Monsieur Wolf, je serai désormais de service vingt-quatre heures sur vingt-quatre, annonça Hugo Blythe. Je ne lâcherai pas M. Landon d'une semelle. Mais nous devons trouver qui cherche à le tuer et nous charger de lui.

— Je ne suis pas un assassin, répliqua Dillon. Et la police est sur l'affaire, maintenant. Laissons-la faire son boulot.

— La police ? répéta Landon, tout en suggérant d'un geste ce qu'il en pensait.

— Si tout se passe bien, je serai en mesure d'examiner les enregistrements des caméras de surveillance demain matin. Je vous appellerai ensuite.

— Vous devez faire quelque chose, et vite !

— Je vais réfléchir, déclara Dillon d'un ton posé.

Sur ces mots, il prit congé.

Landon avait trouvé la bonne recette, pensa-t-il, tandis qu'il traversait le casino pour regagner la sortie, mais aussi les bonnes personnes pour l'entourer. Le Big Easy avait l'air de bien fonctionner. Si lui-même n'était pas certain qu'il choisirait Vegas pour des vacances en famille, beaucoup de gens optaient pour cette destination, et Landon faisait en sorte de les contenter autant qu'il parvenait à satisfaire les mordus de jeu. Son établissement offrait tout un niveau de galeries marchandes, de restaurants, d'attractions pour les petits, y compris de spectaculaires montagnes russes. Il y avait aussi un spectacle western exclusivement destiné aux enfants et une salle réservée aux anniversaires.

Dillon se dirigeait vers les ascenseurs permettant d'accéder au parking quand son regard fut attiré par une affiche publicitaire. On y voyait deux cow-boys qui encadraient une jolie serveuse de saloon. Il eut un coup d'émotion en reconnaissant la jeune femme qui avait posé.

C'était Jessy Sparhawk, avec ses magnifiques cheveux roux relevés sur la tête, coiffée d'un chapeau de saloon-girl. Bien que le costume dont elle était vêtue fût très convenable, Dillon ne se rappelait pas avoir vu de photo d'une femme aussi saisissante.

Il poursuivit son chemin vers le parking, la tête emplie de Jessy. Il était si perdu dans ses pensées qu'il lui fallut un moment pour s'apercevoir d'une présence, à son côté.

C'était Ringo.

— Brillant, vraiment brillant, dit ce dernier, en calquant son allure sur la sienne.

Les plis de sa longue veste en cuir faisaient entendre un léger claquement, mais ce n'était rien en regard du cliquetis de ses éperons.

Les têtes se tournaient sur leur passage. Même s'il leur était impossible de voir Ringo, les gens avaient conscience de quelque chose.

— Quoi ? fit Dillon avec impatience.

— La plus magnifique créature du monde est entourée de toute sa cour à la table de craps, je réussis des coups stupéfiants et toi, qu'est-ce que tu fais ? Tu la laisses partir ! Je suis peut-être décédé, mais c'est *toi* qui es vraiment mort, mon ami.

— Tu m'excuseras, *mon ami*, mais j'ai du travail. Tanner Green a été assassiné et Emil Landon commence à s'agiter. Et je te rappelle que c'est toi qui m'as *poussé* à travailler pour lui.

Ringo l'ignora et poursuivit sur sa lancée.

— J'ai vu la façon dont tu lui souriais. Prends donc un instant pour humer le parfum des roses, ou tu seras mort bien plus tôt que tu ne penses…

— Sauf erreur de ma part, toi, tu as cessé de sentir les roses pour aller respirer l'odeur de la terre et du fumier…

— Pas du tout ! Dois-je te rappeler que je suis mort parce que je me suis trouvé pris dans un règlement de comptes opposant quelqu'un à un de *tes* ancêtres ?

— Désolé, Ringo, mais c'était il y a plus de cent ans, et je n'y peux absolument rien. Je suis certain qu'il a apprécié ton aide.

— Probable, oui. C'est que j'étais bon, à l'époque. Sacrément bon…

Une femme passa à leur hauteur et fronça les sourcils. Dillon baissa la tête en retenant une grimace. En général, Ringo se retenait de lui parler quand ils se trouvaient en public, sachant que la plupart du temps il ne lui répondait pas. Que lui arrivait-il, ce soir ? Un homme avait été tué, bien sûr. Mais il y avait autre chose.

Un sentiment d'urgence.

Il avait l'impression que des instants décisifs se préparaient. Une période cruciale, critique, risquant de conduire à une catastrophe.

— Tu vas lui proposer de sortir avec toi ? lui demanda Ringo.

— Je lui ai proposé de la raccompagner chez elle. Mais elle a refusé. Je suppose que je ne l'intéresse pas…

— Je te rappelle qu'un homme venait de lui mourir dessus. On peut imaginer que ça l'a perturbée, la pauvre ! A mon avis, tu devrais réessayer.

— Ecoute, Ringo… C'est à cause d'Adam et toi si je me retrouve dans cette histoire. Alors, laisse-moi me charger d'abord de ça, d'accord ?

Dillon mit de côté le fait que Jessy Sparhawk avait eu sur lui un effet dépassant tout ce qu'il aurait pu imaginer. Ce n'était pas une croqueuse d'hommes, intéressée par l'argent ; ce n'était pas non plus une fille qui se serait égarée ici pour prouver la vérité du slogan de la ville : « Ce qui se passe à Vegas reste à Vegas. » Elle était différente. Elle vivait ici, travaillait ici. Elle connaissait la ville et tous les pièges auxquels on était exposé dans une cité où tout était conçu pour vous délester de vos économies.

Il trouvait donc étonnant qu'elle se soit retrouvée à une table de craps.

— Tu m'écoutes ? fit Ringo.

Dillon sentit son visage s'échauffer et se demanda pourquoi la remarque de Ringo l'embarrassait tant. Parce que cette femme l'intriguait plus que de raison ? Elle faisait plus que l'intriguer : elle le fascinait. Le problème, c'était qu'il n'y avait pas de place dans sa vie pour autre chose que le travail…

— Je recherche un assassin, Ringo. Et ça prime sur tout le reste. Tu y vois un inconvénient ?

Non, apparemment, Ringo n'y voyait aucun inconvénient si l'on en croyait son silence. Il suivit Dillon jusqu'à sa voiture. Il passa à travers la porte du passager, sans même l'ouvrir, et resta ensuite silencieux pendant le trajet jusqu'à la lisière du Strip où se trouvait la maison de son ami.

Clancy, un immense berger belge, agita la queue en les accueillant à la porte. La chienne savait que Ringo était avec lui. Elle sentait sa présence invisible.

Au départ, elle ne l'avait pas du tout aimé. Elle aboyait comme une folle chaque fois qu'il se trouvait dans les parages, ce qui avait le don de rendre Dillon fou. A présent, à son grand soulagement, non seulement elle avait accepté la présence fantomatique de Ringo, mais elle l'appréciait. Et quand Dillon parvenait à convaincre Ringo de rester à la maison, plutôt que de le suivre à la trace, il était formidable ; il s'occupait de l'animal, jouait avec lui, le faisait sortir.

— Et maintenant ? demanda Ringo. On ne devrait pas aller quelque part ? Faire quelque chose ?

— Je ne sais pas ce que tu vas faire, toi, mais moi, je vais dormir un peu !

Ringo étouffa un juron, tandis que Dillon se dirigeait vers sa chambre. Il était épuisé. Il se laissa tomber sur son lit et se glissa entre les draps. La nuit était déjà bien avancée, et il avait besoin de faire un petit somme avant de se rendre au commissariat.

Pourtant, il resta éveillé. Quand il fermait les yeux, les tambours de son enfance surgissaient sur l'envers de ses paupières. Il entendait les chants, voyait les guerriers dans le cercle de danse, exécutant la Danse des Esprits. C'était un chef paiute qui l'avait inventée et elle fut ensuite reprise par de nombreuses tribus de l'Ouest. Elle devait conduire les Indiens à débarrasser leur terre des hommes blancs.

Mais ce n'était pas ce qui s'était passé. Pas du tout.

Quand il était enfant, il avait assisté à des dizaines de Danses des Esprits, sans jamais y voir un seul fantôme. Ce fut seulement à l'occasion des funérailles de ses parents, alors qu'il était un jeune idiot plein d'amertume, qu'il aperçut pour la première fois la jeune fille en blanc.

Au sein des nations indiennes, la rumeur voulait qu'elle soit la gardienne du bison blanc. C'était une héroïne mythique qui connaissait les cœurs et les esprits des vivants comme ceux des morts. Elle était très belle, pleine de sagesse, et elle avait le don de lire dans les âmes.

Pour Dillon, elle n'incarnait rien d'autre qu'un mythe, une belle histoire que se racontait son peuple. Jusqu'à ce jour de funérailles, quand il avait levé les yeux et qu'il l'avait vue… Il s'était d'abord dit qu'elle ne pouvait pas être réelle. Qu'elle était le fruit de son imagination, une invention née de la douleur qui lui brisait le cœur et de sa rage brûlante contre Dieu et le destin.

Elle se tenait de l'autre côté des tombes ouvertes et s'était contentée de le regarder. Plus tard, alors qu'il était impliqué dans une bagarre stupide dans un bar, elle s'était interposée entre l'homme qu'il avait volontairement insulté et lui. Il cherchait à ce qu'on le frappe ; il voulait sentir la douleur physique des coups pour soulager la douleur plus profonde qui le déchirait de l'intérieur.

Mais elle l'avait arrêté. Il avait senti une main sur son épaule. Et, lorsqu'il s'était tourné pour lui faire face, elle avait rivé les yeux aux siens et chuchoté :

« Pas de cette façon… Seuls le temps et la voie véritable qui mène vers la paix soulageront ton âme qui saigne. »

Et depuis ce moment…

Depuis ce moment, il voyait les morts.

En général, ils passaient dans sa vie parce qu'ils avaient besoin de quelque chose ; et sitôt qu'ils l'avaient obtenu ils s'en allaient. Il avait compris cela grâce à Adam Harrison et Harrison Investigations. Adam l'avait embauché et, du métis rebelle et amer qu'il était, il avait fait un homme doté d'une vocation. Il lui avait beaucoup appris sur la vie et la mort, sur la façon de conquérir l'estime de soi.

Dillon devait beaucoup à Adam. Il l'appréciait énormément.

Quand les fantômes se présentaient, il les aidait.

Cependant, Ringo Murphy était un cas à part. Son problème, c'était qu'il ignorait lui-même pourquoi il s'attardait dans le monde des vivants.

Il avait vécu grâce à ses revolvers et il en était mort. Mais rien de ce qui lui était arrivé ne permettait de savoir pour quelle raison il était toujours ici.

Dillon s'agita dans son lit, fermant les yeux avec force, cherchant désespérément à s'endormir.

Et soudain, entre veille et sommeil, entre pensée consciente et oubli, il vit la jeune fille ; il sentit sa main douce sur son visage.

— Oui, lui chuchota-t-elle. C'est le commencement. Le commencement… et la fin…

3

— Je les vois danser dans le ciel, tu sais, Jessy…

La jeune femme raccompagnait son grand-père à la résidence Hawthorne et elle se sentait déchirée. Pourtant, elle ne pouvait pas se charger seule du vieil homme, dont l'état requérait des soins spécifiques.

Elle avait de nouveau sollicité Sandra pour venir le surveiller pendant la matinée, tandis qu'elle retournait au casino encaisser ses jetons puis qu'elle allait déposer ensuite l'argent à la banque et remplir les formulaires destinés aux impôts. C'était la première fois qu'elle devait s'acquitter de cette formalité, car les rares fois précédentes où elle avait joué quelques dollars pour s'amuser ses gains n'avaient jamais été assez importants pour qu'elle ait à les déclarer.

A son retour, Sandra était venue l'accueillir à la porte pour lui dire quelques mots sans que Timothy puisse les entendre.

— Tu devrais peut-être voir quelqu'un, à la résidence, avant d'y laisser Tim…, avait-elle commencé en hésitant. Il a des conversations avec des gens imaginaires… Ce n'est sans doute pas très grave, mais… Quand je lui demande à qui il parle, il prend un air entendu pour me dire qu'il y a des gens dans les murs, qu'ils sont ses amis, qu'ils le rendent heureux et que je ne dois pas m'inquiéter. Et le fait est que s'il est heureux…

A présent, songea Jessy avec un pincement au cœur, il semblerait que ces mystérieux amis soient dans le ciel. L'état de son grand-père n'allait décidément pas en s'améliorant…

Elle se sentit soudain terriblement nerveuse, puis elle se dit que sa nervosité provenait sûrement en grande partie de ce qu'elle s'était encore réveillée en pleine nuit avec la certitude que quelqu'un l'observait. Ce genre d'impression disparaissait en général avec l'arrivée du jour, mais là il n'en était rien…

Alors qu'elle se préparait du café et glissait des tranches de pain aux raisins secs dans le grille-pain, au moment du petit déjeuner, elle s'était soudain immobilisée, sentant des yeux sur elle. Aussitôt, elle s'était reprise : on ne *sentait* pas sur soi les yeux de quelqu'un qui nous observait. Et pourtant… Pourtant, d'une manière ou d'une autre, certaines personnes savaient quand elles étaient épiées. C'était peut-être une des facultés de cette énorme part du cerveau qui, à en croire les scientifiques, n'était en général pas utilisée.

Sauf qu'il n'y avait personne chez elle. Ni la nuit dernière dans sa chambre, ni ce matin dans sa cuisine.

Et voilà que Timothy se mettait à parler à des gens, des gens qui se trouvaient dans les murs, et qu'il voyait des danseurs dans le ciel !

« Lequel d'entre nous est-il en train de devenir fou ? » se demanda-t-elle.

La résidence se trouvait en dehors de Las Vegas même. Comme Jessy garait sa voiture devant le bâtiment administratif, Timothy fronça les sourcils. Généralement, quand elle le ramenait après une visite ou une sortie, elle s'arrêtait directement devant le bâtiment A, où se trouvait sa chambre.

— Je dois aller payer M. Hoskins, lui expliqua-t-elle.

— Le payer ?

Elle lui tapota la main.

— C'est ainsi, Timothy…

Et elle se pencha vers lui pour lui déposer un baiser sur la joue.

Elle l'aimait tant, lui qui avait été à une époque le meilleur des tuteurs.

— Nous avons ce qu'il faut pour payer le loyer, tu sais.

— Pas le jour des esprits danseurs !

— Les fantômes n'existent pas, Tim…

— Mais s'ils existaient, ils n'auraient pas à payer un loyer, n'est-ce pas ? Ils iraient et viendraient selon leur bon vouloir…

Jessy approuva vaguement, d'un signe de tête. Elle pensait dire à Timothy de l'attendre dans la voiture, mais se ravisa. Il savait toujours conduire et ses amis imaginaires pouvaient très bien lui suggérer de prendre la voiture, pour aller Dieu sait où et faire Dieu sait quoi.

— Et si tu venais avec moi ? lui proposa-t-elle.

— J'imagine que cet idiot de M. Hoskins sera là ?

Jessy éclata de rire.

Timothy était à moitié indien lakota, c'est pourquoi il avait eu autrefois des cheveux très noirs — aujourd'hui entièrement blancs — et très raides. Mais ses yeux étaient bleus, une couleur peu courante. Il descendit de la voiture et se redressa, droit et fier, avec son visage aux traits bien dessinés. C'était un homme toujours séduisant en dépit de l'âge.

— Oui, reprit Jessy, il sera là. Il faut que je lui parle.

Sois poli avec lui, entendu ? Nous n'avons à le voir qu'une fois par mois…

— Je serai parfaitement courtois, la rassura-t-il.

Rien n'était moins certain. Non seulement Hoskins était mal à l'aise avec les personnes âgées, mais il ne les aimait pas et ne se donnait pas la peine de le cacher — à tel point qu'on pouvait se demander pourquoi il avait choisi le métier qu'il exerçait. Secrètement, Jessy espérait qu'il vivrait assez longtemps pour connaître le jour où il devrait se soucier de sa vieille personne et susciterait auprès de la jeune génération aussi peu d'intérêt et de compassion qu'il en montrait lui-même aux personnes âgées vivant dans son centre.

La jeune femme de l'accueil les vit entrer avec surprise.

— Mademoiselle Sparhawk ! Bonjour ! Nous avons pensé que vous aviez peut-être décidé de garder votre grand-père chez vous. Nous… nous ne vous attendions pas…

— Et pourquoi donc ? J'ai toujours pris mon grand-père à la maison, le temps d'une visite ou d'un week-end. Mais, ajouta-t-elle, en se tournant vers lui avec le sourire, étant donné que je travaille, ce ne serait vraiment pas pratique pour lui de vivre avec moi. J'ai apporté le loyer pour les prochains mois…

— Oh ! Je vois… Si vous voulez bien m'excuser, je… je préviens M. Hoskins.

Elle n'utilisa pas le téléphone. Elle se leva et entra dans le bureau de son patron. Un moment plus tard, Hoskins apparut, les sourcils froncés.

— Mademoiselle Sparhawk… Je ne m'attendais pas à vous voir. Je pensais que vous alliez prendre de nouveaux arrangements à partir d'aujourd'hui.

— Comme vous pouvez le constater, ce n'est pas le cas. Je ramène Timothy.

Elle lui tendit un chèque.

Il la regardait avec un air bizarre, presque effaré, comme s'il avait un fantôme en face de lui.

— Tout était réglé jusqu'à aujourd'hui, précisa-t-elle. Voici de quoi couvrir les trois prochains mois. D'un point de vue contractuel, tout est en ordre.

— Bonne journée, monsieur Hoskins, lança Timothy, en faisant demi-tour pour quitter le bâtiment.

Jessy salua à son tour le directeur de l'établissement, sans chercher à dissimuler son sentiment de triomphe, et elle suivit son grand-père.

Alors qu'ils revenaient vers la voiture, elle vit une luxueuse berline s'arrêter non loin. Un jeune homme en sortit, qui contourna le véhicule pour aider une personne très âgée à en sortir. Soudain, le malaise de Hoskins s'expliqua. Il avait tout simplement attribué la chambre de Timothy à quelqu'un d'autre. La jeune femme ne put s'empêcher de rire tandis qu'elle montait dans sa voiture et ne résista pas au plaisir de partager la raison de sa bonne humeur avec son grand-père, tandis qu'elle roulait au pas jusqu'au bâtiment A.

Ils s'inscrivirent au rez-de-chaussée, auprès du jeune homme qui officiait au bureau d'accueil pendant la journée. Il y avait toujours quelqu'un à l'entrée de chaque bâtiment, de jour comme de nuit, afin d'éviter les éventuelles fugues des pensionnaires.

Ils montèrent ensuite jusqu'à la chambre de Timothy. Dans le couloir de l'étage, ils tombèrent sur Jimmy Britin, un grand Afro-Américain au large sourire.

— Timothy ! Jessy ! s'écria l'aide-soignant avec un mélange de surprise et de plaisir.

— Cette fripouille de Hoskins était sur le point de

refiler ma chambre à quelqu'un d'autre ! lui expliqua Timothy. Mais il a sous-estimé ma petite-fille. Et les fantômes, bien sûr.

— Je vois…, fit Jimmy sans paraître trop s'émouvoir à la mention des fantômes.

Il interrogea néanmoins Jessy du regard. « Comment avez-vous fait ? demandaient ses yeux. Vous avez cambriolé une banque ? »

Jessy lui sourit, tandis que Timothy gagnait sa chambre.

— Je ne sais pas si c'étaient les fantômes, mais quelqu'un, quelque part, devait veiller sur moi ! J'ai gagné une petite fortune à la table de craps.

— C'est merveilleux !

— Je ne joue jamais d'habitude…

— Mais vous étiez désespérée, continua Jimmy, plein de compréhension. Vous avez eu de la chance.

— Il en faut, parfois. Je dois aller travailler, maintenant, et je…

— Pas de problème… Ne vous en faites pas, je m'occupe de Tim. Et cessez donc de culpabiliser ! Vous le prenez souvent, le week-end. Et je suis là… Liz, son infirmière préférée, est de service aujourd'hui. Alors, vous voyez ! Filez vite, maintenant.

— Merci. Je voulais juste vous prévenir qu'il…

Elle hésita.

— Qu'il quoi ?

— Qu'il a des hallucinations. Beaucoup. Il voit des fantômes dans les murs, dans le ciel… Il leur parle.

— Rien de nouveau, en somme. Tout va bien se passer, je vous le promets, lui assura Jimmy en lui tapotant l'épaule.

— Merci.

Elle rejoignit en hâte la chambre de son grand-père pour lui dire au revoir.

— Je dois aller travailler, maintenant, Tim…

— Ne t'inquiète pas pour moi. Les esprits sont occupés à danser dans le ciel. Tout ira bien.

— Tout ira bien, oui…

Elle lui donna un baiser et quitta la chambre.

Jetant un coup d'œil à sa montre, elle s'avisa qu'elle aurait tout juste le temps de rejoindre le Big Easy et d'enfiler son costume. Tout irait bien, comme l'avait dit Timothy. Se préparer pour le spectacle était maintenant devenu une routine, pour elle.

Elle rejoignit sa voiture en hâte, mais au moment de déverrouiller les portières elle marqua une pause et regarda autour d'elle. Toujours cette impression que quelqu'un l'observait.

Pourtant, elle ne vit personne.

Elle ne put s'empêcher de scruter les alentours, avant de se ressaisir. Cela devenait ridicule, à la fin ! La journée était magnifique, ensoleillée. Si quelqu'un la surveillait, cela ne pouvait être que Hoskins, en train de la maudire parce qu'elle avait pu le payer et l'empêchait ainsi de céder la chambre de Timothy à une autre personne et pour un tarif probablement bien plus élevé.

Malgré tout, la sensation d'être observée ne la quitta pas et demeura alors qu'elle quittait la résidence, pour se rendre au casino.

Comme si quelqu'un était assis juste à côté d'elle, dans la voiture.

— Vous voyez ? fit remarquer Jerry Cheever à Dillon. Ça se passe sur deux caméras… C'est Tanner Green, là, même si on a du mal à le distinguer à cause de la dizaine de voitures garées devant l'entrée. Il donne l'impression de sortir d'une limousine blanche. Impossible de voir les plaques et il doit y avoir une bonne centaine de véhicules du même genre en ville.

Il poussa un soupir de frustration et poursuivit :

— Green a la même démarche que la plupart des gens bien alcoolisés qui surgissent d'un peu partout à ce moment de la soirée…

Il montra un point sur l'écran.

— On le voit chanceler, mais le type devant lui le repousse. Vous voyez son expression ? Il a juste pensé que c'était un poivrot qui le bousculait. Ensuite, Green passe à travers la foule. Les gens se parlent, personne ne fait attention à lui. Pas même le portier. Il se contente d'ouvrir la porte et de mater la brune aux gros seins, là, juste sur la gauche. Il se moque complètement du reste, y compris du type avec un couteau dans le dos qui lui passe sous le nez. Après, Green rentre dans le champ d'une autre caméra…

Cheever pressa un bouton de la télécommande qu'il avait en main, faisant apparaître des images de l'intérieur du casino.

— Il va passer comme ça devant six autres caméras, jusqu'à la table de craps. Mais tout ce qu'on voit, c'est sa silhouette en train de tituber, jusqu'à ce qu'il percute Mlle Sparhawk et qu'ils s'effondrent tous les deux sur la table. Ensuite, vous entrez dans le champ, pour aider la demoiselle à se sortir de là.

Cheever paraissait complètement découragé : tant de caméras de sécurité et si peu d'indices !

— J'aimerais tout revoir, si c'est possible, lui demanda Dillon.

— Pas de problème. J'ai passé les trois dernières heures à visionner tout ça. J'ai un technicien vidéo qui a fait son possible pour zoomer sur Green, mais ça ne donne rien. Il y a toujours une tête, un bras ou ce que vous voudrez d'autre qui nous empêchent de le voir correctement.

Cheever tendit la télécommande à Dillon, qui l'étudia un instant, avant de presser les boutons pour revenir au début de l'enregistrement.

— C'est à croire que quelqu'un savait que l'allée, devant le casino, était située juste en dehors du champ des caméras, dit-il d'un ton songeur.

— Tout à fait d'accord. Et qu'est-ce que ça signifie, selon vous ?

— Que notre tueur a forcément un lien avec le casino ou qu'il connaît quelqu'un qui y travaille.

— Ce qui nous laisse encore avec pas mal de monde…, murmura Cheever.

Dillon se tourna sur sa chaise et leva les yeux vers le policier, assis sur le coin de son bureau.

— Et pour le couteau ?

— Le labo s'en occupe. Les analyses préliminaires n'ont rien donné. C'est un couteau assez ordinaire, en vente à peu près partout, ici. Le modèle est très prisé pour couper les bandes plastique des liasses de billets. Tous les casinos de Vegas en ont quelques-uns. Et bien sûr il n'y a pas la moindre empreinte sur le manche. Le tueur devait porter des gants. Le coup a été porté avec force, beaucoup de force. La lame a transpercé le cœur de Green et l'a amené à perdre tout son sang. C'est d'ailleurs le fait que la lame soit plutôt courte qui lui a permis d'arriver jusqu'à la table de craps, avant de s'écrouler, mort.

— Etrange…, commenta Dillon, tandis que l'enregistrement revenait à son départ. Serait-il possible qu'un spécialiste vidéo visionne ces images avec moi ?

— Sans problème… Ce serait vraiment super que

vous trouviez quelque chose qui m'a échappé. Je vais vous chercher quelqu'un.

A la seconde où le policier quittait la pièce, Dillon se leva de sa chaise pour aller jeter un coup d'œil aux dossiers qui se trouvaient sur le bureau. Celui de Tanner Green trônait au sommet de la pile. Il le feuilleta en vitesse, mais n'y découvrit rien de plus que ce que Cheever avait bien voulu lui révéler.

Une minute plus tard, une jeune femme entra et se présenta : Sarah Clay, du service vidéo. Elle avait apporté une espèce de grosse télécommande à côté de laquelle celle de Cheever ressemblait à un jouet pour enfant.

Dillon lança la lecture du premier enregistrement, qu'ils regardèrent tous deux image par image. Cheever avait dit vrai. Le problème ne venait pas de la qualité de l'équipement de sécurité. La voiture dont on avait éjecté Tanner était en dehors du champ des caméras et à l'écart des néons du casino, ce qui rendait impossible de distinguer quoi que ce soit qui permette de l'identifier.

Une limousine blanche… Bon… C'était évident, mais sans grande utilité. Comme l'avait souligné Cheever, elles ne manquaient pas, à Vegas, surtout les blanches. Tous les casinos possédaient des limousines ; les patrons de casinos possédaient des limousines ; les compagnies de location possédaient des limousines ; certains gros joueurs de la ville possédaient aussi des limousines…

Il n'y avait apparemment aucun moyen de déterminer la marque ou le modèle. Même en tâchant d'améliorer la qualité des images, il leur fut impossible de découvrir le moindre signe distinctif, d'isoler un détail qui puisse indiquer d'où la voiture provenait.

Ils visionnèrent les autres enregistrements, dans l'ordre, mais une fois encore le lieutenant n'avait pas menti. La foule qui emplissait le casino jouait contre eux. Même un génie de la vidéo ne pouvait pas faire disparaître une silhouette qui en cachait une autre ni la rendre transparente, et même si les différents angles de vue qu'offraient les caméras permettaient en général de surmonter ce genre de problème, ce n'était pas le cas ici.

La chance n'était pas de leur côté.

— Vous en avez terminé ? demanda poliment Sarah, en jetant un coup d'œil à sa montre.

Dillon songea qu'elle devait travailler sur une demi-douzaine d'autres affaires. Il ne devait donc pas la retenir trop longtemps.

Il lui sourit.

— Presque… J'aimerais juste revoir le dernier enregistrement…

— Bien sûr, dit-elle, sans grande conviction.

Ils visionnèrent les images jusqu'au moment où Green atteignait les tables de craps. Là, Dillon demanda à la jeune femme de zoomer sur le garde du corps, tandis qu'il tombait en avant, entraînant Jessy Sparhawk avec lui. Même en cet instant, partagée entre surprise et horreur, la jeune femme était saisissante de beauté. Il se demanda quelle pouvait bien être son histoire, tant la couleur de ses cheveux et le bleu de ses yeux s'accordaient mal avec un nom de famille d'origine indienne.

— Monsieur Wolf ? s'enquit Sarah.

Il se reprit aussitôt.

— Vous pourriez zoomer sur le visage de Green, s'il vous plaît ?

Elle joua avec quelques boutons et le visage aux yeux exorbités de Tanner Green emplit l'écran.

Les traits d'un homme en train de mourir…

Impressionnant, bon sang !

C'était la surprise, et non pas la douleur, qui dominait dans son expression, comme s'il ne parvenait pas à croire à ce qui lui arrivait. A croire qu'il mourait ? Ou à la manière dont il mourait ?

Dillon remarqua alors seulement que les lèvres de Green bougeaient légèrement. Il repassa aussitôt ces quelques images et se pencha, essayant de distinguer ce que l'autre disait. Peut-être n'était-ce rien. Peut-être appelait-il à l'aide. Il était possible aussi qu'il ait décidé d'adresser une courte prière à Dieu au moment de mourir.

Sarah élargit le champ et ils observèrent les environs immédiats. Malgré l'aération du casino, l'air était empli de fumée, qui formait un voile semi-opaque.

Dillon fixa l'écran avec intensité durant un long moment, puis il se laissa aller en arrière.

— Merci beaucoup, Sarah…

Elle avait dû lui accorder beaucoup plus de temps que prévu, mais le sourire qu'elle lui adressa était sincère. Il était possible qu'on ne la remercie pas si souvent pour ce qui n'était après tout que son travail.

— Je vous en prie. N'hésitez pas à faire de nouveau appel à moi, s'il vous faut de l'aide.

Ce n'était pas une proposition en l'air. Pour preuve, elle sortit une carte de visite sur laquelle figuraient son nom et sa fonction, avec un numéro de téléphone et une adresse électronique.

— J'ai entendu parler de vous, de ce que vous faites, de ce que vous… voyez… Si vous avez besoin de quoi que ce soit — n'importe quoi —, appelez-moi.

Il prit la carte en faisant un petit signe d'assentiment.

— C'est gentil, merci. Je m'en souviendrai.

Ce qu'elle venait de lui faire comprendre, c'était qu'elle était prête à travailler en douce pour lui. Une proposition inappréciable.

Mais, dans l'immédiat, il devait trouver Jessy Sparhawk.

Elle était la seule à pouvoir lui répéter les mots que Tanner avait prononcés, juste avant de rendre son dernier souffle.

Dans une période récente de l'histoire de Las Vegas, l'office du tourisme de la ville avait décidé de transformer Sin City en un lieu de séjour adapté aux familles. Le projet n'avait pas fonctionné, et la ville avait très vite renoué avec sa vieille image, mais des parents venus pour le jeu continuaient d'amener leurs enfants avec eux. De nombreux casinos proposaient donc des animations destinées aux plus jeunes ; il fallait que, pendant ce temps, rien ne puisse distraire les parents de cet espoir absurde que le prochain dollar glissé dans la fente d'une machine à sous serait celui du jackpot.

Au Big Easy, on avait résolu la question, en offrant l'après-midi au jeune public un spectacle sur le thème des pirates, avec boisson et nourriture.

Ce n'était rien de plus que du baby-sitting amélioré, en somme. Mais cela ne gênait pas Jessy. Elle aimait les enfants. Bien sûr, on tombait de temps à autre sur un sale gosse qui ne pouvait s'empêcher de tirer sur les barbes, de renverser le coffre du trésor ou de regarder sous les jupes, celles des « reines des pirates » comme celles des serveuses. Mais, l'un dans l'autre, ce n'était pas un travail si terrible que cela. Cela valait même bien mieux que de se produire à une soirée d'enterrement de vie de garçon, devant un public d'ivrognes persuadés qu'une jeune femme de moins de trente ans en petite tenue était forcément à vendre.

Par contraste, soigner les détails du « baby-sitting » était souvent amusant et aujourd'hui tout se passait particulièrement bien.

Il y avait près de trois cents enfants dans la salle. Ceux dont les parents étaient clients de l'hôtel du casino ne payaient pas ; les autres, racolés ici et là, payaient le prix fort. La somme pouvait paraître importante, mais en regard des centaines, voire des milliers de dollars qui étaient parfois abandonnés sur les tables de jeu ou dans les machines en quelques minutes, ce n'était pas grand-chose.

L'âge des spectateurs allait de deux à vingt et un ans. Les plus vieux étaient en général là pour accompagner des frères et sœurs plus jeunes, mais aussi parce que, entre dix-huit et vingt et un ans, on n'avait légalement pas le droit d'entrer dans un casino ni de consommer de l'alcool.

Le spectacle lui-même était constitué pour une grande part d'improvisation, ponctuée par des numéros de danse chorégraphiés avec soin. La trame en était l'histoire de pirates qui s'étaient retrouvés coincés sur Lake Meade, l'immense lac artificiel du Nevada. Ils cherchaient leur trésor, tout en interprétant des chansons traditionnelles.

Les plus jeunes étaient en train de crier à pleins poumons pour indiquer à Jessy — une reine des pirates un peu évaporée — que le coffre du trésor se trouvait là, juste sous son nez, quand la jeune femme fit un tour sur elle-même et *le* vit.

Il se tenait juste à l'extérieur de la salle, debout contre un mur peint d'une fresque représentant le *Jolly Roger* voguant sur l'océan avec des pirates à son bord. Il regardait à travers la grande baie vitrée qui ceinturait l'espace théâtral proprement dit et il la fixait. Il portait un costume et donnait l'impression étrange d'être à la fois réel et irréel…

Il se trouvait à une trentaine de centimètres de Grant Willow, l'un des quatre hommes de la sécurité — des hommes très aguerris, mais aussi capables d'être au contact des enfants sans les intimider — en faction dans le grand hall d'entrée. Grant semblait totalement inconscient de sa présence.

Elle reconnaissait le visage de cet homme. Elle s'était trouvée face à lui dans les circonstances les plus pénibles qui soient. Logiquement, il ne *pouvait* pas être là et pourtant…

Elle cligna des yeux.

Il avait disparu.

Elle s'était figée au milieu de la scène, abasourdie, et Aaron Beaton, qui jouait le rôle du capitaine Barbenoire, fut obligé de répéter plusieurs fois sa réplique, roulant des yeux de plus en plus furieux, dans un effort désespéré pour la ramener à son rôle.

— Bonny Anne, Bonny Anne, c'est-y qu'on l'a trouvé ? On l'a trouvé, mon trésor ?

Mais Jessy le regardait sans réagir. Elle n'avait plus la moindre idée de ce qu'elle devait lui dire. Elle avait l'esprit vide, soudain, et elle était glacée.

Ce qu'elle avait vu n'était pas réel, ne pouvait pas être réel ! C'était certainement le fruit de son imagination, troublée par les événements de la veille !

Et si l'apparition s'avérait un être de chair et de sang, alors il ne s'agissait que de quelqu'un d'autre. Quelqu'un qui *ressemblait* à un mort.

— Bonny Anne ? appela une fois encore Aaron, d'un ton sec.

— *Ton* trésor ? répondit-elle, en revenant enfin à son personnage. *Mon* trésor, tu veux dire !

Sa réplique entraîna un combat pour rire, un numéro chorégraphique préparé et interprété avec la plus grande des précisions. Elle bataillait, tourbillonnait et sautait. A un moment, elle ne put s'empêcher de jeter un coup d'œil vers la porte et elle eut un coup au cœur.

Il était de nouveau là.

Et il la fixait de ses yeux exorbités, un masque de tragédie sur le visage.

S'il se fiait à l'affiche publicitaire qu'il avait vue la veille, et sur laquelle figurait Jessy Sparhawk, Dillon avait de bonnes raisons de penser qu'il pouvait trouver la jeune femme au Big Easy, où elle travaillerait.

Il ne se trompait pas.

Pas de cow-boys, contrairement à ce que laissait penser l'affiche, mais une fête pirate organisée tous les jours de 13 à 18 heures, ce qui laissait aux parents un après-midi entier à consacrer en toute insouciance au jeu. Probablement étaient-ils un certain nombre à oublier de revenir avant l'heure de fermeture, mais le casino avait dû prévoir ce cas de figure.

Le théâtre était entouré de baies vitrées et le hall d'entrée extérieur décoré de fresques et d'objets en rapport avec le thème de la piraterie. A l'intérieur de la salle elle-même, un vaisseau de taille imposante occupait la scène et semblait flotter sur une mer bleue miroitante, un effet obtenu grâce à des lampes installées sous le sol de la scène, vitré lui aussi. Les enfants étaient installés au gré des espaces signalés par des drapeaux de couleurs différentes ; les spectateurs répartis ainsi en équipes pouvaient encourager les « champions » correspondant à leur couleur sur scène. De gros coffres proposaient un peu partout dans la salle sodas, chips et confiseries, mais aussi des gourmandises plus diététiques, comme des snacks au soja ou du thé glacé. Le spectacle était une production de grande qualité, supérieure à ce qui se faisait ailleurs, et destinée à plaire à des enfants de tous âges — et même aux quelques adultes que Dillon remarqua parmi le public. Il nota qu'on avait regroupé les enfants les plus jeunes. Pour dix spectateurs, il y avait au moins trois employés, vêtus d'uniformes de pirates aux couleurs du casino.

Sur scène, on bataillait sec.

Parmi les combattants, Dillon reconnut aussitôt Jessy, malgré sa perruque, son maquillage et son costume. Les gamins cherchaient à attirer son attention en hurlant et même les plus âgés semblaient prendre plaisir à crier avec les autres pour l'aider à trouver le trésor.

Il la vit soudain se figer et fixer quelque chose, vers la porte.

Cela ne dura pas longtemps, mais son partenaire dut tout de même répéter plusieurs fois sa réplique. Elle détourna finalement le regard et répondit, un combat au sabre s'ensuivit, qui prit rapidement l'allure d'un ballet.

Puis, de nouveau, la jeune femme se figea, en plein spectacle.

Dillon sentit qu'on lui tapait sur l'épaule. Il crut qu'il s'agissait du garde de la sécurité, au physique imposant, qui surveillait la salle d'un œil d'aigle.

Mais ce n'était pas lui. C'était Ringo, qui se tenait à ses côtés.

— Là-bas…, déclara-t-il tranquillement.

Dillon chercha dans la direction indiquée. Un type se tenait de l'autre côté de la salle, près du garde.

Un grand type en costume.

Tanner Green…

Le détective se dirigea aussitôt vers lui. Il se déplaça rapidement, mais sans précipitation, gardant les yeux fixés sur le garde comme s'il le rejoignait pour lui poser une question.

Mais Green le sentit, se tourna vers lui et le fixa d'un regard dur.

L'instant d'après, il avait disparu, se dissipant comme une brume légère dans un soudain coup de vent.

— Tu lui as fait peur ! lui reprocha Ringo.

Dillon était furieux contre lui-même. Il aurait dû prendre le temps d'observer Tanner plus longuement. Se montrer plus patient. Mais si l'autre évoluait dans des espèces de limbes spirituelles il était impératif que Dillon parvienne à nouer le contact. A lui parler.

Le garde tourna les yeux vers lui et lui sourit, le prenant sans doute pour un père attendant que le spectacle se termine pour venir chercher ses enfants.

— Il y en a encore pour un moment — une vingtaine de minutes, lui dit l'homme aimablement. Les enfants s'attardent toujours un peu pour se faire prendre en photo avec les acteurs, après…

— Merci.

Se détournant, il porta la main à son visage et fit mine de se caresser le menton.

— Pourquoi a-t-il eu aussi peur de moi ? demanda-t-il aussi discrètement que possible à Ringo derrière ses doigts.

— Ce type a été assassiné, lui rappela Ringo, comme s'il soulignait une évidence à l'intention d'un enfant de trois ans. T'es un peu mou du bulbe, parfois !

Agacé, Dillon prit le parti de ne pas répondre. Ringo était peut-être un homme du passé, mais il avait adopté le langage moderne avec enthousiasme, comme si d'une certaine façon cela le rendait plus proche du monde des vivants.

— Il a peut-être eu peur de *toi*, dans ce cas, lui fit-il remarquer.

— Ça, ce n'est pas idiot, reconnut Ringo. Il n'a pas

dû croiser beaucoup d'autres fantômes, peut-être même qu'il n'en a rencontré aucun… Possible aussi qu'il n'ait pas encore accepté le fait qu'il soit mort.

Quelle que soit l'explication, Tanner Green avait peur. Une peur malgré laquelle il était venu voir Jessy Sparhawk, la femme sur laquelle il s'était effondré juste avant de mourir.

Et elle l'avait aperçu, tout spectre qu'il était maintenant. Dillon l'aurait juré.

Le spectacle se termina et tous les gamins se précipitèrent vers la scène. Les acteurs posèrent pour les photos de bonne grâce, souriant, plaisantant, signant des petites affiches qu'on avait apportées à cet effet. Dillon observait Jessy, tandis qu'elle prenait une petite fille dans ses bras pour une photo, échangeait avec elle quelques mots, puis lui dédicaçait une des affichettes. Elle semblait totalement à l'aise — sauf quand elle jeta un rapide coup d'œil vers la porte et qu'une expression inquiète voila son visage.

Puis elle l'aperçut, lui, et parut surprise. Elle sembla ensuite agitée, tout en conservant le sourire dans ses échanges avec son jeune public.

Il lui fit un petit signe et elle lui répondit.

Le garde aux larges épaules s'approcha alors de lui en souriant.

— Vous êtes un ami de Jessy ? Je vous avais pris pour un parent…

— Non, répondit Dillon, en secouant la tête. Je… je suis en effet un ami de Jessy…

— Alors allez-y, si vous voulez.

— Merci.

Dillon se dirigea vers la scène, Ringo sur ses talons. Il remarqua une femme qui se retournait sur leur passage, visiblement intriguée. Elle resserra son gilet sur elle, comme si elle avait soudain froid. La plupart des gens réagissaient ainsi. Ils ne voyaient pas les morts, ils ne pouvaient pas communiquer avec eux, mais ils sentaient intuitivement leur présence.

Dillon sourit à la femme, tout en poursuivant son chemin, espérant que son espiègle compagnon invisible ne se croirait pas obligé de taper sur l'épaule de la femme ou de tirer sur sa jupe. Il pressa le pas pour l'éloigner de toute tentation.

Jessy se trouvait toujours sur scène et posait avec les quelques enfants encore là.

Elle le regarda s'avancer vers elle par-dessus la tête d'une petite fille et il sentit qu'elle n'était pas si heureuse que cela de le voir. Mais elle avait un rôle à jouer et conserva un visage aimable.

— Très impressionnant, commenta-t-il, en rejoignant la scène.

Il vit certains des autres acteurs le dévisager, puis échanger quelques mots. On l'étudiait de près, il le savait.

— C'est une surprise de vous voir ici, lui dit-elle.

— Il faut que je vous parle, Jessy…

— Oh ? Ce n'est pas le meilleur moment. Je dois me démaquiller, me changer et vérifier mon emploi du temps pour les prochains jours.

— J'attendrai.

Elle détourna les yeux et se mordit la lèvre. C'était peut-être une bonne actrice, sur scène, mais elle faisait une piètre menteuse. Elle n'avait pas d'excuse valable pour refuser de lui parler et n'allait pas en inventer une.

— La journée a été dure, continua-t-elle. Je suis vraiment fatiguée…

— Je ne vous ennuierai pas longtemps. Promis… Vous allez manger quelque chose, j'imagine ? Laissez-moi vous accompagner jusqu'au fast-food de votre choix. Ensuite, je vous laisserai tranquille.

Elle laissa échapper un soupir et, sans plus de résistance, accepta.

— Entendu. Accordez-moi une demi-heure.

— Merci. Je vous attends.

Elle hocha la tête sans chaleur et il ne put s'empêcher de penser qu'elle faisait une magnifique pirate. Bien que son costume n'ait rien d'osé, ses seins se devinaient de façon charmante dans un corsage en coton, au-dessus d'un corset en cuir. Elle portait une jupe longue, fendue sur tout un côté pour faciliter les numéros de danse. Si son maquillage de scène était très marqué, avec des faux cils, elle n'en restait pas moins extraordinairement belle.

Eblouissante, mais elle avait peur…

Il s'obligea à prendre un peu de recul. Elle était séduisante, certes, mais il avait besoin de toute sa concentration s'il voulait découvrir la vérité sur la mort de Tanner Green. Il savait déjà qu'elle ne serait pas réceptive à tout ce qu'il avait à lui dire. Il était même plus que probable qu'à cause de sa présence au Vegas Sun, la veille, sa simple présence aujourd'hui soit perçue comme une agression.

— Je vous retrouve chez Chen's, lui proposa-t-elle. C'est sur le Strip, un peu plus bas.

— Je connais, oui. A tout à l'heure. Et… merci.

Il la suivit du regard tandis qu'elle se dirigeait vers les coulisses. Juste avant de disparaître, elle jeta un coup d'œil en arrière, mais pas vers lui.

Elle tressaillit visiblement, comme si elle avait vu un fantôme, et disparut derrière un rideau en velours noir.

4

Il y avait une réponse toute simple, forcément. Une réponse incroyablement simple… Elle voyait quelqu'un qui ressemblait à Tanner Green, voilà.

Elle n'avait pas vu cet homme bien longtemps, mais ses traits étaient gravés dans son esprit. Jamais elle ne les oublierait. Elle avait plongé les yeux dans les siens, alors qu'il mourait !

Un détail qui avait du reste son importance : il était mort.

A force de prêter l'oreille aux fables de Timothy, n'était-elle pas en train de voir des fantômes, comme lui-même voyait des danseurs irréels dans le ciel ?

Pourquoi avait-elle accepté de parler à Dillon Wolf ? Elle n'en avait pas envie, sans trop comprendre pourquoi, du reste. L'homme était séduisant, courtois, charmant et sexy, comme Sandra n'aurait pas manqué de le souligner.

Mais…

D'une manière ou d'une autre, il avait un lien avec les visions extrêmement étranges qui la perturbaient. Comment ? Pourquoi ? Elle n'en avait pas la moindre idée. Tout était lié en un nœud serré de sentiments faits de peur et d'angoisse, et elle n'aimait pas du tout cela. Au moins les policiers la laissaient-ils tranquille ; ils avaient compris qu'elle n'était pour rien dans la mort de cet homme, sinon pour s'être trouvée au mauvais endroit au mauvais moment.

Elle s'assit à sa coiffeuse, prit un tampon démaquillant et se le passa délicatement sur le visage. Une fois débarrassée de son maquillage, elle paraissait plus jeune. On voyait aussi plus clairement la peur qui l'habitait. Et là encore, elle n'aimait pas du tout cela.

— Qui c'était, le beau gosse ? lui demanda April Landon, une des comédiennes du spectacle.

— Qui ça ?

— *Qui ça ?* l'imita April, en se glissant à son tour devant le long miroir. Tu sais bien, le grand, brun et supercool…

— Juste un ami. Enfin, pas vraiment un ami…

— Un ennemi ?

— Mais non ! Je viens juste de le rencontrer, c'est tout.

— Je vois. Eh bien, si tu décides de ne pas être son amie, présente-moi, d'accord ?

April ponctua sa requête d'un clin d'œil, avant de se débarrasser de son grand chapeau à plumes.

— Tu as déjà oublié que tu as quelqu'un ?

— Non. Mais je ne suis pas aveugle pour autant.

April ôta ses boucles d'oreilles, puis se tourna soudain et promena son regard à travers la pièce.

— Qu'est-ce qu'il y a ? lui demanda aussitôt Jessy, sur le qui-vive.

— Je ne sais pas… Une impression désagréable, lui répondit April, en haussant les épaules. Ça m'a collé la chair de poule, comme si on m'avait posé de la glace dans le dos.

Jessy regarda aussi autour d'elle. Si elle ne vit rien, elle éprouva quand même une drôle de sensation. Elle devait se contrôler. Comment espérer mener une vie normale si, à chaque coin de rue, elle s'effrayait brusquement de dangers invisibles ?

April haussa de nouveau les épaules et entreprit à son tour de se démaquiller.

— Tu veux que je donne mon avis ? A ta place, je le draguerais, ne serait-ce que pour le glisser au moins une fois dans ton lit. Et bien sûr je veux tous les détails, après !

— Je n'ai pas l'habitude de révéler mes secrets d'alcôve, April…

— Il est indien, non ?

— Je te rappelle qu'on dit amérindien…

April leva les yeux au ciel.

— Je dis « indienne » quand je parle de toi. Et les gens me reprennent en pensant que je dis n'importe quoi. C'est vrai aussi que tu n'as vraiment pas le type !

— Timothy est à moitié indien lakota.

— Donc, tu es indienne. Enfin, amérindienne…

Jessy ôta ses bottes et les rangea dans leur boîte, sous la coiffeuse. Elle retira ensuite son déguisement, enfila rapidement sa robe en maille et glissa les pieds dans ses sandales.

— Je file, dit-elle à Avril, en lui posant la main sur l'épaule.

— Tu emmènes M. Chairdepoule avec toi, tu veux bien ?

Jessy s'immobilisa et se tourna vers elle.

— Pardon ?

April se mit à rire.

— Je plaisantais ! C'est juste cette drôle d'impression que j'ai, d'être observée… La faute au journal, j'imagine.

— Le journal ?

— Oui. Toute la une est consacrée à ce type qui a été assassiné, hier soir. Il travaillait pour Landon, tu sais.

Emil Landon, le propriétaire de ce casino. Donc, d'une certaine manière, c'est un collègue à nous qui a été tué. Il paraît qu'il s'est écroulé sur une femme et qu'il lui est mort dessus…

Elle s'interrompit et regarda Jessy de plus près.

— Tu es toute pâle, soudain. Tu n'avais pas entendu parler de cette histoire ?

— Non, j'ignorais…

— Ça n'a rien à voir avec nous, de toute façon. Mais je pense quand même que nous ferions mieux d'être prudentes pendant quelque temps, l'une et l'autre. Tu ne dois pas marcher jusqu'à ta voiture seule, n'est-ce pas ?

— Non, j'ai un rendez-vous sur le Strip. Et toi, tu as quelqu'un pour t'accompagner jusqu'à ta voiture ?

— Je vais aussi sur le Strip. Sors d'ici, maintenant, que je finisse de me changer.

Jessy quitta la loge, perturbée. Tout en refermant la porte derrière elle, elle espéra avec une pointe de culpabilité qu'elle laissait « M. Chairdepoule » à l'intérieur, avec April. Elle traversa rapidement la salle de spectacle. Elle avait hâte de rejoindre le casino lui-même, avec ses bruits, ses lumières et sa foule.

Dillon se demandait une nouvelle fois si Jessy allait vraiment se montrer, ou si elle trouverait une excuse pour l'éviter, quand il la vit entrer chez Chen's, exactement une demi-heure après qu'ils s'étaient séparés au casino.

Une multitude de belles femmes peuplaient Vegas. Elles avaient pour la plupart des corps de rêve, des visages splendides et des jambes interminables. Et, dans cette ville où une jolie fille était pratiquement assurée de trouver un travail bien payé, elles étaient aussi nombreuses à avoir les seins refaits.

Tout en observant Jessy Sparhawk qui marquait une pause et promenait son regard à travers la salle, il tenta d'analyser ce qui faisait son charme. Ses longs cheveux brillants retombaient souplement dans son dos. Elle avait de grands yeux expressifs. Son visage présentait des lignes parfaites. Elle avait de longues, très longues jambes. Et la symétrie de ses traits la rendait à la fois élégante, sûre d'elle et délicieusement vulnérable. Aucun signe de dureté chez elle, comme cela arrivait si souvent chez les femmes, par ici.

Qu'est-ce qui la rendait si spéciale ? C'était peut-être sa voix, la douceur avec laquelle elle parlait, tout en se faisant parfaitement comprendre.

Puis il s'avisa que cela pouvait aussi bien être ses oreilles ou ses genoux… Il était tout simplement impossible de pénétrer le mystère de son charme. Elle l'attirait, et voilà tout !

Après la surcharge de son grimage et de son costume de scène, elle lui apparut au naturel, décontractée. Son visage était débarrassé de tout maquillage et elle avait passé une robe bleu cobalt qui rappelait la couleur de ses yeux. Il n'y avait rien de voyant dans la façon dont cette robe tombait juste au-dessus de ses genoux ou dénudait ses bras, mais elle devenait d'une rare beauté à chacun des mouvements de la jeune femme.

Ringo laissa échapper un léger sifflement. Tout à sa contemplation, Dillon en avait oublié sa présence.

Ignorant son compagnon, il se leva quand Jessy le rejoignit. Il tendit la main pour lui désigner la banquette. Elle s'assit, ou plutôt elle se percha au bord.

— Mademoiselle Jessy…, la salua la serveuse, en s'approchant, sans même que Dillon ait eu à l'appeler.

A l'évidence, Jessy avait choisi un endroit où elle avait ses habitudes. Etait-ce bon signe ? Ou le restaurant tout simplement était-il le premier qui lui était venu à l'esprit ?

— Salut, Mai, dit-elle en souriant à la jeune et jolie Chinoise. Ça va ?

— Bien, bien. Je t'amène toujours Michael samedi, alors ?

— Comme prévu. Je te promets qu'on fera tout pour qu'il passe un super moment.

— Merci. Tiens, je te sers.

Elle prit la théière posée devant eux. Dillon avait découvert avec surprise et plaisir qu'ils préparaient un thé délicieux, comme il en avait rarement bu.

— Si je comprends bien, notre serveuse s'appelle Mai et elle a un fils, dit-il, après que la jeune Chinoise les eut laissés réfléchir à leur commande.

— Son mari et elle sont les propriétaires du restaurant. Ils ont un bout de chou de quatre ans. Un adorable petit garçon.

— Si la cuisine est aussi bonne que leur thé, le dîner s'annonce mémorable…

Elle lui répondit d'un signe de tête et lui sourit presque. Apparemment, elle était sensible au fait qu'il sache apprécier un bon thé.

— Je ne comprends pas ce que vous voulez, ni ce que je serais susceptible de vous dire de plus…, continua Jessy, en ramenant la conversation à la raison qui les avait réunis. Vous étiez présent, hier soir. Pour ma part, je n'avais jamais vu cet homme avant qu'il vienne me… me mourir dessus.

— J'ai pensé que si nous prenions le temps de parler quelque chose, un détail, pourrait vous revenir à l'esprit.

Elle fit « non » d'un signe de tête.

— Vous travaillez pour Emil Landon ?

— Oui, mais vous travaillez pour lui depuis plus longtemps que moi. Je viens juste d'être embauché.

— Parce qu'il se croit en danger, c'est ça ?

— Oui.

— Et qu'est-ce que vous en pensez ?

— Je ne sais pas trop, avoua-t-il en toute honnêteté. Je m'efforce d'en découvrir un peu plus sur l'homme. Beaucoup de rumeurs courent sur son compte. En consultant les documents librement accessibles, vous pouvez déjà vous faire une idée sur quelqu'un. Il est riche. Il possède un casino. Quant à savoir s'il a employé la méthode brusque et semé quelques cadavres sur son chemin, ou s'il s'est mis à fréquenter des gens peu recommandables… En tout cas, il ne fait confiance à personne.

— A vous entendre, il semble que vous ne l'appréciez pas beaucoup.

— Parce que vous l'appréciez, vous ?

Elle secoua la tête.

— Je ne le connais pas. Je l'ai vu à la télévision, aux informations, mais je ne l'ai jamais rencontré personnellement. Il y a peu de chances que ça arrive, d'ailleurs, à moins que l'envie lui vienne soudain d'amener des enfants à notre spectacle…

Dillon but une gorgée de thé pour cacher le sourire qui lui montait aux lèvres, en songeant à la façon merveilleuse dont elle s'entendait avec les enfants. C'était une belle chose. Même s'il fallait bien reconnaître qu'il était tellement sous le charme qu'elle aurait pu lui dire que les claquettes étaient sa passion et qu'il aurait alors trouvé le moyen de penser que ça aussi, c'était une belle chose…

Mai revint à leur table. Jessy lui demanda si cela le gênait que Mai et elle se chargent de la commande. Il sourit et assura qu'il n'y voyait aucun inconvénient.

La jeune femme parut se détendre. Elle était vraiment assise sur la banquette, à présent.

— J'imagine que ça n'a rien de facile pour vous, fit-elle remarquer, après que Mai les eut de nouveau quittés. Emil Landon doit avoir un passé et sans doute beaucoup d'ennemis. D'après ce que j'ai vu aux informations, à la télévision, Tanner Green en avait un, lui aussi, de passé. Je trouve étrange qu'un homme aussi costaud ait pu être assassiné de la sorte, sans se défendre. Il faut être près de sa victime, pour utiliser un couteau.

Dillon but une nouvelle gorgée de thé. Jessy paraissait pensive. Il se demanda si elle était troublée, ou si elle se contentait d'exposer les faits.

— Ça peut aussi signifier qu'il se trouvait avec quelqu'un de familier et qu'il ne s'est pas méfié. Il ne faut pas non plus sous-estimer le fait qu'il y a beaucoup de monde dans un casino et ses abords, et qu'il est donc facile d'approcher quelqu'un sans être remarqué. Mais je pense — sans en avoir la preuve absolue — qu'il a été poignardé avant son entrée dans l'établissement.

Jessy tressaillit légèrement et eut un sourire contrit.

— Je devrais me sentir coupable de dire une chose pareille, mais je trouve rassurant de penser que c'est bien lui qu'on voulait tuer. Je préfère ça, plutôt que de savoir un tueur fou en liberté dans la ville, choisissant ses victimes au hasard.

— Sans doute, oui, acquiesça Dillon.

Leur dîner arriva et Dillon pensa qu'il avait dû passer favorablement le test liminaire, car Jessy le présenta à Mai comme un ami. Elle avait commandé deux plats, l'un mandarin, au poulet, l'autre, cantonais, au bœuf. Tous deux étaient délicieux. Durant quelques précieux instants, quand ils commencèrent de manger, Dillon eut l'impression qu'il s'agissait d'un rendez-vous comme un autre. Sauf que ce n'était pas du tout le cas. Si Jessy Sparhawk avait accepté de passer ce moment avec lui, non sans réticence d'ailleurs, c'était parce qu'il avait besoin de lui parler. Elle n'avait rien contre lui, il en était sûr, mais elle semblait tout faire pour créer un mur entre eux.

Comme ils n'allaient pas pouvoir disserter sur la gastronomie chinoise pendant des heures, il finit par ramener le sujet de la mort de Green sur le tapis, tout en dégustant le bœuf et sa sauce d'huîtres.

— Que voulez-vous que je vous dise, au juste ? lui demanda Jessy. Je ne sais pas ce que vous attendez de moi.

— Moi non plus, mais j'ai la certitude qu'il y a quelque chose. Caché dans un coin de votre cerveau. Quelque chose que vous ne croyez pas important, ou dont vous n'avez même pas conscience. C'est peut-être pourtant l'indice qui pourrait tout changer.

Posant sa fourchette, elle se pencha vers lui.

— Je ne vois vraiment pas comment vous aider. Un homme que je ne connaissais pas est venu mourir sur moi, sur une table de craps, après avoir titubé à travers la foule du casino. Vous savez que tout s'est passé exactement comme je l'ai raconté. Et c'est allé si vite…

— Il vous a parlé, déclara tranquillement Dillon.

La façon qu'elle eut aussitôt de froncer les sourcils, de surprise et de confusion, n'avait rien de feint. Avait-elle oublié ? L'information dont il avait besoin était-elle vraiment enfouie dans les profondeurs de son inconscient ?

Elle se laissa aller contre son dossier, semblant fouiller sa mémoire.

— Nous ne nous sommes pas parlé, dit-elle enfin.

— J'ai vu les enregistrements des caméras de sécurité. Ses lèvres bougeaient.

— Il est possible qu'il ait chuchoté quelque chose…

Je n'en sais rien, désolée. Il était en train de mourir. S'il a prononcé des mots, je n'en ai aucun souvenir. Tout ce que je me rappelle, c'est l'impression d'avoir été prisonnière, l'horreur en me rendant compte qu'il était en train de se vider de son sang sur moi. Et ce sont des images que je n'oublierai pas de sitôt !

Dillon n'avait pas l'intention de lâcher aussi facilement le morceau, mais il sentait que ce n'était pas le moment de la presser. Elle savait ce que Tanner Green avait dit, consciemment ou non, et en cet instant elle l'avait simplement oublié. Soit. Il était temps de passer à autre chose, pour le moment.

— Et votre grand-père ? Tout allait bien, hier soir ?

— Oui, merci.

Elle le fixa avec intensité, puis ajouta :

— Timothy diminue peu à peu.

Elle avait dit cela comme si elle espérait que cela le découragerait.

— Je suis désolé. Maladie d'Alzheimer ?

— Non, il baisse, c'est tout. Il va bien, il fait attention à sa santé, mais… il faut juste le surveiller. Il a de bons moments, tout de même. Il a des activités. Il me reconnaît et reconnaît les gens qui s'occupent de lui.

Elle hésita.

— Il vit dans une résidence spécialisée pour personnes âgées. Il s'y plaît beaucoup. Il y a un médecin merveilleux, et les gens qui travaillent là-bas sont fantastiques…

Elle hésita, de nouveau, comme si elle en disait plus qu'elle ne le voulait, sans pouvoir s'en empêcher. Peut-être encore une tentative involontaire de lui faire peur.

— J'étais jeune quand mes parents sont morts, et c'est Timothy qui m'a élevée. Je l'aime plus que tout, mais il m'est impossible de travailler et de le garder chez moi dans le même temps. Il oublie des choses sur le feu, il parle à des amis imaginaires, dans les murs ou dans le ciel…

— Du moment que ce sont des amis, je dirais que ça ne pose pas de problème.

— J'ai des amis qui peuvent m'aider à veiller sur lui quand il est à la maison, dit encore Jessy, en jouant du bout de sa fourchette avec le contenu de son assiette.

— Hier soir, vous étiez au casino pour gagner de quoi payer les frais de sa résidence, n'est-ce pas ?

Elle leva les yeux vers lui, puis haussa les épaules en faisant remarquer :

— Vieillir coûte extrêmement cher, dans ce pays.

— Je sais. J'ai pu m'en rendre compte de nombreuses fois. Je suis heureux que la chance ait été de votre côté. Vous ne m'avez pas donné l'impression d'être une habituée des tables de craps.

Elle se mit à rire.

— Dites plutôt que je ne joue *jamais* ! C'est ici, à Vegas, que j'ai grandi ; ici que je suis allée à l'école ; ici que je travaille aujourd'hui. Timothy est la seule famille qui me reste. J'ai des amis, bien sûr, et j'adore travailler au contact des enfants… Et si on parlait de vous, pour changer ? La rumeur fait de vous une espèce d'agent secret. C'est la vérité ?

— Un agent secret ? Pas vraiment, dit-il, étonné qu'elle ait parlé de lui avec quelqu'un. Ce n'est un secret pour personne que j'ai été engagé par Emil Landon.

— Mais vous n'avez pas l'habitude de ce genre de travail…

— Disons que je suis un indépendant, avec une licence, bien sûr. Je travaille depuis un certain temps pour une agence, Harrison Investigations, dirigée par quelqu'un qui s'appelle Adam Harrison. Il engage des gens à travers tout le pays — à travers le monde, devrais-je dire. Mes racines sont également ici. Mes parents sont morts, mais j'ai de la famille qui vit non loin de Vegas. Pour ce qui est de Landon, il s'est adressé à Adam, qui m'a suggéré de prendre l'affaire, et voilà tout.

— Pourquoi avoir accepté ?

Dillon hésita.

« Pourquoi ? Parce que le fantôme qui ne me lâche pas d'une semelle voulait que je la prenne. Et Adam pense que, lorsqu'un fantôme a une impression au sujet de quelque chose, cela mérite qu'on s'y intéresse. »

— Je ne saurais pas vraiment vous le dire.

Là, il était honnête, au moins.

— Votre famille vit dans une réserve ?

— Certains de ses membres, oui. D'autres ont leurs propres terres.

— Pourquoi votre employeur est-il si cachottier ? Et toutes ces missions qu'il effectue prétendument pour le gouvernement, de quoi s'agit-il ?

— Depuis quelques années, on fait appel à Adam pour enquêter sur des crimes très divers, fédéraux pour certains, et il s'est ainsi créé de nombreux contacts au sein des diverses agences chargées de faire respecter la loi dans le pays. Je ne sais pas grand-chose de lui, ni de mes collègues ou des affaires qui leur sont confiées. Il arrive que nous soyons plusieurs à nous retrouver sur un même cas, ou que les choses se règlent de façon plus personnelle. Nous ne travaillons pas dans le secret, même si Adam ne cherche pas la publicité. Il sélectionne les affaires avec le plus grand soin. Parfois, c'est un des enquêteurs qui le fait…

— Pourquoi, à votre avis, a-t-il accepté de s'occuper d'un homme puissant, riche, dont la réputation n'est pas la meilleure qui soit ?

La question était un défi. Jessy donnait l'impression

de vouloir démontrer que tout n'était pas complètement réglo, chez lui.

— Je ne sais pas encore. Mais j'espère que ce sera le cas quand j'aurai découvert le fin mot de cette affaire. Jusque-là, j'ai simplement rencontré Emil Landon et sa petite suite. A présent, un de ses gardes du corps est mort, une mort dans laquelle vous êtes impliquée malgré vous. A ce stade, j'ai besoin de toute l'aide qui peut se présenter.

Il scruta son visage, guettant un signe qu'elle lui faisait confiance. Assez du moins pour lui avouer avoir vu un fantôme.

Mais elle se leva brusquement et déclara :

— Excusez-moi, je suis épuisée. Je vais réfléchir et essayer de me rappeler si Tanner Green a pu dire quelque chose. Je ne vous promets rien. Et je vous le répète : je n'avais jamais vu cet homme auparavant. Quant à Landon, même si je travaille pour lui, je ne l'ai jamais croisé. Je suis désolée de ne pas vous aider mieux que ça…

Elle avait quitté le box et s'éloignait, puis elle se retourna soudain, rougissante.

— Oh ! Excusez-moi, j'ai oublié l'addition…

— Elle est pour moi, je vous en prie. Vous avez accepté de me rencontrer.

Elle rougit un peu plus, comme si elle était gênée de se retrouver dans la situation d'une femme invitée à un rendez-vous galant.

— Je mettrai ça sur ma note de frais, de toute façon, ajouta-t-il. Et c'est *notre* patron qui paiera le repas !

Elle eut un petit sourire et s'éloigna. Il la suivit du regard. Il aurait aimé l'accompagner jusqu'au parking et s'assurer qu'elle rejoignait sans encombre sa voiture. Qu'elle le sache ou non, elle était suivie par Tanner Green ; et, même si Dillon avait la certitude que le spectre ne lui voulait aucun mal, quelqu'un avait bel et bien assassiné cet homme. Elle se trouvait là quand il avait été tué, et cela signifiait qu'elle-même courait un danger.

— Je m'en occupe, lui glissa Ringo.

Durant tout le repas, Dillon avait une fois de plus complètement oublié la présence du fantôme. Alors que Ringo s'éloignait à la suite de la jeune femme, le cliquetis à peine perceptible de ses éperons et le mouvement d'air soulevé par son passage suscitèrent quelques froncements de sourcils perplexes.

Jessy traversa rapidement le casino plein d'animation vers les ascenseurs qui permettaient d'accéder au parking. L'endroit bruissait d'activité, même si l'animation ne battrait vraiment son plein qu'un peu plus tard. Cela n'empêchait pas les gens de rire et de parler fort pour couvrir le vacarme des machines à sous, tandis que des démarcheurs venaient faire ici et là la réclame pour certains jeux.

Elle se retrouva dans l'ascenseur en compagnie d'un musicien en tenue mexicaine, avec sa guitare, d'un homme et d'une femme qui s'accrochaient l'un à l'autre et ne cessaient de glousser, et d'un employé d'une entreprise de livraison de pizzas. Les portes, qui avaient commencé de se fermer, se rouvrirent brusquement, comme si les capteurs avaient perçu le signal de la présence d'un retardataire cherchant à entrer.

Sauf qu'il n'y avait personne.

— Ces fantômes sont d'un sans-gêne..., commenta le livreur de pizzas en riant.

Les deux glousseurs gloussèrent un peu plus, et même le musicien sourit. Les portes se fermèrent, pour de bon cette fois, et Jessy sentit comme un courant d'air froid flotter autour d'elle.

Elle devait se contrôler. Chaque léger mouvement dans l'air, près d'elle, lui donnait l'impression d'être observée, suivie. C'était ridicule, à la fin ! Il lui fallait mettre un frein à sa paranoïa, sous peine de ne plus être bonne à rien.

Elle vit avec soulagement le musicien descendre au même niveau qu'elle, puis circuler non loin d'elle, alors qu'elle se dirigeait vers sa voiture. Elle sortit son porte-clés et déverrouilla les portières à distance. Se glissant au volant, elle s'enferma aussitôt et se retourna pour inspecter la banquette arrière.

Elle était seule.

Elle alluma l'autoradio. Força le volume. La musique était un bon moyen de noyer tous les sons qu'elle n'avait pas envie d'entendre. C'était l'émission *Seventies Night*, sur la radio locale ; mais à la seconde où le présentateur annonça *Don't Fear the Repear* — « N'aie pas peur de la mort » —, du groupe Blue Oyster Cult, elle changea de fréquence. Une fois sortie du parking, elle évita le Strip et se dirigea vers Henderson, tout en se répétant qu'elle était en sécurité. Elle avait verrouillé les portières. Elle avait vérifié l'arrière. Elle ne craignait rien.

Et pourtant… Pourtant, elle avait l'impression de ne pas être seule. Comme si quelqu'un d'invisible l'avait suivie et se trouvait avec elle.

Elle arriva chez elle sans le moindre problème. Elle descendit de sa voiture et s'obligea à remonter son allée d'un pas normal. Une fois la porte d'entrée franchie, elle la ferma aussitôt et mit le verrou. Même ici, chez elle, elle ne put se débarrasser de cette impression qu'elle était observée, qu'elle n'était pas seule.

Elle se rendit dans la cuisine pour y prendre sa poêle la plus lourde. Elle regretta de ne pas faire de golf — un club aurait fait une arme excellente. Mais elle se sentait tout à fait prête, en cas de besoin, à manier le gros ustensile…

Elle fit le tour de sa maison et finit par se convaincre qu'elle était bien seule. Elle s'avisa aussi qu'elle avait désespérément besoin de sommeil. Elle pensa un instant prendre un somnifère, mais s'y refusa en songeant aux réveils difficiles qu'ils lui valaient, et elle préféra se servir un verre de Baileys. Elle se tenait dans la cuisine, son verre à la main, quand le téléphone sonna.

Elle sursauta violemment, puis décrocha.

— Salut, Jess ! Comment vas-tu ?

C'était Sandra.

— Ça… ça va, lui répondit-elle, tout en ayant conscience qu'elle n'en donnait sans doute pas l'impression.

— Tout s'est bien passé, avec Timothy ?

— Super bien. Hoskins était tellement certain que je ne trouverais pas l'argent qu'il avait déjà promis la chambre à quelqu'un d'autre. J'imagine que ses clients n'ont pas dû être contents. Mais Hoskins est un pauvre type, qui mérite de se faire remettre à sa place. Timothy va bien, lui.

— Je suis heureuse de l'entendre. Et toi ?

— Je vais bien, moi aussi.

— J'imagine que tu n'as pas regardé les informations, ce soir…

— Non ? Pourquoi ? Que s'est-il passé ?

— En fait, rien ne s'est vraiment passé. Mais tu es célèbre.

— Quoi ?

Sandra se mit à rire.

— On t'appelle « la mystérieuse femme », à la télé. Ne quitte pas, je te passe Reggie. Elle veut absolument te parler.

— C'est trop cool, Jessy ! s'exclama l'adolescente, dès

qu'elle eut saisi le téléphone. Personne n'a prononcé ton nom, mais ils racontent que le type est tombé et qu'il est mort sur une mystérieuse femme. Une *belle* et mystérieuse femme ! J'aimerais être une femme mystérieuse, un jour, moi aussi…

— Et moi, j'aimerais oublier que c'est arrivé !

Sandra reprit le combiné.

— Tout ça va finir par se calmer, sois-en certaine… C'est probablement une histoire de drogue, de vengeance, ou je ne sais quoi d'autre. La mafia est peut-être mêlée à l'affaire. A la police de le découvrir… J'appelais juste pour prendre de tes nouvelles.

— Je te l'ai dit, je vais bien. J'ai assuré le spectacle et je vais me coucher, maintenant. J'irai rendre visite à Timothy demain matin, avant d'aller travailler — en espérant que personne n'a eu vent de la « mystérieuse femme », là-bas. Si c'est le cas, je n'ai pas fini d'en entendre parler.

Jessy souhaita bonne nuit à Sandra, qui lui fit promettre d'appeler si elle avait besoin de quoi que ce soit, puis elle raccrocha, son verre de Baileys à moitié vide en main, et décida d'aller se coucher. Il lui sembla entendre comme un cliquetis. Elle décréta que ce devait être le téléphone qui avait un petit hoquet.

Elle termina d'un trait le Baileys et gagna sa chambre.

Elle se prépara rapidement pour la nuit, et juste avant de se coucher elle marqua une pause.

— Je suis vraiment fatiguée, dit-elle à voix haute, dans la pièce vide, et j'aimerais bien que vous me laissiez tranquille.

Personne, évidemment, ne lui répondit.

Quelques minutes plus tard, contrairement à toute attente, elle dormait.

*
* *

Dillon fut tenté d'appeler Jessy pour se rassurer et vérifier qu'elle était bien rentrée chez elle, sans encombre. Il s'en abstint. Il était de toute façon ridicule de penser que sa vie était menacée. Elle s'était trouvée par hasard sur les lieux, mais elle n'avait pas le moindre lien avec Green. Et si le fantôme de l'homme en question la suivait, pour une raison ou une autre, cela ne signifiait pas forcément qu'elle courait un danger.

En outre, Ringo l'avait accompagnée, Ringo qui avait plus d'un siècle d'expérience de la vie après la mort et des règles de l'existence spectrale. C'était un vrai « pro », à sa manière. Il était capable de déplacer les objets — comme ces dés sur la table de craps — et même de les faire tomber s'il le fallait. En cas de nécessité, il devait même être en mesure d'appeler le 911.

Pour arrêter de penser à la jeune femme, Dillon décida de se rendre au Sun et d'interroger des employés, en particulier les portiers et les voituriers, qui avaient pu voir ou remarquer quelque chose le soir où Green avait été poignardé.

On était jeudi. La tresse de scène de crime avait été retirée ; le casino avait rouvert dans la matinée et dans une cohue indescriptible, curiosité oblige. Bien qu'il y ait énormément de monde, Dillon avait un talent certain pour amener les gens à parler. Ici, il s'agissait simplement de distribuer de généreux pourboires pour délier les langues. Le chef du service des voituriers lui expliqua qu'il se trouvait dans sa cabine de verre au moment des faits et qu'il n'avait rien vu. Trois des portiers étaient à l'intérieur, et aucun d'eux n'avait remarqué quoi que ce soit d'utile. Les voituriers ne lui furent d'aucune aide non plus.

— Le problème, lui dit l'un d'eux, c'est qu'on est tellement habitués à croiser des gens bourrés que si quelqu'un passe devant nous en titubant on n'y fait pas attention. On a déjà tous été interrogés par la police. J'aimerais pouvoir vous aider, je vous assure, mais des limousines, on en voit des dizaines par soirée…

— Sauf que *cette* limousine a réussi à se trouver hors du champ des caméras, insista Dillon. Comme si quelqu'un connaissait assez précisément les zones que les appareils de surveillance peuvent atteindre ou pas.

— Je pige, oui. Ecoutez… Allez voir Ruby Yorba. Je me rappelle l'avoir vu ici, l'autre nuit. Il était de service.

Dillon finit par trouver le dénommé Ruby, un type assez grand, d'environ trente-cinq ans, sympathique et plein d'énergie. Il accepta le pourboire sans se faire prier et accorda aussitôt à Dillon toute son attention.

— Je ne suis pas trop sûr de ce que j'ai vu, pour vous avouer la vérité, expliqua-t-il à Dillon. Le flic de la criminelle qui m'a interrogé était un vrai connard ; il m'a foutu les jetons. Il m'a raconté qu'il voulait des faits, pas des théories ; qu'il ne voulait pas savoir ce que les gens *pensaient* avoir vu, mais ce qu'ils avaient *vraiment* vu. Ça ne l'intéressait pas de tourner en rond en suivant des fausses pistes. Je n'ai pas été fichu de lui donner un seul fait.

— C'est un flic, comme vous l'avez dit, souligna Dillon. Moi, je suis un enquêteur et tourner en rond ne me pose pas de problème. Dans l'immédiat, je n'ai rien d'autre à faire, en vérité…

Ruby le fixa un instant et hocha la tête.

— D'accord. Bon, eh bien, voici ce que je pense. Je pense que le bonhomme est sorti d'une de ces immenses Cadillac blanches comme on en voit beaucoup à Vegas. Je regardais la voiture, parce que je me demandais si c'était un véhicule avec chauffeur ou si un type allait nous confier les clés. J'ai bien vu quelqu'un sortir, sans trop voir de qui il s'agissait, et immédiatement après j'ai remarqué cette espèce de grand balèze qui avançait d'une démarche bizarre à travers la foule. Il n'avait pas l'air commode. Il donnait l'impression de repousser les gens. Je me suis tourné vers mon collègue pour lui dire un truc, et quand je suis revenu à l'armoire à glace il avait disparu. Donc, comme je vous l'ai expliqué, je *pense* qu'il est sorti de cette Cadillac, mais je n'en suis pas certain à cent pour cent, vous me suivez ? Ce que je peux vous dire avec certitude, c'est que la voiture, elle est apparue très vite et qu'elle a disparu aussi vite. Et ça, c'est bizarre. Parce qu'une Cadillac de cette taille ne démarre pas sur les chapeaux de roues. Pourtant, si vous me demandez mon avis, c'est bien ce que cette limousine a fait.

— Merci, Ruby, merci beaucoup, lui dit Dillon, avant de tendre une de ses cartes. Si vous pensez à autre chose, prévenez-moi.

— Pas de problème. On aurait pu penser que quelqu'un aurait remarqué le couteau. Mais bon, on est à Vegas, hein ?

Dillon opina.

Le voiturier avait certainement vu juste, au sujet de la Cadillac, ce qui signifiait que celui qui avait tué Green avait de l'argent, assez en tout cas pour s'offrir une limousine privée, et qu'il était assez malin pour rester à l'écart des caméras de sécurité.

Dillon revint chez lui avec cette idée en tête. Il alluma son ordinateur et effectua quelques recherches sur internet pour vérifier quels casinos utilisaient des limousines et par le biais de quels services de location.

Ils étaient six casinos à proposer une limousine moyennant finance et les plus gros clients pouvaient en bénéficier gratuitement.

Il y avait aussi trois agences spécialisées dans la location de ce genre de véhicules.

Alors qu'il réfléchissait aux informations qu'il avait déjà réunies, son téléphone portable sonna.

— Monsieur Wolf ? C'est Ruby Yorba…

— Vous vous êtes rappelé quelque chose ?

— Oui. Je connais l'année de cette limousine, en fait…

— Et ?

— C'est un modèle de cette année. Je le sais à cause de la forme des rétroviseurs. Après votre départ, je discutais avec des collègues, on se disait que les choses ne changent pas vraiment, que c'est parfois difficile de dater une voiture comme ça, à l'œil, et puis j'ai pensé aux rétros. C'est peut-être rien, mais je me suis dit que ça valait le coup de vous prévenir.

— Vous avez bien fait, Ruby. Merci beaucoup.

Dillon raccrocha et revint à son ordinateur. Aucune des agences de location ne proposait le dernier modèle ; en revanche, deux casinos le faisaient : le Sun et le dernier arrivé sur le Strip, le Big Easy.

5

Ruby Yorba quitta son travail à 2 heures du matin. En général, c'était l'heure à laquelle la fièvre commençait à retomber. Les fêtards, qu'ils aient ou non l'impression que le moment était venu d'aller se coucher, avaient assez bu pour que leurs yeux se ferment, et leurs corps imbibés d'alcool les pressaient de se retrouver au lit.

Les rock stars et leur suite avaient tendance à se montrer très tard, mais il n'y avait pas eu de rock stars, cette nuit. Alors, même s'il lui arrivait souvent de rester jusqu'à 3 ou 4 heures du matin, avec l'espoir de récolter un joli pourboire, Ruby décida de ne pas attendre jusque-là.

Il dit au revoir à ses collègues et se dirigea vers le parking. Les employés devaient utiliser le dernier niveau, en plein air, mais cela ne le gênait pas. Il prit l'ascenseur de service et monta retrouver sa petite Coccinelle. Il aimait sa voiture. Dans un monde où le prix de l'essence atteignait des sommets vertigineux, il avait l'impression de pouvoir rouler indéfiniment avec un seul plein.

Il s'arrêta un moment, parvenu au sommet, pour regarder la nuit, la lune et les étoiles masquées par une épaisse couverture de nuages. Qu'il faisait noir ! Il songea que dans le désert, loin des néons, il devait faire encore plus sombre. Sacrément sombre. Il devait faire très froid, aussi. C'était comme ça, le désert. Le jour, il y faisait aussi chaud que dans un four et, la nuit, les températures étaient glaciales. Et Las Vegas n'était rien de plus qu'un tas de fric et de néons posés au milieu de ce fichu désert.

Il pressa le bouton de sa télécommande et l'alarme de la voiture fit entendre son petit couinement. Ses amis pouvaient bien se moquer de lui, à cause de sa voiture, il lui portait un soin excessif. Il lui avait même donné un prénom : Mary. Sa mère et sa fille s'appelaient ainsi. Sa mère était morte des années plus tôt. Quant à sa fille, il ne l'avait pratiquement jamais vue. Elle vivait dans le New Hampshire, avec son ex-femme. Il allait là-bas une fois par an, quand c'était possible, et on lui laissait Mary deux semaines chaque été. Il ne haïssait pas son ex-femme pour cela, et il n'avait aucun ressentiment non plus contre son nouveau mari.

A l'époque de la naissance de Mary, il pensait être un crack. Il travaillait à Wall Street, gagnait énormément d'argent, roulait à bord d'un gros Hummer. Et puis il avait mis le nez dans la cocaïne et il avait peu à peu tout perdu. Une nuit qu'il était complètement défoncé, il avait même failli laisser tomber le bébé du balcon de son luxueux appartement. A présent, il ne touchait plus à la drogue, s'autorisait un peu d'alcool de temps à autre, et revenait lentement vers l'humanité. Il savait qu'il devait faire ses preuves vis-à-vis de sa fille ; il n'était pas sûr qu'elle l'aimât autant qu'elle aimait son beau-père, mais il ne lui en voulait pas.

Alors qu'il rejoignait sa Coccinelle, il eut l'impression qu'une personne s'en éloignait à la hâte et traversait le parking. Il n'y fit pas plus attention que cela. Les employés allaient et venaient sans cesse dans ce lieu, entre les voitures, tout au long de la nuit.

Puis il entendit un bruit de pas, derrière lui, et fit demi-tour, inexplicablement tendu.

— Ruby ! appela une voix féminine.

C'était Amber Olsen, l'une des nombreuses serveuses du Vegas Sun.

— Salut, Amber… Plutôt tranquille, cette nuit, hein ?

— Trop tranquille, tu veux dire. Rien de mieux qu'un mort pour faire plonger les affaires !

— Il n'y avait pas de curieux, dans la journée, à ce qu'il paraît. Mais pas de panique non plus. On va peut-être nous inscrire sur les circuits « fantômes » organisés dans la ville.

— J'espère !

Amber lui fit un signe de la main et s'éloigna du côté de sa voiture, dans une autre aile du parking.

Ruby déverrouilla sa Coccinelle, monta à bord et quitta le parking.

Un peu plus tard, alors qu'il venait de s'engager sur l'autoroute, il sentit le premier raté du moteur. Il fronça les sourcils et examina son tableau de bord.

La jauge d'essence désignait le zéro. Plus d'essence ? C'était impossible : il avait justement fait le plein le matin même !

Une vague d'incertitude le balaya. Avait-il eu encore un de ses petits trous de mémoire, et pensait-il seulement avoir pris de l'essence ? Non. Quand il s'agissait de sa voiture, il n'avait jamais d'absences de ce type. Jamais. Ça n'arrivait que lorsqu'il restait à ne rien faire, en attendant son tour pour garer une voiture ou aller en récupérer une. En aucun cas, il ne prendrait le volant, s'il craignait un tant soit peu d'avoir ce genre de problème en conduisant. Il essayait de reconstruire sa vie, pas de tuer quelqu'un !

Tout cela ne changeait rien au fait qu'il n'avait plus d'essence. Il savait qu'il aurait dû investir dans une carte de membre de l'AAA — l'American Automobile Association. Mais c'était une de ces choses qu'il n'avait pas encore trouvé le temps de faire.

Il jura et se rangea sur le côté avant que le moteur ne cale complètement. Par chance, il se trouvait à environ trois kilomètres de la prochaine sortie et d'une station-service.

Il descendit de la voiture, prit soin de verrouiller les portières. Il tenait à sa Mary et il n'avait pas envie que quelqu'un la lui vole.

Il songea à faire du stop, avant de penser qu'il pouvait aussi bien marcher. De toute façon, il n'y avait pas d'autre voiture sur l'autoroute. A croire que la nuit était vraiment calme partout.

Il se mit à fredonner en marchant, pour éviter de radoter sur sa propre stupidité.

Il avait parcouru environ un kilomètre, quand il aperçut de la lumière derrière lui. Les phares d'une voiture… Et après ? Il était sur une autoroute, non ? Il s'arrêta et se retourna, songeant à faire signe au conducteur de s'arrêter et de le conduire à la prochaine station. Pourquoi pas, après tout ?

Il savait qu'il marchait sur le bas-côté, mais il eut l'impression étrange que le véhicule venait droit sur lui. Il leva les mains pour se protéger des phares aveuglants, se demandant quel genre d'abruti était au volant.

Les lumières grossissaient. L'auto devait bien rouler à cent trente kilomètres à l'heure.

Et elle lui fonçait dessus.

Il ne poussa pas un cri.

Il n'éprouva pas la moindre souffrance.

Il n'eut même pas le temps de penser qu'il mourait.

*
* *

La lumière qui s'insinuait dans sa chambre réveilla Jessy. Elle ouvrit les yeux, lentement, balayant d'un regard encore brumeux la pièce autour d'elle.

Sur la table de nuit, le réveil égrenait les minutes et les heures. Suspendu au miroir de la coiffeuse, le capteur de rêves que Timothy lui avait acheté quand elle était petite, joliment ouvragé et orné de perles et de cristaux, accrochait les toutes premières lueurs du jour.

Elle était seule.

Et pourtant…

Elle avait encore cette impression étrange et inquiétante d'être épiée.

« Personne ne te regarde ! Ne sois pas stupide ! Tu deviens vraiment paranoïaque ! »

Elle avait fait un rêve, se rappela-t-elle. Elle en avait oublié le contenu exact ; elle savait juste qu'on l'y observait.

Pas *on*.

Tanner Green…

Ce qu'il lui fallait, c'était mener une vraie vie et cesser d'être obsessionnelle. Elle était trop seule. Le sexe : voilà ce que lui conseillerait Sandra.

Elle se leva, le sourire aux lèvres, en se demandant si elle allait cesser de voir des fantômes, en renouant avec cette pratique un peu lointaine pour elle.

Si c'était le cas, elle n'avait plus qu'à sauter sur le premier inconnu dans la rue…

Pas le premier, peut-être… Il lui fallait bien admettre qu'elle était attirée par Dillon Wolf. Mais elle repoussa vite son image. Non ! Pas question qu'elle entreprenne quoi que ce soit vis-à-vis de cet homme. Elle devait regarder droit devant elle. Sans penser à lui ni aux fantômes.

Elle se prépara rapidement et quitta la maison, soudain pressée de se trouver avec d'autres gens. Son premier arrêt, comme presque toujours, fut pour Timothy, qu'elle voyait quotidiennement et avec qui elle prenait souvent son petit déjeuner.

Le vieil homme l'accueillit comme s'il avait le contrôle total de toutes ses facultés, ce qui était parfois le cas. Il regardait les informations, à la télévision, et le présentateur évoquait le meurtre du casino. Il annonça l'interview d'un couple. Non sans surprise, Jessy découvrit sur l'écran son joueur préféré, Coot Calhoun, en compagnie de Minnie, sa femme aux cheveux argentés.

— C'était la première fois que je voyais une chose pareille, disait Coot avec son accent texan à couper au couteau. L'homme a surgi de nulle part et il est allé s'écrouler sur la table ou plutôt sur cette jolie fille en train de lancer les dés…

— Et vous n'avez pas vu d'où il venait ? lui demandait la journaliste.

— Non. Rien vu du tout. C'est comme je vous le dis : ce grand type s'est avancé à travers la foule et il est venu mourir sur cette pauvre jeune femme.

— C'était une amie à lui ? Une liaison, peut-être ? Sa maîtresse ?

— Pas que je sache.

— Vous la connaissez, elle ?

Jessy se tendit, la gorge complètement nouée. Mais Coot était un gentleman.

— Non, madame, je ne l'avais jamais rencontrée avant. Je vous ai raconté ce qui s'est passé et il n'y a rien à ajouter. Si ce n'est que tout ça s'est passé après l'un des *runs* les plus longs que j'ai vus à une table de craps…

L'interview s'arrêtait là et la présentatrice annonça son retour après une page de publicité.

— Jamais entendu une histoire aussi ridicule ! commenta Timothy, une lueur taquine dans ses yeux bleus. Je sais qu'il arrive aux casinos d'effectuer un changement de personnel, quand une série de lancers gagnants dure un peu trop longtemps. Mais je les imagine mal organiser un meurtre pour mettre fin à un *run* !

Jessy l'écouta, stupéfaite.

— C'est horrible, comme idée, Tim ! s'exclama-t-elle. De toute façon, la série était déjà terminée quand c'est arrivé.

Timothy plissa les yeux.

— Et comment tu sais ça, jeune fille ?

Il ne devait en aucun cas se douter qu'elle avait joué ses dernières économies, afin de lui permettre de rester dans la résidence.

Du doigt, elle désigna la télévision.

— C'est ce qu'il a dit. L'homme qu'on interrogeait…

— Ah bon ? N'empêche que c'est bizarre, cette histoire. Un type qui se promène dans un casino avec un couteau dans le dos sans que personne n'ait vu d'où il venait…

— La police trouvera l'assassin, sans aucun doute. En tout cas, tu as l'air en forme, aujourd'hui, Timothy.

Il eut un sourire ravi.

— Et je me *sens* en forme. On va bientôt partir à l'aventure, hein ?

Elle serra son grand-père contre elle, ravie de le voir aussi maître de ses pensées.

— Bien sûr. Une excursion pour la journée. Je vais réfléchir à quelque chose d'amusant.

Le vieil homme fronça soudain les sourcils et agita l'index à l'intention de sa petite-fille.

— Tu dois être prudente, faire attention.

— Faire attention à quoi ?

— Les fantômes, répondit-il avec le plus grand sérieux. Les esprits danseurs…

Troublée, elle le fixa avec intensité.

— Je ne pense pas qu'il y ait d'esprits danseurs qui veuillent me faire du mal, Timothy. Vraiment pas.

Il secoua la tête.

— Ils ne veulent pas de mal, ils cherchent à t'aider au contraire. Les esprits danseurs ont vu leurs ancêtres et ils ont parlé avec les morts. Les morts apportent des messages importants à ceux qui savent écouter.

Jessy soupira.

— Timothy, tu sais l'immense respect que j'ai pour le peuple de ton père, pour ses traditions, mais les esprits danseurs appartiennent au passé. Dans ces conditions, je serais d'avis de ne pas leur accorder trop de foi.

Avec surprise, elle le vit sourire, un sourire plein de patience, comme s'il avait encore affaire à un enfant.

— La foi est la chose la plus importante au monde, Jessy. La foi en soi. La foi dans le monde. La foi en Dieu et en le Grand Esprit. Nous ne voyons pas tout ce qui se passe ; les esprits danseurs, si.

Elle se rapprocha de lui pour l'embrasser sur le front, s'efforçant de ne rien laisser voir de son désarroi.

— Crois-moi, lui dit-elle, je suis heureuse et fière de mon héritage. Mais pour l'instant il me faut vivre dans le monde réel et aller travailler. Je t'aime. Et si jamais je reçois des messages, j'espère que tu m'aideras à les comprendre.

Il la considéra avec gravité.

— Les esprits danseurs prennent la parole quand il y a du danger, Jessy. C'est pour ça que tu dois écouter.

— Je te le promets, Tim, je te le promets, lui assura-t-elle.

Et elle fila.

*
* *

Dillon arriva à 10 heures dans le bureau situé au dernier étage du Big Easy, après avoir appelé pour obtenir un rendez-vous avec Emil Landon. Il ne se réveillait jamais tard, le matin, mais aujourd'hui, pour une raison inexplicable, il avait dormi plus que d'habitude. Il avait à peine eu le temps de nourrir sa chienne et de la faire sortir, avant de devoir quitter la maison.

Il avait de nouveau fait d'étranges rêves avec la jeune fille en blanc, sans saisir leur signification. Quand il l'avait vue pour la première fois, des années plus tôt, il avait eu la conviction qu'elle venait pour lui sauver la vie. Il était très violent et plein d'amertume à l'époque, il souffrait de la disparition de ses parents, il était prêt à se battre à la moindre occasion — un délinquant récidiviste en puissance.

Il ignorait ce qu'elle essayait de lui dire, à présent. Ses rêves étaient disparates, désordonnés, ils ne menaient à rien. Selon la tradition, la jeune fille apparaissait quand la tribu avait besoin d'elle, ou quand un Amérindien avait des problèmes. Or Tanner Green n'avait pas une goutte de sang indien.

Quelles que soient les causes de son sommeil agité, si tant est qu'il y ait eu des causes, cette nuit avait imprégné son réveil d'une étrange impression d'urgence. Contrairement à son habitude, il n'avait pas allumé la télévision et n'avait même pas regardé ses e-mails avant de partir de chez lui.

Quand il fut introduit dans le bureau, à 10 heures précises, il dit aussitôt à Landon qu'il voulait lui parler en privé. Il attendit patiemment que l'autre se livre à son petit numéro de protestation, puis cède et demande à sa plantureuse blonde et à Hugo Blythe d'aller attendre dehors.

— Je crois que vous avez un gros problème et je pense que ledit problème est quelqu'un d'assez proche de vous, déclara-t-il sans détour à son employeur, dès qu'ils furent seuls.

Il y avait sans doute une ou plusieurs caméras dissimulées dans la pièce, et probablement aussi des micros, mais le risque méritait d'être pris.

— Mais de quoi parlez-vous, bon sang, Wolf ?

Malgré l'heure avancée, Emil Landon était toujours en robe de chambre de soie, avec un imprimé léopard. Bronzé, en bonne forme apparente, il avait l'allure d'un homme qui avait une salle de gym dans son penthouse, un homme qui avait aussi la possibilité de se prélasser au soleil, juste le temps nécessaire pour obtenir le teint qu'il désirait. Il avait les cheveux très bruns — par la grâce d'une bonne teinture, estima Dillon —, mais son visage, malgré des soins à l'évidence aussi réguliers que coûteux, trahissait des signes de vieillesse. S'il pouvait se parer de l'aura d'un homme riche et séduisant, le temps et le stress laissaient tout de même des traces.

— J'ai interrogé les voituriers, les portiers, ainsi que toutes les personnes qui étaient à l'extérieur du casino au moment des faits, et que j'ai pu trouver. Je compte poursuivre avec le personnel qui travaille à l'intérieur de l'établissement. Entre-temps, j'ai pu identifier la voiture, c'est une limousine Cadillac blanche, un modèle actuel que seuls deux casinos utilisent en ce moment : le vôtre et le Sun. Aucune des compagnies de location de la région n'en possède. Ce qui m'amène à penser que vous devriez surveiller vos associés et employés…

Landon planta son regard dans le sien.

— C'est tout ? Avec ce que je vous paye, c'est tout ce que vous avez à m'apporter ? Une vague hypothèse…

— Comme je vous l'ai déjà dit, n'ayez aucun scrupule à vous passer de mes services, quand bon vous semblera !

— Je veux des résultats ! J'ai besoin de savoir pourquoi on a tué Tanner Green, surtout s'il avait découvert quelque chose. Il y a dans cette ville quelqu'un qui m'en veut : à vous de trouver qui. Et vite !

Dillon ne se laissa pas démonter par cette crise de colère.

— Faites attention à ce qui se passe chez vous, c'est tout ce que j'ai à vous conseiller dans l'immédiat. Si vous en voulez plus, il va falloir que vous-même vous m'en donniez plus.

— Je vous le répète : je sais que quelqu'un en a après moi. Je sais aussi que je suis surveillé. Et à présent Green est mort. C'est tout ce que j'ai. Croyez-moi, si je disposais d'autres éléments, je vous les communiquerais. C'est ma peau que j'essaye de sauver, bon sang ! Découvrez ce qui est arrivé à Green, pourquoi on l'a tué, et peut-être qu'alors nous saurons où regarder et comprendrons ce qui se passe. A présent, sortez d'ici et rendez-vous enfin utile !

— Entendu. J'aimerais que le labo de la criminelle examine votre limousine.

— Ma limousine ? explosa Landon. C'est pour moi que vous travaillez, au cas où vous l'auriez oublié. Allez plutôt au Sun, pour jeter un coup d'œil à la leur !

— Votre réaction est vraiment très curieuse, monsieur Landon, commenta Dillon, sans se laisser impressionner. J'aurais pensé que vous aimeriez savoir ce qui se passe à votre porte, voire dans votre propre jardin…

— Vous savez quoi, Wolf ? Vous êtes viré ! Viré ! Sortez de mon bureau, maintenant ! Dégagez !

— Comme vous voudrez…

Dillon s'était déjà tourné, quand Landon le rappela.

— Attendez ! Allez d'abord vérifier leur foutue limousine, d'accord ? Puis revenez me voir.

— Pour ça, il me faut un mandat.

— Obtenez-en un.

— Je suis détective privé, pas flic.

— Arrêtez un peu votre numéro ! Vous savez comme moi que vous pouvez obtenir tout ce que vous voulez.

Et d'un geste de la main il le congédia.

Mais Dillon ne bougea pas. Etait-il possible que Landon l'ait engagé avec des intentions cachées ? Pour l'aider à piéger quelqu'un d'autre ?

Au lieu de s'en aller, il revint vers le bureau et se pencha par-dessus, fixant Landon droit dans les yeux. Pendant un instant, le propriétaire du Big Easy parut effrayé.

— Je vais faire de mon mieux, déclara-t-il. Mais que je n'aille pas découvrir que vous êtes en train de m'embobiner ! Parce que quand — je ne dis pas *si*, mais *quand* — je découvrirai la vérité et que vous êtes coupable d'une manière ou d'une autre, je ferai en sorte que vous payiez au prix fort.

Puis il quitta les lieux avant que l'autre ait pu répondre à sa menace.

Jessy aimait les enfants. Ils étaient si prompts à laisser de côté tout esprit critique au profit de la spontanéité, de la candeur ; et il suffisait de peu de choses pour les ravir, des chocolats dans du papier doré, par exemple. Parmi tous les spectacles auxquels elle avait participé, celui des pirates était sans doute son préféré.

Mais aujourd'hui, alors qu'elle se trouvait de nouveau

au beau milieu d'une joute verbale, elle ne put s'empêcher de regarder vers l'extérieur.

Et elle le vit encore.

Tanner Green.

Qui l'observait à travers la cloison vitrée.

Elle se détourna, cherchant à se convaincre qu'il n'était pas là. Qu'il ne pouvait pas être là. Tanner Green était *mort*.

Elle se concentra sur son texte, sur ses collègues. Elle évita de porter son regard au-delà du public, vers l'endroit où elle venait de l'apercevoir.

Mais elle le *sentait* quand même, elle le sentait qui la fixait.

A la fin, ce fut plus fort qu'elle : elle ne put s'empêcher de regarder. Tout en prenant soin de ne pas laisser passer une réplique, elle se tourna dans sa direction et elle découvrit avec soulagement qu'il avait disparu. Elle était peut-être là, la solution : l'ignorer. Faire comme si elle ne le voyait pas, puisque de toute façon elle ne *pouvait pas* le voir.

Les fantômes n'existaient pas. Et s'ils n'existaient pas, ils ne pouvaient pas se promener à Las Vegas sous une apparence humaine et observer quelqu'un à travers une vitre.

Tous ceux qui pensaient voir des fantômes étaient fous.

Or, elle était saine de corps et d'esprit.

Totalement.

Et sans l'ombre d'un doute.

De nouveau, elle se concentra sur les réactions des enfants, sur l'histoire que tous les comédiens, dont elle-même, incarnaient à l'instant présent, et sur les improvisations qui composaient une bonne part du spectacle.

Elle se désintéressa ainsi de ce qui se passait de l'autre côté de la vitre.

Une petite fille, au premier rang de l'assistance, tenait une pièce en chocolat enveloppée d'or, une des fausses pièces espagnoles que l'équipe avait distribuées.

Jessy s'avança vers elle et déclama :

— Je vois le trésor et ce n'est qu'une partie !

La petite fille tendit aussitôt sa pièce en chocolat.

— Ah ! Non, ma petite ! C'est *ton* trésor, ça. Je veux le mien ! Le mien !

Les enfants se mirent à rire et Jessy, le sourire aux lèvres, revint sur scène, bien décidée à garder les yeux sur ses jeunes spectateurs et nulle part ailleurs.

— Salut ! Ça roule ?

Jim Martin se glissa dans le box, en face de Dillon.

Ils étaient convenus de se retrouver dans le *coffee shop* situé juste en bordure de la terre paiute. Comme Dillon, Jim avait du sang paiute.

— Ça va. Merci d'être venu…

— Pas de quoi. Je suis de repos, aujourd'hui. A vrai dire, il a fallu que je me sorte du lit pour venir ici…

— Désolé.

— Au contraire ! Je suis heureux de t'aider — enfin, si je peux.

— Tu étais de service, quand Tanner Green est mort ? Tu surveillais les croupiers, je crois ?

— Exact. J'étais bien là et je n'ai strictement rien vu.

— Rien du tout ?

— Non. C'est bizarre, quand même… Tu ne crois pas qu'il aurait dû essayer d'agripper quelqu'un pour lui demander de l'aide ? Je n'arrive pas à comprendre pourquoi il ne l'a pas fait, que ce soit à l'intérieur ou à l'extérieur du casino. Il a tracé jusqu'à la table. En fait, je venais d'arriver…

— Comment ça ?

— Je venais de prendre mon service. Avant moi, c'était Darrell Frye. Il a pris sa pause et je suis arrivé juste au moment où les choses se passaient. Si je n'ai rien remarqué, c'est que j'étais occupé à me faire une idée de l'atmosphère et à repérer d'éventuels problèmes. Il y a beaucoup d'argent, sur ces tables, tu sais. Et c'est notre responsabilité de nous assurer que tout se passe bien.

Dillon comprit aussitôt qu'il n'obtiendrait rien d'intéressant de Jim Martin.

— Merci encore d'avoir accepté ce rendez-vous, lui dit-il au bout de quelques minutes, après avoir revu toutes les circonstances de la mort de Green, pour s'assurer qu'ils ne laissaient passer aucun détail. Je vais aller rencontrer Darrell Frye, au cas où il se souviendrait d'un événement survenu avant ton arrivée.

— Pas de problème… C'est vraiment étonnant que personne n'ait rien remarqué. Green a quand même fait un long chemin, avec son couteau dans le dos. Peut-être qu'il était drogué, ou quelque chose dans le genre, et qu'il ne s'est pas aperçu qu'on l'avait poignardé ?

— C'est possible, acquiesça Dillon. Ça expliquerait pourquoi il a traversé le casino, au milieu des clients, sans s'arrêter pour demander de l'aide à quelqu'un ; mais ça pourrait aussi expliquer sa confusion et sa peur.

Dès que Jim Martin l'eut quitté, Dillon téléphona à Cheever. Il enrageait de devoir passer par toute une procédure contraignante pour rester informé.

On le laissa en attente pendant plusieurs minutes. S'il était un cliché qu'il aimait, c'était celui qui faisait des hommes d'origine indienne des gens stoïques. Déterminés.

Il garda cette idée en tête tandis qu'il attendait, jusqu'à ce qu'il ait enfin Jerry Cheever en ligne.

— Quoi ? demanda le policier, sans que Dillon puisse dire si la question trahissait de l'agacement ou de la curiosité.

— Je voulais savoir si le rapport d'autopsie de Tanner Green était arrivé.

— Le rapport d'autopsie ? répéta le policier d'un ton moqueur. Vous étiez présent, non ? Ce gus avait un couteau dans le dos…

— Exact. Et j'imagine qu'un gus avec un couteau dans le dos ne devrait avoir qu'une hâte : qu'on le lui enlève. Vous ne pensez pas qu'il aurait dû s'approcher de la première personne venue et lui demander de l'aide ? A moins qu'il soit un peu déboussolé.

— Un couteau dans le dos a de quoi déboussoler n'importe qui, vous ne pensez pas ?

— Il titubait comme quelqu'un de soûl. Ou quelqu'un qu'on aurait drogué.

— Je vois… Je vous rappelle, Wolf. Je suis sûr qu'ils ont déjà réalisé les premières analyses toxico. Et si ça n'est pas le cas, je vais veiller à ce que ce soit fait.

— Merci. Merci beaucoup.

Dillon était sûr que Cheever marmonnait quelque chose de peu aimable, quand il raccrocha, que ce soit parce qu'il était agacé de ne pas avoir pensé de lui-même que Green avait pu être drogué, ou parce qu'il était contrarié que ses supérieurs lui aient imposé de collaborer avec un détective privé.

Il lui restait encore des témoins à interroger sur les événements de l'autre soir, et il serait toujours intéressant d'entendre ce qu'ils avaient à dire. En particulier Darrell Frye, le chef de table qui était de service et s'était éclipsé juste au moment où Tanner Green faisait son apparition dans le casino. La chose en soi n'avait rien de louche. Rien n'empêchait les gens de prendre des pauses.

Mais s'il s'avérait que la mystérieuse limousine blanche appartenait au Sun, les faits et gestes de Frye devenaient soudain particulièrement intéressants.

Dillon se rendit au casino, où on lui fit savoir que Darrell Frye ne travaillait pas. Il avait déposé quelques jours de congé.

En sortant du casino, Dillon demanda à parler à Ruby Yorba.

Il tressaillit en voyant la femme du service voiturier retenir son souffle et le considérer avec horreur.

— Je... je suis désolée... Vous n'êtes pas au courant ?

— Au courant de quoi ?

— De la mort de Ruby.

— Quoi ? fit Dillon, incrédule.

— Il est mort. Il a été renversé par un chauffard la nuit dernière. C'est terrible ! Ils en ont parlé aux informations. Il marchait sur le bas-côté de l'autoroute et il a été percuté et projeté à plusieurs mètres de la chaussée... On a trouvé son corps quelques heures après.

D'ordinaire, Dillon écoutait toujours les informations du matin ; mais il s'était réveillé si tard, aujourd'hui, qu'il n'avait même pas pris la peine d'allumer la télévision. Cheever avait dû entendre la nouvelle, mais il n'en avait rien dit, ne se doutant pas qu'il y avait un lien entre les deux histoires.

— Non, je l'ignorais, dit-il.

La femme secoua la tête, pleine de tristesse.

— Il a été tué à moins de dix kilomètres de chez lui. C'est horrible. On pense qu'il a été renversé, alors qu'il rentrait. Un automobiliste qui roulait vers Lake Mead a vu les vautours, il est allé voir ce qui les intéressait, il a trouvé le corps et il a aussitôt prévenu la police. C'est affreux, tout ce qui se passe ici, en ce moment. D'abord, ce garde du corps et maintenant Ruby. C'est dramatique !

Dillon hocha la tête. Il remercia la jeune femme et s'éloigna vers sa voiture.

Dramatique, sans doute. Mais c'était surtout criminel.

6

Avant même de s'être débarrassée de son costume et de son maquillage, Jessy appela Sandra des coulisses, pour lui proposer une séance de cinéma avec elle. Elle avait besoin de se changer les idées.

Elle demanda également à son amie de passer la prendre en voiture chez elle. Elle préférait ne pas conduire, de peur de sa réaction, si jamais elle apercevait soudain Tanner Green de l'autre côté du pare-brise. Sandra n'avait heureusement aucune objection à venir la chercher. Jessy chantonna pendant tout le trajet du retour chez elle, pensant ainsi tenir les fantômes à distance. De fait, elle rentra sans incident notable.

Sandra arriva en même temps qu'elle.

— Jess ! Tu as une mine épouvantable ! lui dit cette dernière, avec ce franc-parler qu'autorisaient des années d'amitié.

— Je sais. J'ai très mal dormi.

— Tu as peur ?

— Peur ? Et peur de quoi ?

— Eh bien, que la personne qui a tué cet homme, au casino, pense que tu pourrais la reconnaître et qu'elle s'en prenne aussi à toi.

— Bien sûr que non ! s'exclama Jessy, soulagée que cette idée ne lui soit pas venue plus tôt à l'esprit. Si j'avais su quelque chose, j'en aurais parlé à la police et le coupable aurait déjà été arrêté, non ?

— Sans doute. A condition que la police puisse l'identifier à partir de ta description.

Jessy ouvrit sa porte d'entrée et fixa son amie.

— Tu ne m'aides pas beaucoup, tu sais…

— Excuse-moi, dit aussitôt Sandra, qui esquissa un sourire rassurant. Et que devient notre grand brun séduisant ?

— Qui ça ?

— Tu sais très bien de qui je parle.

— Oh ! Dillon…

— C'est ça, Oh-Dillon. Quoi de neuf ?

— Qu'est-ce que tu entends par « quoi de neuf » ?

— Tu ne l'as pas revu ?

— Si. J'ai dîné avec lui, hier soir, après le spectacle.

Elles entrèrent dans la cuisine et Sandra la considéra avec exaspération.

— Franchement, Jessy, ne serait-ce que pour bénéficier de sa protection, tu aurais tout intérêt à le fréquenter, tu ne crois pas ?

— Je ne vais pas sortir avec un homme juste pour bénéficier de sa protection !

— On a vu pire…, fit remarquer Sandra, en haussant les épaules. Attends, j'y suis !

— Quoi donc, encore ?

— La raison pour laquelle tu le tiens à distance. Lui comme tous les hommes. Parce que je sais qu'il t'attire… Ne dis pas le contraire ! Je te connais… Le problème, c'est que tu es une froussarde. Tu l'as toujours été. Tu as peur de souffrir, alors tu repousses les hommes.

— J'ai surtout des responsabilités, lui rappela Jessy. Ce genre de responsabilités qui font fuir les hommes en général !

— Ne te cherche pas des excuses. Tu as un grand-père qui t'aime. Il est vieux, soit, mais c'est le lot de beaucoup de gens. Chaque être humain a son vécu, qu'il trimballe comme une grosse valise, mais si tu repousses les hommes à cause de Timothy tu en fais toi-même un boulet, alors qu'il ne l'est pas. Tu as peur qu'on ne l'aime pas autant que toi tu l'aimes, ce qui n'est pas juste pour Oh-Dillon et les autres, ni pour Timothy lui-même. Alors, décide-toi enfin à accorder ta confiance à quelqu'un, ou bien c'est toi qui vas finir par faire du mal à Tim.

Jessy dut bon gré mal gré s'avouer qu'il y avait du vrai dans ce que disait son amie. Elle en fut consternée.

— Timothy n'y est pour rien. Je le considère comme un don de la vie. Et il ne s'agit pas non plus d'un manque de confiance dans la nature humaine, du moins pas simplement. J'ai un problème de temps. Et avec Dillon Wolf, c'est encore autre chose.

— Tu reconnaîtras quand même qu'il est sexy…, insista Sandra.

— C'est un homme séduisant, répondit Jessy de façon évasive.

— Et donc ?

— D'accord, tu veux que je sois honnête ? Premièrement, notre rencontre n'avait rien d'un rendez-vous galant. Il voulait m'interroger, c'est tout. Ensuite, je n'ai toujours aucune certitude sur son travail ni sur les gens qui l'emploient. Quand je l'interroge, il donne l'impression de répondre honnêtement, d'apprécier et de respecter l'homme pour lequel il travaille, bref, tout semble réglo, mais je ne comprends pas ce qu'il fait, ni pourquoi il est ici… Il a beau affirmer qu'il n'y a rien d'opaque, je me demande ce qui se cache derrière Harrison Investigations, son véritable employeur. Comment se fait-il que personne ne sache rien ou presque sur cette agence, quand lui affirme que tout se passe au grand jour et qu'il bénéficie de la coopération de policiers qui n'ont pourtant pas envie de le voir fouiner dans leurs affaires ? Je ne comprends pas. Qui sont ces gens ?

— Je te trouve un peu alarmiste, ma chère…

— Je ne suis pas alarmiste, je suis juste préoccupée. J'aimerais savoir qui est vraiment Dillon et comprendre ce qui se passe. Alors, qui sont ces gens ? Tu le sais ?

— Des chasseurs de fantômes. De vrais fantômes.

Sandra avait répondu le plus sobrement du monde.

— Qu'est-ce que tu racontes ? Des chasseurs de fantômes ?

— D'accord, ils ne se présentent pas comme tels. Mais c'est bien ce qu'ils font.

— Et comment sais-tu ça, toi ?

— Parce que je lis.

Jessy fronça les sourcils.

— Moi aussi, je lis ! Mais je n'ai jamais entendu parler d'une chose pareille.

Sandra se mit à rire.

— Je sais bien que tu lis. Il se trouve simplement que j'ai effectué des recherches, quand il a été pour la première fois question de Harrison Investigations. Ça m'a tout de suite intriguée. Adam Harrison a toujours refusé les interviews et il affirme que les gens qu'il emploie sont des enquêteurs comme les autres. Mais à ce propos j'ai pensé que tu serais intéressée et j'ai apporté quelques documents avec moi…

Elle plongea la main dans son grand sac fourre-tout, dont elle extirpa plusieurs magazines.

— Lis ça.

La première publication était un torchon à sensation. On pouvait lire sur la couverture : « Elvis n'est pas mort. Il a juste été rappelé sous les drapeaux ! »

Jessy leva la tête vers son amie, interloquée.

— Laisse tomber ces âneries et passe directement à la page 4, lui indiqua Sandra.

Jessy feuilleta le magazine jusqu'à un article où il était question d'un fantôme censé hanter la maison d'un des sénateurs du Dakota du Nord, dans le district de Columbia. On avait fait appel aux services de Harrison Investigations. L'agence avait découvert que les « bruits sinistres et inquiétants », ainsi que les événements étranges survenus dans la vieille maison, avaient été causés en réalité par un nid d'écureuils et par une électrice mécontente, qui s'était débrouillée pour décrocher un poste de gouvernante auprès du sénateur. Mais le journaliste affirmait que la maison avait tout de même été hantée par un homme tué au cours d'une querelle, après l'assassinat de Lincoln, pour avoir soutenu que le Dr Samuel Mudd avait soigné la jambe de John Wilkes Booth, comme il l'aurait fait pour n'importe quel patient, sans savoir que Booth venait d'assassiner le président. Le journaliste était certain qu'un des employés de Harrison Investigations avait certifié au fantôme que Mudd et lui avaient été lavés de tout soupçon et le fantôme avait quitté les lieux.

Jessy fixa de nouveau Sandra.

— C'est une plaisanterie, n'est-ce pas ?

— Vois plutôt ça…

Elle lui tendit un autre magazine, un hebdomadaire respectable cette fois, dans lequel un article évoquait la même histoire, mais aussi des événements similaires, et se terminait ainsi : « Quel que soit le problème — la faune et la flore, des mauvais plaisants, ou même des revenants ayant des comptes à régler —, Harrison Investigations semble capable de le régler discrètement et sans tapage. »

— Donc, ils enquêtent sur des écureuils, c'est ça ? fit Jessy avec irritation.

— Ce sont des chasseurs de fantômes, insista Sandra.

— Si c'est vrai, ça me conforte dans mon idée. Est-ce que j'ai vraiment envie de m'engager avec un détraqué qui pense qu'enquêter sur les fantômes est la meilleure façon de résoudre un crime bien réel ?

— Tu es désespérante ! Tu n'as pas besoin de t'engager, comme tu dis ! Laisse-le devenir ton ami — un ami et plus si affinités. Mais finis-en avec cette vie tristounette où tu ne fais rien d'autre que travailler, dîner devant ta télé, aller te coucher et…

— Je ne dîne jamais devant la télé ! protesta Jessy.

Sandra l'ignora.

— Rendre visite à Timothy. Et franchement sortir avec un beau gars costaud serait une sacrément bonne idée, parce que je pense que tu devrais avoir peur. Le type de l'autre soir n'est pas mort de rire. Il a été assassiné. Poignardé dans le dos. Et que ça te plaise ou non tu as un lien avec sa mort. Plus j'y pense, et plus ça me fait peur, à moi.

— A quoi est-ce que tu joues, Sandra ? Pourquoi est-ce que tu cherches à me faire peur ? Tu trouves que l'expérience n'a pas été assez difficile comme ça ?

— Je m'inquiète pour toi.

— Et c'est pour cette raison que tu en rajoutes une couche, en me terrifiant à mort ?

— Comme tu n'as l'air ni morte ni terrifiée, il semblerait que mes petites manigances ne fonctionnent pas. Il n'empêche : je pense sérieusement que tu es en danger.

— Et tu veux donc que je fréquente un homme qui est peut-être un déséquilibré…

— Tu en as envie, tu le sais très bien !

Jessy poussa un grognement et décida de changer de sujet.

— Alors, on va au cinéma, oui ou non ?

— Il y a un nouveau film d'horreur qui…

— Ah ! Ah ! Ah ! Très drôle…

— Désolée, répondit Sandra, qui ne semblait pas désolée du tout. Un film policier, alors ?

Elles se mirent d'accord, et tandis qu'elles quittaient la maison une nouvelle discussion débuta pour déterminer dans quel restaurant elles iraient ensuite dîner.

Dillon arriva au laboratoire de criminologie juste à l'heure du changement d'équipe, espérant y trouver un vieil ami, Wally Waldez.

Aussitôt après avoir appris le décès de Ruby Yorba, il avait appelé Jerry Cheever. Il lui avait livré ses soupçons, sa certitude qu'il existait un lien entre les deux décès. Il avait même évoqué sa conversation avec Ruby, peu avant qu'on ne le tue.

De son côté, Cheever lui avait indiqué qu'on avait retrouvé la voiture de Ruby sur le bas-côté de l'autoroute. Il n'y avait plus une goutte d'essence dans le réservoir. Le chauffard qui l'avait renversé et qui devait être soûl et rouler trop vite était sans doute à l'heure actuelle en train de prier pour qu'on ne retrouve pas sa trace.

— Vous n'avez rien d'autre à nous mettre sous la dent ? lui avait demandé Dillon.

Alors Cheever avait perdu son calme, soulignant qu'on ne lui avait pas confié cette affaire, qui était d'ailleurs traitée comme un accident de la route et un homicide involontaire. Son attitude, faite de réticences et de mauvaise foi, avait hérissé Dillon. Du coup, quand Cheever avait voulu savoir ce que Yorba lui avait dit exactement, il ne s'était pas franchement montré coopératif, lui non plus.

Alors qu'il demandait à parler à Wally, Sarah Clay,

la jeune femme qui l'avait aidé la veille avec les enregistrements des caméras du casino, fit son apparition à la réception.

— Qu'est-ce que vous faites ici ? lui demanda-t-elle.

— Je cherche un ami, Wally Waldez. Vous le connaissez ?

— Oui, très bien…

Il fronça les sourcils.

— Et vous, que faites-vous ici ? Je pensais que vous travailliez au commissariat.

— En fait, c'est plutôt ici que je suis d'ordinaire, lui expliqua la jeune femme avec un grand sourire. On m'avait appelée au commissariat juste pour travailler sur les enregistrements de surveillance du casino. Pour ce qui est de Wally, il n'est pas là, aujourd'hui. Mais il doit revenir demain. Si je peux vous aider, en attendant…

— Merci de l'offre. En fait, ma visite n'a rien à voir avec les vidéos du casino. Je suis ici à cause de l'accident avec délit de fuite de cette nuit.

— Ah oui… Ruby Yorba…, fit-elle d'un ton morne.

— Lui-même… Je trouve étrange que cet homme, qui était voiturier et travaillait justement le soir où Green a été tué, ait trouvé le moyen de tomber en panne et de se faire percuter par un chauffard en pleine nuit. On ne peut pas dire que l'autoroute soit encombrée à cette heure-là, pourtant, même à Las Vegas.

— C'est une ville où il y a toujours beaucoup de gens un peu trop alcoolisés au volant…, lui fit-elle remarquer.

— C'est tout de même une sacrée coïncidence, non ? Deux morts en deux jours, tous les deux liés au même casino.

— J'aurais aimé pouvoir vous dire que notre taux de morts non naturelles est si bas qu'une telle coïncidence est réellement étrange, mais ce n'est pas le cas. Un meurtre, un accident. On est malheureusement tout à fait dans la norme, pour cette ville.

— Quand même… J'ai interrogé Ruby sur les circonstances de la mort de Green quelques heures seulement avant que lui-même ne soit tué. Les enquêteurs ont-ils découvert quelque chose ? Un indice dont ils ne m'auraient pas encore parlé ?

Sarah le fixa un instant, le visage grave.

— Pas que je sache, mais je ne travaille pas directement sur cette affaire. Je peux quand même essayer de voir ce qui se passe, si vous voulez… A défaut d'autre chose, je devrais être capable de vous informer sur ce qu'ont donné les premières recherches de peinture. Je crois qu'ils ont trouvé quelques éclats sur le corps. Je vous appellerai. Donnez-moi juste un numéro où je puisse rapidement vous joindre. J'ai entendu dire que le flic chargé de l'affaire avait appelé les ateliers de carrosserie de la ville, mais que personne ne s'était présenté avec une voiture endommagée.

— Merci de votre aide.

Dillon tendit une de ses cartes à la jeune femme et se détourna pour partir.

— Il a été percuté avec une grande violence, dit encore Sarah.

Il se retourna et il la dévisagea. Elle avait de grands yeux marron et un visage en forme de cœur. Malgré la blouse qu'elle portait par-dessus son uniforme, c'était une très belle femme. Une très belle femme qui ne paraissait pas seulement triste, mais contrariée.

— Comme s'il y avait quelque chose de personnel dans cet accident, vous voulez dire ? lui demanda-t-il. Comme si on lui avait foncé dessus exprès ?

— Dans mon esprit, oui, répondit-elle sans hésiter. Ça me semble difficile de heurter un homme de façon à lui briser absolument tous les os, sans percuter la glissière de sécurité ou passer soi-même par-dessus la ceinture de sûreté. Surtout si vous avez trop bu et que vous n'avez pas tous les bons réflexes.

Elle secoua la tête et ajouta, non sans une pointe d'amertume dans la voix :

— Je n'ai pas assez de galon pour qu'on s'intéresse à mon opinion, mais c'est comme ça que je vois la chose. Faites-en ce que vous voulez…

— J'en ferai bon usage, soyez-en sûre. Et merci encore.

— Appelez-moi. A n'importe quel moment, insista-t-elle, et Dillon n'eut pas l'impression, cette fois, qu'elle parlait du travail.

Il eut même la certitude qu'elle lui faisait des avances. C'était une femme attirante, sans aucun doute. Mais il travaillait, il était sur une mission.

Mais ce ne furent pas seulement des considérations professionnelles qui lui firent ignorer les signaux qu'on lui envoyait et réitérer ses remerciements une nouvelle fois, avant de s'en aller pour de bon.

Ce fut aussi le souvenir d'une autre femme, avec des yeux profonds couleur de cobalt et une crinière pareille à un coucher de soleil.

Alors qu'elles revenaient chez Jessy après leur soirée, Sandra parut inhabituellement calme.

— Qu'y a-t-il ? finit par lui demander Jessy. Je te trouve bien silencieuse, tout à coup.

— Tu ne veux pas venir coucher chez moi ?

« Pourquoi pas ? » songea aussitôt la jeune femme, à sa plus grande surprise, découvrant en même temps l'étendue de son malaise.

Mais elle n'allait pas abandonner sa maison ainsi. Si elle le faisait, elle n'était pas certaine d'avoir le cran de revenir.

— Je te remercie, mais ça va aller, lui assura-t-elle, en faisant un gros effort sur elle-même pour répondre d'une voix calme et apparemment détendue.

Mais Sandra semblait vraiment inquiète.

— Qu'est-ce qui se passe, à la fin ? s'exclama-t-elle.

— Je reconnais que j'essayais de te faire peur, tout à l'heure. A présent, c'est moi qui suis vraiment inquiète.

— Sandra… Si quelqu'un craint que je sache quelque chose, il doit bien se douter que j'aurais déjà tout raconté à la police, non ? Nous avons déjà parlé de ça, il me semble.

— D'accord. Mais promets de m'appeler si tu as besoin de quoi que ce soit ou si tu changes d'avis et préfères venir t'installer quelques jours à la maison…

Elle marqua une pause et ajouta :

— Et si tu as peur, c'est le 911 que tu appelles. Sans attendre.

— Tu sais bien que tu n'as pas à t'inquiéter pour ça, lui assura Jessy.

— Je t'accompagne, dit Sandra, en coupant le moteur de sa voiture.

Elles rentrèrent ensemble dans la maison. Sandra brandissait un de ses talons aiguilles à la manière d'une arme, au cas où elles seraient tombées sur un intrus.

Mais la maison était vide. Jessy, du reste, n'avait pas pensé un instant qu'il y aurait quelqu'un.

Quelqu'un de *vivant*, en tout cas.

Elle souhaita bonne nuit à son amie et, une fois seule, elle répéta son nouveau mantra.

« Regarde droit devant toi. Aucune vision périphérique autorisée. Pas de contact visuel. »

Elle se mit à fredonner, assez fort, et alluma la télévision. Puis elle se prépara du thé.

Un peu plus tard, en se mettant au lit, elle fredonnait toujours.

Comme n'importe quel détective privé, Dillon avait appris un certain nombre d'astuces au fil de sa carrière.

Depuis que Cheever lui avait fait savoir qu'il ne disposait pas d'assez d'éléments pour aller voir l'assistant du procureur et demander un mandat de perquisition, il avait décidé d'agir à sa façon. En fait, Cheever lui avait dit : « C'est dingue. Les flics sont obligés de suivre certaines règles auxquelles les civils échappent, eux… »

Dillon avait compris par là que le policier lui laissait une certaine latitude pour prendre quelques libertés avec la légalité.

Les limousines étaient souvent garées devant l'entrée des différents hôtels et casinos, attendant le bon plaisir d'un gros gagnant.

Mais en se promenant le long du Strip Dillon put constater que ni le Sun ni le Big Easy n'avaient en ce moment de longues Cadillac blanches dernier modèle en service. Grâce à quelques questions, l'air de rien, posées aux bonnes personnes, il apprit que les deux limousines auxquelles il s'intéressait étaient au garage pour maintenance.

Une coïncidence intéressante.

En posant d'autres questions, il obtint le nom du garage auquel s'adressait en général chacun des casinos. Il s'agissait en fait du même garage.

Une autre coïncidence intéressante.

Ledit garage n'était pas ouvert quand il y passa, ce qui ne le surprit pas plus que cela. L'établissement était entouré d'une haute clôture ; celle-ci était surmontée d'un rouleau de fils barbelés, mais pas électrifiée.

Deux dobermans étaient chargés de garder les lieux.

Après un saut rapide au supermarché le plus proche, Dillon revint au garage. Il choisit de laisser sa voiture sur la route, coupée en son milieu par un terre-plein qui courait derrière le terrain sur lequel s'élevait le garage.

Il rejoignit donc celui-ci par l'arrière et attendit là que les chiens fassent leur apparition. Il n'eut pas à patienter longtemps. Il leur parla tandis qu'ils approchaient, et il se concentra sur le ton de sa voix, en les appâtant avec la viande qu'il avait achetée. Il ne l'avait pas droguée ; il comptait plutôt sur son aptitude à se lier d'amitié avec les animaux et tout particulièrement les chiens. Il se montra patient, il leur donna à manger, il continua de leur parler. Glissant la main à travers la clôture, il les caressa, sans cesser de les bercer de paroles rassurantes. Enfin, il escalada la clôture, au sommet de laquelle il passa avec précaution au-dessus du fil barbelé. Quand un des chiens se mit à aboyer, il lui parla d'un ton ferme, et le grondement féroce se transforma en un couinement. Dillon sauta souplement sur le sol. Il tapota doucement la tête des deux animaux, puis s'avança en direction du garage, encourageant les chiens à l'accompagner.

Il n'y avait pas d'alarme à la porte et le verrou n'opposa aucune résistance particulière. Les propriétaires des lieux avaient apparemment une grande confiance en leurs chiens. En outre, les garages n'étaient habituellement pas une cible privilégiée pour des cambrioleurs.

A l'intérieur, il fallut un instant à ses yeux pour s'habituer à la faible lumière. Il repéra alors sans peine les deux voiture de luxe. Il découvrit aussi avec consternation que les deux véhicules avaient subi des travaux de peinture. Chacune des Cadillac était facilement identifiable, grâce aux plaques d'immatriculation personnalisées : SUN 1 et BIG E.

Dillon enfila de fins gants en latex pour éviter de laisser des empreintes, si jamais les limousines devenaient des pièces à conviction dans l'enquête sur le meurtre de Green. La peinture était toute récente, mais aucune des deux voitures n'avait fait l'objet de travaux de carrosserie, même si Dillon pensait que l'assassin n'aurait pas eu l'imprudence d'utiliser le même véhicule à deux reprises.

Un examen approfondi de la Cadillac du Sun ne donna rien. Certain qu'aucune tache de sang susceptible d'être trouvée par la police n'aurait été laissée, il était venu outillé. Un jet de Luminol et une petite lumière noire ne laissèrent toutefois rien apparaître non plus.

Il y avait l'hypothèse que le couteau lui-même ait temporairement fermé la blessure. Dillon mena néanmoins ses recherches avec minutie. Au bout du compte, il ne trouva rien. Pas de sang, ni de trace d'un quelconque produit destiné à le faire disparaître.

En revanche, il y avait des reliquats de sperme en quantité.

Il passa à la limousine du Big Easy.

Là encore, une première inspection, puis l'utilisation du Luminol ne donnèrent aucun des résultats espérés. Ni sang ni produit décolorant. Mais alors qu'il faisait courir ses doigts le long de la garniture du siège, près de la portière du passager, il sentit quelque chose. Quelque chose qui pouvait être intéressant.

Cela ressemblait à un bouton de chemise, une chemise de créateur. Il l'étudia à la lueur de sa petite lampe de poche et se demanda s'il manquait un bouton à la veste ou à la chemise de Tanner Green, quand il avait été tué. Ce serait assez facile à vérifier. Il sortit son téléphone et prit une photo du bouton, qu'il remit à l'endroit où il l'avait trouvé.

C'est alors qu'un des dobermans se mit à gémir.

Dillon éteignit aussitôt sa lampe, avant de descendre de la limousine et de fermer sans bruit la portière derrière lui.

Au même moment, les deux chiens se ruèrent vers la porte, qu'il avait laissée légèrement entrouverte.

Quelqu'un venait. Il s'en voulut de ne pas avoir entendu plus tôt les bruits. Mais apparemment la personne qui arrivait avait fait preuve d'une aussi grande discrétion que lui.

Il se glissa sous une BMW garée à côté de la limousine et il fit de son mieux pour se confondre avec le ciment du sol.

— Ces idiots ont laissé la porte ouverte ! lança avec irritation une voix masculine. Et vous en avez profité pour venir piquer un roupillon ici ! Foutus clébards !

C'était Hugo Blythe. Le second garde du corps personnel d'Emil Landon.

Dillon roula sur lui-même, passant ainsi de voiture en voiture, progressant vers la porte que l'autre n'avait heureusement pas fermée.

Blythe se dirigea droit vers la limousine que Dillon venait de quitter.

Les chiens, heureusement, le suivaient, la queue entre les jambes, en laissant échapper des couinements nerveux. Apparemment, ils connaissaient le bonhomme. Il était possible qu'Emil Landon ne se contente pas de laisser ses véhicules ici et qu'il entretienne d'autres affaires avec le garage. Les chiens étaient habitués à la présence de Blythe. Et ils ne l'aimaient pas ; ils le craignaient.

Tout en cherchant les possibles implications de ce

détail, Dillon se glissa sous la voiture la plus proche de la sortie. Blythe s'installa dans la limousine.

Dillon choisit ce moment pour prendre la fuite.

Il courut ensuite vers la clôture, qu'il escalada rapidement. Il venait de passer par-dessus les barbelés et de sauter, en se réceptionnant sans douceur, quand il entendit le premier coup de feu.

Qui fut rapidement suivi d'un autre.

Blythe courait dans sa direction. Il tira de nouveau.

Dillon se pencha et sprinta en direction de son véhicule.

Heureusement, l'homme était trop lourd et plus lent que lui. Dillon arriva à la route, qu'il traversa en provoquant quelques coups de Klaxon furieux. Il était dans sa voiture et se glissait au milieu des autres véhicules que Blythe n'avait pas encore atteint la clôture.

A un moment, au milieu de son rêve, Jessy eut conscience qu'elle rêvait.

Elle était de retour au Sun, toujours aussi bondé, et on lui courait après. Elle zigzaguait à travers la foule, entre les tables de craps, de poker, de roulette. Elle se trouvait à l'intérieur du casino et pourtant une nappe de brouillard flottait au-dessus du sol, comme si elle s'était trouvée en pleine zone de marécage. C'était ridicule, elle le savait.

Soudain, elle se retrouva à l'extérieur et il y avait aussi un épais brouillard. Elle était toujours poursuivie, mais dans un cimetière. Il ne s'agissait pas d'un cimetière ordinaire. Plutôt un cimetière de l'époque du Far West, sans pierres tombales. Les croix étaient de bois, grossières ; des petites pierres marquaient le contour des tombes.

Les buissons d'armoise dansaient dans une brise qu'elle ne sentait pas. La poussière du désert la fit un instant suffoquer, avant de disparaître dans ce brouillard impossible dans un endroit aussi sec.

Au loin, elle pouvait entendre des sonneries et des tintements de machines à sous comme celles du casino. Puis elle vit une table de poker…

Il y avait des hommes, autour de cette table. Mais quelque chose ne tournait pas rond. Ils n'étaient pas réels. Ils semblaient faire partie du brouillard. Ils étaient vêtus de vieilles redingotes et coiffés de chapeaux poussiéreux. Elle perçut les sonorités étouffées, aigrelettes, d'un piano mécanique.

Il fallait qu'elle reste à distance des joueurs de poker — elle le savait, sans pour autant se l'expliquer. Elle changea donc de direction. Elle se trouvait toujours dans un cimetière, mais ce n'était plus celui dans lequel elle courait un instant plus tôt. Celui-ci était un cimetière indien, où les morts avaient été placés en hauteur, sur des plates-formes de bois, le corps enveloppé de fourrures, avec leurs lances, leurs flèches, leurs carquois et leurs boucliers en peau de bison suspendus à leurs côtés. Les rangées d'échafaudages d'objets qui marquaient les tombes semblaient s'étendre à l'infini, mais elle avait la certitude qu'il était préférable de courir entre elles plutôt que vers les joueurs de poker.

La brume se leva, si fine qu'il lui était possible de voir à travers. Elle aperçut ainsi Dillon Wolf qui se tenait là, portant une longue redingote noire. Sans qu'elle sache comment, il semblait ne faire qu'un avec le cimetière, les morts et le passé.

Elle secoua la tête, lui faisant signe que non, qu'elle ne voulait pas appartenir à ce monde.

Mais en même temps elle avait une furieuse envie de le toucher. Tendre le bras et le toucher, plonger les yeux dans son regard passionné et goûter la caresse de ses mains sur elle, sur sa peau.

Malgré la situation, malgré l'endroit, il n'avait pas peur ; elle sentit alors que, si elle trouvait le courage de courir jusqu'à lui, elle non plus n'aurait plus jamais peur. Elle trouverait la sécurité, auprès de lui, et plus encore, parce que la lumière qui brillait dans ses yeux était comme une promesse. Alors même qu'elle évoluait dans un rêve, cernée par la brume, elle ne désirait rien tant que le rejoindre et qu'il la touche. Elle en brûlait littéralement.

Sauf qu'en elle un noyau de peur résistait. Elle n'avait pas tout à fait le courage de sauter le gouffre d'âge, d'expérience et de *pouvoir* qui les séparait.

Il faisait un avec le brouillard ; il connaissait les âmes qui reposaient en ce lieu.

Elle, on la poursuivait toujours.

Elle entendait les hommes, derrière elle, dont les voix se faisaient plus fortes à mesure qu'ils approchaient, et sans comprendre ce qu'ils disaient elle savait qu'ils représentaient un danger aussi proche que réel.

Ils voulaient sa mort.

Elle changea de direction, trop effrayée pour poursuivre tout droit. Elle tourna vers l'ouest. Il lui fallait fuir tout à la fois la promesse que représentait Dillon, mais aussi la peur.

Elle entendit un cliquetis ; on aurait dit le bruit de deux éperons.

Quand elle jeta un coup d'œil derrière elle, les hommes qui la poursuivaient étaient en costumes contemporains ; ils auraient pu sortir de n'importe lequel des casinos de la ville, à ceci près que leurs visages étaient enveloppés dans le brouillard inquiétant qui continuait de monter et s'épaississait.

Elle se détourna, terrifiée, pour se remettre à courir.

Elle découvrit alors Timothy qui se tenait devant elle. « Fais confiance aux esprits danseurs ! » lui cria-t-il. Il avait les bras ouverts, comme pour la prendre contre lui, et il semblait aussi jeune et fort qu'il l'avait été autrefois, et pendant si longtemps. Il incarnait la sécurité contre le danger qui la talonnait.

— Les esprits danseurs parlent avec les morts et les morts leur donneront les réponses dont ils ont besoin, déclara-t-il. Ils voient ce qui a été, et ils peuvent aider à empêcher ce qui ne devrait jamais se passer.

— Timothy, il n'y a pas d'esprits danseurs ! s'emporta-t-elle. Ils ont échoué. Les voix qu'ils ont entendues n'étaient pas réelles et ils sont morts en essayant de recouvrer le contrôle de leurs anciennes terres tribales.

— Tu dois écouter, et bien écouter, poursuivit-il en ignorant ses réserves. Consens à écouter la vérité. Nous devons tous tenir compte de ce qu'ils ont à dire, et non étouffer leurs paroles à cause de ce que nous voulons entendre.

Jessy se réveilla alors brusquement.

Vraiment ?

Etait-elle bien réveillée ? Ou était-elle toujours prisonnière de son cauchemar ?

Car là, au pied de son lit, un homme était assis.

Un homme mort.

Tanner Green.

Elle retint son souffle, puis se mit à hurler.

7

— C'est bon. Je me suis débarrassé de lui !

Dans les premières lueurs rosées de l'aube, Dillon, réveillé en sursaut, découvrit Ringo, penché au-dessus de lui.

Il se redressa pour s'asseoir.

— Où étais-tu, bon sang ? Que s'est-il passé ? Et de qui t'es-tu débarrassé ?

Ringo prit place au pied du lit, secouant avec naturel son chapeau sur son genou pour le dépoussiérer.

— Tanner Green, répondit-il, en secouant la tête avec dégoût. Ce gars était vraiment censé être un garde du corps effrayant ? Peuh ! Une mauviette, une vraie femmelette, oui ! Il a suffi que je fasse tinter mes éperons et je peux te dire qu'il a décampé.

— Mais je ne veux pas qu'il s'en aille ! Je veux lui parler !

— Ah oui ? Avant ou après qu'il aura tué Jessy Sparhawk d'une crise cardiaque ?

— Merde ! Qu'est-ce qui s'est passé, exactement ?

— Il l'a suivie comme un veau suivrait sa mère. Il s'était même installé dans sa chambre, et quand elle s'est réveillée et qu'elle l'a vu j'ai bien cru qu'elle allait avoir un infarctus. Alors, je suis intervenu. Et l'autre a disparu aussi sec. Jessy a fini par se lever, elle s'est préparé du café et elle s'est assise dans son salon pour regarder la télévision. Sauf que la télévision n'était pas allumée… Elle est restée là un long moment, immobile, les yeux dans le vague, secouée de légers frissons. Pas très réjouissant à voir, mon vieux ! Pauvre petite ! Tu imagines bien que je n'ai pas osé me manifester… Au bout d'un moment, le soleil s'est levé. Comme elle a fini par bouger pour aller se préparer son petit déjeuner et qu'elle semblait remise, j'ai rappliqué ici pour tout te raconter. Au fait, t'as entendu parler du gars qui travaillait au Sun et qui s'est fait tuer par une voiture ?

— Oui, malheureusement. C'est justement parce que ce type a été renversé que je sais d'où *pourrait* venir la voiture dont on *pourrait* avoir éjecté Tanner Green…

Ringo laissa échapper un petit cri de stupéfaction.

— Tu veux dire que le gars, celui du Sun, aurait été assassiné, lui aussi ?

— C'est exactement ce que je veux dire, oui…

— Il t'a parlé de la voiture… de la première, j'entends, celle où Tanner a été vraisemblablement poignardé, et puis on l'a tué ?

— Oui.

— C'est moche ! Te connaissant, je me doute que ça doit salement te travailler.

Dillon hocha la tête.

— C'est vrai, admit-il. Mais j'ignore si le fait qu'il m'ait parlé a joué le rôle du catalyseur, dans ce qui lui est arrivé, ou si le tueur le soupçonnait déjà d'avoir vu quelque chose et si Ruby était déjà dans sa ligne de mire…

Il soupira profondément et répéta :

— Je l'ignore…

— En tout cas, il t'a donné un indice sur la voiture. C'est toujours ça.

— Il s'agissait d'une limousine. Et je suis quasiment sûr d'être monté dedans.

— Et apparemment tu es toujours entier, commenta Ringo. Alors… qui a tué Tanner Green ?

— Je n'en sais rien. Mais ça pourrait être quelqu'un du Big Easy. J'ai besoin d'en découvrir plus avant de mêler les flics à ça, ou bien la preuve disparaîtra et je n'aurai pas assez d'éléments pour qu'on soit en mesure d'inculper quelqu'un du crime et le faire juger.

— Tu as trouvé du sang ?

— Non. Un bouton.

— Un bouton ? Wouah, l'indice !

— C'est aussi mon avis. C'est pourquoi je pense qu'il m'en faudrait un peu plus. Quant à toi, retourne immédiatement chez Jessy…

Dillon voulait se rendre au laboratoire de criminologie et voir s'il manquait un bouton à la chemise de Tanner Green.

— Je suis un fantôme, lui rappela Ringo.

— Oui et alors ?

— Alors ce serait plutôt à toi d'aller chez elle.

— Je m'inquiète pour elle, Ringo, mais je ne peux pas aller là où on ne veut pas de moi. Où je ne suis pas au moins invité.

— Tu dois amener cette femme à te parler, lui dit Ringo, en le regardant avec gravité. Elle… elle pourrait finir par avoir des problèmes. Elle pourrait…

Se faire tuer.

L'idée se forma entre eux, silencieuse, mais presque tangible.

Un sentiment de malaise profond envahit Dillon.

— Elle ne connaissait pas Tanner Green. Elle n'a rien à voir avec ce qui se passe. Et elle n'avait aucune raison de connaître Ruby Yorba non plus.

— Tu as quand même la conviction que Green lui a dit quelque chose avant de mourir.

— Je sais qu'il l'a fait. Je l'ai vu sur l'enregistrement vidéo.

— D'autres personnes l'ont vu, cet enregistrement, non ? fit remarquer Ringo.

— D'autres personnes ? Des flics uniquement. Jerry Cheever n'a pas que des bons côtés, mais au moins est-il honnête. Je suis prêt à le jurer.

— Peut-être. Sauf qu'il n'est pas le seul policier de la ville ; et d'autres que lui, moins honnêtes, pourraient se faire arroser. D'autant que ça n'est pas l'argent qui manque, ici. La plupart des hommes ont un prix pour lequel ils sont prêts à faire à peu près n'importe quoi.

Dillon s'inquiétait pour Jessy et il n'avait vraiment pas besoin que Ringo en rajoute, surtout quand il se sentait aussi douloureusement impuissant. Il ne pouvait pas forcer la jeune femme à le voir, encore moins à accepter de sa part une quelconque forme de protection. C'était uniquement par politesse qu'elle avait consenti à le rencontrer au restaurant. S'il insistait trop, il ne pourrait plus se rapprocher d'elle.

— Appelle-la, suggéra Ringo.

— Il n'est même pas 7 heures du matin…

— Dans un ranch, ce serait pratiquement l'heure du déjeuner.

— On n'est pas dans un ranch, ici, on est à Las Vegas. Et j'ai besoin que tu retournes chez elle. Veille sur elle, Ringo. Je vais trouver un moyen de la voir aujourd'hui et me débrouiller pour qu'elle m'accorde sa confiance.

— Je ferai de mon mieux, promit Ringo. Mais…

— Mais quoi ?

— Je suis mort. Pour lui être utile face aux dangers

qui la guettent, c'est plutôt un être de chair et de sang qu'il lui faut.

Jessy avait peur au point de ne pas oser aller prendre une douche. Elle alluma la télévision, sur une chaîne d'informations, mais elle fut à peine capable de s'intéresser aux nouvelles nationales. Elle se demandait si elle réussirait à s'habiller, ou si elle allait voir une autre apparition fantomatique et en serait réduite à fuir de chez elle, pieds nus et en chemise de nuit.

Les informations locales attirèrent son attention, en revanche, quand la photographie d'un jeune homme dégingandé emplit l'écran. Elle ne le connaissait pas, mais le commentateur était en train d'expliquer qu'il s'appelait Ruby Yorba et qu'il était mort deux nuits plus tôt, victime d'un chauffard qui avait pris la fuite.

Le journaliste soulignait que cet accident criminel était particulièrement troublant, car la victime travaillait au Sun, le casino où avait justement eu lieu le meurtre de Tanner Green, le soir précédent. La police demandait à quiconque disposerait d'informations en rapport avec cet accident de prendre contact avec le commissariat le plus proche.

Il n'y avait pas de fantômes sur l'écran, juste le présentateur. Il ne semblait pas y avoir de fantômes non plus dans la maison. Pourtant, Jessy n'avait qu'une envie : hurler et s'enfuir.

Elle se leva cependant avec détermination. Elle devait se préparer et sortir. Aller là où il y avait des gens. Beaucoup de gens.

Elle garda les yeux fixés droit devant elle, tandis qu'elle se rendait dans sa chambre, réunissait ses vêtements et allait s'enfermer dans la salle de bains. Elle s'acquitta de sa toilette en un temps record, se contentant du minimum pour son maquillage.

Puis elle quitta en hâte la maison.

Comme tous les jours, elle commença par rendre visite à son grand-père. Elle avait déjà franchi le seuil du bâtiment où résidait Timothy, quand elle s'arrêta brusquement. Ne devrait-elle pas aller consulter un psychologue, après ce qui lui était arrivé ? Peut-être souffrait-elle d'une espèce de névrose posttraumatique, dont étaient parfois victimes les soldats et qui expliquerait ces visions qu'elle continuait à avoir du mort.

— Vous êtes en avance, ce matin, lui dit Jimmy, l'aide-soignant, en la croisant dans le couloir.

Il lui souriait, détendu, et lui parut merveilleusement normal et rassurant. En le voyant, Jessy eut aussitôt l'impression que le monde revenait enfin à la normale.

— Je me suis réveillée plus tôt que d'habitude.

— Votre grand-père est déjà dans le réfectoire… en compagnie de Mme Teasdale.

Jimmy accompagna sa précision d'un clin d'œil et Jessy ne put s'empêcher de rire. Quand il le voulait, Timothy était le chouchou de ces dames.

— Merci, je vais le rejoindre.

La télévision était allumée dans la salle où se prenaient les repas. C'était le journal de 8 heures. Jessy vit de nouveau le visage de Ruby Yorba sur l'écran et elle entendit le présentateur qui répétait que la police demandait à quiconque ayant des renseignements sur cette affaire de prendre contact avec ses services.

Timothy aperçut la jeune femme qui s'approchait de sa table et il se leva, le sourire aux lèvres.

— Ma petite-fille ! Tu es bien matinale ! Je suis ravi de te voir. Je n'ai pas besoin de te présenter Mme Teasdale, bien sûr…

— Non, bien sûr… Comment allez-vous, madame Teasdale ?

La vieille dame avait été victime d'une attaque, suivie d'une crise cardiaque, mais elle s'était battue farouchement pour marcher et parler de nouveau et elle avait gagné son combat. Elle était immensément riche. Sa famille vivant sur la côte est, elle avait essayé de se rendre là-bas, pour se rapprocher des siens ; elle avait renoncé et préféré rester à la résidence. Timothy et elle étaient de grands amis et Jessy avait la certitude que cette « amitié » n'était pas pour rien dans la décision de Mme Teasdale.

— Je vais bien, ma chère enfant, même si les actualités sont bien pénibles, ces temps-ci. L'autre nuit, ce gangster, ou garde du corps, je ne sais plus, c'était une chose. *Qui vit par l'épée périra par l'épée…*

Elle agita une main frêle alourdie de bijoux vers la télévision.

— Et maintenant ce malheureux… Il gagnait sa vie en garant des voitures, et il est mort renversé par une voiture. L'analogie n'est pas parfaite, sans doute, mais c'est affreusement ironique. Et si triste…

— Très triste, acquiesça Jessy. La police a beau faire de son mieux pour lutter contre l'alcool au volant, on ne peut pas être partout à la fois.

— Les gens n'écoutent rien ! déclara Timothy avec emportement. Ils n'écoutent pas le vent. Il y a des signes, mais personne n'y fait attention !

Jessy réprima un geste d'impatience. Aujourd'hui, moins que jamais, elle n'avait envie d'entendre son grand-père raconter ses histoires d'esprits danseurs, de gens dans les murs ou parlant dans le vent.

Ou, s'il lui fallait absolument entendre quelque chose à propos de fantôme et de vent, elle aurait aimé apprendre que *son* fantôme avait été définitivement emporté par une tempête aux antipodes de Las Vegas. Mais non. *Son* fantôme avait tout bonnement décidé de se tenir au pied de son lit !

— Ne nous attardons pas sur des pensées aussi tristes, déclara Mme Teasdale. Comment allez-vous, Jessy ? Votre spectacle de pirates se passe bien ? Je ne sais pas si Timothy vous en a déjà parlé, mais j'ai moi-même été girl, autrefois…

— Timothy me l'a dit, en effet.

— J'avais une sœur jumelle, Serena. Nous étions identiques, mais quel tempérament elle avait ! Et puis j'ai épousé Roger, avec qui je n'ai malheureusement pas eu d'enfants. Serena a continué d'enflammer le Strip toute seule pendant encore dix ans, jusqu'à ce qu'elle se marie à son tour. Elle a eu quatre garçons. J'ai de la chance. Ils sont très gentils avec moi, depuis que Roger nous a quittés…

C'était ça ! pensa brusquement Jessy. Tanner Green avait un jumeau ! Et c'était ce jumeau qu'elle avait aperçu en ville ; lui encore qui avait cherché à la rencontrer, puisqu'elle était indirectement impliquée dans la mort de son frère. Les jumeaux entretenaient entre eux un lien particulier, très fort, c'était du moins ce qu'elle avait toujours entendu.

Et, bien sûr, il n'y avait jamais eu personne chez elle. Ça, c'était son imagination qui lui jouait des tours.

— Moi, j'ai Jessy, dit Timothy. Et les esprits danseurs. Un de ces jours, Jessy, j'aimerais aller à Mallaluca voir la famille. On pourrait assister à une fête et montrer la Danse des Esprits à Sally ?

— Avec plaisir, répondit Jessy.

Mallaluca, la ville où certains parents distants de Timothy vivaient encore, n'était qu'à quelques heures de voiture.

— Ce serait formidable, ajouta-t-elle. Je regarderai quand ça me sera possible.

Elle se leva. Elle avait oublié son intention de prendre son petit déjeuner avec son grand-père ; elle ne pensait plus qu'à se rendre au commissariat et trouver quelqu'un qui pourrait lui en dire plus au sujet de Tanner Green. Elle embrassa Timothy sur la joue et adressa un grand sourire à Mme Teasdale.

— Passez une bonne journée, tous les deux. Timothy, on se voit demain. Appelle-moi si tu as besoin de quelque chose d'ici là…

Elle était si pressée de partir qu'elle pensa tout juste à saluer Jimmy en quittant le bâtiment. Pourtant, alors qu'elle s'installait au volant de sa voiture, le cœur lui manqua.

Si Tanner Green avait eu un jumeau, quelqu'un n'y aurait-il pas fait allusion ? Sans doute que si. Mais elle devait quand même vérifier, être certaine. Car si Tanner Green avait un frère jumeau, peut-être qu'alors elle allait pouvoir recouvrer la raison.

Dillon était sur le point d'éteindre la télé, comme tous les matins avant de partir, quand le présentateur des informations parla de Ruby Yorba.

Dillon avait du mal à se persuader que la mort du jeune homme n'était rien d'autre qu'une coïncidence. Alors que plus de vingt-quatre heures s'étaient écoulées, la police n'avait toujours aucune piste ; ils en étaient réduits à passer des annonces à la télévision, demandant aux gens de les appeler s'ils avaient vu un véhicule récemment endommagé ou s'ils avaient en leur possession une information susceptible de faire avancer l'enquête sur l'accident.

L'accident. Tu parles ! Il avait interrogé Ruby et maintenant l'homme était mort. Victime d'un mystérieux chauffard qui avait pris la fuite. Il n'y avait pas de coïncidence, dans cette histoire. Pas d'accident non plus.

Il rejoignit sa voiture et prit la direction du commissariat. Là, il trouva Jerry Cheever dans son bureau. Le lieutenant parut à la fois surpris et déstabilisé lorsque Dillon lui demanda s'il y avait du nouveau dans l'affaire Yorba.

— On a déjà parlé de ça hier, il me semble, lui rappela Cheever.

— Ce n'est pas un accident !

— Je vous ai dit que je ne m'occupais pas de cette affaire. Je sais qu'elle vous pose un problème, mais ça n'a aucun sens. Pourquoi voulez-vous que la mort de ce type ait un rapport avec celle de Tanner Green ?

— J'ai interrogé Ruby Yorba juste avant qu'il ne soit tué. Et est-ce que vous vous êtes demandé ce qu'il fabriquait sur l'autoroute à pied à une heure pareille ?

— Il était en panne d'essence, c'est aussi simple que ça. Il devait vouloir gagner la sortie la plus proche et la station-service.

— Il n'était pas membre de l'AAA ?

— Non. On n'a pas trouvé de carte dans son portefeuille, en tout cas. Il n'y a là rien de très mystérieux, je vous assure…

— Vraiment ? Moi, je trouve que si. Aujourd'hui, tout le monde ou presque a un téléphone portable ; et tous les automobilistes ou presque bénéficient d'une assurance pour le dépannage.

— Il conduisait une antiquité. Et sans inscription à l'AAA il n'avait personne à appeler… Un chauffard bourré l'a percuté et a pris la fuite, c'est tout. Il ne faut pas voir des complots et des machinations partout, Wolf ! Et croyez-moi, ça ne me gênerait pas que ces deux histoires soient liées, qu'il y ait quelque part un indice qui me donnerait des réponses.

— Vous n'avez rien, alors ?

— Je vous le répète : je ne m'occupe pas de cette affaire. Allez voir les collègues spécialisés dans les homicides routiers.

— Bon sang, Cheever, mais quel genre de flic vous êtes, au juste ?

Pendant un instant, Cheever parut sur le point de s'emporter à son tour. Au lieu de quoi, il baissa les yeux et inspira profondément.

— Nous sommes organisés par départements, que ça vous plaise ou non, répondit-il, en relevant les yeux. Allez parler à Len Durso. Son collègue et lui ont reçu le coup de fil du type qui a découvert Yorba. Ce sont des super flics, tout comme l'équipe de scène de crime qui a examiné le corps, ses vêtements, la route, et tout ce qu'il était possible d'examiner. Si jamais il y a un lien, nous le trouverons…

Dillon s'avisa alors que le policier regardait derrière lui, en plissant les yeux, par-delà les parois vitrées de son bureau.

Il se retourna pour comprendre ce qui retenait ainsi l'attention de Cheever : Jessy Sparhawk arrivait. Elle écarquilla les yeux en le reconnaissant, et durant un instant il eut le sentiment qu'elle allait pivoter sur ses talons et s'en aller. Elle n'en fit rien. Avec ses grands yeux bleus pleins de cette innocence captivante, elle resta là où elle était. Dillon sentit son cœur s'emballer et il se maudit en silence. Il se demanda aussi une nouvelle fois ce qu'il trouvait de si fascinant chez cette femme.

Il se leva et Cheever traversa la pièce pour aller ouvrir la porte.

— Désolée, dit-elle. Je ne voulais pas vous déranger.

— Wolf s'en allait, lui indiqua le policier.

Dillon songea à s'inventer une bonne raison de rester, puis il décida de laisser tomber. C'était à Jessy Sparhawk de décider si elle avait besoin de s'ouvrir à lui, si elle lui accordait sa confiance ou non.

De plus, si elle avait vraiment envie de parler en privé avec Cheever, eh bien…

Ringo pouvait toujours rester à quelques centimètres et lui dire ensuite tout ce qu'il avait envie ou besoin de savoir.

— Jessy, la salua-t-il poliment.

Et il s'en alla, résolu à faire bon usage de son temps. Il revint dans le hall où il demanda au policier de l'accueil où il avait une chance de trouver l'inspecteur Durso.

— Asseyez-vous, mademoiselle, je vous en prie… Qu'est-ce que je peux faire pour vous ?

Jessy s'installa sur la chaise destinée aux visiteurs et Cheever vint se poser sur le bord du bureau.

— Je me demandais si vous aviez du nouveau sur le meurtre de Tanner Green…

Elle avait décidé d'aller droit au but.

Il haussa un sourcil.

— Vous savez, lui dit-il d'une voix posée, les enquêtes prennent du temps. Nous ne résolvons pas les affaires aussi facilement que les feuilletons télé pourraient le laisser penser. Malheureusement…

— Je m'en doute. Mais je suis impatiente.

— Nous suivons plusieurs pistes. Nous faisons de notre mieux et j'ai la certitude que nous finirons par découvrir la vérité. Avez-vous repensé à quelque chose susceptible de nous aider ?

— Non. En fait, je… je m'interrogeais au sujet de M. Green lui-même.

— Ah oui ?

— J'aimerais savoir s'il avait un jumeau, ou peut-être un frère qui lui ressemblerait beaucoup.

Le policier parut surpris. Puis il se leva et contourna son bureau pour se pencher sur son ordinateur. Il pressa quelques touches, avant de lever les yeux vers la jeune femme.

— Non. Pas de frères ni de sœurs. Il était le fils unique de Mathew Green et Virginia Freen, tous deux décédés il y a des années.

— Oh !

Et voilà. Elle avait demandé. La question s'était révélée aussi ridicule qu'elle l'avait craint, et à présent Cheever la fixait comme s'il s'apprêtait à la cuisiner de nouveau.

Elle se leva.

— Je suis désolée. Je n'aurais pas dû vous faire perdre votre temps.

— Pourquoi cette inquiétude au sujet de sa famille ?

— J'ai pensé que… c'est que je n'ai rien vu dans les journaux concernant ses funérailles, improvisa Jessy.

Elle était stupéfaite que le mensonge lui vienne aussi facilement, même s'il ne résistait pas à un examen approfondi.

— Le corps se trouve toujours à la morgue. Mais j'ai ici un message m'informant qu'Emil Landon a appelé pour dire qu'il prendrait tous les arrangements à sa charge une fois le corps sorti.

— C'est une bonne nouvelle.

— Gardez un œil sur les journaux, lui suggéra

Cheever. Je suis certain qu'il y aura un avis publié le moment venu.

— Oui, bien sûr. Merci beaucoup.

Elle sortit du bureau et s'arrêta, hésitante.

— C'est étrange, vous ne trouvez pas ? Ce garçon qui travaillait au Sun et qui est mort, lui aussi…

— Ne vous inquiétez pas. Là aussi, nous avons bien l'intention de découvrir le coupable.

Elle hocha la tête et s'en alla rapidement.

Dillon n'avait jamais rencontré Len Durso, mais l'homme lui fit l'impression d'un type honnête. Malgré sa carrure intimidante, il se montra ouvert et chaleureux quand Dillon se présenta et lui tendit sa carte de visite professionnelle, ornée du logo de Harrison Investigations, avant de lui expliquer la raison de sa venue.

— L'enquête commence juste, lui expliqua Durso.

Dillon vit bien qu'il l'étudiait, intrigué, les yeux légèrement plissés, comme s'il avait déjà entendu parler de lui.

— Je pense que ce n'était pas un accident.

— L'impact, violent, a tué la victime sur le coup, voilà ce que je peux vous dire. Le corps se trouve à la morgue, sans doute en train d'être autopsié. Le médecin légiste n'a pas encore rendu son rapport, mais il a déjà laissé entendre que le conducteur roulait à bien plus de cent kilomètres à l'heure. Il n'y avait aucune trace de pneu sur la chaussée, ce qui laisse penser que le chauffard n'a même pas essayé de freiner. Nous en saurons plus quand nous serons en possession des différents rapports.

— Vous pourriez m'appeler, quand vous aurez du nouveau ? lui demanda Dillon, en désignant sa carte, que Durso tenait toujours à la main.

— Qu'est-ce qui vous intéresse tant, dans cette histoire ? Ça m'intrigue…

Durso s'était montré réglo avec lui, bien plus disponible que ce qu'il espérait, et Dillon décida de lui rendre la monnaie de sa pièce.

— Je pense qu'il s'agit d'un meurtre. Yorba devait être en mesure d'identifier le meurtrier de Tanner Green et c'est pour ça qu'il est mort.

— Vous travaillez pour Emil Landon, non ? lui demanda Durso, en donnant l'impression de se fermer légèrement.

— C'est mon patron qui m'a demandé de travailler pour lui, nuança Dillon. Il pense que Landon est une cible.

— Ah oui ? Landon m'a l'air encore en parfaite santé, et si vous avez raison deux autres hommes sont morts à sa place…

Dillon comprit qu'il avait fait le bon choix en expliquant qu'il s'occupait de l'affaire parce qu'on lui en avait donné l'ordre.

— Je verrais bien un coup monté de l'intérieur, expliqua-t-il. Quelqu'un du Big Easy, associé à quelqu'un du Sun, par exemple. Parce que si ça n'est pas le cas le meurtre de Tanner Green contient des coïncidences comme on en rencontre rarement.

Durso le considéra d'un air grave.

— Je vais réfléchir à tout ce que vous venez de me dire. J'ai connu Adam Harrison il y a quelques années, alors qu'il était venu ici pour une affaire. C'est quelqu'un d'étonnant. Si je peux faire quoi que ce soit… Mais pour l'instant expliquez-moi comment les choses se sont passées, selon vous. Qu'est-ce qui vous permet de penser que c'est un coup qui vient de l'intérieur, comme vous dites ?

— La limousine qui s'est débarrassée de Tanner Green devant le casino était très précisément hors du champ des caméras de sécurité. Une prouesse difficile, voire impossible à accomplir, à moins de connaître précisément la portée et l'angle de vue de ces appareils.

— Pour un as de la technique, ça ne devrait pourtant pas poser de problème…

— Ça ne serait pas si commode, et ça paraît peu vraisemblable, insista Dillon. Une des raisons pour lesquelles je pense que les deux morts sont liées, c'est que Ruby était de service au Sun, ce soir-là, et qu'à mon avis il a *vu* ce qui a échappé aux caméras.

Il se leva.

— En tout cas, merci de votre coopération.

— Je vous en prie… Et si vous avez quoi que ce soit de nouveau pensez à moi.

Les deux hommes se saluèrent. Tout en gagnant sans se presser la sortie, Dillon composa le numéro de téléphone de Sarah.

— Ça va ? demanda-t-elle, quand il se fut identifié.

— Ça va. J'avais une question à vous poser. Auriez-vous des informations sur la façon dont Tanner Green était habillé, la nuit où il est mort ?

— Ça oui ! Une vraie gravure de mode ! Rien que des vêtements de créateurs. Ses chaussures ont dû coûter plus que ce que je gagne en deux ou trois semaines.

— Les vêtements ont été abîmés ?

— Eh bien… il y avait la déchirure causée par le couteau. Et les taches de sang.

— Autre chose ?

— Un instant…

Dillon entendit un bruit de papiers que l'on feuillette.

— Oui, dit-elle enfin, il manquait deux boutons à sa chemise.

— Merci, Sarah. Merci infiniment !

— C'est important ?

— Je vous le ferai savoir dès que j'aurai une certitude.

Passant au milieu de la grande salle principale du commissariat en s'en allant, Jessy jeta un coup d'œil à l'impressionnante houle de policiers, sans cesse en mouvement d'un bureau à l'autre. L'activité intense qui régnait là faisait songer à une fourmilière.

La jeune femme était toujours extrêmement tendue. Sa visite au commissariat ne lui avait apporté ni l'information qu'elle espérait, ni la sérénité qu'elle attendait de recouvrer.

Elle regarda de nouveau la pièce, s'attendant presque à voir Tanner Green assis à un des bureaux, en train de la fixer.

Si l'information qu'elle venait de recevoir — à savoir que Tanner Green était fils unique — pesait lourdement sur son humeur, elle s'interrogeait aussi sur la présence de Dillon Wolf dans le bureau de Cheever. Mais après tout ils enquêtaient l'un comme l'autre sur la mort de Green, et ils avaient besoin de coopérer, sans pour autant nécessairement s'apprécier.

Pourquoi n'avait-elle pas dit à Cheever ce qu'elle n'avait pas révélé non plus à Dillon : le mot que Tanner Green lui avait chuchoté juste avant de mourir.

Indigo…

— Jessy !

Elle tressaillit et sursauta en entendant son prénom.

Dillon marchait droit sur elle dans le hall.

— Désolé, je ne voulais pas vous effrayer…

Il était grand, solide. Et sans aucun doute séduisant. Mais son charme ne venait pas simplement de son allure ou de son physique. Il se trouvait aussi dans la confiance avec laquelle il se déplaçait. Dans sa façon de parler. Même en rêve, elle avait éprouvé cette attirance, le désir qu'elle avait d'être avec lui. Le besoin d'être dans ses bras. L'envie aussi qu'il la touche. Etait-ce le fait d'avoir vu un fantôme qui lui donnait cette envie de se réfugier contre lui ou bien l'attirait-il réellement ?

Il l'attirait. Inutile de se voiler la face. Il l'attirait, mais dans le même temps il la rendait nerveuse. Elle n'avait pas peur de lui, pas exactement ; ce qui l'inquiétait, c'était tout ce qu'il semblait savoir d'elle, la façon dont il perçait cette vulnérabilité qu'elle-même se refusait à admettre.

— Ça va ? lui demanda-t-il, en la fixant de l'air de celui qui voit bien que ça ne va pas.

— Très bien, merci.

Quelle menteuse elle faisait ! Et il s'en rendait compte, évidemment. Il garda le silence et se contenta de la scruter de ses yeux sombres et intenses.

— Je… j'étais venue voir où… en était l'enquête, bredouilla-t-elle.

— Bien sûr.

Il jeta un coup d'œil à sa montre.

— Vous travaillez, aujourd'hui ?

— Oui.

— Toujours le même spectacle ?

Comme elle hochait la tête, il demanda encore :

— Ça signifie donc que vous avez un peu de temps pour un petit déjeuner tardif ou un déjeuner anticipé, comme vous voudrez… Ou juste une tasse de café ?

Elle voulait dire non. S'en aller au plus vite. Fuir.

Ce qui était absurde. Car sérieusement est-ce qu'elle avait réellement envie d'être seule en cet instant ?

— Alors ? insista-t-il.

Pourquoi n'était-il pas détestable, odieux, lui donnant ainsi une bonne raison de décliner son invitation ?

— Un brunch serait un bon compromis, je crois, dit-elle.

— Super !

Il posa délicatement une main sur le bas de son dos pour la guider vers la sortie du commissariat. Une fois dehors, il suggéra de prendre sa voiture puis de la raccompagner à la sienne ensuite. Elle accepta avec réticence.

Sa voiture était une petite hybride. Vegas était sans doute une ville d'extravagance, mais venant de cet homme cela ne la surprit pas.

Il les amena dans un petit endroit familial charmant qu'elle ne connaissait pas. Ce qui n'était pas très étonnant. Las Vegas était rempli de restaurants qui, pour beaucoup, ouvraient et fermaient sans qu'on ait le temps de s'en rendre compte.

Celui-ci étincelait de propreté, avec des petits vases de fleurs fraîches sur chaque table. La salle elle-même était lumineuse, claire, et pourtant, alors qu'ils s'asseyaient, Jessy ne put s'empêcher de promener les yeux autour d'elle, craignant de tomber sur le regard mélancolique de Tanner Green, la suppliant de… La suppliant de quoi, au juste ?

— Les œufs Benedict sont excellents, lui indiqua Dillon. Et je ne vous parle pas des soupes maison !

La nourriture n'intéressait pas vraiment Jessy.

— Va pour les œufs, dit-elle.

Il s'avéra que la serveuse était une des propriétaires. Dillon bavarda aimablement avec elle, tandis qu'elle prenait leur commande.

Quand on eut posé devant eux deux tasses de café fumant, il sourit à Jessy et lui demanda sans détour :

— Pourquoi est-ce que vous m'évitez ?

— Je… je ne vous évite pas !

— Je pense que vous avez besoin de moi.

— C'est nouveau, ça !

Il demeura imperturbable.

— Je crois que votre vie est menacée, dit-il encore.

Les doigts de Jessy tremblaient. Elle saisit sa tasse de café par l'anse, mais elle préféra attendre un instant pour en boire une gorgée.

— Pour quelle raison ? demanda-t-elle dans un souffle.

Il se pencha vers elle.

— Tanner Green vous a murmuré quelque chose, avant de mourir. Je l'ai vu sur les enregistrements vidéo du casino.

— Mais c'est la police qui a ces enregistrements. Vous êtes en train de me dire qu'il y a des gens malhonnêtes dans la police ?

— J'ignore combien de copies ont été faites. Pour ce qui est de la police, les effectifs sont très nombreux. Je ne vous dis pas que tout le monde est malhonnête, mais on ne peut pas exclure la possibilité que quelqu'un le soit. Et le casino a aussi les enregistrements en sa possession. Avez-vous entendu parler de cet homme qui a été renversé sur l'autoroute, récemment ?

— Oui. C'est très triste.

— C'est plus que triste. Je suis pratiquement certain qu'il a été tué parce qu'il m'avait parlé.

— Et maintenant c'est moi qui suis en train de vous parler ! Super !

— Vous savez quelque chose, Jessy, lui dit-il avec gravité. Et tôt ou tard le tueur va le découvrir.

On posa devant eux les œufs Benedict, parfumés et appétissants. Jessy reposa sa tasse, prit sa fourchette, coupa un œuf, mais fut incapable d'en porter une bouchée à ses lèvres.

« Dis-lui, pensa-t-elle. Tu n'as qu'un mot à prononcer et ce sera terminé. »

Elle fixa son assiette. Mais quand elle leva les yeux, sur le point de parler, une panique absolue l'empêcha de prononcer la moindre parole.

Tanner Green !

Il était assis à une table, derrière Dillon, et il la regardait, avec son habituelle expression morose.

Mais ce n'était pas tout.

A la table derrière lui se trouvait un autre fantôme.

Si elle n'avait jamais rencontré l'homme, elle avait vu sa photographie aux informations. Impossible de se tromper. C'était Ruby Yorba. Le fantôme de Ruby Yorba.

Son expression alerta Dillon, qui se retourna pour voir ce qu'elle regardait.

Mais Tanner Green se leva d'un bond et bouscula la table dans le mouvement. La salière et le poivrier s'entrechoquèrent.

Il disparut, de même que Ruby Yorba, qui sembla s'évanouir dans l'air avec lui.

Des clients regardèrent dans cette direction, conscients qu'il se passait quelque chose. Mais ils ne purent rien voir.

Dillon si.

Il se pencha vers Jessy et murmura :

— Vous les avez vus.

Ce n'était pas une question.

Elle le regarda sans rien dire, cligna des yeux, essaya de nier.

— Je n'ai rien vu.

Et puis, soudain, elle comprit : il les avait vus, lui aussi !

Elle eut envie de hurler.

Confusément, elle entendait des gens en train de bavarder, de rire, elle entendait le tintement des tasses et le bruit des couverts dans les assiettes. En fond, elle percevait aussi de la musique, de la country, une chanson douce, agréable.

Elle se leva d'un bond, oubliant le contenu de son assiette.

Dillon s'était levé en même temps qu'elle. Il abandonna quelques billets sur la table et s'élança à sa suite, alors qu'elle quittait le restaurant en courant presque.

C'est une fois sur le parking qu'elle se rappela qu'ils étaient venus avec la voiture de Dillon.

Elle ne put s'empêcher de faire une grimace de contrariété, quand il la prit par le bras. Elle se tourna et, en découvrant dans ses yeux une lueur de compassion, elle se sentit déchirée entre l'envie de rire et celle de pleurer. Elle fut tentée aussi de se jeter dans ses bras, avec l'espoir de tout oublier — le meurtre, le fantôme — et de trouver la force d'envoyer tout balader.

Mais cela ne lui ressemblait pas.

— Vous voyez Tanner Green, déclara Dillon sans la moindre inflexion de jugement dans la voix.

— Non. Tanner Green est mort.

— Je vous parle de son fantôme.

Il avait toujours la main sur le bras de Jessy, qui en conçut, sans pouvoir se l'expliquer, de la gratitude. Ses jambes s'amollirent tandis qu'une petite voix lui répétait que rien de tout cela ne pouvait être réel, pas même l'homme qui se trouvait devant elle.

Elle le fixa et un sentiment de détresse monta en elle de façon incontrôlée.

— Pourquoi ? Pourquoi me fait-il ça ? Pourquoi vient-il me hanter ?

Dillon plongea son regard intense dans le sien.

— Parce qu'il a besoin de vous. C'est aussi simple que ça…

8

Jessy n'avait pas dit grand-chose durant le trajet jusqu'au casino, ou, si elle avait parlé, elle ne s'en souvenait guère. Dillon avait insisté pour l'accompagner en voiture, ayant jugé préférable qu'elle ne conduise pas. Elle était manifestement en état de choc.

Il avait attendu dans le hall pendant qu'elle s'habillait, et la présence de ce séduisant admirateur lui avait valu de gentilles moqueries de la part des autres acteurs. Dillon avait discuté quelques minutes avec le garde et, quand le spectacle avait commencé, il s'était installé au milieu du public, parmi un groupe d'enfants d'environ six ans. Il donnait l'impression de passer un bon moment, lui qui paraissait par moments si austère…

Se retrouver sur scène, dans un environnement familier, avait permis à Jessy de recouvrer un peu de calme, faute d'être encore parfaitement sereine. Elle jouait par moments son rôle de reine des pirates un peu automatiquement, mais ne s'en tirait pas si mal, finalement. Sa prestation était tout à fait honnête et les jeunes spectateurs, dans la salle, ne semblaient pas percevoir l'étendue de son angoisse. Elle avait réussi à circonvenir toute la partie d'elle-même qui restait en alerte, ce qui lui permettait de faire en sorte que le spectacle soit ce qu'il devait être.

Elle prenait simplement soin de ne pas porter son

regard vers le fond de la salle. C'était bien assez de voir apparaître Tanner Green aux moments les plus inattendus. Etre hantée par Ruby Yorba, un homme qu'elle n'avait jamais rencontré, dépassait la mesure !

Le spectacle se déroula sans incident.

A la fin, quand toutes les photos et les dernières pièces en chocolat eurent été distribuées, Dillon était toujours là, qui l'attendait.

Jessy regagna la loge et se démaquilla, s'efforçant de bavarder avec les actrices qui partageaient l'endroit comme si de rien n'était. Puis elle se changea. Elle alla rejoindre Dillon dans le hall, et en le voyant elle dut résister à la tentation de se précipiter vers lui, de se blottir dans ses bras et de se laisser aller. Peut-être même de pleurer.

— Merci de m'avoir attendue, lui dit-elle.

— Vous avez été sensationnelle !

Elle lut dans ses yeux une admiration sincère.

— Vous trouvez ? Vraiment ?

— Ça ne doit pas arriver souvent qu'un acteur monte sur scène juste après avoir admis être suivi par deux fantômes…

Ce qu'il venait de dire était si absurde, si fou, que n'importe qui aurait pensé qu'il plaisantait. Au lieu de quoi, hélas, il était affreusement sérieux.

— Je pense qu'il vous faut de la compagnie, maintenant, et je suis sûr que vous avez besoin de manger quelque chose. Que diriez-vous de venir chez moi ? J'ai une maison, un jardin, tout ce qu'il faut pour le confort, et ce n'est pas loin d'ici… Je ne suis pas un grand cuisinier, mais je peux vous offrir des lasagnes avec une salade.

— Volontiers…

Peu lui importait le lieu où ils allaient et la teneur de leur repas, du moment qu'il ne la laissait pas seule.

Il ne leur fallut que quelques minutes pour rejoindre la

maison de Dillon, qui était en effet assez proche du Strip. Un mur en adobe courait autour du jardin, joliment orné de cactus et de parterres bordés de pierres.

A l'intérieur, ils furent aussitôt accueillis par un chien énorme.

— Clancy ! Viens ici, ma belle ! Je te présente Jessy Sparhawk… Je sais qu'à la voir on pourrait penser qu'elle est suédoise, mais elle est en réalité à moitié lakota. Clancy est un berger belge, précisa Dillon.

— Elle est très belle.

Elle était sincère : la chienne avait une ligne élégante, en dépit de sa taille, et elle se montra très affectueuse, sans pour autant leur sauter dessus. Elle adorait visiblement son maître.

— Entrez vous asseoir…

— Merci.

Jessy perçut alors un léger cliquetis non loin d'elle et fouilla le hall du regard, nerveusement. Mais elle ne vit rien de particulier : ni Tanner Green ni Ruby Yorba ne semblaient l'avoir suivie.

Elle fut sur le point de faire une remarque, mais se retint et Dillon, qui l'observait, se tourna brusquement et traversa l'entrée au carrelage en pierre naturelle pour rejoindre le salon.

La pièce était décorée d'objets d'art amérindien spécifiques de diverses tribus. La jeune femme reconnut des objets paiute et d'autres qui lui rappelèrent certains éléments de la collection de son grand-père : des poupées dakota, sur le manteau de la cheminée, plusieurs attrape-rêves suspendus aux fenêtres et une chemise séminole, accrochée à un mur, encadrée de petites pièces inuit.

Un téléviseur haute définition faisait face à un canapé en cuir et deux fauteuils assortis, disposés autour d'une table basse en cyprès. Des marches menaient au comptoir qui séparait la cuisine du salon. Au-delà, Jessy aperçut une salle de séjour et des portes-fenêtres donnant sur une petite piscine et un patio. Le jardin, de ce côté-ci de la maison, était plus élevé qu'à l'avant.

— Je vous offre quelque chose à boire ? lui proposa Dillon.

— Oui, merci. Ce que vous aurez, sauf de l'alcool, précisa-t-elle, en se laissant tomber sur le canapé.

Le décor de la pièce était typiquement masculin. Aucun signe ne laissait penser qu'une femme partageait cet espace.

— Malheureusement, il va vous falloir choisir entre une bière et un bourbon — verre ou bouteille, à vous de voir.

— Va pour la bouteille de bourbon, alors ! Non, je plaisante… Une bière fera parfaitement l'affaire.

Dillon revint avec deux petites bouteilles de bière, avant de retourner dans la cuisine. Jessy se laissa aller contre le dossier du canapé, sa bière à la main, prenant le temps de détailler les objets artisanaux qui donnaient tout son caractère à la pièce. C'était agréable d'être assise ici, dans le calme — le calme et la sécurité.

Dillon la rejoignit une ou deux minutes après avec une assiette contenant du fromage, des lamelles de poivron, des fruits et des chips.

— J'espère que vous n'êtes pas végétarienne ou accro aux aliments diététiques ?

— Non, répondit-elle, et soudain elle eut faim.

Elle prit un morceau de fromage, délicieux, puis un autre et s'obligea à se refréner : elle aurait dévoré le contenu de l'assiette en quelques minutes…

— Merci. C'est exactement ce dont j'avais besoin !

— Vous devez mourir de faim.

Clancy vint se coucher entre eux, sans réclamer, ni avancer le museau vers l'assiette.

Dillon se pencha et lui tapota la tête.

— Ça va toujours ? demanda-t-il à Jessy.

Elle hocha la tête et, sans le quitter du regard, but une longue gorgée de bière.

— Harrison Investigations… C'est un organisme qui traque les fantômes, non ?

Dillon eut un étrange petit sourire.

— Vous voulez la vérité ? Ça arrive, oui… Mais il arrive aussi que nous découvrions une explication naturelle et rationnelle à de prétendus fantômes ou d'autres phénomènes apparemment inexplicables par la logique.

— Mais vous les avez vus, n'est-ce pas ? Je ne me trompe pas ? Vous avez *vu* Tanner Green et Ruby Yorba, tout comme je les ai vus ?

Elle avait peine à croire qu'elle était en train d'admettre à voix haute avoir aperçu deux fantômes et, pourtant, elle en parlait comme ils auraient évoqué la plus anodine des situations.

— Je les ai vus, oui, mais trop brièvement pour tirer de leur apparition quelque chose d'intéressant.

Jessy essaya de contrôler sa voix, de ne pas la laisser monter trop haut, afin de ne pas trahir son extrême agitation intérieure.

— Et vous *voulez* les voir de nouveau ?

— Bien sûr.

Elle but une autre gorgée de bière.

— Eh bien, pas moi !

— S'ils sont ici, c'est parce qu'ils ont quelque chose à dire, à demander. Ils ont besoin d'aide pour éclaircir le mystère qui entoure leur mort.

— C'est vous qu'ils devraient suivre, alors ! Après tout, c'est vous l'enquêteur !

— C'est vrai et j'avoue que leur présence dans votre environnement me laisse perplexe. Autant je peux comprendre, pour Tanner Green, puisque vous avez été son dernier contact humain, autant je m'interroge, pour Ruby : j'ai été une des dernières personnes à lui parler et vous, vous ne l'aviez jamais vu. Je pense qu'il est trop inexpérimenté, trop nouveau et qu'il ne peut comprendre…

— Comprendre quoi ?

— Que le corps meure, mais que l'âme — ou quel que soit le nom que vous voulez lui donner — s'attarde, rôde encore parmi les vivants, parce qu'elle a soif de justice. Elle cherche la clôture, pour utiliser un terme technique. Parfois, il faut un moment à l'âme — au fantôme — pour saisir ce qui lui est arrivé, et surtout pour trouver le moyen d'obtenir l'aide dont elle a besoin. Nul n'a la réponse, ni moi ni personne d'autre. Ce qui est clair cependant, c'est que Tanner Green a peur.

— Peur ? répéta Jessy sans conviction. Mais de quoi ? Il est déjà mort !

Dillon lui sourit de nouveau.

— Justement, il a peur d'accepter la mort. Il semble toutefois avoir confiance en vous.

— Comment lui faire comprendre que je ne suis pas forcément digne de confiance ?

— Vous ne pouvez pas, lui expliqua-t-il. En revanche, vous pouvez m'aider à prendre contact avec lui et quand cela arrivera, j'essaierai de lui prêter main-forte. Une fois qu'il aura obtenu ce qu'il cherche, il ne vous hantera plus.

— Je… je suis censée vous présenter à un… fantôme ! s'exclama Jessy, de plus en plus incrédule.

Dillon eut cette fois un sourire contrit.

— Quelque chose comme ça, oui… Mais ça n'est pas si simple, vous savez. Vous allez devoir faire en sorte qu'il se rapproche de vous, lui montrer que vous avez confiance en moi. Il finira par m'accorder sa confiance aussi et me fera savoir de quelle façon je peux l'aider.

— Il *finira* ?

— Il ne vous veut pas de mal, Jessy, je vous assure.

— Je veux bien vous croire, mais si jamais il m'apparaît alors que je suis en train de conduire ? Ne se rend-il pas compte que je pourrais avoir un accident, rentrer dans un mur ou renverser un piéton par sa faute ?

— Les gens ne pensent pas toujours rationnellement, il en va de même avec les fantômes. Vous en voulez une autre ? demanda-t-il, en changeant brusquement de sujet, désignant la bouteille de bière vide.

Elle hocha la tête.

Cette fois, quand il se leva pour aller dans la cuisine, elle l'accompagna. Clancy fit de même et vint se coucher aux pieds de Jessy lorsqu'elle se percha sur un tabouret du comptoir.

— Vous avez toujours vu des fantômes ? lui demanda-t-elle.

— J'ai grandi dans une des réserves paiute de la région, vous savez… Je n'étais pas un gosse facile. Ma mère travaillait comme infirmière pour le gouvernement, elle vaccinait les enfants. Elle a rencontré mon père et ils sont tombés amoureux. Ils formaient un couple de rêveurs ; ils semblaient aimer le monde entier. J'étais leur fils unique. Quand ils sont allés s'installer sur une base militaire — mon père, qui avait rejoint l'armée, avait été affecté en Caroline du Nord —, je suis soudain devenu un objet de curiosité. Les enfants peuvent se montrer infiniment cruels. Pas quand ils sont très jeunes : ils ne savent alors pas faire la différence entre un Chinois et un Indien, entre un Noir et un Inuit ; ils voient la couleur de la peau comme la plupart des hommes considèrent la couleur des cheveux. Mais quand ils grandissent… Le fait est que j'ai commencé à chercher les ennuis, à l'adolescence. Rien de vraiment sérieux, principalement parce que je ne voulais pas décevoir mes parents. Et puis, ils sont morts tous les deux dans l'accident d'un petit avion. A partir de là, je suis devenu un vrai crétin. Après les funérailles — ils ont été inhumés ici, dans le Nevada —, j'étais dans un bar, en train de boire, trop boire, et j'ai déclenché une bagarre avec un grand type baraqué uniquement parce qu'il était blond.

Son sourire se fit lugubre.

— Vous êtes d'origine lakota, n'est-ce pas ? Nos tribus ont beaucoup de croyances et de mythes en commun. Vous avez donc sûrement eu vent de ces histoires sur la jeune fille en blanc, sur le grand bison blanc et sur la magie qui s'opère quand on les voit ? Eh bien, j'ai vu la jeune fille. Elle était aux funérailles de mes parents. D'abord, j'ai mis cette « apparition » sur le compte du traumatisme causé par la mort de mes parents. Et puis, au bar, alors que la bagarre venait de commencer et que l'autre balèze allait me mettre en pièces, elle s'est interposée entre nous. Elle m'a parlé. J'entends encore ses paroles : « Non, ce n'est pas la manière. Tu dois devenir plus fort. Tu dois trouver la paix, pour eux, pour toi. » Je crois que certains de mes amis ont réussi à m'arracher aux griffes du grand type, qu'ils se sont excusés pour moi et ont expliqué que je venais de perdre mes parents… Toujours est-il qu'après je… j'ai commencé à voir des… gens. Des fantômes, en fait… Et puis, j'ai rencontré Adam.

— Adam Harrison ?

Il hocha la tête.

— Adam avait un fils, Josh, qu'il adorait. Il est mort, mais est resté aux côtés de son père, même si Adam ne pouvait pas vraiment le voir. Adam a commencé à s'entourer de toute une équipe pour s'occuper d'affaires à caractère paranormal ; il a toujours identifié chez les autres la faculté de voir les fantômes, de leur parler, alors que lui-même n'a pas ce don. Il n'est pas encore capable de les voir, comme certains d'entre nous, mais il a appris à sentir leur présence. Parfois, il a même une idée de ce qu'ils veulent. Dans ma famille, on appelle les gens qui ont cette faculté — que j'ai pendant longtemps mise sur le compte de la folie — des promeneurs de la nuit. On va dire qu'ils sont en mesure de voir ce qui existe dans une dimension légèrement différente. Mais ça n'a rien de maléfique. Ça peut sembler effrayant, au premier abord, mais quand on y pense, c'est plutôt rassurant, d'une certaine manière…

— Vous êtes en train de m'expliquer que je pourrais aussi voir *d'autres* fantômes ? lui demanda Jessy.

Elle s'avisa alors seulement que Dillon avait pris ses mains dans les siennes. Elle ne pouvait se rappeler à quel moment, mais elle devait bien admettre qu'elle aimait cela. C'était comme s'il lui communiquait sa chaleur et sa vitalité, lui transmettait de sa force.

Il lui pressa les doigts, puis les lâcha et se tourna vers le four pour l'ouvrir. Il enfila les maniques et sortit une barquette de lasagnes, qu'il posa sur un dessous-de-plat, sur le comptoir.

— J'étais heureux d'être devenu un promeneur de la nuit, reprit-il. Ça signifiait qu'il y avait un ailleurs, un autre monde après celui-ci. Qu'il y avait un être suprême. Ma mère était catholique et mon éthique spirituelle s'est de ce fait construite autour d'éléments très différents. Dans mon esprit, il y avait un pouvoir suprême et peu importait le nom qu'on lui donne ou la façon dont on l'identifie. Je pense que le temps qu'on passe sur cette terre est meilleur quand on essaye d'être honnête et bon avec les autres.

S'il y a un paradis ou une grande prairie blanche dans le ciel, je sais que mes parents y ont gagné leur place. Et je trouve ça rassurant.

C'était une merveilleuse croyance, Jessy devait l'admettre. Elle soutint un moment son regard, sans rien dire, émue de ce pan de lui-même, de sa vie intime, qu'il lui livrait avec tant de confiance et d'abandon.

— Vous voulez que je mettre la table ? proposa-t-elle au bout de ce qui lui parut de longues minutes.

— Euh… oui…

Il s'était déjà penché dans le réfrigérateur, cherchant de quoi préparer la salade. Jessy descendit de son tabouret et prit les assiettes dans le placard qu'il lui indiqua ; elle trouva ensuite les couverts, les serviettes et les verres, qu'elle alla disposer dans le séjour, sur une table qui donnait sur le patio.

— Vous avez une très belle maison…

— Merci. Je l'aime beaucoup.

— J'imagine que vous gagnez bien votre vie comme chasseur de fantômes.

Elle avait posé la question d'un ton léger, mais songea aussitôt qu'elle aurait été mieux inspirée de se taire.

— Désolée… ça ne me regarde pas.

— Je n'ai rien à cacher. Nous sommes à peu près payés comme les autres enquêteurs. Adam se charge de négocier les contrats et c'est lui qui nous attribue les missions, même si nous restons libres de les refuser.

— Emil Landon n'est pas le genre d'homme avec qui je vous voyais travailler…

Là encore, la jeune femme mesura un peu tard la maladresse de sa remarque.

Dillon se mit à rire.

— Vous voulez que je vous dise ? Je déteste ce salaud !

— Pourquoi avoir accepté cette mission, dans ce cas ?

— J'ai pensé que si Adam tenait à ce que je m'en charge il devait y avoir une raison. A présent, même si Landon me renvoie, j'irai jusqu'au bout. Je connaissais à peine Tanner Green, et je connaissais encore moins Ruby Yorba, mais ils ont droit à la justice. Je ne laisserai pas la mort de Yorba passer pour un accident, alors qu'il a été assassiné.

— Vous n'êtes pour rien dans sa mort.

En voyant le visage de Dillon s'empourprer légèrement, elle comprit qu'elle avait touché un point sensible.

— Il avait peut-être déjà été pris pour cible, reconnut-il, sans conviction pourtant. Mais il se peut aussi que ce soit le fait de m'avoir parlé qui l'ait désigné. C'est pour cette raison que résoudre cette affaire est si important pour moi.

Il finit de préparer la salade et leur servit du thé glacé pour accompagner le dîner.

Pendant le repas, la conversation se poursuivit sans effort, aussi naturellement qu'elle avait commencé. Jessy posa des questions, auxquelles Dillon répondit sans se dérober, puis il l'interrogea à son tour sur sa vie. C'était agréable de se trouver avec lui, songeait-elle, alors qu'elle lui parlait des autres acteurs du spectacle et de Timothy et même de Mme Teasdale et de tous ceux qui faisaient de la résidence de son grand-père un lieu si agréable à vivre pour lui.

A sa grande surprise, les lasagnes surgelées se révélèrent très bonnes, et la salade fraîche et délicieuse.

Elle n'avait aucune envie de s'en aller.

Pourtant, une fois qu'ils eurent desservi et fait la vaisselle, après qu'ils eurent donné à manger à Clancy et pris le café au bord de la piscine, elle décida qu'il était temps de dire quelque chose, avant d'abuser de l'hospitalité de Dillon.

— Je devrais rentrer...

— Vous avez un chien ? lui demanda-t-il.

Elle secoua la tête, intriguée.

— Non...

— Pourquoi voulez-vous partir, dans ce cas ?

— Pour commencer, ma voiture est toujours au commissariat...

— J'ai des amis, là-bas. Il ne lui arrivera rien. Ecoutez, vous avez eu votre content de grosses frayeurs, ce soir. Restez ici. Il y a une chambre d'amis. Un ordinateur. Tout ce dont vous pourriez avoir besoin.

— Je ne peux pas rester. Ce ne serait pas bien.

— Pas bien ? Mais qu'est-ce qui est vraiment bien ou mal ? Vous vous inquiétez de ce que les gens risquent de penser ? Vous vous en faites pour votre grand-père ?

— Non. Timothy va bien. Je suis tout à fait tranquille de ce côté. Il passe presque tout son temps dans sa résidence. Je le prends parfois pour le week-end. Et s'il était chez moi l'autre nuit, c'est parce que je craignais qu'on ne le mette à la porte. Ce n'est pas dans mes habitudes de jouer de grosses sommes à la table de craps, vous savez... Je n'ai rien contre le jeu — ça peut même être amusant si on n'est pas accro —, mais...

Elle s'interrompit.

— Qu'est-ce qui me prend de parler comme ça, à tort et à travers ?

— Vous ne parlez pas à tort et à travers, Jessy... Et je continue à penser que vous devriez rester ici cette nuit.

— Vous voulez m'utiliser comme appât ? Vous essayez de faire venir un fantôme ?

— Et vous ? N'essayez-vous pas de vous débarrasser d'un fantôme ?

Elle ne put s'empêcher de rire.

Il se leva.

— Venez. Je vais vous montrer la chambre…

Apparemment, il était sérieux. Il avait vraiment l'intention de l'héberger pour la nuit, en ami, parce qu'elle avait peur. Si elle lui en était reconnaissante, elle se sentit un peu déçue, en revanche, de constater qu'il n'avait pas d'autre projet pour la nuit que celui-ci : lui proposer le réconfort de sa maison chaleureuse, en ami…

Il la conduisit vers la chambre d'invités, toute en mauve et sable, des teintes qui rappelaient celles du jardin et de l'ensemble de la maison. La pièce disposait même de sa propre salle de bains et d'une télévision grand écran toute neuve.

Dillon lui proposa de lui prêter un T-shirt et un bas de jogging pour dormir. Tandis qu'elle le remerciait, elle se rendit compte que pour la première fois depuis une éternité elle n'avait pas peur.

Elle se sentait même prête à affronter ses fantômes.

Il la quitta en lui souhaitant bonne nuit, annonçant qu'il allait travailler sur son ordinateur.

Elle prit une douche, se changea et trouva ses vêtements aussi doux qu'une caresse. Celle qu'elle aurait bien aimé recevoir de lui…

Son téléphone portable sonna et la fit sursauter. Elle se précipita vers son sac et répondit aussitôt.

— Tout va bien ? lui demanda Sandra d'un ton réprobateur. Pourquoi ne m'as-tu pas téléphoné ? J'attendais ton appel.

— Ça va. Ne t'inquiète pas. J'avais promis de t'appeler ?

— Non. Mais je me faisais du mauvais sang pour toi. Tu es certaine que ça va ?

— Puisque je te le dis ! C'est gentil d'avoir appelé, en tout cas.

— Tu es chez toi et enfermée à triple tour ?

— Ça va, répéta Jessy, qui hésita, puis précisa : En fait, je suis chez Dillon Wolf…

Il y eut un blanc sur la ligne, puis Sandra s'écria d'une voix stridente :

— Chez qui ?

— On se calme ! lui dit aussitôt Jessy. Ce n'est pas du tout ce que tu imagines. Je ne suis même pas avec lui.

— Tu es *chez* lui mais pas *avec* lui ?

— C'est ça… Il travaille sur son ordinateur, dans une autre pièce.

— Prépare-toi à me donner des détails. Tu ne t'en tireras pas comme ça !

Jessy entendit derrière la voix de Reggie, qui demandait ce qui se passait et qui poussa un hurlement, quand sa mère lui eut répondu.

— Reggie veut aussi des détails.

— Mais il n'y a pas de détails, et il n'y en aura pas. Il faut que je te quitte, maintenant… Sandra ?

— Oui ?

— Merci d'avoir appelé.

— Et je ne vais pas manquer de le refaire, crois-moi !

Le sourire aux lèvres, Jessy raccrocha. Ce monde n'avait pas que des mauvais côtés, en fin de compte. Elle avait de bons amis. Et elle n'avait rien à craindre, du moins ce soir, parce que Dillon Wolf se trouvait tout près d'elle, juste de l'autre côté de la porte.

L'heure était sans doute un peu tardive pour passer un coup de fil, mais Dillon connaissait depuis des années le Dr Tarleton, un des plus grands médecins légistes de

Vegas. Doug choisissait de répondre ou de ne pas répondre, quand on l'appelait. Il regardait sur l'écran l'identifiant de son correspondant, et si celui-ci ne l'intéressait pas il ne décrochait pas. S'il dormait, le seul numéro qui ferait sonner son téléphone était celui de sa ligne d'urgence.

— Dillon Wolf ! dit-il, aussitôt qu'il eut décroché. Je me demandais quand j'allais entendre parler de toi…

— En fait, j'essayais de m'en sortir en suivant la procédure normale.

Doug se mit à rire.

— Jerry Cheever, tu veux dire ? C'est un bon flic. Il est juste un peu aigri. Et franchement Harrison Investigations n'a pas une super cote avec lui.

— J'ai vu ça… J'ai essayé de passer par lui pour rester informé, mais il semble que le temps soit venu d'aller droit à la source. Où es-tu ?

— Toujours à la morgue.

— Sérieusement ?

— Oui. J'allais partir, quand le rapport concernant ce jeune type est arrivé — la victime du chauffard, sur l'autoroute. Un mort est un mort, je sais, mais les blessures qu'il avait… Bon sang ! La violence de l'impact lui a heureusement brisé la nuque en plus de lui avoir broyé la cage thoracique et tous les os du torse et du bassin. Bref, je venais de finir de lire ça — ce foutu truc était aussi long qu'un bouquin — lorsque les résultats des analyses toxicologiques de Tanner Green sont arrivés. Tiens-toi bien. Le bonhomme était en plein trip.

— En plein trip ? Tu veux dire qu'il était sous acide ?

— Absolument. LSD. Il devait planer plus haut qu'un cerf-volant, notre garde du corps…

— Il n'était pas de service, fit remarquer Dillon. Autre chose ?

— Il n'aurait pas dépassé la cinquantaine, c'est à peu près certain. Il avait un rein en rade et, à en juger par son taux de cholestérol, il avait dû prendre une côte de bœuf au petit déjeuner. Il était en surcharge pondérale. Mais la cause de la mort, c'est un poumon perforé. Il s'est noyé dans son propre sang.

Il n'y avait pas la moindre trace de sang dans les deux limousines, en effet, se rappela Dillon.

— La blessure aurait-elle pu causer des éclaboussures ?

— Le coup porté dans le dos a été particulièrement violent. Pas d'os sur la trajectoire de la lame, qui est allée droit dans le poumon. Il s'est vraiment mis à saigner, je te parle d'hémorragie externe, quand le couteau a été ébranlé par sa chute. Sa chemise était détrempée et la table de craps a bien pris, elle aussi. J'imagine que la jeune femme sur laquelle il est mort a eu droit à un sérieux bain de sang. Mais il n'a probablement rien laissé dans son sillage, parce que jusqu'à ce qu'il tombe le sang se concentrait principalement dans ses poumons. En fait, le couteau a d'abord joué le rôle d'un bouchon, réduisant au strict minimum les risques d'une hémorragie externe.

— Merci de ces détails, Doug.

— Je t'en prie, c'est mon boulot. Mais cette histoire est assez bizarre, non ? Sans compter le fait que Green n'avait rien d'un ange. Je suis content que tu sois sur cette affaire, car j'imagine difficilement qu'on déploierait les grands moyens pour trouver son meurtrier…

Il marqua une pause et demanda :

— Si tu es là-dessus, c'est qu'il y a quelque chose de plus gros derrière, j'imagine ?

— Exact. Je pense que les deux morts sont liées.

— Le meurtre et l'accident de l'autoroute ?

— Le meurtre et le *meurtre* de l'autoroute, corrigea Dillon.

Il remercia encore son ami et raccrocha. Il irait faire un tour à la morgue le lendemain, décida-t-il.

Jessy eut du mal à s'endormir. Mais, pour la première fois depuis la mort de Green, ce n'était pas parce qu'elle avait peur. Elle était tout étourdie de ne *pas* avoir peur.

La chambre était confortable.

Dillon était tout près.

Goûtant le bien-être de ce moment, elle resta éveillée devant la télévision, tout en feuilletant un magazine et en lisant le détail des projets de différents hommes politiques pour améliorer l'état du pays.

Elle finit cependant par s'endormir.

Et rêver.

Mais ce ne fut pas une répétition des cauchemars des nuits précédentes. Pas de visions d'hommes morts, pas de cimetières, pas de gens qui semblaient venir d'époques lointaines. Les rêves de cette nuit-là étaient si érotiques qu'elle sentit qu'elle s'enflammait ; si exquis qu'elle n'avait aucune envie de se réveiller, tout en sachant qu'elle rêvait. Dillon y jouait le rôle principal. Entre eux, aucune maladresse. Elle ignorait où ils se trouvaient et ce qui avait déclenché la rencontre ; elle savait juste que leurs corps étaient enchevêtrés, que celui de Dillon, fort, cuivré, vibrait contre le sien. Elle entendait leurs soupirs, leurs rires, mais aussi ses propres halètements et ceux de Dillon. Il lui semblait qu'ils avaient toujours été ensemble, qu'ils se connaissaient depuis des années. Elle sentait la force de ses baisers, la caresse sensuelle de ses lèvres et de sa langue sur sa peau. Elle voyait aussi son visage, tandis que son corps chevauchait le sien, l'inondait d'un feu liquide…

Elle se réveilla soudain en tressaillant violemment, emplie de panique. Mais quand elle s'assit et regarda autour d'elle elle était seule. Aucun signe de Tanner Green.

On tapota à sa porte, doucement.

— Oui ? répondit-elle aussitôt, en combattant la peur qui, de nouveau, menaçait de la submerger.

La porte s'ouvrit et Dillon apparut. Sa silhouette se dessinait sur la lumière du couloir.

— Ça va ? lui demanda-t-il.

Elle éprouva un immense embarras en songeant à ce que serait une réponse honnête.

« Oui, ça va. Je rêvais que je faisais l'amour avec vous, sauvagement. Mais ne vous inquiétez pas. Ce ne sont que les fantasmes un peu pathétiques d'une femme dépourvue de toute vie sexuelle. »

— Ça va, dit-elle simplement.

— Vous avez crié…

— Vraiment ?

— Oui.

— Mon Dieu, je suis désolée ! Mais tout va bien, je vous assure. Ça fait même un moment que je ne me suis pas sentie aussi sereine. Je ne voulais pas vous réveiller…

— Pas de problème. J'ai le sommeil léger. Bonne nuit…

Dillon commençait de refermer la porte.

— Attendez ! cria-t-elle.

Et brusquement l'air sembla chargé d'impatience, d'excitation, d'une folle intensité, comme si le destin lui-même était suspendu à ce qui allait suivre.

Jessy se redressa à moitié, pensant suggérer qu'ils se préparent du thé. Qu'ils parlent. Qu'ils aillent dans le salon, dans la cuisine, qu'ils sortent promener le chien…

— S'il vous plaît, ne me laissez pas seule…

Dillon marqua une pause dans l'encadrement de la porte, puis entra dans la pièce, lentement. Il avait passé un peignoir et elle eut la certitude, sans se l'expliquer, qu'il ne portait rien dessous. Le regard grave, la voix posée, il murmura :

— Vous n'avez rien à craindre, ici. Je suis juste de l'autre côté du couloir. Il vous suffit de m'appeler et je serai tout de suite là.

— Je le sais. Je… je n'ai pas peur.

Il se pencha sur elle et repoussa une mèche de ses cheveux.

— Vraiment ? demanda-t-il, avec un de ces sourires qui lui faisaient perdre ses moyens.

— Vraiment.

— Nous pourrions regarder un film.

— Nous pourrions… Mais ce n'est pas ce que j'avais en tête…

Le sourire de Dillon s'épanouit encore et, quand il posa doucement la main sur elle, elle ressentit une petite décharge électrique la traverser. Ce qui n'avait été qu'un rêve devenait réalité. Mais le contact des mains de Dillon sur elle se révélait bien plus excitant encore. Il se glissa dans le lit, à côté d'elle, plongeant les doigts dans ses cheveux. Sa bouche, sûre d'elle, ferme, suscita une explosion de désir, un désir intense. Jessy eut l'impression qu'ils entraient tous deux en fusion. Laissant derrière elle les hésitations de toute une vie, elle passa les bras autour de lui, éprouva la fermeté de ses muscles et la douceur de sa peau ardente, sous le peignoir. Chaque caresse brûlait d'urgence et, en même temps, ils semblaient tous deux habités par une détermination à prendre leur temps, à savourer tout le plaisir d'une découverte réciproque.

Le premier baiser leur parut durer une éternité, mais une éternité pleine d'émerveillement, où chaque poussée des lèvres, de la langue, menait à une nouvelle explosion de feu et de désir dans laquelle leurs corps se laissaient emporter. Leurs mains, sans cesse en mouvement, allaient toujours plus loin dans leur découverte. Le peignoir disparut soudain et la peau nue de Dillon contre la sienne attisa un peu plus en Jessy le brasier incontrôlable qui se propageait en elle. Elle savait qu'il était tout en muscle, et en vigueur, sous sa peau cuivrée, mais ce qu'elle éprouvait contre elle avait la puissance du métal en fusion. Ses mains étaient à son image : pleines d'assurance, d'une force qui suscitait confiance et émerveillement. Leurs membres se mêlèrent, s'étreignirent, tandis qu'il passait la main sur son visage, la faisait glisser sur sa nuque, sa gorge. Elle sentit ses lèvres incandescentes à travers le coton du T-shirt qu'elle lui avait emprunté, et l'instant d'après elle se rendit compte qu'il l'en avait débarrassée, sentant la pointe de sa langue tracer un sillon brûlant sur ses seins et son ventre.

Elle savoura toute la magie de leur étreinte, l'intimité vibrante de leurs peaux, de leurs muscles, et elle éprouva soudain une faim insatiable de le caresser, de passer les doigts dans ses cheveux, sur ses épaules, sur tout son corps. Ce furent ses lèvres qui glissèrent le long de son torse, comme une manière de présentation avant une exploration plus intime, jusqu'à ce qu'elle lève la tête pour unir leurs lèvres dans un nouveau baiser.

Elle finit par se retrouver sur le dos, les yeux plongés dans ceux de Dillon, plus sombres que l'encre, emplis d'une sagesse ancestrale, mais aussi d'une jeunesse débordante de vigueur, d'humour, de passion. Elle retint son souffle tandis qu'il s'insinuait entre ses cuisses, lentement, avec assurance, et emplissait le monde, son monde à *elle*, de sa présence et la hissait jusqu'à un extrême physique dont elle ne soupçonnait pas l'existence. Elle se retrouva au cœur d'un brasier, un gigantesque bûcher flamboyant dans l'obscurité d'une nuit en plein désert. Elle s'accrocha à lui, s'agita contre lui, se tendit pour s'accorder à chaque poussée, pour goûter pleinement chaque halètement et chaque frisson. Elle lui planta les ongles dans les épaules et elle eut conscience des mains qui se plaquaient sur ses fesses alors qu'il la menait inexorablement vers l'explosion du plaisir. Soudain, il ralentit le rythme et marqua une courte pause, mais avant qu'elle ait pu réagir il l'entraîna de nouveau vers les sommets. Encore et encore, il accéléra, ralentit de nouveau, jusqu'à la rendre folle. Et la jouissance la submergea enfin, dans un moment de violence intense, d'abandon fou. La peau humide, elle s'agita dans son étreinte, violemment secouée contre lui, sans fin. Il lui sembla que le monde disparaissait. Il ne s'agissait plus d'un rêve. Dillon était bien réel.

Il la tenait contre lui, fermement, frémissant des contrecoups de son propre plaisir. C'était un amant prévenant, qui la soulagea de son poids sans pour autant s'écarter, lui laisser croire qu'elle n'était plus la chose importante pour lui. Toujours haletante, elle resta recroquevillée contre lui, avec le clair de lune qui jouait sur leurs corps. La timidité qui l'assaillait si souvent sur scène revenait. Elle savait qu'ils allaient devoir sortir de leur immobilité, se parler. Le sexe restait le sexe ; ils n'avaient rien fait de nouveau, rien qui changeait le monde, quelle que soit l'intensité de ce qu'ils avaient éprouvé sur le moment. Malgré tout, pour elle, cette nuit n'était pas anodine, et elle espérait qu'il ne lui avait pas seulement fait l'amour pour la soulager de ses peurs ou parce qu'il en avait éprouvé le désir urgent.

Il garda le silence, pressant ses lèvres dans son cou, là où son cœur continuait de tambouriner. Puis il finit par chuchoter :

— Je peux rester ? Je n'ai pas envie de m'en aller.

Elle mêla ses doigts aux siens. Elle regretta de ne pas voir la profondeur de ses yeux, tout en préférant ne pas lui montrer la panique légère qui devait habiter les siens.

— Oui, reste…, murmura-t-elle.

Elle sentit qu'il resserrait son étreinte tandis que ses lèvres revenaient se poser sur son cou.

Et au bout d'un moment, après qu'elle eut somnolé, elle se réveilla, bougea contre lui, et elle sentit la force de son corps contre elle, la vigueur de son désir renouvelé. Ils firent de nouveau l'amour. La première fois, c'était un véritable duel de passion ; là, le rythme se fit plus paresseux, plus lent, même si la sensation d'urgence était toujours là.

Elle voulait ne jamais bouger.

Jamais.

Rester toujours contre lui.

Elle s'endormit dans ses bras.

Mais les rêves — les autres — revinrent.

Elle courait de nouveau à travers le vieux cimetière, avec ses croix de bois et ses tombes délimitées par des pierres. Il y avait du vent, chaud et léger. Le soleil, brillant, disparaissait soudain. Des gens, comme toujours, étaient à ses trousses.

Qui la pourchassaient.

La traquaient.

Ils étaient là pour la tuer et elle courait, trébuchait sur les pierres, luttait contre les boules d'armoise qui lui arrivaient dessus comme si une tempête se préparait. Alors que les bruits de course se rapprochaient, elle vit une lumière, devant elle, sur laquelle se dessinait la silhouette d'un homme.

Le soleil revint brusquement, et ses poursuivants

disparurent. Elle songea que c'était en lui qu'elle avait trouvé la rage, la force et le désir de se battre.

Elle ouvrit lentement les yeux. C'était le matin ; de la lumière filtrait à travers les rideaux.

Elle n'était pas seule. Et, pour une fois, elle en fut heureuse.

Dillon était étendu près d'elle, qui la tenait dans ses bras. Lui aussi était réveillé. Quand elle se tourna pour lui faire face, elle découvrit dans ses yeux la gentillesse et la force qu'elle y attendait, avec autre chose encore, qui lui fit bondir le cœur. Une intimité qui l'inonda de chaleur. Quand il lui sourit, elle sentit un petit tremblement la parcourir et elle s'avisa qu'elle avait envie de lui, envie de ce sourire, de son regard, de ses caresses, de tout. Mais elle ne le voulait pas simplement pour une nuit. Elle s'était méfiée des relations durables pendant longtemps. Elle avait le sentiment de devoir avant toute chose défendre Timothy contre quiconque pourrait s'apitoyer sur lui ou se moquer d'elle, de son dévouement envers le vieil homme. Elle savait sans le moindre doute que Dillon comprendrait, qu'il respecterait un aîné, et qu'il n'attendrait d'elle jamais rien d'autre que de la loyauté pour ce vieil homme qui l'avait élevée.

— Bonjour, murmura-t-il. Bien dormi ?

Elle hocha la tête.

— Pas de cauchemars ?

— Un seul, mais tu étais là.

— Je te remercie ! répondit-il, l'air vexé.

Elle se mit à rire.

— Tu étais là, mais de façon positive. J'essayais d'échapper à des gens qui voulaient me tuer. Et puis, je te voyais…

— Je t'ai secourue, j'espère !

— Mieux que ça.

— Ah ?

— Tu m'as donné de la force. Et quand ils ont compris qu'ils ne me faisaient plus peur ils ont disparu.

— Eh bien, j'en suis content.

Il se redressa brusquement et la fixa, les sourcils froncés.

— Mais la peur est une bonne chose, parfois, Jessy. Elle peut aider à se protéger.

— J'ai eu peur d'un fantôme. Un fantôme qui d'après *toi* a besoin d'aide.

— C'est parce qu'on l'a assassiné que Tanner Green est devenu un fantôme. Et quelqu'un a tué Ruby Yorba. Cette personne est encore en vie, elle, et il est sage d'en avoir peur.

Elle soutint son regard. Dans une soudaine révélation, elle mesura l'importance véritable de tout ce qu'ils avaient partagé.

— Indigo, dit-elle.

C'était le nom d'une couleur, juste d'une couleur, et quand Tanner Green avait chuchoté ce mot en rendant son dernier souffle, cela n'avait rien signifié pour elle. Elle n'avait pas pensé que cela ait pu avoir une véritable importance.

— Quoi, Indigo ?

— C'est le mot que Tanner Green a prononcé juste avant de mourir. Ce n'était rien d'autre. Juste un mot. Indigo. Une couleur…

Dillon se leva, lui tournant le dos dans la lumière du matin, et arpenta la pièce, soudain très agité.

— C'est plus qu'une couleur, dit-il sombrement. C'est un endroit. Dans le Nevada.

— Je n’en ai jamais entendu parler. Et de quel genre d’endroit s’agit-il ?

Il lui fit face, enfin, plongeant ses yeux sévères dans les siens.

— C’est une ville fantôme…

9

— Tu as une mine de déterré, l'ami ! Et dire que c'est moi le mort !

Ringo venait de refaire son apparition, tandis que Dillon préparait le café dans la cuisine. Apparemment, le fait d'être mort n'entamait pas le sens de l'humour d'un homme.

— Très amusant, Ringo… Assieds-toi, maintenant, tu veux bien ? Je suis pratiquement sûr que Jessy entend tes éperons. Et très franchement j'aurais préféré que tu ne traînes pas ici, la nuit dernière.

— Sache que je n'ai pas traîné ici, comme tu dis ! protesta Ringo avec indignation. Pour qui est-ce que tu me prends ! Tu es blessant, avec tes sous-entendus ! Cela dit, tu n'envisages pas de nous présenter ?

— Pour l'instant, j'essaye de l'habituer aux fantômes qui la hantent déjà. Elle a besoin de s'y faire, avant de comprendre que, parfois, c'est un don de se voir gratifier pendant un certain temps d'une présence non terrestre.

— O.K., mais je suis plutôt marrant et serviable, comme fantôme, non ? Et n'oublions pas que c'est grâce à moi que son grand-père a pu rester dans cet endroit prétentieux où il se sent si bien. J'ai hâte de faire connaissance avec la dame…

— Ne l'effraie pas le moment venu, d'accord ?

— D'accord…

Ringo observa un moment de silence.

— C'est aussi grâce à moi que tu as accepté de travailler pour ce type… Landon…

— Adam me l'a demandé, même si à ce moment-là il ne semblait y avoir rien de surnaturel dans l'affaire. Mais il devait savoir quelque chose… En tout cas, pour l'instant, je préférerais que tu ne restes pas ici.

— Je te rappelle que c'est dans ma chambre que vous avez fait des folies, la nuit dernière…

— Je t'ai laissé la mienne, alors cesse de te plaindre !

Ringo se mit à rire.

— De toute façon, je m'en fiche. Du moment qu'on ne me laisse pas dehors dans le froid…

— Qu'est-ce que tu racontes, encore ? Tu ne le sens pas, le froid !

— C'est vrai. Mais c'est quand même agréable d'être ici, sous un toit. Même cette foutue chienne a fini par m'apprécier.

— Clancy est une bonne fille…

L'animal se tenait à côté de lui et il le gratta entre les oreilles.

— Ecoute, Ringo, j'accompagne Jessy prendre le petit déjeuner avec son grand-père. Ensuite, toi et moi on ira faire une balade.

— Où ça ?

— A Indigo.

— Indigo ? répéta Ringo, abasourdi. Tu rigoles ? C'est là que…

— C'est là que tu es mort, oui, je sais. Mais c'est le mot que Tanner Green a chuchoté à Jessy avant de mourir.

— Enfer et damnation. Tu es sérieux ?

— Mortellement sérieux.

— Tu n'as pas d'expression plus judicieuse ?

— Le mot est mal choisi, j'en conviens. Je te prie de m'excuser…

Dillon n'avait cependant pas l'air contrit du tout. Un petit sourire amusé flottait sur ses lèvres.

— Et qu'est-ce qu'on va chercher, à Indigo ?

— Auçune idée. Mais pourquoi un type en train de mourir irait-il dire « Indigo » à une inconnue, sans avoir une bonne raison ? Quand tu as insisté pour que j'accepte de travailler pour Emil Landon, tu savais quelque chose ?

Ringo secoua la tête.

— Non… Comme je te l'ai déjà expliqué, ce type est un drôle d'oiseau, même pour Las Vegas. J'ai pensé qu'il se passait des trucs étranges. Et puis, le boulot est bien payé, non ? Je me suis dit aussi que tu te ferais bien voir des flics du coin, en protégeant une personnalité…

Il haussa les épaules.

— Je te laisse, maintenant. Je vais tâcher de voir où traîne Tanner Green quand il délaisse Jessy. Et j'essaierai de trouver Ruby Yorba. J'irai peut-être même espionner Emil Landon.

— Bonne idée, ça pourrait être utile. Je prendrai la route pour Indigo vers 13 heures.

— Jessy ne doit pas être à son travail à midi ?

— Si. Je l'y déposerai, mais j'aimerais passer à la morgue juste après. Tu me retrouves là-bas ?

— A la morgue ? s'écria Ringo avec répugnance.

— Où est le problème ? Je ne te croyais pas si délicat…

— Je t'attendrai à l'extérieur, plutôt. Et sois prudent, hein ? Va savoir sur quoi tu pourrais tomber. Sur quoi… ou sur *qui*.

— Je serai prudent, promit Dillon.

— Ça ne t'inquiète pas de laisser Jessy seule ? Elle

a peut-être envie de te savoir près d'elle, même quand elle travaille.

— Ça va aller. Elle est moins terrifiée de voir Tanner Green, à présent. Elle a compris qu'elle n'était pas folle.

Ringo hocha la tête. Ses éperons tintèrent et il disparut.

Jessy fit son apparition quelques instants plus tard. Elle s'était douchée, mais avait dû remettre ses vêtements de la veille.

Pour Dillon, elle aurait aussi bien pu dormir sous un pont. Elle était magnifique. Avec ou sans maquillage. C'était sa façon de parler, son regard, sa façon de bouger, son rire qui faisaient sa magie. C'était son âme même. Des belles femmes, il en voyait tout le temps. Las Vegas regorgeait de beautés prêtes à tout pour se faire une place dans l'univers du jeu. Mais ce qui rendait Jessy unique allait bien au-delà des apparences.

— Mmm, du café ! dit-elle.

Elle inspecta rapidement la pièce. Elle était encore méfiante, mais la panique qu'il avait vue dans ses yeux, la veille, lorsqu'elle avait aperçu Tanner Green puis Ruby Yorba dans le café, avait complètement disparu.

— Il n'y a personne, n'est-ce pas ?

Il secoua la tête.

— Non…

Elle se percha sur un des tabourets du comptoir.

— Je préfère. Mais… comment savoir quand il y a… quelqu'un ?

— On les voit, tout simplement. Je reconnais qu'il est assez inhabituel d'être poursuivi comme tu l'es. Mais pour une raison que j'ignore Tanner Green est désespéré et il a décidé qu'il pouvait te faire confiance. Nous allons bientôt devoir lui parler. Dans l'immédiat, je te propose de boire un café, puis nous irons récupérer ta voiture et nous passerons chez toi. Ensuite, nous irons prendre le petit déjeuner avec ton grand-père, puis je te laisserai au casino.

— Et comment est-ce que je rentrerai chez moi ?

— Pas seule, en tout cas. Reste avec des collègues ou appelle Sandra. Ne la quitte pas.

— J'ai besoin de me changer, indiqua Jessy, en désignant ses vêtements.

— Nous avons tout le temps.

Ils burent leur café sans se presser, Dillon donna à manger à Clancy, puis ils s'en allèrent.

Chez Jessy, il choisit d'attendre la jeune femme dans son salon ; il craignait qu'aucun d'eux ne soit capable de résister à la tentation, s'il s'aventurait dans sa chambre, alors qu'elle était en train de se changer. Ils n'avaient pas le temps pour ça !

Timothy attendait sa petite-fille dans le réfectoire, comme tous les matins, en sirotant son café, un toast à la main, un journal ouvert devant lui.

— Bonjour, Tim ! dit Jessy, en se penchant pour lui déposer un baiser sur le front.

Elle s'assit à côté de lui et désigna Dillon.

— J'ai amené un ami…

Le vieil homme fixa Dillon avec intérêt. Le sourire aux lèvres, il lui tendit la main.

— Je savais que vous viendriez me voir.

— C'est Dillon Wolf, Timothy, précisa Jessy, vaguement déconcertée. C'est la première fois que tu le rencontres…

— Oh ! Eh bien, asseyez-vous avec nous… Le buffet est simple, mais très bon.

Dillon comprenait maintenant de qui Jessy tenait ses incroyables yeux bleus, même si ceux de son grand-père s'étaient un peu délavés avec l'âge. Son héritage indien se devinait à ses pommettes saillantes. Il avait les cheveux blancs et se tenait très droit.

— Merci, lui répondit-il, surpris par la force de sa poignée de main.

— Je vais chercher du café, annonça Jessy. Qu'est-ce que tu veux d'autre ? Un toast ? Un croissant ? Un bagel ?

— Un toast, merci.

Timothy n'avait pas quitté Dillon des yeux.

— Ute ? lui demanda-t-il. Sioux ? Non, vous êtes paiute… C'est ça ?

— Exact, acquiesça Dillon.

Jessy revint à la table, avec des toasts de blé complet beurrés dans une main et dans l'autre deux mugs de café. Dillon se leva aussitôt pour la soulager d'un des mugs en la remerciant.

Timothy le détaillait toujours, remarqua-t-il, avec ce qui ressemblait à de l'approbation. Bien… Il était important qu'il se fasse apprécier de cet homme.

— C'est un shaman paiute, Wovoka, qui a le premier parlé avec les esprits danseurs, déclara le vieil homme. Il a fondé le mouvement.

A l'expression de Jessy, Dillon comprit qu'elle n'appréciait pas que son grand-père s'intéresse ainsi aux esprits danseurs. Impression qui se confirma lorsqu'elle prit la parole.

— Timothy, je sais que tu tiens à ce que je sois fière du peuple de ton père, et je le suis, mais…

— Elle n'aime pas que je voie les danseurs ! expliqua Timothy à Dillon, sur un ton d'amicale complicité.

— C'est juste que je ne comprends pas que tu sois si heureux de les voir, comme si tu pensais qu'ils signifient quelque chose de bon.

Elle se tourna vers Dillon, pour le prendre à témoin et peut-être lui demander son assistance.

— J'imagine que tu sais tout à leur sujet, toi aussi… Les danses frénétiques auxquelles ils se livraient ; ces histoires de « chemises des esprits », censées les protéger des balles des Blancs. Wovoka disait qu'il voyait ses ancêtres décédés, et que ceux-ci lui disaient être capables de faire disparaître l'homme blanc de la terre indienne. Et sur quoi cela a-t-il débouché ? La mort de Sitting Bull et le massacre de Wounded Knee !

De nouveau, elle regarda son grand-père d'un air suppliant.

— La Danse des Esprits était un mouvement de résistance, mais un mouvement qui a échoué, Tim… Et ça se passait il y a très longtemps…

— Le temps ne veut rien dire, répliqua Timothy avec un geste de la main. Tu oublies le plus important, ma petite-fille.

Il hocha la tête en regardant Dillon, comme s'il savait que ce dernier comprenait.

— L'important, c'est que les tribus de l'Ouest ont appris à communiquer avec ceux qui sont déjà partis. Une tradition nouvelle a commencé. La Danse des Esprits est un don. Dans toute société, il y a ceux qui croient et ceux qui ne croient pas. Jusqu'à aujourd'hui, notre peuple a perpétué la Danse des Esprits.

— Pour les touristes et les dollars ! lui fit remarquer Jessy.

Timothy se mit à rire.

— D'autres se déguisent en pirates pour ces mêmes touristes, non ?

La jeune femme s'empourpra.

— Ce n'est qu'un spectacle ! Personne n'a jamais prétendu que c'était réel !

— Pour certains, la Danse des Esprits n'est qu'un spectacle. Mais pour d'autres c'est aussi réel que ça l'était du temps de Wovoka. J'aimerais juste que tu voies, que tu comprennes. Que tu *croies*.

Jessy hésita, puis reprit :

— Timothy, le monde que tu vois est différent de celui que je vois.

Il secoua la tête et s'adressa de nouveau à Dillon.

— Les danseurs, dans le mur, m'ont dit que tu viendrais. Tu es ici parce que Jessy est en danger.

— Timothy…, protesta aussitôt Jessy.

Mais son grand-père l'ignora. Il avait les yeux fixés sur Dillon, qui lui souriait. Timothy *savait*. Soit qu'il possédât un sixième sens qui l'informait du danger, soit qu'il eût réellement parlé aux hommes dans les murs, il savait, d'une manière ou d'une autre. Et il semblait à cet instant aussi sain d'esprit que n'importe qui d'autre.

— Elle trouvera la force, dit-il. Mais elle aura aussi besoin de toi.

Il se détourna soudain, les sourcils froncés, comme si quelque chose l'avait distrait.

Au bout d'un moment, il leva les yeux vers Jessy.

— Veux-tu m'apporter encore un peu de café, ma petite-fille ?

Glissant un regard éloquent vers Dillon, la jeune femme prit le mug de Timothy et se leva pour rejoindre le buffet.

A peine eut-elle quitté la table que son grand-père se tournait vers Dillon, bouleversé soudain.

— Ils savent. Ils savent qu'elle était ici !

— Qui ? Qui sait qu'elle était ici ? lui demanda Dillon.

— Je ne connais pas leurs noms. Je ne sais pas à quoi

ils ressemblent. Mais Billie Tiger vient de me parler. Il était avec Wovoka, puis il est mort à Wounded Knee.

Dillon se demanda un instant si Timothy n'avait pas en effet perdu ses derniers liens avec la réalité et la raison.

C'est alors que la main du vieil homme se posa sur la sienne. Il avait une poigne de fer.

— Ils savent qu'elle peut voir les esprits et ils vont venir pour elle. Tu es son gardien, à présent. Tu dois veiller sur elle.

Jessy entendit cette dernière phrase en rejoignant la table. Elle fit passer ses cheveux derrière son épaule, l'air mécontent. S'asseyant, elle prit les mains de Timothy et l'obligea à la regarder.

— Personne n'a besoin de veiller sur moi. Je suis prudente.

Son grand-père secoua la tête.

— Ils se rassemblent. Et une fois qu'ils seront réunis, tous, ils reproduiront ce qui est arrivé il y a longtemps de ça.

— Voilà ton café, Tim, lui dit-elle.

Dillon lut le désarroi dans ses yeux. Il savait qu'elle s'inquiétait de voir son grand-père perdre l'esprit. Mais le perdait-il vraiment ?

Il lui offrit un sourire, timide, qui se voulait rassurant.

— Qui se rassemble ? demanda-t-il à Timothy. Qui sont-ils ?

— Je l'ignore, mais Billie Tiger dit qu'ils étaient là avant la Danse des Esprits. La guerre civile était terminée, les hommes blancs se tournaient vers l'Ouest, les territoires. Beaucoup étaient désespérés. Certains s'enrichissaient sur le dos des autres.

Jessy lui toucha la joue d'un geste apaisant.

— Le monde n'est pas resté figé, ce qui est aussi bien.

Beaucoup de gens disent que les casinos indiens sont pour les tribus une revanche sur les hommes blancs.

Timothy secoua une nouvelle fois la tête. Il ne partageait visiblement pas ce point de vue.

Il baissa les yeux sur son café.

— Il n'y a pas de lait…

— Oh ! Je suis désolée ! s'exclama la jeune femme, qui se releva aussitôt.

— Qu'est-ce que vous disiez ? demanda Dillon après son départ.

Timothy le considéra d'un regard sans expression.

— J'ai dit qu'il n'y avait pas de lait.

— Non, avant. Vous parliez des esprits danseurs, de Billie Tiger, d'événements qui se reproduisaient.

— Ah, les esprits danseurs ! Oui… Ils sont dans les murs, parfois. En regardant bien, on peut aussi les voir dans le ciel. Je ne prends jamais mon café sans lait, vous savez…

Dillon se laissa aller en arrière, contre son dossier. Il ignorait ce que Timothy pouvait vouloir dire, mais c'était à présent perdu et il était impossible de déterminer si le vieil homme avait vraiment un lien occulte et privilégié avec les esprits ou si une maladie lui détruisait l'esprit.

Jessy revint et Timothy, un grand sourire aux lèvres, versa le lait dans son café. Il fit alors signe à une séduisante vieille dame, à l'autre bout de la salle. Elle vint se joindre à eux et se présenta. La conversation reprit, légère et anodine, avec cette Mme Teasdale. Apparemment, Jessy leur avait promis une sortie et Mme Teasdale était ravie. Elle ne sortait jamais seule, expliqua-t-elle à Dillon, pas même dans la rue piétonne voisine et surtout pas « avec ce qui se passait en ce moment ».

Peu après, Jessy annonça qu'elle devait partir, pour être à l'heure au casino.

Sur le chemin, elle resta un long moment silencieuse, la tête tournée vers la vitre.

— Il n'était pas au mieux, aujourd'hui, dit-elle soudain, avec beaucoup de tristesse.

— Moi, il m'a paru très lucide. J'ai vu nettement pire, crois-moi.

Elle se tourna vers lui et croisa son regard.

— Je suis désolée. Dans ta famille ?

— Pas vraiment. Mais je voyage. Et dans le cadre de mes enquêtes j'ai eu affaire à des personnes d'un certain âge…

Il décida que ce n'était pas le meilleur moment de lui dire que, parfois, lorsque certaines personnes âgées paraissaient folles, elles étaient en réalité plus proches de la porte séparant un monde du suivant que quiconque.

— Il va bien, lui assura-t-il, en lui posant la main sur le genou. Crois-moi.

— J'ai eu peur — je devrais plutôt dire que j'étais terrifiée — quand j'ai commencé à voir Tanner Green. Je ne te remercierai jamais assez de ce que tu fais pour m'aider à comprendre ce qui se passe. Mais je n'ai besoin de personne pour veiller sur moi. C'est très étrange… Maintenant que j'ai compris que je ne suis pas folle, je ne crains plus d'être confrontée à Tanner Green. Je compte même lui dire, s'il se rapproche assez, que je vais essayer de l'aider. Même chose pour Ruby. Et ce, bien que je ne l'aie jamais rencontré. Pourquoi m'apparaît-il ? Ça, je n'en ai aucune idée. Mon Dieu ! Tout ça semble fou, n'est-ce pas ? J'ai l'air d'une folle… Ce n'est peut-être pas pour Timothy que je devrais m'inquiéter le plus, en définitive.

— Tout va bien se passer, maintenant. Tu penses que je peux te laisser au casino et aller travailler de mon côté, aujourd'hui ?

— Oui, ça va aller. Je te le promets. Je n'ai aucune envie de te gâcher la vie.

— Crois-moi, tu ne me gâches pas la vie, lui répondit Dillon, sans quitter la route du regard.

Jessy observa de nouveau le silence quelques secondes, puis demanda :

— Tu veux bien rester chez moi, cette nuit ? Tanner Green pourrait se montrer…

Il s'efforça de retenir le sourire radieux qui lui brûlait les lèvres.

— Bien sûr. Ça me paraît une excellente idée. Et si jamais je rentre tard, ce soir, et que je ne peux pas venir te…

— J'appellerai Sandra pour qu'elle vienne me chercher. Ça ne l'ennuiera pas.

Tanner Green la regardait de nouveau à travers la cloison vitrée.

Jessy l'avait remarqué à la seconde où elle était montée sur scène. Il avait le visage pressé contre la paroi de verre. Et il avait toujours cette expression triste, si triste…

Elle lui adressa un sourire, pour lui faire comprendre que sa présence ne la gênait pas, mais il ne réagit pas. Elle n'eut d'autre choix que de revenir au spectacle.

De temps à autre, elle jetait un coup d'œil dans sa direction.

Et il était toujours là.

Un préposé accueillit Dillon et l'accompagna jusqu'à la salle d'autopsie numéro 3, où se trouvait Doug Tarleton. Celui-ci accueillit le nouveau venu à la porte. Il portait une blouse verte, et un masque assorti lui couvrait tout le bas du visage, ne laissant apparaître que ses yeux noisette, au regard clair et intelligent, derrière des lunettes grossissantes relevables.

— J'ai fait revenir Tanner Green, dit-il à Dillon d'une voix parfaitement intelligible, malgré le masque. Même si mon rapport est exhaustif et que je ne vois pas ce que je pourrais trouver d'autre, si toutefois il y a autre chose à trouver. Mais puisque c'est Emil Landon qui se charge des funérailles et qu'il ne semble pas particulièrement pressé — personne n'a appelé pour récupérer le corps —, j'imagine qu'on a le temps de jeter un dernier coup d'œil.

— Je te remercie, vraiment…

— Pas de quoi. Ça ne m'ennuie jamais de chercher, quand il y a quelque chose de louche. Prends ce vieux type qui est arrivé ce matin et qui semblait avoir succombé à une crise cardiaque…

— Ce n'est pas le cas ?

Tarleton secoua la tête.

— Cette ville peut être si dangereuse…

— De quoi est-il mort, alors ?

— Il y a environ un an, il a gagné le jackpot. C'était un de ces vieux fous qu'on voit dans la rue avec leur ballon d'oxygène et leur déambulateur. Mais apparemment quelqu'un — je verrais bien son fils — n'a pas pu attendre une mort naturelle pour récupérer l'argent. On a trouvé assez de morphine dans son corps pour tuer un rhinocéros. Si on avait laissé faire la nature, le malheureux y serait de toute façon passé dans peu de temps d'un cancer.

— Ça pourrait être une espèce de suicide assisté, fit remarquer Dillon. Il est plus doux de mourir d'une overdose de morphine que rongé par un cancer.

— Aux flics d'en décider. Moi, je livre en vrac ce que me raconte le corps. Maintenant, enfile-moi une blouse ou tu vas embaumer les produits chimiques et la mort pendant toute la journée !

Dillon obéit, avant de le rejoindre dans la salle d'autopsie. Ils s'approchèrent d'une silhouette allongée sur une table étroite et recouverte d'un drap vert, que Tarleton souleva.

Le corps nu et gonflé de Green n'était pas beau à voir. S'il était musclé, le bonhomme ne manquait pas de graisse. Il devait apprécier l'alcool et la bonne chère, de son vivant, des penchants bien visibles alors qu'il était maintenant allongé sur la table d'autopsie.

Hormis l'incision en Y faite durant la première autopsie, son torse était immaculé. Son sexe, flasque et minuscule, était perdu entre les énormes blocs de ses cuisses. S'il s'était vu ainsi, Tanner Green n'avait pas dû être bien content.

Mais son fantôme ne traînait pas ici, à la morgue, sans quoi Dillon l'aurait aperçu.

— Burton ! appela Tarleton.

Un de ses assistants apparut à la porte.

— Viens me donner un coup de main, s'il te plaît.

Dès que Burton l'eut rejoint, Tarleton reprit son exposé à l'intention de Dillon.

— Comme tu peux le constater, il n'y a aucun signe de violence ni de strangulation. Et si nous le retournons…

Ils retournèrent le corps.

— Nous découvrons la blessure. Un coup net, rapide, donné avec force et assurance. La lame est entrée jusqu'au manche, un manche assez court, ce qui explique qu'aucun des abrutis imprégnés d'alcool qui grouillaient autour de l'entrée ou des tables n'ait remarqué que l'homme qui passait en titubant à côté de lui avait un couteau planté dans le dos…

Ou bien l'assassin avait eu une sacrée chance, ou

bien il savait exactement ce qu'il faisait, pensa Dillon. La lame du couteau était passée juste entre les côtes pour aller perforer le poumon. Seul quelqu'un ayant une certaine habitude du combat ou de la médecine pouvait être capable d'une telle précision. Il était peu probable qu'une petite amie jalouse ou un collègue de travail en colère ait réussi un coup pareil.

— C'est bon, on le remet sur le dos, dit Tarleton.

Burton et lui n'avaient rien de gringalets, mais Tanner Green était bâti comme une double armoire à glace, et déplacer ce poids mort n'avait rien d'évident.

Burton hocha la tête après que Dillon l'eut remercié et il s'en alla reprendre ses activités.

— Et les examens toxico sont donc revenus positifs au LSD ?

— Comme je te l'ai dit. Il était en plein trip, et un bon trip.

— Tu as une idée de la façon dont il a pris la drogue ?

— Il l'a ingérée. On trouve généralement le LSD sous forme de petites tablettes.

Dillon secoua la tête.

— Je ne comprends pas. Je ne le connaissais pas bien, mais… du LSD ? Non, je ne pige vraiment pas. C'est tellement… démodé, comme drogue !

— Ce n'est pas pour autant qu'on ne la trouve pas dans la rue.

— J'ai quand même du mal à imaginer qu'il l'ait prise tout seul, exprès. On a dû l'aider, si tu vois ce que je veux dire.

— Il avait bu un martini ou deux. Est-ce que quelqu'un aurait pu lui faire ingérer le LSD de cette façon ? Sans aucun doute.

— Il devait être en compagnie de quelqu'un en qui il

avait confiance. Mon idée, c'est qu'on l'a drogué puis tué, et que tout ça a été exécuté par une personne qui savait exactement ce qu'elle faisait. Et la nourriture ? Où est-ce qu'il a pris son dernier repas ?

— Tu me prends pour un guide touristique de la ville, ou quoi ? A défaut de savoir où il a mangé, je peux au moins te dire ce qu'il a mangé. Un steak et de la purée de pommes de terre, au moins trois heures avant sa mort. Il n'a rien avalé d'autre au cours des vingt-quatre dernières heures. Si ça peut t'être utile…

— Merci.

Dillon n'était pas sûr que ce détail l'aiderait. En revanche, les martinis… ils avaient forcément dû être préparés quelque part. Mais pour ce qu'il en savait, aucun des barmans de la ville n'avait appelé la police pour prévenir qu'il avait vu Tanner Green dans les heures précédant son meurtre.

Mais on était à Vegas. Personne n'avait remarqué non plus le couteau qu'il avait dans le dos.

Maintenant que la photo de son visage avait été publiée dans la presse et diffusée à la télévision, les mémoires allaient peut-être se réveiller. A moins qu'il ait bu son martini dans un endroit privé. Chez quelqu'un.

Dans un penthouse, par exemple ? Celui d'Emil Landon ?

— Tu voulais voir l'autre homme ? demanda Tarleton.

— Ruby Yorba ?

Tarleton hocha la tête.

Dillon ressentit un nouveau pincement au cœur. Il ne pouvait s'empêcher d'éprouver un sentiment de culpabilité pour la mort du jeune voiturier. Il fit signe que oui au légiste.

— C'est par là. Il est dans un tiroir. Son ex-femme

doit faire revenir le corps dans l'Est. Elle veut de vraies funérailles. Ils avaient un gamin, si j'ai bien compris.

— Super, lâcha Dillon entre ses lèvres.

Ils quittèrent la salle d'autopsie et suivirent un couloir jusqu'à la salle que Tarleton appelait « les glacières ».

Là, il promena son regard sur le mur de tiroirs contenant des corps, il en choisit un et alla l'ouvrir.

Ruby Yorba était pratiquement méconnaissable. Son visage était marbré, couturé et éraflé de toute part. Sa tête donnait l'impression d'avoir été pressée entre les mains d'un géant.

Le corps lui-même n'était pas en meilleur état. Il était si contusionné, brisé, qu'il était difficile de voir où l'incision en Y de l'autopsie avait été pratiquée.

Dillon laissa échapper un sifflement.

— L'impact s'est produit au niveau des jambes, expliqua le médecin. La vitesse et la violence lui ont broyé les cuisses et l'ont projeté contre le pare-brise. Son visage et la partie supérieure de son corps ont pris un sacré coup, et il a eu la nuque brisée — ce qui est la cause précise du décès. Le tout s'est passé en une poignée de secondes. Par réaction, le corps a été projeté par-dessus la glissière de sécurité, derrière laquelle il a rebondi et roulé, heurtant les rochers, le sable et tout ce qu'on peut trouver sur le bord d'une route, avant de s'arrêter. Heureusement, le pauvre diable était déjà mort, à ce moment-là. C'est le seul bon côté que je vois dans l'histoire. Pas de drogue dans le sang, pas une goutte d'alcool. Le cœur était en bon état, de même que l'ensemble des organes — enfin, ils l'étaient avant l'accident. La rate, le pancréas et le foie ont été réduits en purée, et il serait mort en quelques minutes d'une hémorragie interne. Pour son dernier repas, il a mangé des spaghettis, qu'il avait à peine digérés. Il avait dû les prendre à la cafétéria des employés du casino. Il avait vraiment une bonne constitution et aurait pu vivre encore cinquante bonnes années. Il a dû se droguer, durant une période de sa vie, mais ça faisait des années qu'il avait arrêté, visiblement. En tout cas, la nuit de sa mort il était parfaitement clean.

Dillon fixa le cadavre. Il avait rarement eu l'occasion de voir un corps humain dans un tel état.

« Désolé, l'ami, dit-il en silence. Vraiment sacrément désolé… »

— J'ai du mal à me faire à l'idée que je lui ai parlé peu avant que ça arrive, confia-t-il à Tarleton. Je me sens coupable, c'est plus fort que moi.

— Dans ce cas, tu dois établir qu'il y a un lien entre les deux morts. J'avoue que j'aimerais bien savoir que quelqu'un restera derrière les barreaux jusqu'à la fin de sa vie pour avoir fait une saloperie pareille. Si ça n'était pas contraire à la loi, j'aimerais même qu'on passe le coupable au goudron et aux plumes, puis qu'on l'étripe…

— Je vais faire tout mon possible, promit Dillon. Je te le jure.

— Tiens-moi au courant. Et si je peux t'aider tu n'as qu'à demander.

— Entendu. Merci…

Dillon regarda Tarleton fermer le grand tiroir métallique.

— Tu devrais peut-être suggérer à son ex-femme une cérémonie avec un cercueil fermé.

— Je pensais même lui conseiller une crémation. Mais j'essaye de conserver les deux corps le plus longtemps possible. Juste au cas où, si tu vois ce que je veux dire…

Dillon voyait.

Il s'en alla, laissant au passage sa blouse dans une corbeille à linge. En sortant du bâtiment, il regarda autour de lui. Il se demandait si Tanner ou Ruby allaient se montrer. Mais le seul fantôme qu'il aperçut fut celui de Ringo, assis sur la banquette de l'arrêt de bus le plus proche, les jambes croisées au niveau des chevilles et son chapeau rabattu sur les yeux pour se protéger du soleil.

Il redressa la tête et son regard croisa celui de Dillon.

— Je crois que tu avais raison, lui dit-il. Tanner Green était bien là-bas à observer la fille pendant son spectacle, et elle l'a vu. Sinon, j'ai aussi passé un certain temps dans le penthouse d'Emil Landon.

— Et alors ?

— Alors, je l'ai regardé contempler une pile de papiers, posée sur son bureau. J'ai aussi regardé Hugo Blythe, en train de feuilleter des magazines, juste derrière la porte du bureau. Et au bout d'un moment j'en ai eu assez et j'ai décidé que je serais plus utile auprès de ton amie. Je suis parti. C'est en arrivant au casino que je les ai vus, Tanner Green et elle, en train d'échanger un coup d'œil. Aucune trace de Ruby Yorba. Et Jessy semblait très bien s'en sortir. Ce qui veut dire que tu vas pouvoir nous présenter ?

— Tu es sûr de toi ? lui demanda Dillon, en ignorant sa question. Elle le voyait et elle n'avait pas l'air terrifiée ?

— Puisque je te le dis ! Elle a du cran. Il lui fallait juste dépasser le stade du « c'est-vraiment-un-fantôme ».

— Comment peux-tu en être aussi certain ?

Ringo le fixa d'un regard flegmatique, puis soupira.

— Ça fait maintenant plus de cent ans que j'observe les gens. Ça te suffit, comme raison ?

— D'accord, c'est bon… Tu sais probablement de quoi tu parles.

— Alors, quand est-ce que tu me la présentes ? Le moment approche où je vais pouvoir t'aider sur cette affaire, tu sais…

— Très bientôt, je te le promets.
— Entendu. Et... Comment c'était à la...
Ringo s'interrompit et tressaillit.
— Morgue ? Bon sang ! Dire que moi, on m'a juste balancé dans un trou !
— A Indigo ?
— Exactement, à Indigo.
— Alors, il est temps. Allons-y.
Ringo se leva et suivit Dillon jusqu'à la voiture, accompagné par l'inévitable tintement de ses éperons.

Tanner Green ne resta pas pendant tout le spectacle. Et Jessy finit même par l'oublier un moment, accaparée par le grand nombre de parents et d'enfants qui s'attardèrent après la représentation. Elle signa des autographes et posa pour d'innombrables photos.
Elle disait au revoir à une jolie jeune femme qui accompagnait deux jumeaux de cinq ans, quand elle s'avisa soudain qu'elle se trouvait seule sur scène.
Elle se redressa et gagna les coulisses. Elle approchait du rideau qui séparait la scène des loges quand elle entendit un énorme sifflement. Elle se tourna juste à temps pour voir une des énormes voilures, conçues pour tomber au moment où un faux canon tirait, se balancer vers elle. Elle poussa un petit cri et se jeta au sol, à plat ventre, roulant sur elle-même pour s'éloigner le plus possible.
Elle entendit le mât craquer en tombant, ce qu'il faisait à chaque représentation, mais à ce moment-là les acteurs étaient en sécurité sur le pont du faux navire.
Se redressant, elle cria en direction des cintres :
— Hé, attention, là-haut ! Je suis là ! Vous pourriez éviter de jouer avec le décor quand il y a encore quelqu'un sur scène !

Il n'y eut aucune réponse, même s'il lui sembla bien entendre un bruit de course. Les battements de son cœur s'accélérèrent. S'agissait-il de pas humains ? Ou de ceux d'un fantôme ?

Elle rejoignit la loge des actrices, où elle trouva April qui enfilait sa robe.

— Tu en as mis du temps ! Le spectacle était bon, aujourd'hui, tu ne trouves pas ?

— Oui... jusqu'à ce que la voilure me tombe dessus !

Et Jessy raconta ce qui lui était arrivé.

— Il faut en parler au régisseur, dit aussitôt April.

— Je compte bien le faire.

— Je m'en vais. Le grand brun n'est pas là, aujourd'hui ?

— Il avait du travail.

April fit la grimace.

— Dommage. Fais attention à toi, ma belle. Et à demain.

Avant de se changer, Jessy alla trouver le régisseur pour lui expliquer ce qui venait de se passer. Il parut perplexe et contrarié, même si elle eut le sentiment qu'il s'inquiétait plus des conséquences légales d'un accident dans son théâtre que de ce que Jessy pouvait éprouver. Il promit néanmoins de chercher ce qui avait pu arriver. Elle le quitta pour regagner la loge.

Là, seule, elle se démaquilla et se changea. Malgré sa nervosité et bien que tous ses sens soient en éveil, elle avait la certitude qu'il n'y avait aucun fantôme à proximité.

Elle appela Sandra, qui se montra ravie à l'idée de la retrouver pour un dîner sur Strip.

Un peu plus tard, alors qu'elle attendait l'arrivée de son amie devant le casino, elle eut de nouveau le sentiment que *quelqu'un* l'observait.

Elle regarda autour d'elle. Il y avait des gens qui flânaient ou se pressaient dans tous les sens. Certains marchaient seuls et en silence ; d'autres passaient en groupe, parlant haut et riant fort. Quelques-uns titubaient comme s'ils avaient déjà trop bu.

Mais aucun n'était Tanner Green ou Ruby Yorba.

Pourtant Jessy avait la certitude d'être surveillée de près. Une certitude doublée d'une autre : celui qui l'épiait n'avait rien d'un fantôme. Il était bien vivant.

10

Indigo…

Dillon s'arrêta sur le côté de ce qui tenait lieu de route, puis il sortit de la voiture et alla s'appuyer au capot. Il regarda autour de lui. Il savait que Ringo, tout près de lui, inspectait aussi les lieux.

Ce qu'il voyait autour de lui avait tout du décor de cinéma. Les façades des bâtiments étaient délavées, mais pour la plupart encore intactes, faisant face à ce qui avait dû être un jour la rue principale de la ville. Le sable et la poussière recouvraient l'ensemble d'une pellicule compacte qui ne faisait qu'accentuer l'aspect irréel de l'endroit. La chaussée, qui n'avait jamais connu le bitume, était toute défoncée.

Les trottoirs — ou du moins ce qui en subsistait — étaient de bois. De nombreuses planches étaient fendues, cassées, quand elles ne manquaient pas. Des inscriptions à la peinture pelée ou partiellement effacée indiquaient la destination des différents bâtiments : *Pension pour chevaux*; *Banque minière du Nevada*; et même — déchiffrable malgré les lettres manquantes — *Martin, harnais ne f et occasi n.* Une maison, un peu à l'écart, se présentait comme le cabinet du Dr Benjamin Sully, médecin.

— Et voici la prison, indiqua Ringo.

Dillon tourna la tête. *Bureau du Shérif, Ville d'Indigo,*

Nevada, lut-il sur le large fronton qui occupait l'une des façades les mieux conservées.

Dillon avait fait deux fois déjà le voyage à Indigo. La deuxième fois, c'était au moment de la mort de son grand-père, après que Ringo lui était apparu et avait décidé de rester à ses côtés. Sa première visite avait été motivée par l'histoire de son ancêtre, John Wolf, devenue légende pour la tribu paiute. John Wolf avait sacrifié sa vie pour qu'une jeune fille blanche, adoptée par les Paiute, puisse vivre et, par la même occasion, il avait entériné la revendication en propriété de la tribu sur la terre située au-delà de la ville. Même si cela n'avait pas donné aux Paiute les richesses dont ils rêvaient, la terre, au moins, était restée indienne. Un dénommé Varny — un escroc, un homme dangereux — avait fait la loi dans la ville jusqu'à ce que John et lui s'entretuent, au cours de la fusillade qui avait également coûté la vie à Ringo, qui se nommait alors Ringo Murphy. Avec la mort de Varny, les bars et bordels qu'il possédait avaient fermé et cela, ajouté au fait que la revendication n'avait pas apporté l'or espéré, avait signé le déclin d'Indigo. Les routes et la voie ferrée s'étaient détournées de la ville, qui n'était devenue rien de plus qu'un symbole, beau mais inutile, de la victoire d'un homme sur l'injustice et le pouvoir de l'argent.

Ringo s'était attaché à Dillon parce qu'il était un descendant de John Wolf, un homme qu'il avait admiré durant le peu de temps qu'ils s'étaient connus. La jeune fille blanche, Mariah, était aussi une lointaine aïeule de Dillon. Elle portait l'enfant de John, lorsque celui-ci avait trouvé la mort. Par la suite, d'autres mariages mixtes avaient donné un mélange unique de sangs blanc et indien.

Indigo n'avait pas beaucoup changé depuis que Dillon y était venu pour la première fois, et encore moins depuis sa dernière venue. Quelques années plus tôt, un studio hollywoodien avait payé la tribu afin d'utiliser la ville comme décor d'un film. Les quelques petites améliorations effectuées avaient été rapidement effacées par le désert, qui avait eu vite fait de reconquérir son territoire.

— Indigo ? dit Ringo. Tu es certain que Jessy a bien entendu ? C'est vraiment ce que Tanner Green lui a dit en mourant ? Pourquoi, à ton avis ?

— Je n'en sais rien. Mais ça doit signifier quelque chose. Tu t'en souviens, toi, de tes derniers mots ? Tu as dit quelque chose, juste avant de mourir ?

— Si c'est le cas, ça devait être un truc du genre : « Va en enfer, enfoiré ! » Mais c'est allé trop vite. Je ne me rappelle rien.

— Ce que je ne saisis pas, c'est le lien entre Green et Indigo, s'interrogea Dillon à voix haute.

Ringo haussa les épaules.

— A part jeter un coup d'œil ici et là, je ne sais pas trop quoi faire.

— Tu penses que les gens du film ont beaucoup changé les lieux ?

— A première vue, je dirais plutôt qu'ils ont remis la poussière exactement où elle se trouvait.

Dillon ne put s'empêcher de rire.

— Je commence avec la banque.

— Et moi, je me charge de la pension pour chevaux.

Il marqua une pause et secoua la tête en désignant l'autre bout de la rue principale.

— Ah ! et voilà ce bon vieux Canari de Cristal. Certaines des filles savaient sacrément bien y faire ! L'une d'elles, notamment, avait... Mais c'est du passé, tout ça. Bon, tu prends la gauche de la rue et moi la droite...

Pourtant, au lieu de s'éloigner, Ringo resta immobile et regarda autour de lui.

— Quoi ? lui demanda Dillon.

— On n'a qu'à se retrouver au saloon.

Et cette fois Ringo tendit le bras vers le bâtiment en question, dont une des portes battantes pendait de travers, accrochée à un de ses gonds.

— Quand le soleil se couche, les rayons pénètrent droit dedans. C'était le cas quand ça s'est passé… Au crépuscule…

— Bien. On pourra vérifier ça dans quelques heures.

— Pourquoi ?

— Pourquoi ? Parce que si nous sommes ici, c'est qu'il y a une raison.

Dillon se rappela sa discussion avec Timothy Sparhawk. Etait-ce cela que le vieil homme avait voulu dire en affirmant qu'ils se « rassemblaient », se réunissaient de nouveau ? Ça n'avait aucun sens. Si Ringo était bien présent, lors de la fameuse fusillade, de même que John Wolf, quel rapport avec Tanner Green ?

Dans un cliquetis d'éperons, Ringo se dirigea vers la pension pour chevaux.

Dillon, lui, commença ses recherches par la banque.

Il fallut un moment à ses yeux pour s'habituer à la pénombre, lorsqu'il eut franchi la porte, laquelle en vérité avait disparu. Il manqua de peu de tomber dans un trou, à cause d'une latte de plancher brisée. Il la vit heureusement à temps et put l'éviter.

Les vitres des fenêtres donnant sur la rue étaient grises et poussiéreuses. Le comptoir était toujours là, de même que les barreaux qui séparaient les caissiers des clients. Une porte verrouillée permettait de passer d'un espace à l'autre, suffisamment basse pour que Dillon puisse sans problème l'enjamber. Il y avait toujours les tiroirs de chaque guichet, mais tous les appareils et accessoires que les caissiers avaient pu utiliser dans le cadre de leur travail avaient depuis longtemps disparu.

Dans une pièce située derrière, il trouva un bureau, avec un fauteuil tournant cassé. Il ouvrit un des tiroirs, qui ne contenait plus qu'un cadavre de scorpion et des crottes de souris.

Il y avait aussi un coffre, au mur, dont la porte était ouverte. Le coffre lui-même était vide.

Rien d'intéressant ici, constata-t-il. Et rien qui permette d'établir un lien avec Tanner Green.

Il passa ensuite au cabinet du médecin. Une table constituait le seul élément rescapé du mobilier et les fenêtres avaient perdu presque tous leurs carreaux. Le motif du papier peint, rose et fané, était impossible à distinguer. Plusieurs photos anciennes étaient encore accrochées, de guingois, dans l'entrée. L'une d'elles devait être celle du médecin lui-même, qui se tenait, l'air sévère, au côté de son épouse, tout aussi grave.

Après avoir inspecté le rez-de-chaussée, qui abritait le bureau, la salle des consultations et une petite salle d'attente, Dillon s'engagea dans l'escalier, testant chaque marche avant de porter son poids dessus. A l'étage, où avaient vécu le médecin et sa femme, il ne trouva que des pièces vides.

Venait ensuite dans la rue la pharmacie. L'endroit était singulièrement émouvant. Une grille ouvragée de style victorien encadrait le comptoir, derrière lequel Dillon découvrit un distributeur de bonbons ancien, de verre soufflé, où quelques insectes morts avaient pris la place des friandises. Si l'on oubliait les insectes, c'était un bel objet. Dillon imagina que, bien des années plus tôt, des fortifiants sans grand effet ou des ordonnances pour du laudanum s'étaient échangés sur ce comptoir. A l'étage, où il n'aurait sans doute pas dû s'aventurer étant donné l'état du plancher, il ne trouva rien, comme dans la maison du médecin. Pas de meubles, pas de photos. Juste trois pièces vides.

Il poursuivit son exploration. Il lui restait quatre bâtiments à visiter avant d'atteindre le saloon. L'un d'eux avait été le magasin général, tandis qu'un autre avait dû abriter le cabinet d'un dentiste. Un fauteuil inclinable, en grande partie rongé par des prédateurs minuscules, rappelait étrangement ses équivalents modernes.

Le troisième bâtiment était le salon funéraire de l'entreprise des pompes funèbres. Une fois que ses yeux se furent habitués au peu de lumière, Dillon découvrit que, contrairement à ce qu'il avait vu partout ailleurs, la plupart des objets se trouvaient encore sur place. Il traversa la réception et entra dans une grande pièce encore remplie de cercueils bon marché, des grandes caisses de bois brut pour leur majorité. L'un d'eux était posé contre le mur et, en l'examinant de plus près, Dillon vit des taches de ce qui avait dû être du sang. Il était possible que ce cercueil ait été utilisé pour exhiber les personnages peu recommandables abattus par la police ou d'autres criminels — une façon assez crue d'avertir la population qu'il valait mieux se tenir à carreau.

Le dernier bâtiment, juste à côté du saloon, abritait les bureaux d'un journal. Le *Indigo Independent*, si l'on en croyait l'enseigne tout juste lisible.

A première vue, il ne restait rien dans la grande pièce du rez-de-chaussée, à part des bureaux et des fauteuils brisés, mais aussi, dans un coin, un chapeau en toile déchiré, le genre de chapeau qu'avait pu porter un compositeur typographique. Et Dillon était presque certain que la machine en train de pourrir à côté avait été une presse typographique.

A l'étage, il trouva deux autres bureaux. Dans l'un

d'eux, une pile de feuilles jaunies attira son attention. Mais, lorsqu'il chercha à en prendre une, tout le tas se transforma en poussière. Il se promit une visite dans une bibliothèque locale, où peut-être des numéros du *Indigo Independent* avaient été conservés.

Jetant un coup d'œil par une fenêtre, il aperçut Ringo qui traversait la rue. Il descendit pour aller le rejoindre dehors.

— Alors, quelque chose ? lui demanda-t-il.

— Rien. Et toi ?

— Rien. Allons inspecter le saloon…

Dillon entra devant Ringo, dont le cliquetis des éperons, dans ce décor, semblait plus irréel encore que d'ordinaire.

— La table de poker est toujours là, avec ses chaises, indiqua Ringo. Regarde, il y a encore les débris de chaise cassée empilés contre le mur. Bon sang, ils ont même laissé le vieux piano ! Tu le crois, ça ?

Plissant les yeux, Dillon tâcha d'imaginer ce qui avait pu se passer ici même, plus de cent ans plus tôt.

Le comptoir du bar s'étirait tout le long d'un mur, un autre était en partie occupé par le piano. Les tables s'organisaient au centre de la salle et une petite scène s'élevait tout au fond.

Un escalier menait à l'étage, où un balcon donnait sur la salle principale. La balustrade penchait dangereusement, avec ses montants joliment façonnés cassés par endroits, ou carrément manquants. A une époque, songea Dillon, les filles du saloon avaient exercé leur métier dans les pièces du haut. Parées de leurs tenues les plus sexy, elles observaient la clientèle depuis le balcon, essayant de trouver le garçon vacher ou le mineur le moins repoussant.

Ou, plus simplement, celui qui avait le plus d'argent.

Il reporta son regard vers la table de poker, à côté de laquelle se tenait Ringo.

— J'avais un mauvais jeu, ce jour-là. Je me souviens que j'ai passé mon temps à me coucher. Ça se passait entre John Wolf et cet idiot qui venait de l'Est, en fait. Mark Davison, qu'il s'appelait…

Il n'y avait plus de cartes, sur la table, juste une épaisse couche de sable du Nevada, mêlé à la poussière du temps.

— Parle-moi de ce jour-là, lui demanda Dillon. J'ai entendu beaucoup d'histoires, mais tu étais là, toi, et j'ai besoin de connaître les détails.

— Je n'ai pas été là tout le temps. Il y avait Milly. Elle n'avait rien d'extraordinaire, mais elle chantait assez bien et c'était une bonne barmaid. Comme pute, elle était nulle, mais vu le choix qu'il y avait il fallait faire avec — faute de grives, on mange des merles, comme qui dirait.

— J'aimerais que tu me racontes ce qui s'est passé entre mon ancêtre et Varny, Ringo. Je me moque des prouesses sexuelles de cette Milly…

— Désolé ! Mais il faut quand même que je précise que George Turner, le sang-mêlé qui jouait au piano, il était sacrément bon. En avance sur son temps, même. S'il vivait aujourd'hui, il serait riche et célèbre.

— Ravi de l'apprendre…, commenta Dillon, un brin impatienté. Alors, que s'est-il passé ?

— Je ne peux pas tout te raconter, vu que je me suis fait tuer, tu te rappelles ? Je n'avais pas peur de mourir. J'avais fait la guerre. J'avais vu plein de gens y passer, salement. Après ce massacre, on a été nombreux à venir dans l'Ouest. Saloperie de guerre… On t'apprend à te servir d'une arme et on te dit de tirer sur tout ce qui bouge. Puis ça se finit, et tu te retrouves sans savoir faire autre chose qu'utiliser un flingue. C'est pour ça que Varny a pris si facilement le contrôle. Les gars d'ici, ils étaient habitués à ce que les types avec les plus gros flingues dominent la situation, tu comprends ?

Il dut senti l'impatience de Dillon, car il ajouta aussitôt :

— D'accord, d'accord… J'y viens. En fait, j'étais là avant tous les autres. Je pense que Grant Percy, le prétendu shérif — il était juste le petit roquet de Varny, en réalité — est entré alors que j'étais au comptoir. Ensuite, c'est Mark Davison qui est arrivé. C'était un vrai naze, comme on dit aujourd'hui. Et puis ton arrière-arrière-grand-père s'est pointé. Lui, il se doutait de ce qui allait se passer, en tout cas il donnait cette impression. Tu me fais vraiment penser à lui, tu sais. Les mêmes yeux. Et dans ses yeux on voyait bien qu'il avait autre chose que les cartes en tête. Mais il savait garder le silence. Il avait de la patience.

» Et puis on a commencé notre partie de poker, avec George au piano, Milly qui chantait, le barman qui servait le whiskey. On était à cette table. On était tous assis de travers, plus ou moins, parce qu'en ce temps-là, dans cette ville, un homme ne valait pas grand-chose s'il tournait le dos à la porte. La dernière main s'est jouée entre Davison et Wolf ; et le shérif et moi on attendait de pouvoir revenir dans le jeu. C'est à ce moment-là que Varny s'est montré. Que je t'explique… Wolf, il voulait voir Varny. Mais je ne pense pas qu'il s'attendait à ce qu'il se pointe aussi tôt. Il avait le masque du joueur de poker, impénétrable, et pourtant, malgré son calme, je suis sûr que Varny l'a eu par surprise, ce jour-là.

» Le clan de Wolf vivait pas très loin d'ici. Je pense qu'il devait être prévu qu'ils s'amènent, pour éviter qu'il se retrouve seul face à Varny et ses sbires. Mais comment savoir, maintenant ? Toujours est-il que Varny s'est montré, et Wolf et lui ont commencé à parler de l'or — tu sais, cet or qui était censé se trouver juste à l'extérieur de la ville. Le ton a monté pour savoir à qui appartenait la terre. Et puis ils ont amené la fille et la fusillade a commencé. J'ai descendu deux des flingueurs de Varny, mais un de ces salauds a réussi à m'avoir aussi. Je me souviens de la fin — *ma* fin. C'est allé très vite. Je me suis dit : bon sang, non, je suis trop jeune pour mourir, ça peut pas se terminer comme ça… Je me rappelle les flingues, le sang… Et moi, j'étais en train de mourir…

— Mariah. Mon arrière-arrière — peu importe combien… — grand-mère.

— Oui. Je ne sais pas si je l'ai vraiment vue, alors, ou si c'est à force d'écouter les gens raconter l'histoire que je crois l'avoir vue. Tu sais ce que c'est. Parfois, on entend des trucs tant de fois que ça devient des souvenirs… Ce dont je suis certain, c'est que John aurait accepté de mourir des milliers de fois pour la sauver. Je sais aussi qu'il avait besoin de lui dire quelque chose. J'ai eu tout le temps pour y réfléchir depuis, tu penses, et je crois que c'était en rapport avec l'or. C'est pour ça qu'ils se battaient. Pour l'or. Pour la terre. Wolf avait fait en sorte que cette terre revienne aux Paiute. Mais jamais on n'a trouvé cet or. Autant dire qu'on est tous morts pour rien…

— Tous ceux qui jouaient à cette table sont morts, n'est-ce pas ? demanda Dillon.

— Tout ce qu'il y a de plus morts, confirma Ringo. Avec Varny et ses flingueurs. Mariah, elle, elle s'en est sortie, bien sûr. Ça, tu le sais. Elle était enceinte et c'est pour ça que tu es là aujourd'hui. Et voilà, c'est la fin de l'histoire.

Dillon le fixa un instant.

— Pas vraiment. Parce qu'il y a quelques jours un

homme du XXIe siècle a chuchoté le nom de cet endroit juste avant de mourir.

Ringo regarda vers la porte.

— C'était exactement comme maintenant… Tu vois la façon dont le ciel devient rouge sang et or ? Avant que Varny ne s'amène et que les choses tournent au vinaigre, je me souviens que j'ai pensé que cette ville n'était peut-être rien d'autre qu'un désastre envahi par le sable et l'armoise, mais qu'il suffisait d'un coucher de soleil comme celui-ci pour que tout, autour, devienne magnifique. Et puis, la fusillade a commencé et le sang est devenu réel. Très vite, j'ai plus rien vu d'autre que les ténèbres…

Les ténèbres. Sans se l'expliquer, Dillon fut troublé de voir la nuit tomber si vite. La nuit et les ténèbres. Il eut comme un frémissement, une idée qui agita confusément ses pensées, avant de disparaître. Ringo venait-il de lui livrer un indice ? Si c'était le cas, le mot *insaisissable* était celui qui convenait à le définir. Pourtant demeurait l'impression qu'il était tout près de comprendre une chose importante.

Puis il fut assailli soudain par la certitude qu'il devait rentrer en ville. Après tout, ne savait-il pas déjà ce qui s'était passé ici avant de venir ? Cela faisait partie des histoires qu'on se transmettait dans son clan de génération en génération.

— Je reviendrai et j'explorerai encore ces lieux un autre jour, dit-il.

Ténèbres.

Malgré lui, l'idée le hantait.

Mais il était temps de regagner Las Vegas. Le spectacle de Jessy devait être terminé, à présent, et, même si elle lui avait juré de ne s'aventurer nulle part seule et d'appeler son amie pour qu'elle vienne la chercher, il ne voulait pas la savoir dehors, la nuit, sans qu'il soit là pour veiller sur elle.

Il quitta le saloon. Ringo s'attarda un peu, avant de le rejoindre à la voiture. Il semblait hésitant.

— Qu'est-ce qu'il y a ? lui demanda Dillon.

— C'est le vieux cimetière, là-bas… On dirait que les croix sont toutes cassées, ou bien qu'elles ont disparu. Mais on voit encore les pierres qui délimitent les tombes. C'est là qu'ils m'ont emporté. Ils ont baissé les yeux sur moi et ils ont lâché : « Ce salopard est mort. Qu'on le balance dans la fosse. » C'est tout juste s'il y a eu un prêtre pour dire quelques mots.

— La prochaine fois qu'on viendra, on apportera des fleurs et on plantera une croix, lui promit Dillon.

— Je crois que mon père était à moitié juif…

— Alors on apportera une étoile de David *et* une croix, ça te va ?

— Ça me plaît, oui. Et tu pourrais ajouter quelques trucs indiens, aussi, d'accord ?

— Entendu, on y pensera. Maintenant, grimpe dans cette foutue voiture. Il y a plus d'une heure de route pour rentrer à Vegas.

— Donc, tu reconnais que tu l'aimes ? demanda Sandra, obligée d'élever le ton pour se faire entendre dans le restaurant bondé. C'est super ! Maintenant, je veux des détails. Enfin, pas *tous* les détails, mais… quelques-uns. Il est aussi fantastique qu'il en a l'air ? Il arrive que les jolis garçons ne soient pas les meilleures affaires au lit. Je veux dire, ils sont tellement habitués à ce qu'on les idolâtre qu'ils pensent que tout tourne autour d'eux. Ils font l'amour comme des lapins : trois, quatre coups de reins, et ouf ! Je suis crevé, allumons-nous une cigarette…

— Ce n'est pas un « joli garçon », comme tu dis ! protesta Jessy en riant.

Le monde semblait avoir recouvré son équilibre, songea-t-elle avec bonheur. Sandra avait toujours eu cet effet sur elle. Elle était drôle, pragmatique, et même quand elle était sérieuse c'était avec un brin d'ironie. La vie était ce qu'elle était, avec des hauts et des bas, du bon et du moins bon. Sandra avait du recul et c'était une des qualités que Jessy appréciait le plus en elle.

En vérité, à la seconde où elle avait vu Sandra s'arrêter devant le casino, elle s'était sentie mieux.

En sécurité.

Elle avait perdu cette certitude qu'un homme de chair et de sang la suivait à la trace, qu'on pouvait la faire disparaître à n'importe quel moment, sans témoin pour raconter ce qui lui était arrivé.

Sandra se pencha au-dessus de la table et continua :

— Entendu, pas d'urgence pour les détails croustillants. Du moment que c'était bien… Parce que si tu es sur le point de rompre, alors que tu n'as qu'une histoire par décennie, autant que ça soit super-chaud chaque fois, non ?

— Sandra !

— D'accord, d'accord. Passons à autre chose… Parle-moi de cette histoire de fantômes. Il les chasse vraiment ? Et qu'est-ce qu'il en fait, une fois qu'il les trouve ? Il peut difficilement appeler la police pour les faire arrêter. Dis-moi ! Je suis curieuse, je veux savoir !

— C'est qu'il ne m'a pas donné de détails. Il n'a pas trop le droit de parler de son travail, vois-tu…

Mentir ainsi à Sandra ne plaisait pas à Jessy, mais elle n'était pas sûre de pouvoir admettre que oui, il y avait des fantômes, que l'un d'eux était même en train de la suivre et que Dillon essayait de l'aider.

— Je parie qu'il doit avoir de sacrées histoires à

raconter, insista Sandra. J'aimerais tant en entendre quelques-unes !

— Si jamais il m'en raconte, tu seras la première à les entendre, je te le promets.

Sandra fronça les sourcils.

— Le service n'est pas très rapide, ici. Je commanderais bien une margarita, moi.

Elle regarda autour d'elle et essaya, vainement, d'attirer l'attention d'une serveuse.

— Je reviens, dit-elle, en se levant brusquement. J'ai l'impression que je vais devoir prendre l'affaire en main et passer directement commande au bar. Tu veux un verre givré au sel ?

— Je ne sais pas si c'est raisonnable de…

— Oh, allez ! Sel ou pas sel ?

— Sel.

Tandis que Sandra traversait la foule grossissante des clients, Jessy inspecta la salle autour d'elle en tambourinant des doigts sur la table. L'endroit était vaste, spacieux, et très fréquenté ; des prix raisonnables et la proximité de plusieurs grands casinos expliquaient cette popularité. Pour elle, en tout cas, il était difficile d'imaginer un lieu plus sûr.

Peu de gens étaient assis aux tables. La plupart des clients semblaient entrer et déambuler, plutôt que de s'asseoir. Elle aperçut Sandra qui tendait sa carte de crédit à un barman, puis elle tourna la tête pour poursuivre son examen du restaurant et…

Ils étaient là.

Tanncr Green et, derrière lui, Ruby Yorba.

Elle eut l'impression que son cœur s'arrêtait de battre. Elle n'avait pas peur, pourtant. Tanner Green était assis à une petite table ronde située à quelques mètres d'elle. Ruby Yorba se trouvait deux tables en retrait. Tous deux la regardaient. Impossible de dire si Green savait que Ruby se trouvait là, celui-ci faisant visiblement tout son possible pour passer inaperçu.

C'était fou, pensa-t-elle. Un fantôme voyait-il les autres fantômes ? Certains fantômes se cachaient-ils des autres ? Selon Dillon, Tanner Green n'avait pas accepté sa mort ; en était-il de même pour Ruby Yorba ?

Elle porta de nouveau son regard vers le bar. Sandra, qui avait tourné la tête au même moment, lui adressa un sourire et un signe de la main, avant de s'intéresser de nouveau au barman, occupé à préparer leurs cocktails.

Jessy se mit à fouiller dans son sac, dont elle sortit son répertoire et un stylo. Elle fit mine de le laisser tomber. Le moment était venu de passer à l'action. Elle se pencha pour récupérer le stylo, mais au lieu de s'en saisir elle donna un coup de pied dedans pour le rapprocher de Green. Elle se leva aussitôt et se dirigea vers la table qu'il occupait.

Elle se pencha de nouveau, ramassa le stylo et chuchota, tout en trouvant irréel et stupide de parler à quelqu'un qui n'existait pas :

— Je veux vous aider. J'ai besoin de vous et vous avez besoin de moi. Et je vous signale qu'un jeune homme est assis derrière vous, qui apparemment sait ou veut quelque chose, lui aussi. J'aimerais vraiment vous aider, tous les deux…

— Jessy, tout va bien ? lui demanda une voix masculine.

Elle fut si surprise qu'elle faillit se cogner la tête contre le dessous de la table en se redressant.

Elle réprima un juron de dépit. Tanner Green avait disparu et, une fois de plus, Ruby Yorba l'avait apparemment suivi.

L'homme qui se tenait devant elle était bien réel, lui.

Elle le connaissait un peu pour avoir échangé quelques mots avec lui au Sun et au Big Easy, où ils s'étaient assis pour bavarder après son spectacle.

Il s'appelait Darrell Frye et il était chef de table au Sun. En vérité, c'était lui qui surveillait les tables de craps le soir où elle avait gagné, même s'il avait été remplacé par un collègue peu avant l'irruption de Green.

C'était un homme ambitieux. Il aspirait à devenir directeur des animations au Sun ; il le lui avait confié lorsqu'il était venu assister au spectacle des pirates. Elle avait été flattée d'apprendre que des gens du Sun étaient déjà venus, manifestant le désir de la voir rejoindre leurs équipes. De son côté, Darrell avait admis que si c'était lui qui l'amenait, cela favoriserait ses projets de carrière.

— Bonsoir, Darrell, dit-elle en se redressant. J'ai fait tomber mon stylo, c'est tout. Ça va ?

— Ça va, merci. Et vous ?

— Bien.

Il était grand, plus d'un mètre quatre-vingts, le genre d'homme fait pour porter le costume, séduisant sans être à tomber. Avec ses cheveux blond-roux et ses yeux excessivement clairs, il n'avait pas un physique spécialement frappant. En tout cas, il avait toujours été gentil avec elle et, pour être honnête, elle ne lui en voulait pas d'espérer l'attirer au Sun autant pour ses intérêts personnels que pour elle.

— Sûr ? insista-t-il. J'ai entendu parler de ce qui vous est arrivé, l'autre soir. Ce type qui vous est pratiquement mort dessus. Ça a dû être horrible !

— Disons que je préférerais que ça ne m'arrive pas tous les soirs.

— Vous êtes sous protection policière ?

Elle secoua la tête.

— Ce n'est pas nécessaire. Je ne connaissais pas cet homme. Il m'est vraiment tombé dessus par hasard.

— Je suis heureux d'apprendre que tout va bien. C'est un peu difficile pour nous, en ce moment. D'abord cet homme, puis Ruby Yorba. C'était un chouette garçon. J'espère que ça ne va pas changer votre opinion sur le Sun…

— Il n'y a aucune raison, lui assura Jessy.

— Alors vous allez peut-être toujours réfléchir à la possibilité de rejoindre nos équipes ? Je crois pouvoir dire qu'ils seraient tout disposés à vous soutenir pour monter un projet de votre cru…

— Merci, cette proposition me flatte beaucoup.

— Margarita ? les interrompit Sandra.

Elle avait les deux verres dans les mains et elle était venue se placer près de Jessy, comme une guerrière amazone, grande, belle et visiblement prête à en découdre si son amie était importunée d'une manière ou d'une autre.

— Merci, dit Jessy, en prenant le verre qu'elle lui tendait. Je te présente Darrell Frye. Darrell, voici mon amie, mon excellente amie, Sandra Nelson.

— Enchanté, dit Darrell, souriant, en tendant la main.

Il ne sembla pas insensible au charme de Sandra. Mais seul un aveugle le serait.

— Ravie de vous connaître, répondit Sandra.

— Darrell est chef de table au Sun, expliqua Jessy.

— Oh ! Ça ne doit pas être facile, là-bas, en ce moment.

Darrell haussa les épaules.

— Mes vacances commençaient le lendemain des événements et je n'ai donc pas trop à m'occuper de ça. On m'a tout de même demandé de rentrer prématurément. Ils sont débordés. Les gens sont visiblement intrigués par ce qui est arrivé et ils viennent voir… C'est malsain, mais c'est ainsi. J'ai été très heureux de faire votre connaissance, Sandra. Jessy… Pensez à moi si jamais vous avez envie de changer de scène…

Il s'attarda, comme s'il espérait qu'on lui propose de rester. Mais Sandra lui fit clairement comprendre qu'elles avaient l'intention de passer la soirée « entre filles » : elle le fixa, avec une pointe de défi, et attendit qu'il prenne congé.

— Amusez-vous bien, dit-il enfin, avant de se diriger vers la sortie.

— Tu es dure ! commenta Jessy en riant, tandis que Sandra posait son verre et prenait place à table.

— Ce type dégage de mauvaises vibrations !

— Des vibrations ?

— Il attend quelque chose de toi, mais tu as mieux à faire. N'oublie pas le grand brun séduisant…

— Je ne l'oublie pas. Pour ce qui est de Darrell, tu n'as pas à t'inquiéter. Il cherche juste à me faire quitter le Big Easy pour aller travailler au Sun.

Sandra regarda dans la rue, comme si elle cherchait l'homme des yeux, alors qu'il avait depuis longtemps disparu. Elle secoua la tête et dit enfin :

— Ce n'est pas ça. Je ne veux rien retirer à ton talent, tu sais combien je crois en toi. Mais nous sommes à Vegas et des femmes belles et talentueuses, il y en a partout. Il n'a pas besoin d'aller débaucher les gens pour travailler dans son casino. Méfie-toi de lui. Il veut quelque chose. Et comme je te l'ai dit, il dégage de mauvaises vibrations. Crois-moi, j'ai une certaine expérience des hommes…

— C'est un opportuniste, je veux bien l'admettre. Mais beaucoup de gens le sont…

Sandra secoua la tête.

— Quelque chose chez lui ne me revient pas. Je ne le sens pas. J'ai la certitude que…

Jessy voulut l'interrompre, mais avant qu'elle ait pu le faire elle entendit une voix familière l'appeler :

— Jessy !

Elle se retourna et vit l'autre reine des pirates, April, au bras d'un séduisant inconnu.

— Denny, je te présente Jessy et son amie… Sandra, c'est bien ça ? Les filles, voici Denny ! On allait au Harrah's, quand je vous ai aperçues toutes les deux. Je me fais du souci pour toi, Jessy. Tu as parlé de l'incident ?

— J'en ai touché deux mots à Ron, oui, et il m'a promis de chercher ce qui a pu se passer.

— Quel incident ? demanda Sandra, alarmée soudain.

Jessy eut un geste vague.

— Rien, une pièce du décor qui est tombée quand elle n'aurait pas dû, c'est tout. J'en ai parlé à notre régisseur et il va tout vérifier. Tout est bien qui finit bien, comme on dit.

— Je voulais juste m'assurer que ça allait, lui dit April. A plus !

Elle les quitta avec un geste de la main, auquel toutes deux répondirent.

— Qu'est-ce qui est tombé, précisément ? demanda Sandra, en se penchant sur la table.

— Une des grandes voiles, censée dégringoler pendant la scène de la bataille. J'ai eu peur, mais je n'ai rien eu.

— Ça n'est pas bon, ça.

— Evidemment que ça n'est pas bon ! C'est pour cette raison que je suis aussitôt allée rapporter l'incident.

La conversation fut interrompue par la sonnerie du téléphone de Jessy. Elle répondit et reconnut avec plaisir la voix de Dillon. Elle lui indiqua où Sandra et elle se trouvaient, et quand elle raccrocha son amie la fixait d'un regard brillant d'excitation.

— Je vais le rencontrer ?

— Oui.

Sandra se laisser aller en arrière, contre le dossier de sa chaise, et but une gorgée de margarita sans quitter Jessy des yeux.

— Je me fais beaucoup de souci pour toi.

— Pourquoi ?

— Question de vibrations, répondit-elle d'un air entendu.

— Ecoute… Darrell est quelqu'un de très bien et ce qui s'est passé cet après-midi avec le décor est un accident, rien qu'un accident.

Sandra se pencha de nouveau en avant, une expression intense sur le visage.

— Tu es trop confiante. Imagine que ce ne soit pas un accident ? Imagine que quelqu'un ait essayé de te tuer ?

— Si quelqu'un a vraiment essayé de me tuer, il aurait dû choisir une autre arme qu'une grosse voile en toile…

— Elle ne t'a pas touchée ?

— Non. Je l'ai entendue tomber.

— Elle aurait pu te tomber sur la tête.

— Je suis sérieuse, Sandra : il s'agissait d'un accident et rien de plus. En aucun cas d'une tentative de meurtre. J'aurais pu être blessée, si j'avais été plus lente, mais certainement pas tuée.

— Et si c'était juste un avertissement ? Quelqu'un qui cherche à t'écarter de… quelque chose ?

— Mais n'importe quel autre membre de l'équipe aurait pu se trouver là !

— Sauf que c'était *toi*, et pas quelqu'un d'autre !

Elle secoua la tête.

— Ça fait peur, vraiment peur…

Puis elle se leva brusquement, les yeux fixés sur un point situé derrière Jessy, un grand sourire aux lèvres, transfigurée.

— Bonsoir ! Je suis Sandra Nelson. Et vous devez être Dillon…

Jessy se retourna et sourit à son tour, tandis que Sandra poursuivait :

— Peut-être allez-vous faire entendre raison à cette tête de mule. Elle pense que je me mets dans tous mes états, parce que — même si selon elle il ne s'agissait que d'un accident — je pense que quelqu'un a essayé de la tuer, cet après-midi même.

11

Partout, les néons diffusaient leur lumière aux couleurs criardes ; les rues trépidaient d'une agitation frénétique ; le bar du restaurant distillait ses cocktails en continu et les clients, qu'ils soient sobres, un peu gais ou complètement ivres, noyaient l'endroit d'un vacarme de rires et d'éclats de voix.

S'asseyant à la table, Dillon regarda Jessy, le visage soudain fermé. Elle aurait pourtant dû être en sécurité, à son travail, entourée comme elle l'était par les autres acteurs, les techniciens ou même les spectateurs.

Si Ruby Yorba n'était pas mort dans ce qu'on avait clairement voulu faire passer pour un accident, il n'aurait pas été aussi inquiet. Mais Ruby Yorba avait été assassiné, le corps fracassé au point d'être à peine identifiable.

D'autres personnes que lui avaient visionné les images enregistrées par les caméras de sécurité la nuit du meurtre de Tanner Green. Des policiers. Des membres du personnel du casino. Il était tout à fait possible que quelqu'un — un complice du meurtrier — ait remarqué lui aussi que Green avait remué les lèvres juste avant de mourir, comme s'il chuchotait quelque chose à Jessy…

Indigo.

Cela pouvait-il avoir un sens pour l'assassin ? Parce

que, pour lui, ça n'en avait aucun. Indigo n'était qu'une ville fantôme, rien d'autre.

— J'aimerais que tu me dises ce qui s'est passé exactement, Jessy…

— Ce n'est rien, je t'assure ! Tu as vu le spectacle ? Lorsque nous attaquons Port Royal, les canons du port répliquent et nous perdons un mât. Il se trouve que la voile est retombée après le spectacle, juste au moment où je passais dessous. C'est tout.

Désireuse de changer de sujet, elle le regarda avec attention et demanda :

— D'où est-ce que tu viens ? Tu es tout poussiéreux.

— J'ai fait une balade dans le désert, aujourd'hui. Une douche et des vêtements propres seront les bienvenus.

— Et une margarita ? lui proposa Sandra.

Il secoua la tête en souriant.

— Je crois que la douche est plus urgente.

Tandis qu'ils accompagnaient Sandra jusqu'à sa voiture, elle bombarda Dillon de questions sur son travail chez Harrison Investigations. Il y répondit poliment. Il existait beaucoup de choses dont on ne pouvait être sûr, lui expliqua-t-il, mais il lui certifia qu'il n'avait personnellement jamais rien vu prouvant qu'un fantôme avait fait du mal à une personne innocente.

— Est-ce que ça signifie qu'un fantôme pourrait s'en prendre à un voyou, un truand ?

Il se mit à rire.

— Ça signifie exactement ce que j'ai dit. On fait appel à nous lorsque des phénomènes apparemment inexplicables surviennent. Mais le plus souvent il y a une explication bien concrète. Un coupable de chair et de sang.

Ils arrivèrent à la voiture de Sandra, qu'elle avait laissée dans le parking d'un casino. Dillon lui ouvrit la portière et examina l'intérieur, tandis qu'elle prenait place au volant.

— Soyez prudente, lui dit-il.

— Je le serai. Et vous… veillez sur Jessy. Je vous en prie.

— C'est bien mon intention.

Ils la regardèrent s'éloigner, en silence, et c'est toujours sans un mot qu'il passa un bras autour des épaules de Jessy, pour l'entraîner vers l'ascenseur.

— Je pense que Sandra a raison de s'inquiéter, dit-il enfin. Surtout après ce qui t'est arrivé aujourd'hui.

— Sandra est une bonne amie. Son inquiétude me touche, mais ce qui s'est passé cet après-midi n'était qu'un accident, rien d'autre.

Dillon fronça les sourcils, prouvant qu'il n'en pensait pas moins, mais jugea préférable d'en rester là. Il demanda :

— Quels jours travailles-tu ?

— En général, j'ai mon lundi et mon mardi de libres.

— Donc, tu travailles demain, puis tu auras deux jours de congé…

Il éprouvait un sentiment d'urgence, aussi soudain que gênant. Peut-être ne s'agissait-il que de paranoïa ; peut-être ne devait-il pas s'en faire autant pour elle. Pourtant, il était inquiet. Il n'avait échangé que quelques mots avec Ruby Yorba et celui-ci était mort.

— Allons chez toi.

Ils rejoignirent sa voiture, qu'il avait laissée sur un parking public proche d'un des immenses centres commerciaux de la ville.

Ils roulaient en direction de chez Jessy, quand elle se tourna soudain vers lui, tout excitée.

— J'ai oublié de te dire ! Tanner Green est revenu !

— Ah bon ?

— Comment ça « Ah bon » ? Je pensais que ça te ferait plaisir de le savoir. Ce n'est pas ce que tu espérais ?

Dillon se traita silencieusement d'idiot en se rappelant qu'elle ignorait que Ringo surveillait Tanner Green. Il songea aussi qu'il n'avait vraiment pas besoin de lui révéler l'existence de Ringo.

— Désolé. Mais j'étais certain qu'il reviendrait. Il essaye de te parler.

— Il était présent au spectacle. Ensuite, quand Sandra et moi sommes allées au restaurant boire un cocktail, je l'ai encore vu. Et derrière lui il y avait Ruby Yorba, qui donnait l'impression de vouloir passer inaperçu. J'ai trouvé le moyen de glisser quelques mots à Tanner et je suis presque sûre qu'il m'a entendue. Malheureusement, nous avons été interrompus.

— Interrompus ? releva Dillon, soudain plus attentif.

— Oui. Darrell Frye est arrivé juste à ce moment-là. Il est chef de table au Sun. Tu l'as déjà vu. Il était là-bas, le soir où j'ai gagné tout cet argent. Il cherche à décrocher un poste à la direction des animations. Il m'a parlé de ses projets, il y a quelques semaines, et m'a proposé de venir travailler au Sun. Tu le connais ?

— De nom seulement. Il a quitté son service juste avant la mort de Green. J'ai cherché à le rencontrer, pour savoir s'il se rappelait ou avait vu quelque chose. Mais on m'a dit qu'il était en congé…

— Eh bien, je lui ai parlé. Dommage que son arrivée ait fait fuir Tanner Green et Ruby Yorba.

Dillon se demanda si cela pouvait avoir la moindre signification. Il n'en savait rien. En tout cas, il avait plus envie que jamais de bavarder avec ce type.

Mais dans l'immédiat…

— J'ignore ce que tout ça signifie, avoua-t-il à Jessy, en la fixant d'un air songeur.

Il était heureux qu'elle n'ait plus peur en présence de fantômes ; elle semblait même y trouver une certaine excitation. En revanche, il s'inquiétait de la savoir en danger dans le cadre de son travail. Le temps pressait. Si les pièces du puzzle commençaient de se mettre en place, l'image finale demeurait un mystère.

Une fois chez la jeune femme, il inspecta chaque pièce, puis il alla prendre sa douche.

Il se trouvait sous le jet brûlant depuis une dizaine de secondes à peine quand Jessy le rejoignit.

Sa simple présence, comme par magie, balaya toutes ses peurs, toutes les pensées qui l'agitaient. Même le monde, autour de lui, disparut.

Etait-ce le fait qu'elle l'ait enchanté au premier regard ? Etait-ce la splendeur de son corps mince et musclé, le bleu de ses yeux, le timbre de sa voix, ou l'essence même de son âme ? Toujours est-il qu'elle l'enflammait bien au-delà du simple appétit sexuel, de cette montée de libido suscitant une réaction animale aussi vieille que le monde. Il était trop tôt pour dire qu'il l'aimait ; l'amour avait besoin de temps. Il savait pourtant qu'il était en train de tomber amoureux d'elle. Elle le troublait comme aucune femme ne l'avait jamais fait auparavant.

Il y eut d'abord cette lueur d'espièglerie, dans son regard, puis la vision de l'eau chaude qui éclaboussait la perfection ivoire de sa peau, ses épaules et ses seins, son dos, ses fesses. Il y eut aussi la sensation érotique de sa peau contre sa peau lorsqu'elle se pressa contre lui. Il trouva ses lèvres, sous le jet, et explora les secrets de sa bouche, plus chaude encore que l'eau qui se déversait sur eux en soulevant des nuages de vapeur.

Ses mains glissèrent sur sa peau nue, prirent ses seins

en coupe, elles se perdirent entre ses cuisses, au cœur de son intimité moite.

Jessy bougeait contre lui et le frottement de son corps contre le sien était irrésistible. Elle n'était que séduction et le soumettait en même temps à un véritable supplice. Enfin, elle laissa ses mains courir sur lui. Elle pétrit fiévreusement ses muscles, le griffa doucement de ses ongles. N'y tenant plus, il lui plaqua le dos contre le carrelage, la souleva et s'insinua en elle.

Ils firent l'amour dans la vapeur brûlante. Elle était accrochée à lui, les jambes nouées autour de sa taille, tandis qu'il allait et venait en elle. Le ruissellement de l'eau retentissait dans son cœur et son corps comme un torrent. Et, lorsqu'ils eurent tous deux connu le plaisir, il chercha à tâtons les robinets pour couper l'eau, sans lâcher Jessy, comme s'ils devaient rester ainsi pour l'éternité.

Il l'emporta jusqu'à son lit, sur lequel ils se laissèrent tomber. Ils y restèrent quelques minutes sans bouger, mais renouèrent très vite avec leurs jeux sensuels, des jeux avec les mains, les lèvres, la langue. Ils prenaient leur temps, chacun savourant la peau de l'autre, mouillée, propre, chaude. Ils se touchaient et se goûtaient encore, ivres de l'intimité complète qu'ils avaient trouvée l'un avec l'autre. Jessy savait comment bouger, comment séduire Dillon, mais ce n'était jamais calculé, jamais préparé, c'était juste une part instinctive de sa beauté et de son être. Elle fit tomber une pluie de baisers sur sa peau, le long de son torse et de son ventre, et prit son sexe dans sa bouche, le caressant jusqu'à ce qu'il soit sur le point d'exploser. Dillon roula sur elle, ivre de désir, et à son tour il fit glisser ses lèvres sur ses seins, son ventre, ses cuisses, entre lesquelles se poursuivit ce voyage sensuel. Puis il la posséda de nouveau, corps et âme.

*
* *

Il se réveilla tôt. Jessy dormait toujours et il s'accorda quelques instants pour la contempler. Il fut une nouvelle fois enchanté par la cascade flamboyante de ses cheveux sur les oreillers, par la finesse de son visage, la façon dont ses lèvres s'écartaient légèrement à chaque respiration. Il tira délicatement les couvertures sur elle et se leva, s'habillant rapidement avant de rejoindre la cuisine. Sachant que la jeune femme voudrait sans doute rejoindre son grand-père pour le petit déjeuner, il se contenta de préparer du café.

Il sortit ensuite son téléphone portable et composa un premier numéro. Il était temps qu'il se fasse aider, dans cette affaire.

Jessy était à la fois surprise et ravie que Timothy et Dillon s'entendent comme s'ils se connaissaient depuis toujours. Quand elle s'éclipsa pour aller s'entretenir avec le médecin de son grand-père, Dillon profita de l'occasion qui lui était donnée de parler seul à seul avec le vieil homme.

— Alors, commença-t-il sur le ton de la conversation, vous voyez toujours les esprits danseurs ?

Timothy resta un instant à regarder par la fenêtre et Dillon se demanda s'il l'avait entendu.

— Je sais pourquoi tu es revenu, lui dit enfin le vieil homme, en se tournant vers lui. Tu es ici parce que le désir de richesse ne s'éteint jamais. Les hommes sont cupides. Peu importe ce qu'ils font aux autres, s'ils ont la possibilité de devenir riches.

Il secoua la tête, tristement.

— L'homme a toujours été avide, prêt à tuer son semblable s'il pouvait en tirer un avantage matériel.

— C'est vrai, la cupidité existe depuis aussi longtemps que l'homme, répondit Dillon, en choisissant ses mots avec soin. Mais ce n'est pas une fatalité… Vous avez parlé de Billie Tiger, l'autre jour. Est-ce… votre guide ? Est-ce lui qui vous aide à comprendre les messages des esprits danseurs ?

Le grand-père de Jessy hocha de nouveau la tête, et quand il s'exprima ses mots parurent venir de très loin.

— Billie Tiger peut voir ce qui était et il sait que le monde tourne, que le temps s'écoule, et que ce qui s'est passé une fois arrivera de nouveau, à moins qu'on l'empêche. Et maintenant quelque chose de terrible est sur le point de se reproduire. Il faut l'empêcher !

— « Ceux qui ne peuvent se rappeler le passé sont condamnés à le répéter », cita Dillon, avant d'indiquer l'auteur : George Santayana. Timothy, est-ce que le nom d'Indigo vous dit quelque chose ?

— C'est une ville. Une ville maléfique.

— Je ne pense pas que cette ville soit maléfique. En revanche, je pense que des gens malfaisants y ont vécu.

— Des hommes cupides, oui…

— Ils l'étaient, c'est certain. L'autre jour, vous m'avez dit : « Ils se rassemblent. » Des gens du passé seraient d'une manière ou d'une autre en train de se réunir, c'est ça ?

— Tant qu'on ne l'arrêtera pas, le mal poursuivra son œuvre.

Timothy se tourna pour regarder de nouveau par la fenêtre, puis il revint à Dillon et lui sourit. Ses traits s'étaient détendus, sa voix avait changé.

— Tu as parlé d'Indigo… Je connais Indigo. Une ville abandonnée, envahie par le sable du désert. Des gens du cinéma l'ont louée, il y a de cela cinq ou six ans. Ils ont filmé quelques scènes et ils sont partis. Ils n'aimaient pas cet endroit. Ils disaient qu'il s'y passait des choses, la nuit. Ils sont allés tourner ailleurs.

— Vraiment ? fit Dillon, intrigué. J'ignorais…

— On a dit que certains d'entre nous avaient saboté le tournage, estimant que la société de production n'avait pas payé assez cher la location de la ville. D'autres ont affirmé que c'était à cause du vieux cimetière qu'il y a là-bas. Personne ne sait réellement. Mais laisse-moi te dire une chose : Indigo est un lieu maléfique. Et il en a toujours été ainsi. Il y a eu une fusillade terrible, là-bas. Un Indien du nom de Wolf était impliqué. Un parent à toi ?

— Lointain, oui, confirma Dillon.

— Nous avons aussi un lien avec Indigo, Jessy et moi.

— Vraiment ?

— Ma grand-mère était parente avec un sang-mêlé qui jouait du piano dans le saloon.

Timothy marqua une pause, fixant Dillon d'un regard clair et concentré.

— Le monde est étrange, parfois. La vie et la mort ne sont pas toujours ce que l'on pense. Les âmes des anciens se glissent dans celles des vivants. Certaines sont bonnes ; d'autres sont mauvaises. Quant à savoir pourquoi elles viennent… C'est parfois parce que les descendants des combattants, les vainqueurs comme les vaincus, se rassemblent. Tu comprends ?

Dillon n'en était pas certain. Pas entièrement, du moins, même si certaines connexions commençaient à s'établir. Un ancêtre de Jessy avait vécu à Indigo. Son propre ancêtre était mort là-bas. Et, depuis la fameuse fusillade, Ringo s'attardait dans le monde des vivants.

Mais quel était le sens de tout cela ? Quel rapport avec les meurtres de Tanner Green et de Ruby Yorba, ou avec les casinos d'Emil Landon, point de départ de cette histoire ?

— Timothy, les esprits danseurs… depuis combien de temps vous parlent-ils ?

— Je ne me rappelle pas quand ils sont arrivés. Ça remonte à un moment déjà. Mais quand j'ai vu le sang, expliqua Timothy avec tristesse, j'ai compris qu'ils étaient là pour me prévenir. Le cycle doit être rompu.

— Quand avez-vous vu du sang ? demanda encore Dillon. Où ?

— Sur Jessy, dit le vieil homme, le regard désolé. J'ai vu le sang sur ma petite-fille. Mais j'ai su qu'on ne voulait pas la tuer — la sauver, au contraire. On m'a dit que tu allais venir. On m'a dit qu'elle ouvrirait la porte, que tu viendrais et la guiderais pour entrer.

Il adressa alors un clin d'œil à Dillon, l'air d'un conspirateur, et se tut.

Dillon se tourna.

Jessy revenait. Elle sourit en croisant son regard et s'assit à côté de lui.

Elle regarda Timothy, de l'autre côté de la table, et sourit de nouveau.

— J'ai entendu dire que tu joues beaucoup au Scrabble…

— C'est bon pour la mémoire. Sally et moi, nous faisons une partie presque tous les soirs.

— Elle va bien ? Je ne l'ai pas vue…

— C'est le jour du coiffeur. Elle est dans le salon, qui se trouve dans le bâtiment principal. Et toi, jeune fille ? Tu ne dois pas aller travailler ?

Jessy jeta un coup d'œil à sa montre.

— J'ai le temps.

Timothy secoua la tête et se tourna vers Dillon.

— Quoi que vous fassiez, assure-toi qu'elle prenne

un vrai déjeuner avant de la laisser, d'accord ? Elle brûle beaucoup d'énergie, sur scène.

— Dieu merci ! s'exclama Jessy. J'ai un peu trop de goût pour les milk-shakes au chocolat et je suis heureuse de pouvoir brûler toutes ces calories…

— Emmène-là déjeuner, insista Timothy, en fixant Dillon. Je serai là, demain.

— Et je suis impatient de vous revoir, lui assura Dillon, qui se leva.

Jessy l'imita.

— Tu pourrais venir avec nous, ce matin. Nous irions faire les magasins, ou ce qui te plaira. Puis Dillon me déposerait au casino et te ramènerait ici.

— Non, merci. C'est gentil, mais je n'ai vraiment besoin de rien. Je pense que je vais faire une petite sieste. Comme ça, ajouta Timothy avec un clin d'œil, je serai prêt quand Sally reviendra de chez le coiffeur.

— Entendu.

Jessy l'embrassa sur la joue. Dillon lui serra la main et ils s'en allèrent tous les deux.

— Merci, lui dit-elle une fois dans la voiture.

— Merci pour quoi ?

— Tim donne l'impression d'être parfaitement normal… et puis son esprit s'échappe je ne sais où.

— Je pense qu'il est très intelligent et perspicace. Et j'apprécie énormément sa compagnie.

— J'aimerais beaucoup qu'il vive chez moi. Mais plusieurs fois, dans la cuisine, il a essayé d'allumer un feu parce qu'il se croyait dans une hutte de sudation. Jusqu'au jour où les pompiers ont dû intervenir. J'ai compris qu'il ne pouvait plus habiter à la maison, du moins pas tant que je travaillerai comme je le fais.

— Il est dans un bon établissement. Il est heureux et il est encore très indépendant.

— Je sais. Mais je ne peux pas m'empêcher d'éprouver de la culpabilité.

Ils restèrent quelques instants sans échanger un mot, jusqu'à ce que Dillon demande à la jeune femme ce qu'elle voulait faire pour tuer le temps jusqu'au déjeuner. Ils se décidèrent pour une séance de cinéma.

Quand ils sortirent de la salle, ils étaient tous les deux prêts à manger.

Dillon emmena Jessy dans un restaurant qu'il aimait, tout près du Strip. C'était un endroit calme et élégant. Il pensa que Timothy aurait approuvé son choix. On les installa rapidement ; un serveur leur apporta de l'eau tandis qu'ils étudiaient la carte. C'est à ce moment-là que Ringo arriva et vint se poster derrière Jessy.

Dillon, qui avait entendu les éperons, vit Jessy froncer les sourcils et lever les yeux de son menu. A l'évidence, elle aussi avait perçu leur cliquetis.

— Jessy…, commença-t-il.

Elle croisa son regard et il s'éclaircit la gorge.

— Tu sais maintenant que tu vois Tanner Green, n'est-ce pas ? Ainsi que Ruby. En fait, ce ne sont pas les seuls fantômes à se trouver en ville. Je… j'ai un ami qui aimerait te rencontrer. Je lui ai demandé d'attendre, pour se montrer, que tu sois prête.

Elle prit son verre d'eau et but une longue gorgée.

— Et… où est-il ? demanda-t-elle, en faisant un effort visible pour se contrôler.

— Il est assis près de toi, dit-il, tandis que Ringo prenait place sur la chaise voisine de celle de la jeune femme.

Elle se tourna et laissa échapper un cri, assez fort pour que le serveur accoure aussitôt.

— Quelque chose ne va pas ? s'enquit-il avec inquiétude.

Elle secoua la tête.

— Excusez-moi. Je… j'ai avalé de travers.

— Nous avions fait notre choix, de toute façon. Alors, Jessy, qu'est-ce que tu aimerais ? demanda Dillon, pour détendre l'atmosphère. Le saumon est délicieux.

— Va pour le saumon, alors, approuva-t-elle, en s'efforçant de ne pas regarder Ringo.

— Avec du riz ou des pommes de terre poêlées ? demanda encore le serveur.

— Du… riz, parvint à répondre Jessy.

— La même chose pour moi.

Le serveur repartit.

— Quelle andouille ! s'exclama aussitôt Dillon.

Jessy se raidit.

— Pardon ?

— Ce n'est pas à toi que je parle, mais à Ringo. Il n'avait pas besoin de t'effrayer de cette façon !

— Désolé, dit Ringo à Jessy. Je ne voulais pas vous bouleverser. D'autant que je suis ravi de faire votre connaissance… enfin ! ajouta-t-il à l'intention de Dillon.

— Enfin ? répéta-t-elle.

— Ça fait un moment déjà que je lui suggère des présentations. Je pense que j'aurais pu être utile.

Jessy avait visiblement toujours des réticences à le regarder. Ringo prit une des cartes, que le serveur avait oublié d'emporter, mais Dillon la lui arracha des mains avant qu'un des clients du restaurant ait pu s'émouvoir de la vision d'un menu en train de flotter dans l'air.

— Du saumon ! lâcha Ringo d'un air dégoûté. On est dans le Nevada. Ce sont des bons gros steaks qu'on mange ici.

Dillon croisa le regard de Jessy.

— Il aime bien aggraver son cas…

Elle avait les yeux toujours écarquillés. Elle aurait sans doute facilement accepté de voir Tanner Green et

Ruby Yorba se matérialiser juste devant elle ; mais là, elle n'était à l'évidence pas prête.

— Je suis comme qui dirait vexé, déclara encore Ringo. J'avais hâte de vous rencontrer, Jessy.

— Tu as fait sortir Clancy ? lui demanda Dillon.

— Tu demandes à un fantôme s'il a fait sortir ta chienne ? s'exclama Jessy.

Et elle but une nouvelle gorgée d'eau. Sa main tremblait violemment.

— Tu as dit toi-même que les fantômes ne pouvaient pas faire de mal aux humains. Alors, comment…

— J'ai dit que je n'avais pas entendu de cas de fantômes qui s'en seraient pris aux humains. Je n'ai pas dit qu'ils ne pouvaient pas toucher les objets ou les bouger. Ça fait déjà un certain temps que Ringo traîne dans notre monde, et il est passé maître dans l'art d'utiliser son énergie pour influer sur le monde physique. Et en dépit de ta première impression sache que c'est quelqu'un de bien.

— Merci, partenaire ! lança Ringo.

— *Partenaire ?* répéta Jessy.

— C'est une façon de parler.

Tout en jouant avec sa serviette, la jeune femme s'adressa à Ringo, sans pour autant se résoudre à le regarder.

— Donc, monsieur Ringo…

— Pas « Monsieur Ringo », corrigea aussitôt l'intéressé. Je m'appelle Ringo Murphy et mes amis m'appellent Ringo.

Elle leva les yeux vers Dillon.

— Il est là… tout le temps ? fit-elle d'une voix faible.

— Non, pas tout le temps, lui répondit-il en rivant significativement son regard à celui de Ringo.

— Vous pouvez me faire confiance, m'dame. Je suis

un vrai gentleman. Je veux juste aider. Résoudre toute cette histoire, ajouta Ringo, en les fixant tour à tour.

Jessy était sur le point de réagir, mais leurs salades arrivèrent et elle garda le silence.

— Ringo est mort à Indigo, lui dit Dillon après le départ du serveur.

Les yeux bleus de Jessy se plissèrent.

— « Indigo » signifiait donc quelque chose, pour toi…

— J'ignore ce que ça signifie précisément, lui assura-t-il. Pour l'instant.

— Vous savez, votre grand-père n'est pas si fou, dit Ringo à Jessy. Il est possible qu'il voie Indigo dans ses… visions.

Elle le fusilla du regard.

— Je n'ai jamais dit que mon grand-père était *fou* ! Et personne ne sait ce qu'il voit.

— Désolé, je ne voulais pas vous blesser. J'essayais juste de vous faire comprendre que… qu'il voit peut-être les esprits danseurs dont il parle.

— Ne le regarde pas quand tu lui parles, conseilla Dillon à Jessy. Ça rend les gens nerveux autour et Ringo adore…

— Il apparaît souvent ?

— Quand on a besoin de lui, en général.

Jessy s'adressa de nouveau à Ringo, mais cette fois sans le fixer.

— Qu'est-ce que vous savez de mon grand-père ?

— Que c'est un vieil homme très bien. Et qu'il pourrait avoir un rôle important à jouer pour résoudre tout ça.

Jessy fronça les sourcils.

— De quoi parle-t-il ? demanda-t-elle à Dillon. Qu'entend-il par « tout ça » ?

— Je n'ai pas encore toutes les pièces du puzzle en ma possession.

— Mais tu sais quelque chose, quelque chose que tu as choisi de ne pas partager avec moi.

Elle faisait un effort visible pour ne pas s'emporter et laisser éclater sa colère.

— Je sais qu'Emil Landon a pris contact avec Adam parce qu'il craignait que sa vie ne soit en danger. Je l'ai rencontré, j'ai rencontré Tanner Green et son autre garde du corps, Hugo Blythe. Puis Tanner Green est mort, non sans t'avoir glissé un mot.

— Et donc, tu m'as collé au train…

— Je n'aime pas trop cette expression. Mais le fait est que j'avais besoin de savoir ce qu'il avait dit. Et j'avais peur pour toi.

— Que sais-tu encore ?

— Voyons, Jessy, si j'avais toutes les réponses, le meurtrier de Green serait déjà dans une cellule en train d'attendre son procès ! Mais je n'ai pas toutes les réponses. D'une manière ou d'une autre, les esprits danseurs de ton grand-père semblent savoir que tu as un lien avec… un lien avec Tanner Green. Et qu'à cause de ça il se pourrait que tu sois en danger. Ils savaient aussi que je serais impliqué dans cette histoire. Que je serais là pour t'aider.

Leurs regards s'accrochèrent l'un à l'autre et il crut qu'elle allait se pencher au-dessus de la table pour l'embrasser.

— Je dérange, on dirait…, maugréa Ringo, qui se leva pour partir.

Il s'attarda, pourtant.

— Jessy ?

Elle leva les yeux vers lui, sans plus se soucier que les autres clients du restaurant pensent qu'elle était folle.

— Je ferai de mon mieux pour vous protéger, lui promit-il.

— Parce que vous pouvez me protéger ?

— Je peux veiller sur vous.

— Commencez par ne plus me faire peur, alors. Et le bruit de vos éperons va me rendre folle !

— Désolé, mais je suis mort avec mes bottes !

Cette fois, il s'en alla pour de bon.

Quelqu'un s'éclaircit la gorge et Dillon leva les yeux. Il s'en voulut de ne pas avoir remarqué le serveur, qui avait rejoint la table et demandait :

— Tout va bien ?

— Très bien, merci.

Il leur servit leurs saumons, puis s'éloigna.

— L'autre jour, chez toi… j'ai entendu ses éperons, se souvint Jessy, dont le visage s'était enflammé. Quand nous… enfin, est-ce qu'il était là quand nous… ?

— Il était parti, je te le promets. Je peux te jurer que Ringo n'est pas un voyeur.

La jeune femme s'empourpra un peu plus.

— L'autre nuit, avant que tu ne me rejoignes dans ma chambre…

Sa voix s'éteignit, mais elle s'obligea à reprendre et à aller jusqu'au bout.

— J'ai rêvé de toi — un rêve très… érotique. A ce moment-là, nous… nous n'étions pas observés, n'est-ce pas ?

Il baissa les yeux, s'efforçant de cacher son amusement.

— Tu as dit toi-même que tu rêvais, Jessy. Rien de plus. Et Ringo était déjà parti vérifier de lui-même certaines choses.

— Comme… ?

— Il est retourné traîner autour du casino, voir s'il ne tombait pas sur des éléments nouveaux.

Elle semblait peu convaincue, en tout cas toujours vaguement mécontente. Comment allait-elle réagir, plus tard dans la soirée, avec l'arrivée des renforts qu'il avait contactés ?

— Il a peut-être la possibilité de faire parler Tanner Green, Jessy. Et si Green parle, nous avons une chance de découvrir le rôle qu'Indigo joue dans cette histoire.

— Qu'a-t-il donc, cet endroit ?

— Je n'en suis pas certain même si, comme je te l'ai dit, des pièces de ce puzzle commencent à s'assembler. Un de mes ancêtres a été tué là-bas, dans la même fusillade qui a coûté la vie à Ringo. Et ce matin ton grand-père m'a révélé que vous aviez aussi tous les deux un ancêtre qui se trouvait à Indigo à ce moment-là.

— Vraiment ? fit-elle sans joie. Du côté des bons ou des méchants ?

— Il était pianiste.

— Pianiste ?

— Oui. Mais lui non plus, je ne connais pas son rôle. Je sais juste que tu es en danger, et que la personne qui a tué Tanner Green est probablement la même qui a foncé sur Ruby Yorba et tout ça a un lien avec Indigo.

— Je pense…

— Quoi donc ?

Elle secoua la tête.

— Je pense que je suis en train de perdre la boule !

— Pas du tout !

D'un geste presque vengeur, elle donna un coup de fourchette à son saumon.

— Et que viendrait faire Emil Landon dans tout ça ?

— Je l'ignore.

— Et maintenant ? Que va-t-il se passer ?

— Je poursuis mon enquête jusqu'à ce que j'aie découvert ce qui se passe.

Elle secoua la tête.

— Ne compte pas me mettre à l'écart. Grâce à toi, il a bien fallu que j'admette le fait que je vois des fantômes. Il se pourrait même que je me lie d'amitié avec l'un d'eux, un type habillé en cow-boy, avec des éperons à ses bottes. Et si tu t'imagines que tu pourras ne pas m'informer de chacun de tes mouvements tu te trompes.

— D'accord, d'accord…, fit Dillon, en repoussant son assiette. Voici ce que j'ai en tête. *Nous* allons nous rendre au Big Easy pour y rencontrer le régisseur et essayer de comprendre ce qui s'est passé hier. Ensuite, je laisserai Ringo veiller sur toi pendant que j'irai parler à Emil Landon. Il faudra aussi que je passe au Sun pour retrouver le chef de table, Darrell Frye, afin de comprendre pourquoi il s'est fait remplacer juste au moment où un homme entrait dans le casino avec un couteau dans le dos… S'il reste du temps, j'appellerai Jerry Cheever et je lui demanderai s'il a du nouveau. Et puis j'essaierai de rendre visite à Doug Tarleton — c'est le médecin légiste. Il y a aussi une jeune femme au laboratoire de la police scientifique qui s'est montrée très coopérative et j'en profiterai pour la voir.

— Je pense que tu es dans l'erreur si tu soupçonnes Darrell. Il cherche juste à me faire venir au Sun pour bénéficier lui-même d'une promotion.

— J'espère que tu as raison. En tout cas, pendant que je ferai tout ça, Ringo ne te lâchera pas. Il entendra ou verra peut-être quelque chose…

En baissant les yeux sur l'assiette de Jessy, à laquelle elle n'avait pratiquement pas touché, Dillon songea que ce déjeuner était une catastrophe.

— Nous devrions y aller, lui dit-elle. Tu as quand même conscience que je ne suis pas complètement incapable, n'est-ce pas ? Je ne suis pas bête et je sais être prudente.

— Je le sais, oui. Mais tout le monde est vulnérable, Jessy. Et que je sache, tu n'as pas reçu d'entraînement pour te défendre et tu n'as pas le droit de porter une arme. Ce ne sera pas plus mal d'avoir quelqu'un à tes côtés, même un fantôme, pour t'aider en cas de besoin.

— Entendu. C'est compris. Mais je compte bien t'accompagner pour aller interroger *mon* régisseur.

— Pas de problème, lui assura Dillon, qui fit signe au serveur de lui apporter l'addition.

— J'aimerais que tu comprennes que c'est sur *moi* qu'un homme est mort en se vidant de tout son sang. C'est *moi* qui vois des fantômes. Et *moi* encore qui suis peut-être en danger. Je veux donc que tu ne me caches *rien*, rien du tout. Et ce n'est pas *toi* qui as un plan, c'est *nous*. C'est de *ma* vie qu'il s'agit, et dès lors qu'il s'agit de la protéger je compte bien être aussi impliquée que n'importe qui d'autre ! Je ne suis pas une petite fleur délicate.

Il la regarda en tâchant de ne pas rire, heureux de la voir manifester ainsi sa colère et son courage.

— Eh bien ?

Sans cesser de sourire, il répondit simplement :

— J'ai pris bonne note de ce que tu viens de dire…

Ils se levèrent et quittèrent le restaurant. Dillon entendit le cliquetis des éperons de Ringo alors qu'ils approchaient de la voiture.

— Je m'installe devant, si ça ne vous gêne pas, dit Jessy à Ringo.

Croisant le regard de Dillon, celui-ci se mit à rire et se glissa sur un siège arrière.

12

Quand ils arrivèrent au casino, Ron Pearl était justement dans les cintres, en train de vérifier la machinerie qui réglait la suspension de la voile qui était tombée. Il aperçut Jessy et Dillon qui montaient sur la scène et leur indiqua qu'il en avait presque terminé. Un instant plus tard, il avait rejoint la salle et se tenait devant eux.

Ron travaillait à Las Vegas sur les spectacles proposés au public depuis presque toujours. Il était maintenant quinquagénaire et avait probablement occupé depuis le temps tous les postes imaginables : décorateur, accessoiriste et même acteur à l'occasion. Son plus grand plaisir, toutefois, était de diriger une équipe et de gérer l'ensemble des détails techniques d'un spectacle.

Jessy l'adorait.

— Salut, dit-il, en s'adressant à Dillon. Je suis Ron Pearl. Et vous êtes… ?

— Dillon Wolf, un ami de Jessy. Elle m'a raconté ce qui lui était arrivé. Que s'est-il passé ?

— Je pense qu'un petit farceur est allé faire un tour là-haut, dans les chevrons. Quelqu'un qui aurait perdu beaucoup d'argent au Big Easy et aimerait nous obliger à fermer pour des questions de sécurité. Pour que la direction perde un peu d'argent, elle aussi, sans doute. Ça s'est déjà vu. J'ai prévenu la police.

Ron se tourna vers Jessy.

— J'espère vraiment que ce n'est que ça, juste une mauvaise plaisanterie, et que le coupable ne se doutait pas qu'il y avait quelqu'un dessous. Les flics sont venus faire un tour. Ils ont relevé des empreintes sur une porte, dans les coulisses. Mais je ne sais pas si ça servira. Ils ont aussi trouvé des marques bizarres, comme des éraflures, et ils ont pris des photos. De mon côté, j'ai vérifié que tout était en ordre, sécurisé, sans danger. J'ai même posté quelqu'un sur la passerelle, là-haut, pour m'assurer qu'il n'y aura plus de problème.

Jessy remarqua que Dillon ne semblait pas complètement satisfait.

— Ça ne vous ennuie pas si je jette moi-même un coup d'œil ?

Le visage de Ron s'assombrit. Jessy savait ce qu'il pensait : les chevrons pouvaient être dangereux et Dillon ne travaillait pas pour lui. Mais Dillon ne lui laissa pas le temps d'émettre la moindre objection. Il se glissa en coulisses et entreprit d'escalader le cintre, sans effort, comme s'il avait suivi une formation au Cirque du Soleil.

— D'où est-ce que tu le sors, ce gars ? demanda Ron à Jessy.

Elle haussa les épaules.

— C'est lui qui m'a trouvée.

Au bout de quelques minutes, Dillon les rejoignit.

— Il y a un cran de sécurité. Quelqu'un l'a ôté volontairement.

Ron le fixa avec une évidente contrariété.

— Merde alors ! J'ai eu raison d'appeler la police. J'imagine que vous ne restez pas pour le spectacle ?

— Non, il ne reste pas, répondit Jessy à la place de Dillon. Il a du travail. Il a même beaucoup de choses à faire.

— Bon, eh bien, à plus tard…, fit ce dernier. Je vais recommander au type de la sécurité d'être particulièrement vigilant, aujourd'hui. Jessy, tu devrais aller te maquiller et passer ton costume.

— J'y cours, dit-elle. A plus tard…

Et elle passa devant lui en lui faisant un petit geste insouciant de la main.

— Je reviens dès que je peux.

— Prends ton temps. J'ai de quoi m'occuper.

— Il a l'air bien, ce type, fit remarquer Ron peu après, en suivant du regard Dillon qui s'en allait.

— Il l'est.

Elle rejoignit sa loge. April était déjà costumée et en finissait presque avec son maquillage.

— Alors, tu as entendu ça ? Il semblerait que quelqu'un soit allé traficoter dans les cintres…

— Oui, je suis au courant. Mais Ron a mis quelqu'un là-haut pour assurer la surveillance. Tout va bien se passer, j'en suis certaine.

— J'espère, dit April, en se poudrant le nez. Mon rêve, c'était d'être hôtesse de l'air. Mais j'ai renoncé : j'avais trop peur. Jamais je n'aurais pensé courir un risque en jouant dans un spectacle de pirates pour enfants !

Elle se leva et quitta la loge. On allait bientôt ouvrir les portes du théâtre.

Jessy la rejoignit quelques minutes plus tard sur scène. Elle écarta légèrement le rideau pour jeter un coup d'œil au public. Elle vit des enfants qui s'installaient, mais aussi un certain nombre d'adultes. Elle porta son regard au-delà, vers la paroi vitrée qui séparait le théâtre du grand hall.

Grant Willow, l'un des gardes chargés de la sécurité, était à son poste, près de la porte, et il suivait l'arrivée des derniers spectateurs. Non loin de lui, Tanner Green avait le visage pressé contre la baie vitrée.

Et derrière Green, les bras croisés haut sur le torse, Jessy reconnut Ringo Murphy, qui surveillait tout ce petit monde, adossé au mur.

Il aperçut Jessy alors qu'elle scrutait la salle et souleva son chapeau pour la saluer.

Seigneur ! pensa-t-elle. C'était complètement fou, cette histoire ! Voilà qu'elle était hantée par un fantôme et protégée par un autre !

— Tout le monde en place ! lança Ron en coulisses.

Jessy recula et inspira plusieurs fois longuement : Bonny Anne, la reine du bateau pirate le *Trésor*, était prête à faire son entrée sur scène.

Cette fois encore, Emil Landon attendait Dillon dans son bureau. Il était toujours aussi fébrile et impatient.

— Alors ? Vous avez enfin découvert ce qui se passe ? Qu'est-ce que les policiers ont trouvé au Sun ? C'est forcément quelqu'un de là-bas qui est coupable. J'en ai assez de devoir me terrer ici, d'avoir peur de sortir.

Hugo Blythe se tenait juste derrière la porte. Dillon fut surpris de contater qu'à part le garde du corps et son patron le penthouse semblait vide. Même la secrétaire à l'impressionnante poitrine était invisible.

— La dernière agression a eu lieu ici même, dans votre casino, lui annonça Dillon.

— Quoi ?

— Un incident s'est produit hier, juste après le spectacle pour les enfants.

Emil Landon le fixa sans rien dire, comme s'il avait perdu la tête.

— Ah ça… On m'en a parlé, en effet. Je n'appellerais

pas ça une agression ! Un petit malin a dû monter dans les cintres et jouer avec le décor. Rien n'a été cassé, personne n'a été blessé. Où est le problème ?

— Le problème, c'est qu'une de vos employées aurait pu être sérieusement blessée, répliqua Dillon d'un ton glacé.

Landon se hérissa.

— N'allez pas croire que je ne me sens pas concerné par cette histoire, Wolf ! J'ai aussitôt demandé qu'on enquête sur l'incident. Mais ce n'était rien de plus que ça : un incident. L'actrice aurait dû se trouver dans les coulisses avec les autres, à ce moment-là... Personne n'avait donc l'intention de lui faire du mal, ni à personne d'autre. On a probablement affaire à un gamin qui s'ennuyait ou qui s'est montré un peu trop curieux. Il n'y a aucun rapport avec le fait que quelqu'un en ait après moi...

— Je ne suis toujours pas certain de comprendre d'où vous vient cette certitude que quelqu'un veut vous tuer, avoua Dillon, en sortant un petit calepin de sa poche. Lors de notre première rencontre, vous m'avez dit que vous étiez suivi. Green et Blythe travaillaient pour vous depuis un certain temps, n'est-ce pas ?

— Exact, mais... Bon sang, c'est pour ça que j'ai finalement fait appel à Harrison Investigations ! J'avais le sentiment d'être surveillé, tout en sachant qu'il n'y avait personne. C'était étrange et angoissant. Même avec ces gars auprès de moi. Et d'après ce que j'ai compris vous ne vous contentez pas de prouver qu'il y a bien des fantômes, vous les faites décamper, non ?

— Si. Mais pour en revenir à Green et Blythe, que leur avez-vous donné à faire ? Et que fabriquait Green le soir où il a été tué ?

— Ils se relayaient. Quand l'un restait ici, avec moi, l'autre était dehors. Je n'ai pas la moindre idée de l'endroit où se trouvait Green avant d'être tué. C'était sa nuit de repos.

— Entendu. Mais ces hommes étaient là pour vous protéger, et ça ne vous a pas empêché d'aller demander de l'aide ailleurs parce que votre voiture a été suivie à plusieurs reprises alors que vous sortiez dîner. Quoi d'autre ? Un homme qui a votre pouvoir, votre position… Il a fallu plus que ça pour vous convaincre qu'on voulait vous tuer.

— On… on m'a tiré dessus, un soir.

— On vous a tiré dessus ? Et vous n'en avez rien dit à la police ! Pourquoi ?

— Que vouliez-vous qu'ils fassent ? J'étais sur le parking d'un restaurant. Des coups de feu ont claqué. Blythe s'est jeté sur moi et nous avons entendu tous les deux une voiture qui partait sur les chapeaux de roues.

— Quel genre de voiture ?

— Je n'en sais rien. Je ne l'ai pas vue, juste entendue.

— Mais si vous aviez prévenu la police ils auraient pu trouver des balles.

— Ecoutez, mon garde du corps est mort et vous n'avez toujours rien découvert de nouveau sur son meurtre. Les policiers travaillent sur l'affaire, vous y travaillez aussi et qu'est-ce que j'ai, moi ? Rien !

Dillon fut tenté de lui dire qu'il abandonnait l'affaire. Il se passait autre chose, il en était convaincu, mais Emil Landon ne voulait tout simplement pas en parler.

S'il n'y avait pas eu Jessy, Dillon serait parti illico, non sans avoir dit ses quatre vérités à Landon.

Mais il n'allait pas risquer de se faire interdire d'entrée au casino, sous un prétexte ou un autre — il faisait confiance à Landon pour trouver —, quand il avait besoin d'y être pour garder un œil sur la jeune femme.

— Je compte retourner au Sun un peu plus tard, aujourd'hui, lui annonça-t-il, en se levant. Je tenais à m'assurer d'abord que vous étiez conscient qu'il y avait aussi des problèmes, ici.

— Des problèmes ? C'est un casino, ici, je vous le rappelle. Tous les jours, nous fichons dehors des gens qui ont trop bu ; la police vient au moins une fois par semaine à cause de clients agressifs. Cette fois-ci, on a eu affaire à un gamin qui traînait là où il n'aurait pas dû traîner, c'est tout…

Il dut voir une lueur particulière dans le regard de Dillon, car il s'empressa d'ajouter :

— Je tiens à mes employés, Wolf, contrairement à ce que vous semblez penser. Croyez-moi, j'ai fait ce qui devait être fait pour que la situation soit prise en main. Ce spectacle de pirates est une affaire en or — pas uniquement grâce aux ventes de tickets, mais parce qu'il attire beaucoup de gens dans mon casino. A votre avis, que font les parents, pendant qu'on s'occupe de leurs gamins ? Ils perdent leur argent. J'ai un bon service de sécurité. Interrogez-les autant qu'il vous plaira et vous constaterez que je vous dis la vérité. Dans l'immédiat, c'est pour moi que je m'en fais. Je suis comme un lion en cage, ici, mais j'ai peur de sortir de mon penthouse. Dépêchez-vous de découvrir qui a tué Tanner et qui m'a tiré dessus.

Dillon s'en alla, très insatisfait de cet entretien, saluant Hugo Blythe en passant la porte, pour bien lui montrer qu'il avait été conscient de sa présence depuis le début.

Il ne croyait pas Emil Landon et il ne lui faisait pas confiance.

Mais il n'avait pas envie d'une confrontation avec lui.

Pas encore.

*
* *

Le spectacle se déroula sans aucun problème. Jessy avait senti que le reste de la troupe était un peu tendu et, d'une certaine manière, cela l'avait apaisée. La voile était tombée au bon moment, alors que tout le monde se trouvait à la bonne place, avant d'être remontée et de rejoindre son emplacement.

Une fois le spectacle terminé, Jessy nota que les techniciens s'affairaient dans les coulisses plus tôt que d'ordinaire ; Ron Pearl lui-même était là, gardant un œil sur tout, tandis que les acteurs posaient pour les habituelles photographies et signaient des autographes pour les enfants. Ron était toujours présent quand le dernier spectateur s'en alla. Lorsqu'il poussa toute la petite troupe vers les loges, il semblait soulagé.

Ringo ne l'avait pas suivie dans la loge des femmes ; maintenant qu'elle connaissait son existence, elle était capable de sentir aussitôt sa présence. Elle en venait même à considérer qu'avoir dans son environnement immédiat un fantôme centenaire n'était pas forcément une mauvaise chose.

Et elle avait très envie de parler avec lui.

Comme la veille, elle appela Sandra sur son portable. Ce fut Reggie qui lui répondit.

— Alors, lui lança l'adolescente sans préambule, j'ai entendu dire que tu sortais avec M. Super Craquant…

— Je t'en prie, Reggie… Ta mère m'a déjà assez persécutée avec ça. Et en parlant d'elle, où est-elle ?

— Aucune idée. Elle a encore une fois oublié son portable à la maison, en sortant et je ne peux pas la joindre. Mais je suis sûre qu'elle ne devrait plus tarder. Que se passe-t-il ?

— Rien. Je voulais juste savoir si elle avait quelque chose de prévu, ce soir.

— Là encore, aucune idée. Je rentre à peine du lycée. Mais je lui dirai que tu as appelé.

— Entendu, merci.

Jessy raccrocha. Elle se sentait un peu contrariée. Une seconde plus tard, son téléphone sonna. Elle répondit aussitôt, bien que le numéro affiché sur l'écran ne lui soit pas familier.

C'était Sandra.

— C'est moi… Je t'appelle d'une cabine.

— Où es-tu ?

— Un peu plus bas sur le Strip. Je crains vraiment, comme amie… Désolée ! Je voulais te retrouver après le spectacle, mais je me suis arrêtée au Rainbow, et je me suis laissé piéger par une nouvelle machine. Je n'ai pas vu passer l'heure. Mais ne t'inquiète pas : je peux te rejoindre dans cinq minutes et on traînera jusqu'au retour de ton grand brun craquant.

— Tu sais, Sandra, tu n'as pas besoin de faire du baby-sitting avec moi.

En réalité, elle était heureuse que Sandra la rejoigne. Elle ne serait pas seule, et s'il y avait vraiment du danger pour elle, on n'oserait pas tenter quoi que ce soit tant qu'elle se trouvait accompagnée.

Bien sûr, elle avait aussi un fantôme qui veillait sur elle maintenant. Il avait d'ailleurs peut-être toujours été là, même si apparemment Ringo s'en allait assez périodiquement et qu'il ne pouvait se trouver qu'à un endroit à la fois. Elle se demanda à quel genre de lois physiques — bien que le mot lui parût incongru — étaient soumis les fantômes.

— Passer du temps avec une amie n'est pas faire du baby-sitting, lui assura Sandra. J'arrive !

— Non ! dit Jessy, soudain lasse de voir tout le monde, à commencer par elle-même, la considérer comme une victime potentielle. C'est moi qui te rejoins.

— Tu es sûre ?

— Le Strip est noir de monde. Ça ira.

« Et j'ai mon cow-boy fantôme qui me suit », ajouta-t-elle pour elle-même.

— D'accord, je t'attends devant le Rainbow, alors…

— J'arrive !

La jeune femme rassembla ses affaires et quitta la loge.

Si Tanner Green avait quitté le théâtre avant la fin du spectacle, Ringo était resté, lui. Elle le chercha des yeux et fut surprise de ne le voir nulle part. Avait-il essayé de suivre l'insaisissable Green ?

Peu importait. Il y avait beaucoup de monde sur le Strip. Tout se passerait bien.

Le moment était arrivé pour Dillon de trouver Darrell Frye. La tâche se révéla beaucoup plus facile que prévu, puisque le chef de table était de retour au travail. Dillon n'avait donc à attendre qu'une quinzaine de minutes, jusqu'à la pause de Frye. Il alla patienter à la cafétéria du casino.

Une foule dense emplissait le Strip.

En descendant la grande avenue, baignée de néons et du clinquant qui faisait la marque de Las Vegas, Jessy s'étonna une nouvelle fois que quelqu'un se soit retrouvé un jour ici, en plein désert, et que parti de rien il ait donné naissance à cette extravagante cour des miracles. Il y avait beaucoup de faux et de plastique, bien sûr, mais sous la façade la ville ressemblait à n'importe quelle autre. Si beaucoup de gens venaient là uniquement pour jouer, d'autres y vivaient et y travaillaient. On y faisait construire des maisons, on y élevait des enfants et, pour les jeunes entrepreneurs, c'était une Mecque.

Pour elle, c'était tout simplement — et cela avait toujours été — chez elle.

Pourtant, ce sentiment de familiarité et de sécurité s'envola d'un coup. Une brusque certitude venait de l'assaillir : elle était suivie.

Elle se dit que ce devait être Ringo… avant de se raviser. A cause du bruit de ses éperons, elle savait quand Ringo se trouvait à proximité, même si elle n'était pas en mesure de le voir.

Mais là, il ne s'agissait pas de lui. On la suivait, on l'épiait. Elle n'avait remarqué personne en quittant le théâtre ; ce devait donc être quelqu'un qui connaissait ses horaires, quelqu'un qui avait observé et minuté tous ses mouvements et l'attendait au milieu de la foule pour la prendre en filature dès sa sortie du théâtre. Quelqu'un qui savait exactement où elle se trouvait en cette seconde et qui pouvait s'en prendre à elle où et quand il le déciderait.

Elle s'arrêta net. Qui risquerait de l'agresser ainsi avec des centaines de gens autour d'elle ? Ça n'avait aucun sens, n'est-ce pas ?

L'image de Tanner Green s'imposa à elle. Tanner Green qui avait surgi de nulle part, l'autre soir, pour traverser tout le casino avec un couteau dans le dos, au milieu de la foule des clients…

Elle avisa un important groupe de touristes, juste devant elle, et s'empressa de les rejoindre, de se fondre à eux, cherchant la sécurité dans le nombre.

*
* *

Darrell Frye rejoignit Dillon à la table où il s'était installé. Il lui fit un grand sourire et lui serra la main. Il semblait détendu, insouciant.

— J'ai entendu dire que travailliez sur le meurtre de Tanner Green. Sale affaire…

— Sale affaire, oui. Et comme vous étiez présent, ce soir-là, j'espérais que vous aviez peut-être remarqué quelque chose qui pourrait m'aider.

— J'ai bien peur que non. C'est Martin qui surveillait les tables de craps, quand Green a été tué.

— Je sais. Je peux vous offrir une tasse de café ?

— Je vais en chercher une. L'alcool nous est interdit, sur notre lieu de travail, mais on nous offre du café à volonté. Et vous ? demanda Frye en désignant la tasse devant lui. Vous en voulez une autre ?

— Ça ira. Merci.

— Je reviens…

Lorsque Darrell revint avec son café, il s'assit en face de Dillon, et jetant un coup d'œil à sa montre lui indiqua :

— J'ai encore neuf minutes.

— Ça devrait suffire.

— Vous étiez sur place, vous aussi… Vous en avez certainement vu autant que moi. Quoique… Qui est parti le premier ? Vous ou moi ? Moi, je pense. Je me souviens assez bien de cette table. Il y avait Coot, un habitué. Il y avait aussi une femme très maigre, qui semblait au bout du rouleau, et le poivrot de service, qui ne savait plus s'il voulait laisser ses jetons sur la table ou les reprendre. Jessy, bien sûr… Jessy Sparhawk. Vous devez la connaître. Je vous ai aperçus à la télé, tous les deux. Vous quittiez le casino ensemble…

— Je ne la connaissais pas avant ce soir-là. Et vous ?

Darrell haussa les épaules.

— Ce n'est pas une joueuse. Je lui ai parlé une fois, après avoir assisté à son spectacle. J'aimerais bien quitter les salles de jeu pour travailler dans l'animation ; tous les gens qui me connaissent le savent. Il se trouve que j'avais entendu parler du spectacle de pirates au Big Easy. Mes patrons aiment bien Jessy, visiblement, et j'ai pensé que si je pouvais la convaincre de venir ici… eh bien, ce serait bon pour moi.

— Où êtes-vous allé, quand vous avez quitté la table, l'autre soir ?

— A la cafétéria du personnel.

« Ce sera facile à vérifier », songea Dillon.

— Pourquoi vous me demandez ça ?

— J'espérais que vous aviez quitté le casino et remarqué un détail — un détail d'importance. Sans en avoir conscience.

— J'aimerais vous aider, je vous l'ai dit…

— Moi aussi, j'aimerais. J'ai parlé avec les gars qui travaillent à la porte et au service voiturier.

— Ah bon ?

Darrell Frye parut sur ses gardes, soudain. Son sourire vacilla, ou du moins Dillon eut-il cette impression. Même si l'autre affirmait avec force vouloir l'aider, il y avait quelque chose de faux, chez lui. En vérité, il semblait *trop* désireux d'aider.

— Oui, confirma Dillon, en hochant la tête. Et il se trouve qu'un de ces gars pensait avoir vu Tanner Green sortir en titubant d'une grande limousine blanche.

— Vraiment ? Qui ça ? demanda Frye. Vous en avez parlé aux flics ?

— Oui, ils le savent. Mais ça ne les aidera pas beaucoup.

— Pourquoi ?

— Parce que le gars en question, celui à qui j'ai parlé, est mort. C'était Ruby Yorba.

Frye émit un léger sifflement.

— Oh ! Je vois... La seule personne qui a vu quelque chose se fait renverser par un chauffard dont on n'a pas encore retrouvé la trace...

— Sacrée coïncidence, n'est-ce pas ?

Frye consulta sa montre.

— Il faut que j'y retourne. Mais si je repense à un détail intéressant je vous appelle, je vous le promets.

— Une dernière question, Darrell. Savez-vous qui a accès aux enregistrements vidéo de la sécurité, dans ce casino ? A part les gens de la sécurité, bien sûr.

— Ce ne sont pas les flics qui ont ces enregistrements ?

— Il s'agissait de copies, je crois...

— Pour savoir, il faudrait demander à la sécurité. Je dois vraiment vous laisser, maintenant. Mais on peut reprendre cette conversation quand vous voudrez. Ce sera avec plaisir.

— Merci, Darrell.

Peu après le départ de Frye, Dillon se leva pour quitter à son tour la cafétéria. Il se demandait à quel moment l'autre avait menti. Car il avait menti. Il y avait des signes qui ne trompaient pas, comme cette fine pellicule de transpiration sur sa lèvre supérieure, ou son regard qui s'était fait fuyant, soudain.

Le groupe de touristes tourna comme un seul homme pour s'engager dans une allée assez large qui longeait un des casinos et permettait de rejoindre la zone de stationnement où les bus déposaient et reprenaient leurs passagers.

Jessy avait une telle certitude d'être suivie qu'elle tourna avec eux.

Super ! pensa-t-elle. Et qu'est-ce que tu vas faire, maintenant ? Monter toi aussi à bord du bus ?

Elle décida — mais trop tard — qu'elle était probablement en train de commettre une erreur. Si elle était réellement suivie par quelqu'un qui lui voulait du mal, il aurait été plus avisé de rester sur le Strip et de rattraper un autre groupe.

Ne sachant quoi faire d'autre, elle tenta de monter à bord du bus, mais le guide accompagnateur l'arrêta à la porte.

— Je suis désolé, madame. Vous avez dû vous tromper. C'est un bus affrété.

— Je sais. Mais je… je crois que je suis suivie…

Le jeune homme scruta les alentours du véhicule. Il n'y avait personne, hormis les membres du groupe qui n'avaient pas encore embarqué. Ils portaient tous un badge avec leur nom.

— Voulez-vous que je prévienne quelqu'un pour vous ? proposa-t-il, tout en la regardant comme s'il la croyait échappée d'un asile de fous.

Jessy s'avisa qu'elle avait un téléphone. Elle pouvait elle-même passer un coup de fil. A Dillon par exemple. Où était-il ? Pourquoi ne lui avait-il pas donné de ses nouvelles ?

— Je vais être obligé de vous demander de vous écarter, madame, insista le guide. Je dois faire embarquer mon groupe.

Elle fit un pas de côté et, tout en espérant que l'embarquement mettrait encore un certain temps, elle appela Dillon sur son portable.

— Jessy ?

Il y avait tant d'inquiétude dans sa voix qu'elle en eut le souffle coupé. Elle se dit aussi qu'elle était ridicule.

— Où es-tu ? demanda-t-il.

— A un bloc du Rainbow. J'allais retrouver Sandra. Et toi, où es-tu ?

— Au Sun. Je vais te rejoindre. Ringo est dans les parages ?

— Il était là, pendant le spectacle, mais je ne l'ai pas vu depuis, expliqua Jessy, sidérée de parler avec tant de désinvolture d'un fantôme.

— Ça va ?

— Oui. Je suis désolée. J'étais un peu nerveuse, mais… ça va mieux, je crois.

Elle avait paniqué et ne voulait pas qu'il sache à quel point elle avait eu peur. Pas question de laisser la paranoïa lui gâcher la vie.

— D'accord, fit Dillon. Comment s'est passé le spectacle ?

— Très bien, sans aucun problème.

— Tant mieux. Ecoute, je quitte le Sun. Où es-tu exactement ?

— A environ trois blocs du Big Easy.

— Je suis à pied, mais je ne devrais pas tarder.

Jessy raccrocha. Le dernier touriste était sur le point de monter à bord du bus ; elle devait bouger.

Elle fit demi-tour et se mit à marcher, très vite. Elle entendit derrière elle un bruit de moteur et celui d'une portière qui se fermait.

L'allée lui parut alors vide, lugubrement déserte. Elle lui sembla même plus sombre qu'à l'aller. Tout ce qu'elle avait à faire, c'était revenir sur le Strip, retrouver la foule.

Cela n'avait aucun sens de penser que la personne qui l'avait suivie — si elle avait été suivie — se trouvait encore ici.

Elle arrivait à hauteur d'un petit massif de buissons auxquels on devait consacrer un luxe de soins pour les faire survivre dans le climat du désert. Elle ne l'avait pas remarqué, lors de son passage avec le groupe.

Elle s'en écarta le plus possible, tout en songeant qu'elle devenait vraiment folle.

Folle ?

Pas tant que ça.

Car, au moment où elle passait, les buissons se mirent à bouger.

Etouffant un cri, elle accéléra encore le pas.

Elle ne put s'empêcher de tourner la tête, malgré tout, et elle vit deux hommes émerger des arbustes derrière lesquels ils étaient cachés. Deux hommes impossibles à identifier, car malgré la douceur printanière ils portaient des cagoules de ski noires et des vêtements de même couleur.

Elle se mit à courir.

Elle devait rejoindre le Strip avant qu'eux-mêmes ne la rattrapent. Il le fallait. Si elle y parvenait, il leur serait impossible de s'en prendre à elle sans que des gens les remarquent.

Derrière elle, les bruits de course se faisaient plus intenses.

Ils se déplaçaient vite, très vite. Sans doute portaient-ils des chaussures de sport, alors qu'elle avait aux picds dcs escarpins à talons.

Elle sentait leur énergie, leur force. Un vent brûlant semblait arriver sur elle, par-derrière.

— Au secours ! cria-t-elle.

Devant, au bout de l'allée, à quelques dizaines de mètres à peine, elle apercevait la foule.

— Au secours ! cria-t-elle encore.

Au même moment, elle sentit une main se fermer sur son bras. Elle hurla et chercha à se libérer des doigts gantés qui l'enserraient.

— A l'aide !

L'autre homme l'atteignit à son tour, mais elle le vit à peine, car le premier lui pressa un morceau d'étoffe contre le visage. Une pièce de tissu dont se dégageait une odeur douceâtre, écœurante. Elle sentit une soudaine faiblesse l'envahir et comprit que le tissu était imprégné d'un produit soporifique.

— Au… secours !

Mais son appel avait perdu en vigueur.

Et tous ces gens, juste devant elle…

Ne la voyaient-ils pas ?

Ne comprenaient-ils pas qu'elle avait besoin d'aide ?

Alors qu'elle était sur le point de tomber, quelqu'un percuta l'homme qui la retenait, avant de la tirer vers l'arrière et de l'arracher violemment à son emprise.

— Cours, Jessy ! Cours !

Dillon !

Courir. Elle devait courir.

Mais elle n'en avait plus la force. Tout ce qu'elle put faire, ce fut tituber sur quelques mètres à peine.

La nuit était si noire…

Puis l'autre homme s'approcha et elle perdit l'équilibre.

13

Dillon se jeta sur le premier des deux hommes et l'écarta violemment de Jessy. Il avait l'avantage de l'effet de surprise pour lui et il lui fut relativement facile de mettre le type à terre. Un coup de poing dans la mâchoire le mit hors de combat pendant un instant.

Dans sa jeunesse, Dillon avait été ce qu'on appelle un voyou. Il s'était retrouvé une bonne dizaine de fois avec un œil au beurre noir, suite à des bagarres stupides qu'il avait lui-même provoquées. Au final, il avait appris à se battre.

Mais, si le premier des deux hommes encagoulés n'avait pas posé de problème, l'autre s'était entre-temps emparé de Jessy, qui s'était effondrée, sans force. Il l'avait hissée sur son dos, comme il l'aurait fait avec un sac de vêtements.

Où avait-il l'intention de l'emmener ? Il se redressa en s'écartant de l'homme qu'il venait d'assommer et il s'élança sur l'autre. Avec toute la force possible, il lui abattit le tranchant de la main sur la nuque.

Mais le type était un costaud ; quelqu'un de plus petit se serait écroulé, terrassé. Au lieu de quoi, il eut comme un frémissement, se mit à marcher en titubant légèrement, avant de lâcher Jessy, qui tomba juste entre ses jambes. Elle parut se réveiller. Clignant des yeux, elle chercha à s'échapper. Mais ses mouvements étaient imprécis ; ses membres semblaient incapables d'obéir aux ordres que leur envoyait son cerveau.

Brusquement, son genou partit vers le haut alors qu'elle échouait une nouvelle fois à se redresser complètement, et son assaillant laissa échapper un hurlement, roulant sur le côté en se tenant l'entrejambe. Dillon lui plongea dessus.

— Va-t'en, vite ! ordonna-t-il à Jessy.

Leurs yeux se croisèrent et il craignit un instant qu'elle ne lui obéisse pas, qu'elle choisisse de rester, pour tenter de l'aider.

Mais elle avait apparemment compris qu'elle était trop faible pour être utile dans la bagarre. Elle se releva et se dirigea vers la rue, au bout de l'allée, en appelant à l'aide d'une voix faible.

Le premier de ses deux agresseurs s'était relevé et il semblait vouloir rejoindre l'extrémité de l'allée où se trouvaient les parkings pour les autobus. L'autre était toujours là, qui jaugea Dillon d'un œil mauvais, avant de se mettre à courir dans la direction opposée.

Vers Jessy.

Alors qu'une sirène de police se faisait entendre, Dillon s'élança à sa suite. L'homme ignora la jeune femme, que des passants avaient prise en main. Il passa à côté d'elle et disparut au milieu de la foule et de la circulation. Dillon chercha à le suivre, mais l'attroupement autour de Jessy, qu'on avait assise sur le trottoir, l'empêcha de passer. Il abandonna, frustré. L'autre était sans doute déjà en train de se changer en vitesse, au moins de se débarrasser de sa cagoule de ski.

Il s'agenouilla à côté de Jessy.

— Ça va ? lui demanda-t-il, en lui posant les mains sur les épaules.

Elle inspira profondément.

— Qu'est-ce qu'il m'a fait respirer ?

Il reconnut aussitôt l'odeur, encore présente.

— De l'éther, je dirais. Ils ne t'ont pas fait mal ?

Elle secoua la tête.

— Non… tout va bien, je crois. Mais j'aurais pu…

Elle laissa sa phrase en suspens, agitée d'un violent tremblement. Ils ignoraient tous deux ce qui aurait pu se passer. Ces hommes projetaient-ils juste de l'enlever ? Ou de se débarrasser d'elle ?

Une voiture s'arrêta, toute sirène hurlante. Un policier en uniforme descendit du véhicule et se fraya un chemin au milieu des badauds.

— Reculez, s'il vous plaît ! Laissez-moi rejoindre la victime…

— Mais je ne suis pas une victime ! protesta Jessy.

— Si, tu en es une, corrigea Dillon.

Un autre policier parlait dans sa radio, demandant qu'on envoie une ambulance.

— Je n'ai pas besoin d'une ambulance !

Posant la main sur l'épaule de Dillon, elle se redressa, tout en répétant :

— Je n'ai pas besoin d'une ambulance.

— Tu es peut-être blessée…

— Je ne suis pas blessée ! répliqua-t-elle entre ses lèvres serrées.

Elle se tourna vers les policiers.

— Je vous remercie, messieurs. Vous êtes arrivés juste à temps. Mais je suis adulte, j'ai toute ma tête et je vous dis que n'irai pas à l'hôpital.

— Ton genou saigne…, lui fit encore remarquer Dillon.

— J'ai des pansements dans mon sac.

— Désolé, madame, mais nous avons besoin de savoir ce qui s'est passé, déclara un des policiers.

Il se tourna vers les curieux, qui continuaient de s'agglutiner. Dillon vit même une caméra. Une équipe de télévision qui devait se trouver là par hasard et venait voler quelques images.

— Reculez, s'il vous plaît ! cria le policier. J'aimerais que tout le monde retourne à ses occupations, sauf les personnes qui ont vu ce qui est arrivé et qui pourraient témoigner.

Un jeune homme s'avança.

— Lisa et moi, on a entendu les cris et on a appelé le 911.

— Vous avez vu quelque chose ?

— Quelqu'un a forcément vu quelque chose, souligna Dillon. L'un des agresseurs est reparti par ici, à travers la foule.

Une dizaine de personnes se mirent à parler en même temps.

— Pas tous à la fois, s'il vous plaît ! intervint le policier avec calme. Par où est-il passé ?

Une jeune femme désigna le Strip.

— Par là !

Le « par là » englobait les six voies de l'avenue.

— Je marchais dans la rue et j'ai senti que j'étais suivie, expliqua Jessy.

— Sur le Strip, vous voulez dire ?

— Oui.

— Et vous avez couru vous réfugier dans l'allée ?

Jessy se mit à rougir. Présentée comme cela, sa réaction avait en effet l'air complètement stupide. Dillon la fixait avec attention, car c'était une question qu'il se posait aussi.

Aussi s'empressa-t-elle de préciser :

— Je me suis mêlée à des touristes.

— Comment ça ?

— Il y avait un groupe d'une vingtaine de touristes devant moi quand j'ai eu cette sensation qu'on me suivait. Je me suis jointe à eux. Malheureusement, on ne m'a pas laissée monter à bord de leur bus. Je me suis dit que j'avais peut-être réussi à décourager la personne qui me suivait, et je suis donc revenue vers le Strip. C'est à ce moment-là qu'ils… qu'ils sont sortis de derrière les arbustes, là-bas… Ils étaient tout en noir, avec des cagoules de ski sur le visage.

Le policier se tourna vers Dillon.

— Et vous ?

— Je venais de parler au téléphone avec Mlle Sparhawk, que je devais rejoindre. Je suis pratiquement sûr qu'il s'agissait d'une tentative d'enlèvement. Ils ont essayé de l'endormir avec de l'éther.

Sur le trottoir, le groupe de curieux n'avait pas diminué, tout au contraire. L'ambulance, qu'on avait appelée malgré les réticences de Jessy, s'arrêta le long du trottoir. D'autres policiers arrivèrent, qui entreprirent d'éloigner et de disperser les badauds.

— Monte dans l'ambulance… s'il te plaît, chuchota Dillon à Jessy. On quittera les lieux sans problème, il y aura moins de monde et les techniciens pourront travailler dans de bonnes conditions.

Jessy le regarda un instant et elle finit par hocher la tête, à contrecœur.

Quand son téléphone sonna, Dillon le lui prit des mains et répondit à sa place. C'était Sandra, qui devint rapidement hystérique quand il lui expliqua ce qui venait de se passer et où ils se rendaient. Il lui proposa de les retrouver à l'hôpital, puis raccrocha.

Dans l'ambulance, allongée sur le brancard, Jessy dut

répondre aux questions d'un médecin, qui lui faisait subir les examens de base. Elle se plaignit plus d'une fois du ridicule qu'il y avait à l'envoyer à l'hôpital pour un simple genou écorché.

Ridicule ou pas, Dillon pensait que c'était une bonne décision.

Alors qu'ils roulaient en direction de l'hôpital, accompagnés par la sirène de l'ambulance, il tenta de joindre Jerry Cheever. Il tomba sur sa boîte vocale et laissa un message. Cheever dut l'écouter presque tout de suite, car il rappela quelques instants plus tard, alors que l'ambulance s'arrêtait dans la zone des urgences.

Dillon lui expliqua ce qui s'était passé.

— Je suis à la criminelle, Wolf, lui rappela le policier. Dans votre cas, il s'agit d'une agression.

— Arrêtez un peu vos conneries, d'accord ? Ce n'est pas après son portefeuille qu'ils en avaient. C'est à *elle* qu'ils en voulaient !

— C'est bon, c'est bon, je vais passer…, promit Cheever.

Sandra arriva, les joues ruisselantes de larmes, alors que Jessy était examinée par un médecin. Dillon dut l'apaiser, lui certifier que rien de tout cela n'était sa faute. Elle finit par se calmer, notamment quand le médecin les rejoignit et annonça qu'hormis son genou écorché Jessy n'était pas blessée. Elle pouvait quitter l'hôpital.

Dès que la jeune femme les retrouva dans la salle d'attente, Sandra alla la serrer contre elle et commença de se répandre en excuses.

— Arrête tout de suite, Sandra ! Ce n'est pas ta faute. Si tu ne te tais pas tout de suite, je vais demander à une infirmière de te donner un tranquillisant !

Ils s'apprêtaient à quitter la pièce, quand un flash d'informations passa à la télévision fixée au mur. Il y était question de l'attaque dont Jessy venait d'être victime. Il n'y avait pas d'images, les faits étant trop récents, juste l'annonce faite par le commentateur.

Derrière lui s'affichait cependant à l'antenne une photo de la jeune femme, un cliché publicitaire sur lequel elle était superbe, ne put s'empêcher de penser Dillon. Le commentateur expliquait qu'on ignorait l'état de Jessy, avant de rappeler le rôle qu'elle avait joué au moment de l'assassinat de Tanner Green.

Jerry Cheever franchit les portes des urgences alors qu'ils se préparaient à partir. Il chercha aussitôt Jessy du regard et lui demanda de ses nouvelles. Il semblait sincèrement inquiet.

— Un genou égratigné, c'est tout, lui dit-elle.

Le policier se tourna vers Dillon.

— Je ne suis toujours pas sûr que…

— Allons, Cheever ! Elle a été suivie dans une allée et agressée. Et ça n'était pas pour lui voler quelque chose. Soit ils voulaient obtenir quelque chose d'elle, soit ils voulaient la…

— … s'en débarrasser, compléta Cheever.

— Mon Dieu ! gémit Sandra.

— Allons parler de tout ça au commissariat, suggéra le policier.

— J'ai une meilleure idée, proposa Dillon. Allons chez moi. Pour Jessy, ce sera plus facile que de se retrouver au commissariat.

Cheever hésita, puis hocha la tête avec un soupir.

— D'accord. Prenons ma voiture. On risque d'être serrés, mais ça ira.

En arrivant chez Dillon, ils entendirent les aboiements de Clancy derrière la porte. Aussi adorable et affectueuse que soit la chienne, c'était aussi un animal de garde. Sitôt qu'il eut ouvert, Dillon lui parla et elle se mit à agiter la queue, rassurée par sa présence, sa voix, mais aussi son comportement. Tout était normal.

— Je vais préparer du café, proposa Sandra. Comme ça, vous pourrez parler…

— Merci. Ce serait formidable, acquiesça Dillon.

Il venait de s'installer dans le salon, en compagnie de Cheever et Jessy, quand le téléphone portable du policier sonna.

— C'étaient les premiers résultats des analyses effectuées sur place, expliqua ce dernier, en raccrochant. Ils ont trouvé deux sangs distincts. Celui de Mlle Sparhawk et un autre, ce qui laisserait penser que l'un de vous a dû blesser un des agresseurs. Si l'ADN est dans le système, on peut retrouver le bonhomme. A part ça, on n'a que des branches cassées et de vagues marques de semelles au sol.

Dillon hocha la tête.

— Je vais vous dire comment je vois les choses, Cheever. Pour moi, c'était une agression bien préparée. L'assassin de Tanner Green pense que sa victime a glissé quelques mots à Jessy avant de mourir et que ce qu'il a pu lui dire vaut la peine de… de la réduire au silence. Ruby Yorba m'avait parlé, il a été tué. Il faut vraiment que vous demandiez un mandat pour fouiller les deux limousines. Nous devons trouver l'assassin avant qu'il ne fasse d'autres victimes.

Cheever fronça les sourcils et regarda Jessy.

— Si tous ces événements sont bien liés, Wolf a raison et vous êtes en danger. Le fait est que j'ai vu les enregistrements des caméras : je sais que Green a eu le temps de vous chuchoter un ou plusieurs mots, et je suis prêt à parier que d'autres personnes le savent aussi. Qu'est-ce que c'était ?

Jessy échangea un coup d'œil avec Dillon, qui haussa les épaules.

— Indigo, murmura-t-elle.

— Indigo ? répéta le policier.

Il paraissait déconcerté et déçu.

— Indigo, confirma-t-elle.

— Comme la couleur ?

— Oui. Je ne m'en suis pas souvenue, au début, parce que tout était confus. Il se passait trop de choses. Ensuite, quand je m'en suis souvenue, ça ne m'a pas beaucoup avancée. Mais j'ignorais que c'était aussi le nom d'une ville.

— Une ville ?

Cette fois, Cheever s'était tourné vers Dillon.

— Ça m'étonne que vous n'en ayez jamais entendu parler, Cheever… C'est une espèce de légende, dans le coin. Une fusillade a eu lieu là-bas, très meurtrière, à la fin du XIXe siècle, et peu après la ville a connu un déclin très rapide, pour finir par se vider totalement de tous ses habitants. Il y a des années, une équipe de cinéma a loué la ville à la tribu. Ils ont tourné quelques scènes, avant de déguerpir en vitesse. Ils ont eu la trouille, à ce qu'il semblerait.

— Vous êtes certains que Tanner parlait bien de la ville ? demanda Cheever, perplexe.

— Je ne suis certaine de rien, répondit aussitôt Jessy.

— Pareil pour moi, malheureusement, ajouta Dillon.

— Café ! annonça Sandra, depuis la porte.

Elle arriva avec un plateau sur lequel étaient posées quatre tasses, ainsi que tout le nécessaire, notamment du sucre et du lait. Chacun se prépara son café, en silence, puis la conversation reprit.

Sandra, assise un peu à l'écart, s'efforçait de paraître invisible.

— J'aimerais bien savoir ce que ça peut signifier, dit Cheever en regardant Dillon. Pourquoi quelqu'un irait-il commettre un crime à cause d'une ville fantôme ?

— Je l'ignore.

Dillon n'allait évidemment pas expliquer à Cheever que les fantômes — dont un avait des liens directs avec Indigo — étaient une réalité ; ni que Jessy et lui avaient des ancêtres qui avaient vécu à Indigo, où ils étaient aussi sans doute morts, même si la signification de tout cela demeurait un mystère.

Cheever soupira.

— D'accord, vous avez tous les deux besoin de réfléchir. Vous rappelez-vous quoi que ce soit sur ces types qui pourrait nous aider à les trouver ? Nous donner une direction ?

— Verts, dit Jessy. Le plus grand avait les yeux verts.

Dillon tourna la tête vers elle, surpris et ravi. Il n'avait pas remarqué ce détail, mais encore une fois il était à ce moment-là plus occupé à éloigner ces types de la jeune femme qu'à étudier à quoi ils ressemblaient.

— Pour l'autre, je ne sais pas…

— Quelqu'un dirige forcément les opérations, quelqu'un qui commence à avoir peur et n'aime pas ça. C'est la deuxième fois qu'on utilise de la drogue — du LSD avec Green et de l'éther avec Jessy. Notre homme loue les services de gros bras, mais il préfère aussi recourir à des stupéfiants pour engourdir ses victimes. Il ne veut rencontrer aucune résistance, conclut Dillon.

— Il ne me reste donc plus qu'à chercher dans Vegas quelqu'un de riche ayant un problème avec la drogue. Voilà qui restreint les pistes…, ironisa Cheever.

— Commencez par vous occuper des limousines, lui dit un peu rudement Dillon. Et faites vite.

— Qu'est-ce que vous voulez que je tire de ces voitures, après tout ce temps ? Même si Tanner Green était à bord de l'une d'elles, on a dû soigneusement effacer toutes les traces.

— Il arrive que les gens oublient des choses…

Cheever planta son regard dans celui de Dillon.

— Vous, vous avez visité une de ces limousines. Je me trompe ?

Dillon s'apprêtait à lui répondre, mais Cheever l'interrompit en levant la main.

— Laissez tomber. Si vous avez fait quelque chose d'illégal, je préfère ne pas savoir. Par quelle limousine me conseillez-vous de commencer ? Et que dois-je m'attendre à trouver ?

— Un bouton, lui indiqua Dillon. Vous savez combien il est facile de perdre un bouton, n'est-ce pas ?

Cheever posa sa tasse de café sur la table basse et se leva.

— Merci, dit-il à Sandra, en lui tendant la main. Nous n'avons pas été présentés, au fait… Jerry Cheever.

— Oh ! Désolée, vous avez raison. Je suis Sandra Nelson.

— Je vais envoyer une voiture pour surveiller le domicile de Mlle Sparhawk, annonça Cheever, en se tournant vers Dillon.

— Elle reste avec moi.

— Entendu. Dans ce cas, je peux faire venir une voiture ici et…

— Ça ne sera pas nécessaire, le coupa Dillon. Ils ne se risqueront pas ici, et si c'était le cas j'ai quelques outils de protection maison.

Cheever grogna.

— Ça, je veux bien le croire. Mais si vous entendez quoi que ce soit prévenez-moi.

Sandra s'avança.

— Je dois aussi m'en aller. J'ai une adolescente qui m'attend, expliqua-t-elle à Dillon.

— Nous allons vous raccompagner.

— Je peux vous déposer, si vous le voulez..., lui proposa Cheever.

— Oui... volontiers...

Sandra se tourna vers Jessy, qu'elle rejoignit pour lui prendre les mains.

— Tout va bien, tu en es certaine ? Tu sais que je préférerais rester, mais je n'aime pas laisser Reggie trop longtemps seule à la maison. C'est idiot, mais c'est comme ça.

— File ! Il n'y a aucun problème, je t'assure. Et encore merci.

Dillon et Jessy accompagnèrent Cheever et Sandra à la porte. Là, Sandra marqua une pause pour serrer Jessy dans ses bras et l'interroger une nouvelle fois du regard.

— Voyons, Sandra ! Puisque je te dis que tout va bien. Et nous nous verrons demain.

A peine Sandra et Cheever furent-ils partis qu'un cliquetis d'éperons se fit entendre.

Ringo apparut dans le couloir qui donnait accès aux chambres et au bureau.

— Où étais-tu ? lui demanda Dillon.

— Où étiez-vous ? lui demanda en même temps Jessy.

— Désolé d'être en retard, les amis, mais je suivais Green, jusqu'à ce que j'apprenne ce qui est arrivé à Jessy.

Les mains sur les hanches, il les contempla un instant,

puis il secoua la tête, empli d'une sourde colère, visiblement dirigée contre lui-même.

— J'ai pensé que c'était important de savoir ce qu'il trafiquait, quand il lâchait un peu Jessy. Et toi, ajouta-t-il à l'intention de Dillon, tu ne m'avais pas dit de rester collé à elle. Tu ne me l'as jamais dit !

Dillon serra les dents, également furieux contre lui-même. Il savait que Jessy était en danger. Il le sentait physiquement. Et pourtant il l'avait laissée seule.

Mais cela ne se reproduirait plus, se promit-il.

— Et où est-il allé, alors, Tanner Green ?

— Eh bien, c'est assez étrange…

Ringo marcha à grandes enjambées sonores vers le canapé, sur lequel il s'installa confortablement, tendant les bras sur le dossier et croisant les jambes.

— La table de craps, annonça-t-il.

— Et qu'est-ce qu'il a fait, à la table de craps ? le pressa Dillon.

— Il a regardé les gens qui jouaient. Il n'a touché à rien, il n'a même pas essayé de s'en mêler. Il s'est contenté de regarder, l'air vraiment triste.

— Et c'est tout ? demanda Jessy.

Ringo secoua la tête.

— Au bout d'un moment, il est allé jusqu'à l'ascenseur privé du penthouse. Mais il n'arrivait pas à l'appeler. Et puis des employés de Landon sont descendus et Green est monté dans la cabine quand ils sont sortis. Sauf qu'il faut une carte, pour faire fonctionner cet ascenseur.

— Un instant, l'interrompit Jessy. Green ne peut pas se… matérialiser là-haut, tout simplement ?

— Il débute, comme fantôme. Il sait qu'il est mort, maintenant, mais il ne l'a pas encore accepté. Il ne supporte pas très bien cette idée. Je ne sais pas quels pouvoirs il s'est découverts. Moi, j'ai erré dans Indigo et ses alentours pendant des années avant d'apprendre à voyager.

— Et donc ? l'interrompit Dillon avec impatience. Que s'est-il passé, ensuite ?

— Il est juste resté dans l'ascenseur. Je pense qu'il me voit, mais qu'il ne me fait pas confiance. Toujours est-il que je suis resté un instant à le surveiller, puis je suis revenu ici. J'ai allumé la télévision et j'ai vu ce qui s'était passé. Quand je vous ai entendus arriver, j'ai éteint la télé, je me suis caché et je vous ai écoutés pendant que vous parliez avec le policier. Je suis désolé, Jessy : je n'ai pas été là quand vous aviez besoin de moi.

— Tu aurais pu presser le bouton de l'ascenseur et monter avec Tanner chez Landon, lui fit remarquer Dillon.

— Je te l'ai dit : il faut une carte. Et cette carte, je ne l'ai pas. J'aurais pu monter par mes propres moyens, mais ça n'aurait pas beaucoup aidé Tanner. Et comme il refuse de me parler je me vois mal lui expliquer comment rejoindre les étages sans ascenseur.

— D'accord, c'est bon…, murmura Dillon.

— Je ne sais pas ce que mijote Landon, mais il est discret et prudent. Durant tout le temps que j'ai passé là-haut, je n'ai rien vu de suspect. Je ne vaux peut-être pas grand-chose, comme espion, mais je suis un sacrément bon fantôme.

Ringo se tourna vers Jessy.

— Et je vous le prouverai. Je ne vous quitterai plus jusqu'à la fin de cette affaire.

— C'est bon, Ringo, lui dit Dillon. Je compte rester avec Jessy.

— Mais tu ne peux pas rester avec elle tout le temps ! D'accord, je n'insiste pas. Je ne m'imposerai pas dans la chambre ni dans la salle de bains. Mais je serai avec vous partout ailleurs, je ne vous laisserai pas tomber.

— Peut-être que Green a passé un moment dans la suite, juste avant sa mort, suggéra Dillon. Il aurait bu un coup avec son patron, avant d'aller faire un tour en voiture…

— Peut-être, peut-être, peut-être ! Il nous faudrait autre chose que des « peut-être » ! s'exclama Jessy. Dans l'immédiat, j'ai surtout besoin de passer des vêtements propres et de dîner…

Elle sourit à Dillon. A voir ce sourire, il était difficile de croire qu'elle avait été agressée quelques heures plus tôt.

Puis elle se figea, les yeux fixés sur un point situé de l'autre côté de la pièce.

— Dillon, regarde, murmura-t-elle.

Il se tourna lentement et découvrit Tanner Green, assis dans un des fauteuils à oreillettes, à côté du feu. Son image était tout juste visible ; elle paraissait sur le point de s'évanouir.

— Monsieur Green, restez, je vous en prie, dit aussitôt Jessy.

Dillon poursuivit, sur le même ton, d'une voix posée.

— Nous voulons vous aider, Tanner. Tout le monde, dans cette pièce, veut vous aider.

Malgré ces paroles rassurantes, Green disparut. Ils gardèrent tous les trois les yeux fixés sur le fauteuil qu'il venait de quitter, mais il ne reparut pas.

— Pourquoi ne reste-t-il pas ? demanda Dillon.

— Il essaye, lui assura Ringo. Mais ce n'est pas aussi facile que tu pourrais le penser.

Clancy se mit soudain à aboyer et Dillon fronça les sourcils. Il tendit l'oreille et finit par entendre ce que l'animal avait déjà senti : une voiture, dans la rue, qui s'arrêtait juste devant la maison.

*
* *

Dans la voiture du policier, Sandra tenta de se ressaisir, mais c'était plus fort qu'elle : elle avait le sentiment d'avoir laissé tomber Jessy.

— Voyons, madame Nelson, lui dit Cheever quand elle lui eut fait l'aveu de la culpabilité qu'elle éprouvait, personne ne peut prévoir que ce genre de chose va arriver.

— J'aurais dû être avec elle !

— Et après ? Même si vous aviez été présente, quelles étaient vos chances, face à ces deux hommes déterminés et bien préparés ?

— C'est dur, tout ce qui lui arrive. D'abord cet homme qui vient lui mourir dessus. Et maintenant cette agression…

— Vous devriez arrêter de vous faire du souci comme ça ou vous allez vous rendre malade. Wolf est avec elle et il semble très capable de la protéger. Maintenant, indiquez-moi le chemin à suivre pour vous ramener chez vous, si vous voulez bien…

Elle leva les yeux vers lui, surprise par la gentillesse avec laquelle il lui parlait. Au premier abord, il lui avait fait l'impression d'un homme plutôt bourru.

— J'habite dans Henderson. Rejoignez l'autoroute et je vous guiderai. Je vous remercie. Ma fille n'est plus un bébé, mais je préfère ne pas la laisser seule à la maison trop tard. On ne sait jamais ce qui pourrait se passer…, ajouta-t-elle avec un soupir.

— Vous êtes une bonne mère.

— Elle est tout, pour moi. Mais parlons un peu de vous. Vous faites un travail plutôt dangereux, non ?

Il haussa les épaules et un léger sourire éclaira son visage.

— Pas si dangereux. Les stupéfiants, ça oui, c'est

dangereux… Avec les trafiquants, les drogués. Ces gens font peur. A la criminelle, je n'ai rien à craindre des gens que je traque.

— C'est faux ! répliqua Sandra. Prenez cette affaire, par exemple. L'assassin de Tanner Green court toujours et il s'en prend à Jessy, maintenant.

— Vous êtes aussi dans le spectacle, madame Nelson ?

— Appelez-moi Sandra, je vous en prie. Et pour répondre à votre question, oui et non. J'écris des livres, je suis romancière. Mais d'une certaine manière on peut considérer que c'est une forme de spectacle…

Ils restèrent silencieux, puis au bout de quelques minutes elle tendit le bras pour désigner le panneau indiquant une sortie.

— Ce sera là.

— Vous êtes mariée ? lui demanda Cheever de but en blanc, en suivant ses instructions.

— Non. Et vous ?

Il secoua la tête.

— Croyez-le ou non, sortir avec des femmes n'a rien de facile quand on travaille à la criminelle. Allez savoir pourquoi.

— Vous finirez bien par trouver la bonne personne, inspecteur. J'en suis certaine. Tenez, là, sur la droite… C'est ma maison.

Le policier s'arrêta devant une agréable petite bâtisse qui faisait penser à un ranch miniature.

— J'attends que vous rentriez, lui dit-il.

— Merci.

Elle sortit de la voiture, heureuse qu'il reste jusqu'à ce qu'elle ait fermé et verrouillé la porte derrière elle.

— Reggie ? appela-t-elle alors.

— Je suis ici, maman ! Devant l'ordinateur !

Sandra s'adossa à la porte. Elle était toujours inquiète pour Jessy, mais au moins y avait-il Dillon, maintenant. Elle, elle avait Reggie. Reggie était tout son monde. La vie n'était pas si sombre, tout compte fait.

Timothy était allongé sur son lit, les yeux fixés au plafond. La journée avait été agréable. Comme toujours, il avait aimé les moments passés en compagnie de Mme Teasdale. Certes, elle avait besoin de prendre ses médicaments, mais elle était intelligente et elle avait l'esprit clair ; avec elle, il se sentait de nouveau jeune. Pas cette semaine, mais bientôt, un jour que Jessy serait libre, ils feraient ensemble la sortie qu'ils avaient prévue et se rendraient à la réserve.

Et puis, il y avait eu la visite de Dillon Wolf, aujourd'hui. Dillon le prenait au sérieux lorsqu'il parlait de ses visions ; Dillon qui ressemblait tant à l'homme que les fantômes du mur lui faisaient voir sans cesse.

En cet instant, Billie Tiger était au plafond. Timothy n'avait d'abord entrevu que les irrégularités à peine perceptibles de la peinture. Puis, comme chaque fois, elles avaient commencé de prendre forme ; on aurait dit que l'on projetait un film au plafond.

Billie Tiger était un bel homme aux yeux en amande. Il était vêtu d'une tenue traditionnelle séminole, richement colorée. Il portait aussi une coiffe indienne en plumes.

— Frère Hawk, dit-il gravement au vieil homme.

— Tiger, lui répondit Timothy.

— L'heure approche… L'heure où le passé et le présent vont entrer en collision. Ils se rassemblent, mais je n'ai pas encore vu les hommes à la porte, les hommes qui viennent avec de mauvaises intentions, guidés par la cupidité et se moquant des dangers auxquels ils pourraient exposer les autres…

La voix de Tiger s'éteignit et le film commença. Timothy vit la rue principale d'une vieille ville fantôme. Il vit les bâtiments, délabrés, qui avaient pris la couleur du sable. Il eut soudain l'impression de se trouver là-bas, de marcher dans cette rue. Il suivit un trottoir de bois jusqu'aux portes battantes du saloon. Il les poussa et entra. Un homme jouait au piano et, quand Timothy s'assit près de lui, ce fut comme si, d'une certaine manière, il se glissait dans le corps de cet homme. Les touches devinrent incroyablement réelles sous ses doigts. Une femme se tenait à côté de lui, penchée sur le piano. Elle était jolie et elle l'aurait été plus encore si elle n'avait pas eu cet air usé.

Lorsqu'elle se mit à chanter, il fut clair que le cœur n'y était pas. Autrefois, quand elle était jeune et pleine d'espoir, elle devait avoir une riche voix de soprano. Sans doute souriait-elle, aussi, d'un sourire capable d'illuminer une pièce. Mais elle était fatiguée et lui aussi était fatigué. Ils étaient tous deux restés trop longtemps à Indigo.

Se tournant, il vit le barman qui passait un chiffon sur le comptoir, tandis que plusieurs clients avalaient leur whiskey d'un trait.

Il regarda autour de lui et vit les joueurs de poker. John Wolf avait une force tranquille qui l'imposait comme leader, bien qu'il ne soit pas un chef. C'était un métis, un homme qui avait appris qu'il ne serait jamais accepté dans aucun des deux univers dont il était issu ; un homme qui s'était endurci en se frayant lui-même son chemin dans le monde. Si quelqu'un pouvait sauver Indigo, c'était bien John Wolf.

Timothy savait tout cela, parce que, étrangement, il avait ses pensées, mais aussi celles du pianiste. Il savait ainsi qu'il avait une femme lakota et trois enfants, et que l'aîné de ses fils avait une femme blanche, qui n'avait pas voulu rester à Indigo. Ils s'étaient établis sur une bande de terre située au bord de la rivière. Ils étaient près de la ville de White Rock, mais non loin d'une réserve, et à leur façon ils arrivaient à enjamber la ligne entre ces deux mondes, se moquant des humiliations dont ils étaient victimes. Malgré toutes les difficultés, ils étaient amoureux. C'était la définition de l'espoir, pensa-t-il. Il y avait aussi de l'espoir en John Wolf, car il était revenu un peu plus tôt de la capitale territoriale. Il s'était passé quelque chose, là-bas, quelque chose dont Wolf ne parlait pas, mais qui l'avait empli d'un sentiment de pouvoir qui irradiait de lui. Et maintenant il attendait ; il attendait Varny, mais il attendait aussi quelqu'un d'autre. Mariah. Il avait une information à lui communiquer, lui avait-il annoncé, une information qu'il ne voulait révéler à personne d'autre. Et il était évident que cela avait un rapport avec les affaires qu'il avait menées dans la capitale. Ses armes restaient à portée de main. C'était un homme de paix, mais il savait se servir d'un revolver.

Les autres joueurs de la table étaient le shérif Grant Percy, qui aurait aimé montrer son courage, mais qui était déjà entièrement sous la coupe de l'homme dont la présence malfaisante avait contaminé toute la ville. C'était Frank Varny qui faisait la loi à Indigo. Il avait utilisé son argent pour acheter ou intimider les gens, jusqu'à ce qu'il ait réuni une bande de sales types qui se chargeaient des basses œuvres. Grâce au travail, parfois même la mort, des autres, il s'était créé son propre royaume. Mais si l'argent l'avait aidé à s'élever jusqu'au sommet ce même argent pouvait aussi provoquer sa chute.

Et il le savait.

L'idiot de la ville se trouvait également à la table.

Mark Davison était un bouffon. Il avait rejoint le camp

Varny dès son arrivée en ville. Il paradait, affirmait être courageux, mais dans le fond ça n'était qu'un pleutre.

Et puis, il y avait Ringo Murphy. Insouciant, trop jeune pour savoir que la confiance et le sentiment de sa propre immortalité n'étaient pas toujours suffisants pour combattre le mal et la cupidité. Ringo était persuadé d'avoir tout vu. Il avait combattu pendant la guerre, au cours de laquelle tout ce qu'il avait connu et aimé était parti en fumée. Il pensait que son détachement face à la vie était comme une carapace le protégeant des balles ; mais ce n'était pas le cas.

Les portes du saloon s'ouvrirent brusquement. La silhouette d'un homme se dessina sur le soleil couchant. Ce n'était qu'une silhouette, rien de plus, et pourtant elle incarnait le mal absolu.

Varny était arrivé avant Mariah. Le minutage n'était pas bon. Quelque chose n'allait pas. Et cela changeait tout.

— Fous le camp d'ici, glissa Timothy à Milly.

Dans le rêve, il était toujours le pianiste.

Il se levait lui-même et allait se réfugier à l'étage.

A ce moment-là, le film commença de se ternir et Timothy sentit qu'il regagnait son propre corps, sa propre conscience. Au plafond, les défauts de la peinture n'étaient rien d'autre que de vagues traînées. Il ne restait plus personne, pas même Billie Tiger, qui essayait pourtant si farouchement de trouver la vérité et de la lui révéler.

— Où es-tu, Tiger ? demanda Timothy. Tiger, mon frère ?

Il lui sembla entendre un chuchotement.

— J'essaye de voir, mon frère, lui murmura Tiger. Le temps s'agite, les années passent, et ce qui s'est passé autrefois va de nouveau arriver. Mais ce qui fut est caché par ce qui est ; la vérité continue de m'échapper…

Tiger disparut alors complètement et il n'y eut plus

rien dans la pièce que le tic-tac de la pendule, sur la table de chevet.

Il restait une certitude, néanmoins. Timothy savait qu'il lui fallait continuer de chercher la vérité. Avec l'aide de Billie Tiger, ou seul, il devait trouver cette vérité.

Parce qu'*ils* étaient en train de se rassembler.

Pour un nouveau bain de sang.

14

Clancy les dépassa en courant et fila droit sur la porte, où elle se mit à faire tout un raffut. Jessy se tourna aussitôt vers Dillon, alarmée.

Il lui sourit.

— Pile à l'heure, commenta-t-il, avant de se diriger à son tour vers la porte. Du calme, tout va bien, ajouta-t-il, en s'adressant à sa chienne.

— Tout va bien ? répéta Jessy, en se levant. Mais comment sais-tu que…

— Parce que c'est Adam. Adam Harrison.

— Adam ? Super ! s'exclama Ringo.

Jessy l'interrogea du regard, puis lui demanda :

— Vous connaissez Adam, vous aussi ?

— Oui et non.

Il se leva avec un soupir.

— Adam n'est pas un promeneur de la nuit, comme Dillon. S'il lui arrive de voir des choses, il ne peut pas réellement me voir, moi. Il entend juste mes éperons. Nous nous parlons parfois, par l'intermédiaire de Dillon.

Dillon avait ouvert la porte et Jessy aperçut Clancy qui s'agitait en remuant la queue.

— Entrez, entrez, Adam ! Il y a souvent des retards dans le trafic aérien, mais vous, vous vous débrouillez pour toujours atterrir à l'heure. Et je suis heureux de vous voir, vous aussi.

Vous aussi ? Jessy garda les yeux fixés sur la porte et observa les trois personnes qui entraient l'une après l'autre.

Le premier était sans aucun doute Adam Harrison. Du même âge que Timothy, il avait les cheveux blancs comme neige et de magnifiques yeux bleu clair, un visage mince, et tout comme Timothy il se tenait très droit. Il était un peu plus petit que Dillon.

Il était suivi d'une magnifique jeune femme au corps souple et mince, avec de longs cheveux dorés et des yeux couleur d'aigue-marine étincelants.

Jessy vit avec surprise Dillon la prendre dans ses bras et la serrer contre lui.

Une onde de jalousie la traversa, pour laquelle elle s'en voulut aussitôt. Dillon avait évidemment des amis et, parmi ces amis, il y avait forcément des femmes.

Elle se reprocha d'autant plus sa réaction ridicule, quand l'homme qui suivait la jeune femme lança :

— Vas-y doucement, Dillon. Je préférerais garder ma tendre épouse en un seul morceau !

Dillon sourit et accueillit le nouveau venu en l'étreignant également.

— Entrez, entrez !

Il se tourna alors pour sourire à Jessy, que ce sourire emplit d'une chaleur merveilleuse ; elle mesurait soudain qu'elle était importante, pour lui, assez importante pour qu'il la présente sans délai à ses amis.

Il s'acquitta sans délai de ces présentations.

— Jessy Sparhawk, Nikki et Brent Blackhawk, et Adam Harrison, bien sûr. Brent, Nikki et Adam, je vous présente Jessy.

C'est Adam qui la salua le premier.

— *Bien sûr ?* releva-t-il. On me reconnaît tout de suite parce que je suis vieux, c'est ça ?

— Pas vieux, éminemment distingué, corrigea Nikki, qui salua à son tour Jessy. Très heureuse de faire votre connaissance. J'espère que vous pardonnerez cette invasion. Mais Adam nous a appelés aussitôt après avoir reçu le coup de fil de Dillon.

Ce fut au tour de son mari de s'avancer. Il avait de longs cheveux noirs, avec des yeux clairs qui trahissaient du sang blanc dans son ascendance.

— Jessy Sparhawk..., dit-il, en lui prenant la main et en la détaillant ouvertement. Sparhawk ? Avec une chevelure pareille ?

— Sioux lakota, à quelques générations près, lui répondit-elle. Il faudra que vous rencontriez mon grand-père, Timothy. Lui est à moitié indien.

— Brent est aussi sioux lakota, indiqua Dillon.

— Nous voilà bien seuls face à toute cette tribu..., plaisanta Nikki.

Jessy rit avec les autres et elle s'avisa qu'elle se sentait déjà à l'aise avec eux, alors qu'elle ne les connaissait que depuis une poignée de minutes.

Clancy aboya pour attirer l'attention sur elle et Brent s'accroupit et lui flatta la tête.

— Alors, ma fille, quoi de neuf ? J'ai entendu dire qu'on avait besoin d'aide, ici, mais la maison me donne l'impression de bien tourner.

Clancy continua à aboyer joyeusement, puis elle s'approcha de Nikki pour obtenir d'autres caresses.

— Tu peux te montrer, maintenant, lança Brent par-dessus son épaule.

Ringo fit son apparition à la porte du couloir. Ignorant Brent, il marcha droit sur Nikki, lui plaquant un baiser éthéré sur la joue.

— Bonjour, ma belle !

— Alors, cow-boy, ça roule ?

— Hé, je n'étais pas cow-boy ! protesta Ringo. Depuis le temps, vous devriez avoir compris que je suis un héros de guerre et un as de la gâchette !

— Dieu que c'est agaçant, commenta Adam. Vous voyez Ringo, vous aussi ? demanda-t-il à Jessy.

Elle hocha la tête.

— Quelqu'un pourrait-il avoir la gentillesse de me répéter ce qui vient d'être dit ?

— Ringo tient à nous rappeler qu'il était un héros de guerre et un as de la gâchette, pas un vulgaire cow-boy…

Jessy observa Adam avec curiosité. Il avait les yeux braqués sur Ringo, mais elle avait la certitude que c'était seulement parce qu'il regardait dans la même direction que les autres.

— Vous ne les… voyez jamais ? lui demanda-t-elle. Ce doit être frustrant, non ?

En même temps, elle se demanda si le fait de voir des fantômes était réellement un cadeau. Ce n'était qu'un… phénomène, un don qui vous tombait dessus. On ne pouvait pas l'acheter, le voler ni même se l'octroyer par la seule volonté.

— J'ai appris à voir Josh, mon fils. C'est ce qui m'importe le plus. Mais j'éprouve de la frustration, comme vous dites, quand le fait de ne pas voir m'empêche d'aider les autres.

— Ça va, lui assura Nikki d'un ton affectueux. Vous savez toujours où nous trouver.

— Jessy est aussi une promeneuse de la nuit ? demanda Brent, en désignant la jeune femme de la tête.

— Oui, mais c'est très récent. Son aptitude semble liée à la mort de Tanner Green.

Une promeneuse de la nuit. Elle était une promeneuse

de la nuit ! L'expression était effrayante, d'une certaine façon ; en même temps, elle l'emplissait d'un étrange sentiment de fierté et d'appartenance.

— Maintenant, il va falloir nous expliquer ce qui se passe, dit Nikki, en scrutant Dillon. On dirait que vous vous êtes battus, tous les deux.

— Jessy a été agressée un peu plus tôt dans la soirée.

Tous les yeux se tournèrent vers la jeune femme.

— Ça va, leur assura-t-elle aussitôt.

Adam entra dans le salon et s'assit.

— Racontez-nous ça.

Alors que tout le monde s'était confortablement installé, Ringo maugréa :

— C'est ma faute.

— Mais non ! protesta Jessy.

— « Mais non » quoi ? demanda Adam.

Dillon lui répéta les mots de Ringo, puis Jessy et lui se relayèrent pour livrer le récit des événements de la soirée.

— Ils étaient donc deux, deux hommes, avec des cagoules de ski sur le visage, résuma Adam. L'agression avait été préparée. Quelqu'un a peur, on dirait… La police a-t-elle quelques pistes ? demanda-t-il à Dillon.

Celui-ci hocha la tête.

— Et je suis heureux que vous soyez tous là pour exploiter d'autres pistes moins… évidentes, ajouta-t-il. J'ai besoin de faire un certain nombre de choses et maintenant que nous savons que Jessy est en danger j'aimerais qu'elle ne soit jamais seule.

— Et pour son travail ?

— J'ai deux jours de repos devant moi, dit Jessy.

— Tant mieux, répliqua Brent. Ça va nous aider d'avoir moins de fronts à couvrir et moins de gens à surveiller.

— D'une manière ou d'une autre, Emil Landon est impliqué. Je le sais, dit alors Dillon à Adam.

Il entreprit de rapporter les circonstances de la mort de Tanner Green sur la table de craps, puis il fit l'inventaire des personnes impliquées dans l'affaire.

— Dès que possible, j'ai interrogé tous les employés qui travaillaient devant le casino, ce soir-là. Un voiturier, Ruby Yorba, pensait avoir vu Green sortir d'une de ces limousines blanches surdimensionnées typiques de Vegas, un modèle très récent, mais il a été tué dans un prétendu accident avant que j'aie pu m'entretenir de nouveau avec lui. J'ai la certitude qu'il a été assassiné parce que quelqu'un s'est aperçu qu'il m'avait parlé et ne voulait pas que cela se reproduise. Toujours est-il que j'ai effectué quelques vérifications et découvert que deux limousines en circulation correspondent à la description de Ruby. Une appartient au Sun et l'autre au Big Easy. Etrangement, elles se sont toutes les deux retrouvées au garage. Le *même* garage…

— Et j'imagine que tu es allé faire un tour dans ledit garage, ajouta Brent. En dehors des heures d'ouverture, évidemment.

Dillon hocha la tête.

— J'ai trouvé un bouton dans celle qui appartient au Big Easy — le casino de Landon. Je suis prêt à parier que le bouton provient de la chemise de Green. Je l'ai laissé à sa place et j'ai fait comprendre à Cheever qu'il devrait aller y jeter un coup d'œil. Le bouton ne va donc pas tarder à être redécouvert… Hugo Blythe, l'autre garde du corps de Landon, s'est montré dans le garage au moment où je m'y trouvais et j'ai dû partir un peu précipitamment.

— Il t'a vu ?

— Oui, mais je ne pense pas qu'il m'ait reconnu. Il

m'a coursé et heureusement sa graisse l'a sérieusement ralenti. J'ai pu filer sans problème.

Il marqua une pause.

— Et puis, il y a Indigo.

— Indigo ? répéta Brent. On y est allés, il y a de ça trois ans. Une ville fantôme. En vérité, c'était presque une ville fantôme dès le départ. Il n'y avait pas d'eau à proximité ; et venir jusque-là, à travers le désert, sous un soleil terrible, ne valait pas le coup. L'endroit rendait surtout service aux mineurs qui travaillaient dans les exploitations aurifères des environs. Elles appartenaient presque toutes à une ordure de la pire espèce, un certain Frank Varny. Il est mort au cours d'une violente fusillade, avec d'autres personnes du coin, et la ville ne s'est pas remise de ce bain de sang. Tu penses qu'il se passe quelque chose à Indigo qui aurait un rapport avec ton affaire ?

— Je le pense, oui. Et je pense aussi qu'il y a un lien avec un événement dont m'a prévenu Timothy, le grand-père de Jessy. Il m'a dit qu'« ils » se rassemblaient de nouveau.

Jessy se tourna vers lui, surprise. Dillon n'avait donc pas fait semblant d'écouter son grand-père. Il croyait sincèrement que Timothy avait la faculté de tirer des informations de gens qui se trouvaient dans les murs… ou ailleurs ? Elle sentit son estomac se nouer. Avait-elle été trop prompte à décider que son grand-père déclinait ? Non, ses divagations avaient de quoi inquiéter. Mais elle-même ? Elle voyait des fantômes et n'importe qui l'aurait aussi traitée de folle.

— Si je vous suis bien, reprit Adam, nous avons un certain nombre de priorités. D'abord, Indigo. Nous devons rassembler autant d'informations que possible sur la ville. Ensuite, Jessy. Il nous faut assurer sa sécurité. Et puis il y a les deux casinos. J'aimerais bien aller jeter un coup d'œil au Sun, pour commencer. Demain, je passerai un moment avec Timothy, puis j'irai jouer au craps au Sun. Dillon, vous, vous continuez de creuser la piste Indigo. Recherches en profondeur. Trouvez toutes les archives disponibles et notez tout ce que nous ne savons pas déjà au sujet de la ville.

— Dans l'immédiat, l'important est de savoir ce que nous allons manger pour le dîner, fit Nikki. Je meurs de faim !

— Moi aussi, reconnut Jessy, en souriant.

— Il est affreusement tard. Vous croyez que nous trouverons un endroit où on acceptera de nous servir ?

Se tournant vers Nikki, Brent, Adam et Dillon lancèrent d'une seule voix :

— On est à Vegas !

La jeune femme se mit à rire.

— Exact. Quelle option choisissons-nous ? Nous sortons ou nous nous faisons livrer ?

Tandis que les autres se concertaient, Jessy se tourna vers Adam.

— Je me demandais… Emil Landon n'a rien d'un modèle en matière d'éthique… Pourquoi avoir suggéré à Dillon d'accepter cette affaire ?

— Landon m'a appelé et c'est lui qui a demandé Dillon. Quelqu'un de la police lui aurait assuré que si quelqu'un était capable de découvrir ce qui se passait, c'était bien Dillon.

— Je vois. Mais beaucoup de gens font appel à vous, non ? J'imagine que vous ne pouvez pas donner satisfaction à tout le monde… Alors, pourquoi lui ?

— Mettons ça sur le compte de la curiosité. Du fait aussi que Ringo ait suggéré à Dillon de prendre l'affaire. Et puis l'instinct : j'étais sur le point de décliner la requête de Landon, quand Ringo m'a d'une certaine manière soufflé de poursuivre.

Jessy se tourna vers Ringo.

— Pourquoi ?

— Je n'en sais rien. C'était peut-être l'instinct. J'ai senti qu'il se passait quelque chose ici, et qu'il fallait qu'on en soit.

— Ça promet en tout cas d'être passionnant, dit Adam, le regard brillant. Important, aussi. Le fait de ne pas être un promeneur de la nuit ne m'empêche pas d'avoir une bonne intuition…

— Ça, je n'en doute pas, répondit Jessy.

— Maintenant, proposa Adam, voyons un peu ce que notre horde de voraces a décidé…

Il avait été décidé de sortir. Brent avait loué une voiture et, comme celle de Dillon se trouvait toujours sur le Strip, ils résolurent de se serrer dans le véhicule de location pour aller la récupérer, après quoi ils iraient grignoter quelque chose. Ensuite, Brent et Nikki iraient passer la nuit chez Jessy, pour garder la maison, tandis que Jessy et Adam resteraient chez Dillon.

— Il y a assez de pièces pour que tout le monde reste ici, proposa Dillon.

— Mais Tanner Green pourrait revenir voir Jessy chez elle et décider qu'il se sent plus à l'aise avec Nikki ou moi pour parler, objecta Brent.

— Exact, reconnut Dillon.

— C'est un bon plan, approuva Adam. Ça me permettra de veiller sur Jessy pendant que tu n'es pas là, Dillon. Et Ringo peut dormir avec moi, s'il veut : après tout, s'il ronfle ou remue trop, ça ne me gênera pas.

— Je n'apprécie pas ce genre d'humour ! maugréa Ringo.

— Il n'y voit pas d'inconvénient, traduisit Dillon, en lançant un coup d'œil d'avertissement à Ringo.

Le fantôme renifla avec dédain.

— Oh ! Je vous en prie ! les supplia Nikki. J'ai faim, moi !

Il était près de 2 heures du matin, et ils étaient encore attablés dans une grande brasserie ouverte vingt-quatre heures sur vingt-quatre, quand le téléphone de Dillon sonna.

La police ? se demanda-t-il aussitôt.

C'était bien quelqu'un de la police, mais pas la personne à qui il s'attendait.

— Dillon ? demanda une voix féminine. C'est Sarah. Sarah Clay, de la police scientifique.

Il se redressa.

— Oui, Sarah. Merci de m'appeler. Vous avez du nouveau ?

— Je crois, oui. Je suis à la morgue, où on vient d'apporter un corps. L'homme se serait suicidé en se jetant du toit du Rainbow. Il a environ trente-cinq ans, pas de papiers sur lui, et nous sommes en train de rentrer ses empreintes dans les ordinateurs.

— Vous avez dit qu'il *se serait suicidé*...

— Ça y ressemble et j'aurais même accepté cette version des faits, s'il n'était pas habillé tout en noir. Je... j'ai regardé les informations, ce soir, et j'ai cru comprendre que Jessy Sparhawk et vous aviez été attaqués par des hommes vêtus de noir, justement. J'ai pensé que ça vous intéresserait. Il est possible que je sois à côté de la plaque, mais la tenue de notre client m'a fait penser qu'il y avait peut-être un lien.

— Qui y a-t-il, là-bas ?

— C'est plutôt calme. Tarleton doit toujours être dans le coin. Si vous voulez, je vous retrouve à la porte et je vous ferai entrer.

— J'arrive !

Adam serait avec Jessy. Il y aurait en outre Clancy pour garder la maison, sans parler des quelques petits systèmes d'alarme qu'il avait lui-même installés. Malgré tout, Dillon se refusait à ce que Jessy et Adam retournent chez lui sans Brent et Nikki. Personne ne protesta.

Dillon leur laissa la voiture de location et récupéra son propre véhicule pour rejoindre la morgue. Alors qu'il se garait devant le bâtiment, il vit Sarah Clay qui l'attendait comme prévu à l'entrée.

Elle lui ouvrit la porte et lui demanda d'enfiler une blouse. Elle le conduisit dans un des « freezers » et ouvrit un des tiroirs.

Le médecin légiste ne s'était pour l'instant livré qu'à un examen superficiel du corps, lui expliqua-t-elle. Il l'avait probablement photographié et examiné pour évaluer la lividité de la peau et déterminer l'heure approximative de la mort. Sinon, il était tel qu'à son arrivée.

Sa propre mère ne l'aurait sans doute pas reconnu. Il avait dû atterrir sur le ventre, face contre terre, et il n'avait tout simplement plus de visage.

Pour Dillon, cela ne changeait rien, puisqu'il n'avait pas vu les traits de ses agresseurs. La constitution du mort rappelait celle du plus petit des deux hommes et lorsque Sarah lui montra la chemise, qu'elle tira d'une pile de vêtements pliés avec soin et posés sur une table voisine, le style lui sembla le même.

Il fixa un instant le cadavre, puis demanda à la jeune femme :

— Les empreintes n'ont encore rien donné ?

— Si.

Elle ouvrit un dossier et lut :

— Harold Miffins, alias Nigel Tombs, alias Burt Tolken. Il a un casier bien fourni, avec principalement des petits vols et des cambriolages. Trente-cinq ans. Pas de famille connue. Il bouge beaucoup. Il est originaire de Flagstaff, dans l'Arizona, mais c'est à Los Angeles qu'il a commencé sa carrière criminelle. Il est venu à Vegas, il est allé à New York, il est retourné en Californie, avant de revenir à Vegas. Aucune arrestation liée à la drogue. Il était apparemment incapable de conserver un emploi fixe et replongeait inévitablement dans la délinquance.

— Une idée de ce qu'il faisait à Vegas, avant son grand plongeon ?

— Pas que je sache, non. Mais les collègues ont peut-être des infos qu'on ne m'a pas encore communiquées.

Dillon contempla le corps. C'était une masse difforme de sang et de contusions. Quels que soient les crimes dont il s'était rendu coupable, ce pauvre type les avait payés au prix fort.

Il remercia Sarah, qui le raccompagna jusqu'à la porte, promettant de le rappeler si elle apprenait quoi que ce soit de nouveau.

— J'aimerais vraiment savoir pour qui il travaillait, dit Dillon.

La jeune femme se mit à rire.

— Je ne pense pas qu'on remplisse des contrats en bonne et due forme pour les missions de ce genre !

— Il avait forcément un contact ici, à Vegas. Une action comme l'agression de Jessy Sparhawk ne se décide pas tout seul, surtout quand on a un *curriculum vitæ* qui se cantonne à des braquages de petites boutiques. Ce n'était pas un maître du crime.

— Je ne pense pas, en effet, approuva Sarah, en souriant.

— Vous travaillez bien tard…

— Je suis mon petit bonhomme de chemin, lui expliqua-t-elle sur le ton de la confidence. Plus j'acquiers de connaissances techniques et plus je ferai un bon inspecteur. Et je compte bien aller ensuite le plus haut possible dans la hiérarchie.

— Je suis certain que vous y arriverez.

Elle hocha la tête, avant de lui ouvrir la porte.

— On reste en contact ?

— Bien sûr. Et encore merci, Sarah…

Jessy était soulagée que Clancy connaisse et apprécie les Blackhawk. La chienne aboya à peine quand ils arrivèrent tous les quatre et l'animal alla aussitôt réclamer des caresses auprès de Brent et Nikki. Brent laissa Jessy avec Nikki et entreprit d'inspecter une à une les pièces en compagnie d'Adam Harrison. Ils annoncèrent finalement que la maison était sûre.

— Je pense que nous allons tout de même rester un peu, déclara Brent.

Il était plus de 3 heures du matin et Jessy avait toutes les peines du monde à garder les yeux ouverts. Ils étaient passés chez elle avant de dîner, pour qu'elle montre rapidement la maison à Brent et Nikki ; elle en avait aussi profité pour prendre quelques affaires. Rien ne l'empêchait d'aller se coucher.

Elle bâilla et Nikki se mit à rire.

— Vous devriez peut-être aller dormir.

— Moi, en tout cas, je vais me coucher, lança Adam. Je suis bien trop vieux pour veiller aussi tard…

— Je vais prendre une tasse de thé, dit Jessy. Et si Dillon ne rentre pas je vous imiterai.

— Je me charge du thé, dit Brent, qui expliqua aussitôt :

mon père était sioux, mais ma mère était irlandaise. Il paraît que je suis assez doué.

Tandis qu'Adam allait se coucher et que Brent rejoignait la cuisine, Jessy et Nikki s'installèrent dans le salon. Ringo se joignit à elles, faisant cliqueter ses éperons quand il posa les pieds sur la table basse.

Jessy se tourna vers Nikki.

— Vous… vous êtes née avec le don de voir les fantômes ? lui demanda-t-elle.

Nikki se laissa aller en arrière, posant la tête contre le dossier du canapé. Elle ferma les yeux.

— Non. Un jour, une de mes meilleures amies a été assassinée et je l'ai vue qui se tenait au pied de mon lit juste après le meurtre. J'ai réagi comme n'importe qui d'autre : j'ai pensé que j'avais rêvé, que j'avais fait un cauchemar. Et puis, ça s'est reproduit. C'était il y a longtemps et pourtant je n'ai pas toutes les réponses.

Elle jeta un coup d'œil vers son mari, qui s'affairait dans la cuisine.

— Brent, lui, était très jeune quand il a vu pour la première fois…

Marquant une pause, elle regarda Ringo, qui avait descendu son chapeau sur son front et semblait dormir.

— … le passé, termina-t-elle.

— Les fantômes, corrigea Ringo, qui ne dormait pas.

— Brent était encore gamin et alors qu'il voyageait dans le Dakota avec ses parents il a vu la bataille de Little Big Horn se rejouer devant ses yeux. Par la suite, c'est devenu quelque chose de normal, pour lui. Ça n'a pourtant rien d'évident. Le fait de voir un fantôme ne signifie pas pour autant que le fantôme en question veuille dialoguer, ce qui est, j'imagine, une partie du problème dans l'affaire qui nous réunit.

Ringo se redressa.

— Mesdames, mesdames… J'aimerais que vous réfléchissiez un peu. Que connaissiez-vous et que saviez-vous faire, au juste, à votre naissance ? Ou même lorsque vous étiez petites filles ? Pour les fantômes, c'est un peu la même chose. Certains apprennent vite ; d'autres résistent. Certains ont peur parce qu'ils n'acceptent pas ce qui leur arrive. Certains font du sur-place en se jouant encore et encore leur vie tandis que d'autres avancent, se font de nouveaux amis…

Brent arriva de la cuisine avec le thé.

— D'après Adam, dit-il à Ringo, Dillon pense que le phénomène le plus étrange de cette histoire, c'est que Ruby Yorba suive Tanner Green. Apparemment, du moins. Quand Green est quelque part, Yorba n'est jamais très loin.

— Il a peur, affirma Ringo avec fermeté. Je pense même qu'ils ont peur tous les deux. Quand j'ai filé Green, j'ai fait bien attention à rester hors de vue. Il est possible qu'il ne fasse pas exprès de disparaître. Possible aussi qu'il ne sache toujours pas comment communiquer. Il faut attendre. Attendre et espérer.

— Et pour Ruby Yorba ? demanda Brent.

— Il se pourrait qu'il ait peur de Tanner Green ; ou qu'il ne connaisse pas encore toutes les ficelles de la condition de mort. Difficile à dire…

Se penchant vers la théière, Ringo essaya de humer le parfum du thé.

— Je vais vous faire un aveu : le whiskey ne me manque pas, mais je donnerais cher pour pouvoir goûter ce thé.

Il se leva.

— Je vais me coucher et ronfler aussi fort que possible, histoire de casser les pieds à Adam…

Et il s'éloigna dans le couloir, accompagné par le cliquetis de ses éperons.

— C'est comme s'il était vraiment là, murmura Jessy, qui l'avait suivi du regard.

— Il est *là* — du moins, quelque part, répondit Brent. Il est fait d'énergie et l'une des rares choses sur lesquelles les scientifiques s'accordent, c'est que cette énergie ne peut être détruite. Dans ces conditions, où va l'énergie d'une personne après sa mort ? Il est possible que le paradis et l'enfer existent bien, et que ce soit là qu'elle se retrouve. Je n'ai jamais rencontré de fantôme qui ait la réponse à cette question, mais…

— Certains préfèrent rester ici pour aider comme ils peuvent, termina Nikki. C'est peut-être une histoire de karma. Qui sait ?

Jessy but une gorgée de thé, qui se révéla tout aussi délicieux qu'apaisant. Elle bâilla de nouveau et sentit la fatigue qui prenait le dessus. Difficile de croire qu'elle allait pouvoir dormir après les événements de la journée et de la soirée et pourtant elle avait la certitude qu'elle y arriverait.

Elle se leva à son tour.

— Merci pour tout, dit-elle. Je pense que je vais aller dormir un peu, maintenant. Vous ne pouvez pas savoir à quel point j'apprécie de pouvoir me coucher sans avoir peur…

— Mon avis vaut ce qu'il vaut, lui dit Nikki, mais je trouve que vous vous en sortez remarquablement bien avec toutes ces histoires de fantômes.

— Sans doute parce que je sais que ce sont les vivants que je dois craindre, fit remarquer Jessy.

A son tour, elle s'engagea dans le couloir pour rejoindre le confort d'un bon matelas.

Elle prit d'abord une douche rapide, merveilleusement

agréable, qui lui donna l'impression de se laver de toute l'horreur de son agression.

Ensuite, et bien qu'elle ait apporté ses propres affaires, elle prit un des T-shirts de Dillon et l'enfila avant de se coucher.

Quelques secondes à peine lui suffirent pour trouver le sommeil.

Dillon arriva chez lui, soulagé de ne pas avoir à trop s'inquiéter de la sécurité. Il y avait Clancy, pour commencer, mais aussi un système d'alarme qui, s'il n'était pas d'une technologie dernier cri, se révélait d'une redoutable efficacité. Toutes ses fenêtres étaient équipées d'un dispositif inspiré des ancestrales méthodes de chasse des Paiute. Si quelqu'un tentait de s'introduire par l'une des fenêtres, un mécanisme libérait un grand filet en Nylon qui s'abattait sur l'intrus et se resserrait sur lui à mesure qu'il tentait de s'en dépêtrer. En même temps, une sonnerie se déclenchait dans la cuisine, assez forte pour être entendue à travers toute la maison. Dillon possédait en plus un permis de port d'arme à feu, en l'occurrence un petit Glock customisé qui acceptait des chargeurs de dix cartouches.

Malgré tout, quand il rentra chez lui, il fut heureux de découvrir que Brent et Nikki l'avaient attendu malgré l'heure tardive. Il leur parla aussitôt du corps qu'il avait vu à la morgue et leur exposa sa théorie.

— Si je te suis bien, lui dit Brent, ce pauvre type était un des agresseurs, mais son employeur a eu peur que, d'une manière ou d'une autre, il permette de remonter jusqu'à lui. Il s'en est donc débarrassé.

— Je vois les choses comme ça, oui.

Après le départ de Brent et Nikki, Dillon verrouilla

la porte avec soin, puis il gagna sa chambre en bâillant. Cette nuit, il n'aurait droit qu'à bien peu d'heures de sommeil.

Il trouva Jessy qui dormait, et au spectacle de la jeune femme en plein sommeil il sentit une vague d'émotion le submerger. Comment était-il possible de s'attacher à quelqu'un aussi rapidement ? Même si cette histoire se terminait bien, rien ne lui garantissait que la jeune femme n'allait pas ensuite disparaître de sa vie.

Il se détourna et gagna la salle de bains pour y prendre une douche. Il s'examina un instant dans le miroir et vit qu'il avait les cheveux tout en désordre ; il remarqua aussi une coupure, sur sa joue, et s'étonna que personne ne la lui ait fait remarquer.

Il se déshabilla et entra dans la douche. Fermant les yeux, il laissa l'eau chaude couler sur lui.

Au bout de quelques secondes, malgré le ruissellement de la douche, il entendit un bruit et coupa aussitôt l'eau. Tendu, soudain, il sortit sans bruit de la cabine, approchant machinalement la main de la première arme qui se présentait — le porte-serviettes. Si nécessaire, il était prêt à l'arracher.

— C'est moi ! dit aussitôt Jessy.

— Je pensais que tu dormais…

— Je dormais. Mais je t'ai entendu.

— Tu dois être épuisée.

— C'est vrai. Mais pas autant que ça…, ajouta-t-elle, en souriant.

Sans même se sécher, il la prit dans ses bras. L'eau qui dégoulinait encore sur lui imprégna le T-shirt, qui devint incroyablement érotique. Il l'embrassa et la déshabilla. Il eut le temps d'entrevoir ses seins magnifiques, avant de la plaquer de nouveau contre lui.

Ils s'embrassèrent avec fougue dans l'atmosphère

chaude et moite de la salle de bains. Il finit par soulever Jessy dans ses bras et, alors qu'elle avait noué les jambes autour de sa taille, il l'emporta dans la chambre. A peine se laissèrent-ils tomber sur le lit qu'il entra en elle. Il avait oublié toute sa fatigue.

Ils firent l'amour doucement. Connurent un plaisir intense. Puis ils s'endormirent dans les bras l'un de l'autre.

Lorsqu'elle émergea du sommeil, Jessy découvrit avec surprise que Dillon dormait toujours.

Elle fit de son mieux pour s'écarter de lui sans le réveiller. Il était tôt, d'autant plus tôt qu'ils s'étaient endormis tard, mais elle était une femme d'habitude : elle se levait toujours de bonne heure afin de retrouver Timothy à sa résidence. Elle savait qu'elle ne se rendormirait pas.

Elle enfila un T-shirt et un jean ; elle prendrait une douche et passerait une tenue plus présentable après que Dillon se serait réveillé.

Clancy attendait, près de la porte, et Jessy la fit sortir, avant de gagner la cuisine. Elle prépara du café. Pendant qu'il passait, elle jeta un coup d'œil dans le salon. Adam ne s'était visiblement pas levé. Elle avait faim, s'avisa-t-elle, en mettant deux tranches de pain complet à griller. Elle n'avait pas beaucoup mangé, la veille au soir. Alors qu'elle était affamée, à leur arrivée au restaurant, son appétit avait presque disparu quand Dillon avait reçu l'appel de cette femme de la police.

Malgré sa curiosité, elle ne lui avait posé aucune question à ce sujet, lorsqu'il était rentré. Elle n'avait alors qu'une idée en tête : le toucher, être avec lui. Le reste n'importait plus.

Ses toasts sautèrent dans le grille-pain, tandis qu'elle sortait du beurre et de la confiture du réfrigérateur.

Son assiette dans une main et sa tasse dans l'autre, elle contourna le comptoir pour retourner dans le salon. Elle comptait regarder les informations à la télévision en prenant son petit déjeuner.

Si le salon était vide et silencieux, un instant plus tôt, ce n'était plus le cas.

Tanner Green s'y trouvait, confortablement installé dans un fauteuil.

Ruby Yorba se tenait derrière lui, donnant l'impression qu'il pouvait disparaître à tout instant.

— Ne partez pas, je vous en prie, leur dit-elle d'une voix rassurante. Ça fait plusieurs jours que vous essayez d'entrer en contact avec moi, je le sais. Je suis là. Vous n'avez rien à craindre.

Elle-même n'était pas complètement rassurée, il lui fallait bien l'admettre. Elle avait un peu peur. Bien qu'elle se soit habituée à Ringo, elle sentit un léger tremblement l'agiter face à ces deux hommes morts depuis peu.

Tâchant de paraître parfaitement calme, elle vint s'asseoir sur le canapé.

— Excusez-moi…

Elle déposa son assiette sur la table basse et but une gorgée de café. Elle en avait besoin.

— Je l'avoue, monsieur Green, j'ai eu peur en vous voyant, au départ, déclara-t-elle. Ce n'est plus le cas. Je veux vous aider. Ceux qui vous ont assassiné semblent décidés à s'en prendre à d'autres personnes. Ils ont tué Ruby Yorba et ils risquent de ne pas s'en tenir là. Nous avons besoin de vous. Parlez-moi, je vous en prie.

Les lèvres de Tanner Green bougèrent, comme s'il essayait en effet de parler. Puis il commença de disparaître.

Désespérée, Jessy entendit la voix impatiente de Ringo.

— Allons, espèce de lâche ! Comporte-toi en homme et parle à la dame, bon sang !

— Je peux m'occuper de ça toute seule ! lui lança Jessy.

Mais l'intervention de Ringo avait eu l'effet espéré. L'image de Tanner Green parut se stabiliser dans le fauteuil où il était installé.

— Je… je suis heureuse que vous restiez, bredouilla Jessy. Maintenant, dites-moi. Qui vous a assa… qui vous a fait ça ?

— Je ne sais pas, répondit Green. C'est à vous de le découvrir.

Il parut lui-même tout surpris d'avoir réussi à parler. Il esquissa un léger sourire puis, fort d'une confiance nouvelle, il poursuivit :

— J'essaye de me rappeler ce que j'ai fait, ce jour-là. Minute après minute.

— C'est une excellente idée, lui assura Jessy d'un ton encourageant, avant d'ajouter d'une voix égale : monsieur Yorba, vous devriez vous asseoir.

Ruby Yorba parut ébahi qu'on s'adresse aussi directement à lui. Tanner Green se tourna pour l'observer avec curiosité. Jessy songea qu'ils ne s'étaient probablement pas connus, au cours de leur vie terrestre.

Elle prit une longue gorgée de café, posa la tasse et demanda à Yorba :

— Pourquoi vous cachez-vous de M. Green ?

— Je l'observe. Je pense moi aussi que ses assassins sont les mêmes personnes que celles qui m'ont tué. Et je me suis dit qu'en le suivant j'allais peut-être découvrir qui c'était. Mais je… j'avais peur de lui. Il est si… impressionnant.

Jessy hocha la tête.

— Il ne vous veut aucun mal, j'en suis certaine.

Tanner regarda Ruby avec étonnement.

— Pourquoi je vous ferais du mal ? Je ne vous connais même pas !

Il plissa les yeux.

— Vous n'avez rien à voir dans tout ça, hein ?

— Non, non ! assura aussitôt Jessy. Nous avons la certitude que les assassins de Ruby sont également les vôtres. On l'a tué parce qu'il avait parlé à Dillon, Dillon Wolf. Nous cherchons tous les mêmes réponses ; c'est la raison pour laquelle nous devons nous entraider.

Alors que Ruby restait silencieux, Green reprit :

— Je me souviens que… que j'ai pris un verre et que… ensuite, tout a changé. J'ai eu l'impression qu'il y avait des néons partout. J'ai vu le terrain de jeux où j'allais quand j'étais gamin, à Philadelphie… J'ai vu… des lumières. Et je vous ai vue. *Vous*… Quelqu'un m'a agressé, je suis tombé et je… je suis mort. Sur vous.

— C'est exact.

— Je suis désolé.

— Je ne crois pas que vous l'ayez fait exprès. Et vous, Ruby ? Vous avez vu quelque chose ?

— Des phares. J'ai vu des phares. Ce salaud me fonçait dessus. Il voulait me tuer, pas simplement me renverser. C'était un meurtre, vous comprenez ? Je veux qu'on le retrouve, ce fumier !

— Comment êtes-vous tombé en panne d'essence ?

— Mais je ne suis pas tombé en panne ! Quelqu'un a dû siphonner mon réservoir et laisser juste ce qu'il fallait de carburant pour que je puisse rejoindre l'autoroute. Ils savaient exactement où j'allais abandonner la voiture et commencer à marcher…

Comme il se repliait sur lui-même, Jessy revint à Tanner Green.

— Et vous ? Vous ne voyez rien qui pourrait nous aider ?

Le colosse secoua la tête.

— J'essaye. Je savais que quelqu'un en avait après Emil Landon. J'étais prêt à tout pour le protéger. Mais qui… ?

— Un instant ! coupa Jessy. Vous venez de dire que vous *saviez* qu'on en voulait à M. Landon. Vous le saviez parce qu'il vous l'avait dit ?

— Non. On lui a tiré dessus, un soir. J'ai voulu prévenir la police, mais M. Landon a insisté pour se charger de tout lui-même. Il a d'abord pris contact avec une personne de la police avec qui il est plus ou moins ami, puis il a appelé Adam Harrison. Il a insisté pour que ce soit Dillon Wolf qui prenne l'affaire. C'est son ami policier qui l'a convaincu que c'était la personne de la situation. Wolf est arrivé ; lui menait son enquête et nous — Hugo Blythe et moi —, on assurait la protection de M. Landon. Je n'étais pas de service quand j'ai été tué. Vous pensez qu'on a fait ça pour que je ne puisse plus protéger M. Landon ?

— Je ne sais pas. C'est une possibilité.

Green laissa échapper un soupir mécontent.

— Il y a autre chose, monsieur Green, reprit Jessy. Nous aurions besoin de savoir pourquoi vous m'avez chuchoté le mot « Indigo » juste avant de mourir.

15

Dillon se réveilla en sursaut. Malgré les lourds rideaux tirés devant les fenêtres, il savait que le jour s'était levé depuis un moment.

Il tendit le bras sur le côté, et découvrit que Jessy n'était plus dans le lit. Il se leva aussitôt et marcha jusqu'à la porte, avant de s'aviser qu'il était nu. Adam se trouvait dans la maison. Il revint donc enfiler un peignoir.

Il suivit le couloir, arriva dans le salon et s'arrêta net.

Jessy était bien là, avec sa longue chevelure rousse qui encadrait son visage en un halo rougeoyant et offrait un contraste saisissant avec son T-shirt bleu marine. Les jambes croisées, elle avait à la main une tasse de café et semblait engagée dans une conversation des plus normales.

En compagnie de trois fantômes.

Ringo, bien sûr, se trouvait à son côté. Mais il y avait aussi Tanner Green, assis dans un fauteuil, une expression d'intense concentration sur le visage. Et Ruby Yorba également. Visiblement tendu, il se tenait en retrait, derrière Green, et observait les autres.

C'est Ringo qui, le premier, sentit la présence de Dillon. Il interrompit Tanner, qui s'apprêtait à parler, et dit :

— Green, ne va pas jouer les femmelettes en disparaissant de nouveau ! Dillon est un promeneur de la nuit, de longue date. S'il y a une personne qui peut t'aider, c'est bien lui. Alors, tu restes, compris ?

Surpris, Green leva les yeux vers Dillon et son image se fit brusquement moins précise. Dillon réprima un juron.

— Je vous en prie, Green, dit-il, le plus doucement possible. Restez. J'ai besoin de vous. *Nous* avons besoin de vous…

Green donna l'impression de prendre une profonde inspiration et son image se stabilisa.

Dillon croisa ensuite le regard de Ruby Yorba.

— Je suis désolé, dit-il.

Ruby parut subitement se libérer d'une partie de la tension qui l'habitait.

— Il n'y a pas de quoi, lui assura-t-il. Ce n'est pas votre faute.

— Vous avez essayé de m'aider…

— Tout était sur ces enregistrements. Si ce flic stupide avait été moins borné, je lui aurais parlé tout de suite, et j'aurais sans doute été tué encore plus tôt. On ne peut pas revenir en arrière, maintenant. Mais je veux connaître la vérité. Je veux savoir qui m'a fait ça et ensuite, voir ce salaud y passer à son tour. Ou au moins rester jusqu'à la fin de sa vie dans une cellule. Je ferai en sorte qu'il n'ait pas un instant de tranquillité…

Jessy s'éclaircit la gorge pour attirer l'attention de Dillon.

— J'étais en train de parler d'Indigo, indiqua-t-elle.

Dillon s'approcha du canapé et Ringo se déplaça légèrement pour lui permettre de s'asseoir à côté de la jeune femme.

— Il est très probable qu'Indigo soit la clé de tout,

expliqua Dillon à Green. Nous avons besoin de savoir ce qu'il y a de si important, là-bas.

— Il y a de l'or, répondit Green.

— Comment le savez-vous ? Ça fait plus d'un siècle que la légende court sur cet or. Ce serait donc vrai ?

— Je ne sais pas…

Green fronça les sourcils, comme si cette réponse était hors de sa portée.

— Essayez de vous souvenir, insista Dillon. Ecoutez, voici ce que je vous propose : nous allons essayer de reconstituer votre journée, votre dernière journée, depuis le début.

— C'était mon jour de congé.

— Et qu'avez-vous fait ?

— J'ai dormi tard. J'ai une chambre dans le penthouse de M. Landon. Il n'est peut-être pas irréprochable, mais il se montre généreux avec les gens qui travaillent pour lui. J'ai dormi jusqu'à minuit. C'était Blythe qui était de garde. Je pense qu'il n'était pas trop inquiet, il ne croit pas que le patron soit vraiment en danger. Les coups de feu dans le parking avaient pu viser n'importe qui, selon lui. La plupart des gens ont même pensé que c'était le pot d'échappement d'une voiture qui pétaradait.

Dillon domina comme il put son impatience. Ils avaient enfin réussi à nouer le contact avec Green. Il fallait maintenant le laisser raconter son histoire à son propre rythme.

— Mais vous, vous savez faire la différence entre des coups de feu et les ratés d'un moteur, non ?

— Oui.

— Et ensuite ?

— Ensuite…

Green marqua une pause, le temps de réfléchir. Son visage s'était éclairci, quand il reprit le cours de son récit.

— J'avais faim et je suis allé manger quelque chose.

— Steak, pommes de terre.

— C'est ça, oui. Comment vous le savez ?

Grâce à l'autopsie, songea Dillon, qui préféra garder cela pour lui.

— Vous avez le gabarit d'un gros mangeur de steaks et de pommes de terre, dit-il.

Green hocha la tête.

— Ensuite, dit-il, je suis allé jouer.

— Où ça ?

— Ici et là.

— Vous avez joué au Big Easy ?

— Non. On ne peut pas travailler et jouer dans le même casino. C'est interdit.

— D'accord. Alors, où ?

— Eh bien… J'ai tenté ma chance dans certains des grands établissements de la ville. Le Bally's, le Wynn, le MGM…

— Vous êtes donc resté sur le Strip ?

— Oui. Je crois que je suis aussi allé au Sun…

Dillon se promit d'aller vérifier sur les enregistrements des caméras de sécurité du casino. Mais même si Green s'était trouvé là-bas, cela avait-il de l'importance ?

— Et vous avez bu ?

— Ça m'est arrivé, oui. Je ne suis pas un alcoolo, non plus. Mais j'ai bu. Et c'est au moment où je buvais un verre que les lumières dont je parlais à Mlle Sparhawk se sont allumées et que… je me suis revu en train de jouer au ballon à Philadephie.

Ruby fit entendre un reniflement moqueur.

— Ce n'est pas sa faute, intervint Dillon. Quelqu'un a dû lui glisser du LSD dans son verre.

— De l'acide ? s'exclama Ruby. Sans rire ?

— Sans rire, répéta Dillon.

— Est-ce que nous pourrions revenir à Indigo ? demanda Jessy.

Dillon sentit la tension qui l'habitait. Il lui posa la main sur le genou, doucement, pour l'apaiser et lui faire comprendre qu'ils devaient être patients.

— J'étais dans une voiture — une limousine, peut-être —, et j'ai entendu des gens qui parlaient d'Indigo. Ils disaient qu'il y avait un moyen de trouver l'or, qu'il était vraiment là-bas.

— Qui étaient ces gens ?

— Je ne sais pas. C'est curieux : j'étais dans cette voiture et en même temps je n'y étais pas.

Dillon se frotta les yeux. Green avait dû surprendre cette conversation alors qu'il était déjà drogué et n'avait plus le souvenir des détails.

— Essayez quand même de vous rappeler, insista-t-il. C'est important. Vous vous trouviez dans une voiture, donc ?

— Oui, une belle voiture. Sans doute une limousine, comme je vous l'ai dit.

— Avec qui ?

Green plissa les yeux dans un intense effort de concentration.

— Des amis, je pense. Les gamins avec qui je jouais au ballon...

Dillon se pencha vers lui.

— Voyons, Tanner, vous ne pouviez pas être avec vos amis d'enfance, du temps de Philadelphie. C'était forcément d'autres gens, que vous aviez connus ici. Essayez de vous rappeler...

— J'essaye...

Ils furent interrompus par quelqu'un qui sifflotait joyeusement dans le couloir.

— Bonjour ! lança Adam Harrison, en faisant son entrée dans le salon.

Il s'était visiblement douché ; il était habillé et prêt à démarrer la journée.

— Non, attendez ! s'écria Dillon, en voyant Tanner qui semblait une nouvelle fois sur le point de disparaître. C'est Adam, mon patron. Il ne peut même pas vous voir…

Adam s'arrêta. Il regarda Dillon, Jessy, puis promena son regard autour de lui.

— Désolé, dit-il. Je ne voulais pas déranger. Je vais dans la cuisine. Je vous laisse.

— J'ai besoin de réfléchir, déclara Tanner, dont l'image s'était stabilisée de nouveau. J'ai besoin de réfléchir…

Dillon se leva. Lui aussi en avait besoin.

— Ruby, je vous propose d'aller du côté du Sun et de voir ce que vous pouvez récolter. Tanner, faites la même chose au Big Easy. Jessy et moi, nous allons rendre visite à Timothy. Je laisse Ringo faire ce que bon lui semblera.

— Entendu, répondit Ruby, en hochant la tête.

— Je sors, annonça de son côté Green.

— Je vais prendre ma douche, dit Jessy en s'adressant à Dillon. Profites-en pour rapporter les derniers événements à Adam.

Nikki et Brent se joignirent à eux pour rendre visite à Timothy, qui fut ravi de toute cette compagnie. Brent et lui évoquèrent durant de longues minutes le monde indien et Jessy sourit de voir son grand-père si heureux.

Ellc connut un moment d'embarras quand Sandra lui téléphona : elle avait complètement oublié d'appeler son amie ce matin, pour lui donner de ses nouvelles et lui confirmer que tout allait bien. Son téléphone à l'oreille, elle sortit de la chambre de son grand-père, et expliqua à

Sandra que des amis de Dillon étaient de passage en ville ; elle proposa qu'ils se retrouvent tous dans la soirée.

Sandra parut soulagée d'entendre qu'elle était à présent bien entourée, par des gens de confiance.

— Promets-moi qu'il y aura toujours quelqu'un avec toi, toute la journée.

— Je te le promets.

Sandra raccrocha et Jessy revint dans la chambre de Timothy, où celui-ci semblait plus épanoui que jamais au milieu de son public. Peu après, Dillon indiqua qu'il devait les quitter pour mener des recherches en bibliothèque ; Adam, lui, prenait la voiture de location pour se rendre au Sun. Il espérait y glaner des renseignements intéressants et — pourquoi pas ? — trouver et faire parler quelqu'un en possession d'infirmations inédites. Quant aux autres, ils n'avaient rien contre le fait de rester en compagnie de Timothy jusqu'à ce qu'on vienne les chercher.

Après le départ d'Adam et de Dillon, Brent Blackhawk se tourna vers le vieil homme.

— J'aimerais en entendre plus au sujet des esprits danseurs.

Timothy, qui semblait avoir toute sa tête, acquiesça. Vaguement inquiet toutefois, il jeta un coup d'œil à sa petite-fille. Elle s'approcha de lui et lui passa un bras autour des épaules.

— C'est bon, Timothy... Nous aussi, nous voyons des choses que les autres ne voient pas. Ça fait des années que Brent voit des fantômes. Il croit en tes visions.

— Ils sont en train de se rassembler, déclara Timothy.

— Qui se rassemble ? lui demanda Brent.

— Mon ancêtre. Celui de Dillon. Les autres... Je connais leurs noms. La chanteuse, c'est Milly. Il y a aussi Ringo Murphy et Mark Davison. Celui-ci, personne ne l'aime. Le shérif est également là. Il s'appelle Grant Percy, à moins que ce soit Percy Grant…

Il fronça les sourcils et secoua la tête.

— Je ne suis pas trop sûr, avoua-t-il. Je sais qu'ils attendent. Il y a quelqu'un de malfaisant, là-bas. La petite troupe est en chemin et Wolf attend, comme les autres. Mais il a été trahi. Il a fallu que quelqu'un dise à l'homme malfaisant qu'il était là, en ville, sans quoi jamais il n'aurait su si rapidement que Wolf était revenu. Et à présent ils se rassemblent de nouveau.

— Pour quelle raison, Timothy ?

— A cause de l'or.

— Mais il n'y a pas d'or ! La veine qu'on a trouvée était épuisée et personne ne sait où est le filon principal.

— Il est là-bas, pourtant.

— Où ?

Timothy ignora la question ; ou peut-être ne l'entendit-il pas.

— Ils se rassemblent parce qu'ils cherchent l'or. Il ne leur appartient pas et c'est la raison pour laquelle ils doivent le trouver les premiers.

Pour la seconde fois de la journée, Jessy eut envie de hurler de frustration. Si la moitié de ce que racontait son grand-père était sensée, l'autre moitié ressemblait à un tissu d'histoires absurdes.

Pourquoi tous ces gens seraient-ils morts pour un or qui n'existait probablement pas ?

En plus d'offrir à ses utilisateurs des installations ultramodernes, la Henderson Library disposait d'une agréable cafétéria, et surtout les bibliothécaires étaient serviables, compétents et ravis de s'attaquer aux défis qu'on leur soumettait.

Dillon commença par mener seul des recherches sur la ville.

Indigo avait été colonisée en 1857 par des mineurs travaillant dans une mine d'or voisine qui, malheureusement, s'était révélée moins riche qu'ils l'espéraient. Pourtant, pendant des années, des hommes avaient continué de chercher un filon que la rumeur disait plus important que tous ceux découverts jusque-là. Frank Varny possédait les droits miniers sur toutes les terres qu'il parvenait à acquérir dans la région, œuvrant sans répit pour contrôler la zone. Avec quelques petits ranchs établis plus près de la rivière, Indigo avait assez d'activité pour disposer de sa propre banque, de son médecin et d'un journal hebdomadaire. Un prédicateur débarquait parfois en ville pour tenter sa chance, mais aucun ne tenait longtemps. L'unique église était tombée en poussière et personne n'avait songé à la reconstruire.

La terre sur laquelle s'élevait la ville n'avait jamais appartenu à Varny, curieusement, mais à un ancien mineur qui avait préféré s'en aller tenter sa chance vers les champs aurifères de San Francisco. En 1876, un achat en bonne et due forme enregistré dans les bureaux territoriaux prouvait qu'un certain John Wolf avait versé la somme ridicule demandée pour le terrain et un acte notarié avait été dressé, qui faisait de la nation paiute le nouveau propriétaire de ce terrain.

Dillon leva les yeux et secoua la tête. Il n'avait rien appris de nouveau. Il entreprit de chercher des articles sur la fusillade qui avait coûté la vie à John Wolf, Frank Varny et les autres.

Bain de sang à Indigo, disait un gros titre.

Dillon commença la lecture de l'article qui suivait, gardant bien en tête les mots de Timothy.

Ils sont en train de se rassembler.

Le compte rendu de l'affrontement expliquait qu'il y avait eu à l'origine un violent différend entre John Wolf et Frank Varny. C'était un assez bon article, plein de faits. Avaient été tués Frank Varny, John Wolf, Ringo Murphy, Mark Davison, le shérif Grant Percy et cinq porte-flingues qui travaillaient pour Frank Varny — Austin Makepiece, Riley Hornsby, Seth Bogelow, Drew Miffins et Tobias Wilson. Les rescapés du massacre, qui avaient pu décrire ce qui s'était passé, étaient Mariah Wolf, Milly Taylor et le pianiste, George Turner, qui s'était enfui avant que la fusillade n'alerte la population locale. Malgré leur peur et un arsenal aussi modeste que disparate, les gens avaient accouru aussi vite qu'ils avaient pu. Mais ils étaient arrivés trop tard. L'auteur de l'article expliquait que John Wolf ayant acheté la terre et l'ayant fait enregistrer au nom de la nation paiute Indigo et ses environs proches appartenaient désormais à la tribu ; plus tard, un décret du Congrès l'avait cédée de façon définitive aux Indiens, pour en faire une réserve. Tout l'or qui y serait découvert leur reviendrait. Sauf qu'on n'avait pas découvert d'or et Indigo avait rapidement été abandonnée au désert qui lui servait d'écrin.

Ils sont en train de se rassembler.

Dillon secoua de nouveau la tête. Il était un Wolf, Jessy descendait du pianiste et Ringo était toujours là. Il y avait aussi les trois hommes assassinés, Green, Yorba et le « suicidé » du Rainbow. Etaient-ils au nombre des tueurs de Varny ? Si c'était le cas, cela signifiait qu'il n'en manquait plus que deux, avec Varny lui-même. Et Ruby ? Quel était son lien avec cette histoire ?

C'était à se demander s'il ne devenait pas fou ! Car enfin, s'il avait raison, Emil Landon était Varny. Il ne restait plus que deux autres hommes de main pour compléter le casting. Ou presque : il y avait aussi le shérif, Davison, le barman et la chanteuse. Mais ils n'avaient pas pris part à l'affrontement, pas plus que Mariah…

Et rien ne prouvait que cette affaire fût en lien avec l'or. Un or qui d'ailleurs n'existait probablement pas. Des hommes avaient sondé les environs et, malgré la légende tenace qui circulait, personne n'avait rien trouvé.

Dillon relut l'article, certain qu'un détail important lui échappait. Une question l'arrêta : pourquoi diable Emil Landon irait-il engager Tanner Green comme garde du corps, pour ensuite le tuer lui-même ?

Suivant une intuition soudaine, il demanda à un bibliothécaire les archives des naissances et des décès. Un employé le conduisit dans une salle séparée. Là, Dillon étudia des registres très anciens, pour certains aussi poussiéreux que la ville d'Indigo elle-même.

Il finit par trouver exactement ce qu'il cherchait. Il était possible de remonter le lignage d'Emil Landon jusqu'à ses origines paiute, du côté de son père, et jusqu'à Frank Varny du côté maternel. Croyait-il vraiment qu'il y avait de l'or à Indigo ? Qu'il pourrait en revendiquer la propriété grâce à ses origines ?

Dillon se frottait les yeux, fatigué, quand son téléphone se mit à vibrer dans sa poche. Il répondit en parlant le moins fort possible.

C'était Jerry Cheever. Dillon songea qu'il aurait dû s'attendre à ce coup de fil. Cheever ignorait qu'il avait déjà vu le dernier corps arrivé à la morgue.

— Un des types qui ont agressé Mlle Sparhawk hier soir est mort, lui annonça le policier. Du moins, je pense que c'est un de ces hommes. Le corps a été apporté à la morgue cette nuit. Il aurait apparemment sauté d'un immeuble — je dis bien *apparemment*. Vous n'allez jamais deviner ce que Tarleton lui a trouvé dans le corps lors des analyses toxicologiques, aujourd'hui.

— Allez-y…

— Du LSD. Le bonhomme était en plein trip quand il s'est envolé. Au fait, il avait un casier.

— Je mentirais si je vous disais que je suis surpris…

— Et j'ai encore un autre paramètre à faire entrer dans l'équation. On a demandé à Emil Landon de venir, pour lui poser quelques questions. Vous n'allez pas me croire… On a découvert un bouton dans sa limousine. Un bouton qui venait de la chemise de Tanner. Je parie que ça vous en bouche un coin, hein ?

Le petit numéro de Cheever fit sourire Dillon.

— Vous avez de quoi l'inculper ?

— Je peux le mettre en garde à vue un certain temps. Mais l'inculper ? Je peux essayer, sans grand espoir. Tanner Green travaillait pour lui et que ça soit vrai ou non il racontera qu'il arrivait à Tanner de monter à bord de la limousine. Je ne vois pas comment le bouton de chemise d'un employé de Landon trouvé dans une limousine du casino de Landon constituerait pour qui que ce soit une preuve que notre homme est un assassin. Un bon avocat — et même un mauvais, d'ailleurs — vous réduirait en miettes un élément de preuve aussi mince. Je vais quand même essayer de le garder aussi longtemps que possible, des fois qu'il cracherait sans le vouloir une information intéressante. Il est possible que je me trompe, mais il ne me fait pas l'impression d'être aussi brillant que ça, pas assez brillant en tout cas pour être derrière toute cette affaire…

Que Landon soit un type sans scrupule, cela ne faisait aucun doute. Brillant ? Peut-être pas. Il était possible que Cheever ait raison.

— Le fait qu'il ne soit pas brillant ne l'empêche pas

d'être au courant de certaines choses, fit remarquer Dillon.

— Je suis bien d'accord. Mais nous avons besoin de preuves.

— Entendu. Merci. Dites-moi, Jerry, ça vous ennuierait si je repassais visionner les enregistrements des caméras de sécurité ?

— Non. Pas de problème. Accordez-moi une heure. Que je vous trouve le matériel et un technicien.

Jessy fut heureuse de reconnaître la voix de Dillon au téléphone. Lorsqu'il lui proposa qu'ils aillent tous déjeuner ensemble, elle accepta tout de suite. Il promit de la rejoindre sans tarder.

— Je pense que nous allons devoir emmener Timothy avec nous, le prévint-elle.

— J'allais te le suggérer.

Quand ils arrivèrent au restaurant, Nikki et elle s'installèrent à une extrémité de la table — avec Ringo — tandis que Brent, Timothy et Dillon s'asseyaient à l'autre bout. Jessy, Nikki et Ringo prêtèrent l'oreille à ce que se disaient les trois hommes et, très vite, ils se joignirent à leur conversation.

— Timothy, vous avez affirmé qu'il y avait de l'or à Indigo, n'est-ce pas ? demanda Dillon avec le plus grand sérieux.

— Il y est. J'ai vu ce qui s'est passé quand je m'y suis trouvé… Ou plutôt, George Turner s'y trouvait, et j'ai tout vu par ses yeux. Wolf savait où était l'or, j'en suis certain. Et puis, Varny est arrivé et… tu connais la suite.

— Si c'est le cas, dit Jessy, et si les trois assassinats ont vraiment un lien avec Indigo, cela signifie que quelqu'un d'autre, aujourd'hui, croit également à la réalité de cet or.

Mais il ne sait pas comment le trouver et il pense que Dillon s'en chargera pour lui.

— Et ce serait la raison pour laquelle Emil Landon cherchait un enquêteur spécialisé dans le paranormal ? Parce qu'il sait que les choses reposent sur une reconstitution, une reproduction de l'histoire ? Toute cette affaire, le fait que sa vie soit menacée, ne serait qu'une mascarade…

— Ça commence sérieusement à en donner l'impression, reconnut Dillon.

Alors qu'ils finissaient à peine de manger, il se leva et chercha dans sa poche un morceau de papier qu'il tendit à Brent.

— Tu pourrais effectuer des vérifications sur ces noms pour moi, s'il te plaît ? Tu commences par celui qui se trouve en haut dans la colonne de gauche. Dans celle de droite, j'ai listé les noms de tous ceux qui étaient présents dans le saloon le jour de la fusillade. J'aimerais que tu vérifies quel lien on peut établir entre eux et si chaque nom du passé peut être associé à un nom du présent, en termes de descendance. De mon côté, je vais au commissariat, pour y visionner de nouveau les enregistrements des caméras de sécurité. J'ai la certitude d'avoir laissé passer quelque chose…

Ils quittèrent le restaurant et Dillon les laissa tous chez Jessy, afin qu'ils puissent utiliser sa voiture, Adam ayant pris la voiture de location. Il repartait déjà, quand il s'arrêta soudain et appela Jessy.

Elle marcha jusqu'au véhicule et vit qu'il souriait.

— Qu'y a-t-il ? demanda-t-elle, en se penchant à sa portière.

— Je…

Il sortit le bras pour l'attirer vers lui et il l'embrassa

sur la bouche. Un baiser court, mais plein de tendresse et de passion.

— Sois prudente. Reste à la résidence jusqu'à ce que je t'appelle. Et ne quitte pas Timothy ou Nikki. Je n'en ai pas pour longtemps.

Elle lui sourit.

— Je ne resterai pas seule une seconde... Mais dis-moi, qui figure sur ta liste ?

— Tous ceux à qui j'ai eu affaire jusqu'à présent, y compris les flics. Jerry Cheever, Len Durso, Emil Landon et Hugo Blythe. Darrell Frye. J'ai même mis un médecin légiste, un ami, le docteur Tarleton, et aussi Sarah Clay, qui travaille dans les services de police scientifique. Sans oublier ton régisseur.

— Ron ? s'exclama-t-elle, avec un hoquet de stupeur.

— Et aussi Sandra, avoua Dillon.

Sandra ?

Cette fois, elle sentit une sourde colère monter en elle.

— Elle n'est pas sur la liste des suspects, je t'assure, affirma Dillon. Fais-moi plaisir, d'accord ?

Il lui donna un autre baiser sur les lèvres et partit pour de bon, cette fois.

— Jessy ? appela Nikki.

Jessy se tourna et vit que Brent s'était déjà installé au volant, avec Timothy à côté de lui. C'était sa voiture, mais elle décida que le moment était mal choisi pour des revendications féministes.

Elle s'installa donc à l'arrière avec Nikki, et il ne leur fallut que quelques minutes pour retourner à la résidence. C'est Brent qui entra le premier dans le bâtiment de Timothy, lequel salua avec entrain Jimmy, ainsi qu'une infirmière, Liz, qu'il appréciait beaucoup. Bien qu'il ait manifesté son envie d'aller faire la sieste, il les amena d'abord dans la salle de télévision et les présenta à Mme Teasdale. La vieille dame considéra un instant Nikki et Brent, puis elle annonça à Nikki qu'elle allait avoir un bel enfant.

Timothy et elle convinrent d'un rendez-vous pour une partie de Scrabble, plus tard, puis Timothy rejoignit sa chambre. Brent les abandonna pour se rendre à la bibliothèque où Dillon avait passé la matinée pour y mener à son tour des recherches. Pour plus de précaution, il ordonna à Ringo, qui avait suivi le mouvement, de rester auprès des deux femmes.

— Et tu appelles au moindre…

Il s'interrompit et secoua la tête.

— Bon sang, Ringo, tu es un sacré fantôme, mais j'ai oublié que tu ne sais pas te servir d'un téléphone portable…

— Va savoir ? Peut-être que je peux. C'est un nouveau défi !

Escortée de Nikki et Ringo, Jessy accompagna Timothy jusqu'à sa chambre, et pendant qu'il faisait sa sieste le trio alla s'installer dans le réfectoire, à une table à l'écart. Là, Jessy se mit à griffonner tandis que Ringo se tenait sur le côté et manipulait le téléphone portable de Nikki.

— C'est bizarre, non ? demanda soudain Jessy.

— Quoi donc ?

— « Ils sont en train de se rassembler », répondit Jessy, en citant les mots de son grand-père.

Elle regarda Ringo, qui avait réussi à soulever le clapet du téléphone de Nikki.

— J'aimerais que vous me reparliez de la fusillade, Ringo.

Il posa le portable et s'approcha d'elle.

— Les circonstances de ma mort commencent à m'ennuyer…

— Ringo, s'il vous plaît.

— Bon… Bon… Il y avait le barman et aussi un gars de la ville, mais ils avaient disparu quand les choses se sont gâtées. A la table de poker, il y avait John Wolf, moi-même, le shérif Percy et Mark Davison. Quand Varny est arrivé, il était accompagné de quatre hommes. Et puis — ça, je le sais parce que je l'ai lu, étant donné que j'étais déjà mort, à ce moment-là —, Varny avait un autre de ses hommes, une ordure de première, Tobias, qui a fait entrer la femme de John Wolf. Ils s'étaient mariés selon une cérémonie indienne, mais je crois que le mariage était reconnu légalement.

— Ça fait donc dix personnes, résuma Nikki. Quatre joueurs de poker, cinq hommes de main. Sans oublier la jeune femme.

— En réalité, on était treize, corrigea Ringo. N'oubliez pas le pianiste et la chanteuse.

Jessy hocha la tête.

— Entendu. Vous, vous êtes vous, Ringo. Dillon serait John…

Ringo se mit à rire.

— Ou Mariah ! C'est elle qui a perpétué la lignée. Elle était enceinte, au moment de la fusillade. Sans quoi, cette branche de la famille Wolf se serait éteinte à ce moment-là.

— Je me demande si je joue un rôle dans tout ça, moi, murmura Jessy.

— Le pianiste, lança Timothy depuis la porte.

Jessy, qui ne l'avait pas vu arriver, sursauta.

— Pardon ? fit-elle.

— Le pianiste, George Turner. C'est un lointain parent à nous.

***

Adam Harrison passa tout son temps à la même table.

Ce n'était pas celle sur laquelle Tanner Green était venu mourir, car on l'avait changée. Il jouait à celle qui l'avait remplacée.

Le chef de table s'appelait Darrell Frye, c'est le nom qui était inscrit sur son badge. Tout en se promenant autour des différentes tables, il ne cessait de regarder sa montre avec une évidente impatience.

Intéressant, songea Adam.

Il attendit un moment de creux, dans le jeu, pour demander au croupier de sa table :

— Vous êtes au courant de ce qui s'est passé, il y a plusieurs jours ? Cet homme, qui est mort…

L'employé du casino regarda autour de lui et vit que Darrell Frye s'entretenait avec un collègue, à une autre table.

— Si je suis au courant ? Mais tout le monde est au courant ! déclara-t-il, avec un sourire de conspirateur. Un homme est venu mourir ici, à l'endroit même où nous sommes. Vous parlez d'une histoire !

— Vous étiez de service ?

L'autre hocha la tête, l'air grave.

— Oui. Mais je n'ai rien vu jusqu'à ce que ce type vienne s'écrouler sur une de nos clientes. C'est dommage, pour les caméras…

— Dommage ?

— Ça a fait tout un foin, à la direction. Il semblerait qu'il y ait eu un pépin et que les caméras n'aient pas pu tout filmer ou quelque chose de ce genre. Je ne devrais pas vous parler de ça, mais presque tout le monde le sait, ici…

Adam hocha la tête, tout en songeant qu'il faudrait informer Dillon de ce détail. Il joua encore un bon quart d'heure, avant de glisser un pourboire au croupier et de s'en aller. Il remarqua que Darrell Frye avait finalement pu prendre la pause qu'il attendait avec une évidente impatience. Il le repéra à la cafétéria, où il entra à son tour. Il commanda une tasse de café au comptoir et alla s'asseoir, puis il attendit.

Il fut récompensé au bout de quelques minutes lorsqu'une jolie brunette vêtue d'une robe en maille moulante rejoignit l'homme. Elle avait un beau visage, de longs cheveux teintés en roux, crêpés et coiffés dans un curieux style années 1960. Adam se demanda s'il ne s'agissait pas d'une perruque. Elle portait aussi d'immenses lunettes de soleil qui achevèrent d'éveiller ses soupçons.

Elle s'assit en face de Frye. Au début, ils parlèrent trop doucement pour qu'il puisse entendre quoi que ce soit de leur conversation. Mais, très vite, le ton monta et il put distinguer quelques mots, du moins les derniers.

— Aujourd'hui, tu m'entends ? Aujourd'hui !

Elle se leva et s'éloigna comme une furie, dans un martèlement de talons aiguilles.

Dillon fut surpris de trouver Doug Tarleton au commissariat. Le médecin était habillé en civil, il buvait une tasse de café dans la salle de réunion où Jerry Cheever avait fait installer le matériel nécessaire pour visionner et étudier de nouveau les enregistrements.

— Qu'est-ce que tu fais ici ? lui demanda Dillon.

Tarleton grimaça un sourire.

— Je m'accorde une pause. Ça fait trop d'heures d'affilée que je suis plongé jusqu'aux épaules dans le sang et les boyaux.

— Tu es légiste… Il fallait y penser avant !

Cette fois, Tarleton rit franchement.

— Je sais, merci ! Mais l'inspecteur Cheever, ici présent, a décidé de me faire plaisir. Ça ne te dérange pas ?

— Bien sûr que non.

Le technicien qui les assistait aujourd'hui était un autre jeune policier, Drake Barton.

— Où est Sarah Clay ? demanda Dillon.

— A la morgue, en train de chercher Dieu sait quoi, expliqua Tarleton. Cette fille a de l'ambition. Elle travaille dur.

— On dirait…

Dillon étudia un instant le jeune technicien, espérant qu'il se montrerait aussi efficace que sa collègue.

— Vous pourriez nous passer les images des tables de craps avant l'arrivée de Green ? lui demanda-t-il.

— Qu'est-ce que vous cherchez ?

— Je me suis dit que Green avait peut-être joué au Sun un peu plus tôt.

— D'accord, je reviens en arrière… Mais jusqu'où ? C'est qu'il y a des heures et des heures d'enregistrement.

— Revenez trois heures en arrière. Ensuite, vous lirez en accéléré jusqu'à ce que je vous dise de ralentir.

— Compris.

Quand le lecteur se mit à lire, Dillon regarda la clientèle et les croupiers courir et s'agiter comme des personnages de dessins animés. Mais Tanner Green demeurait invisible.

Et puis, soudain, il le vit, qui jouait à la table même sur laquelle il était venu s'écrouler et mourir.

— Bon sang ! fit Cheever.

— Notre ami Wolf ne sort pas sa réputation d'une pochette-surprise…, commenta Tarleton.

Dillon haussa les épaules.

— Pour l'instant, tout ce que nous avons, c'est la confirmation que Tanner Green se trouvait au casino avant sa mort. Revenez de nouveau en arrière, demanda-t-il au technicien.

Cette fois, c'est sur Darrell Frye qu'il concentra son attention. Le chef de table accomplissait son boulot avec compétence, mais de façon mécanique ; il semblait nerveux, aussi. Il regardait constamment l'heure à sa montre.

Mais Dillon savait qu'il n'aimait pas ce type, et que cela influait peut-être sur sa façon d'interpréter son comportement. Il devait donc se montrer prudent.

— Attendez ! dit-il soudain. Revenez en arrière et repassez l'enregistrement. Lentement, cette fois.

— Il a juste commandé quelque chose à boire, fit remarquer Cheever, en regardant les images. Ça n'a rien d'inhabituel, dans un casino.

— Repassez-moi encore ça, répéta Dillon.

— Il y a quelque chose de bizarre…, dit à son tour Tarleton.

— Mais quoi ? s'exclama Cheever, apparemment contrarié de ne pas avoir remarqué ce qui intriguait les deux autres.

Barton expliqua :

— C'est comme avec ces photos où, selon la façon dont vous les regardez, vous ne voyez pas la même chose. Ou comme dans ces jeux où il s'agit de trouver les différences entre une image A et une image B.

— Repassez-nous encore ce moment, demanda Dillon.

Les images de l'enregistrement commencèrent de défiler.

— Stop ! dit soudain Dillon. C'est ça !

— Quoi ? fit Tarleton, qui semblait lui-même désorienté, cette fois.

— La serveuse.

— Qu'est-ce qu'elle a ? demanda Cheever. Elle est mignonne, mais de manière générale ils n'engagent que des filles mignonnes dans les casinos.

— Non, non. Il y a une autre femme, à l'arrière-plan. Elles portent toutes les deux cette espèce de sarong qui tient visiblement lieu d'uniforme aux serveuses. Mais observez bien les différences…

A première vue, les deux tenues paraissaient identiques. Mais en y regardant de plus près la jeune femme qui servait Tanner Green portait une version légèrement différente de l'uniforme. Sur celui-ci, les perroquets de l'imprimé étaient vert foncé et parfaitement alignés les uns avec les autres. Sur l'autre, ils étaient plutôt citron vert et curieusement arrangés les uns par rapport aux autres.

— Image A et image B, murmura le technicien.

— Et ça signifie quelque chose, selon vous ? demanda Tarleton.

Dillon se tourna vers Jerry Cheever.

— Vous pourriez vous renseigner auprès de quelqu'un du casino pour savoir s'il y a de telles variations dans l'uniforme du personnel de service ?

— Je m'en occupe tout de suite, dit Cheever, en sortant son téléphone de sa poche.

Tarleton s'était levé. Il se tenait juste devant l'écran et le regardait fixement.

— Qu'est-ce qu'il y a ? demanda Dillon.

Tarleton continuait de fixer l'image.

— Si je savais, bon sang ! Il y a quelque chose, c'est sûr, je le sens. Il suffirait d'un rien pour que ça me vienne à l'esprit…

Il se tourna vers les deux autres hommes.

— Non, je n'y arrive pas ! Et il faut que j'y retourne

maintenant. Merci de m'avoir laissé jouer au flic pendant une heure, les gars. En tout cas, je sais que j'ai vu quelque chose. Je vous appelle si jamais je comprends ce que c'est exactement.

16

Jessy n'avait pas le souvenir de s'être jamais étendue sur un lit avec son grand-père, et pourtant elle avait l'impression d'être allongée à côté de lui comme elle le faisait, enfant, lorsqu'ils allaient au lac. Ils s'étendaient sur de grandes serviettes de bain, les yeux tournés vers le ciel du Nevada, transformant en créatures de contes de fées les rares nuages qui y dérivaient.

Aujourd'hui, les nuages étaient étranges. Ils semblaient emplir le ciel. Timothy tendit le bras et dit :

— Là, tu le vois, celui-ci… C'est Billie Tiger. Tu ne dois pas avoir peur de lui. C'est un Séminole, mais il a été capturé et emmené dans l'Ouest, où il s'est échappé et a rejoint Sitting Bull.

— Comment allez-vous, monsieur Tiger ? demanda-t-elle poliment.

Car, maintenant que Timothy le lui avait désigné, elle pouvait le voir.

— C'est un bon ami, fit Timothy.

D'une certaine manière, la jeune femme jugeait étrange qu'il trouve ses amis dans les nuages et sur les murs. Mais elle n'en ferait pas la remarque ; elle aimait trop son grand-père pour risquer de le blesser.

— Billie Tiger me montre ce qui est arrivé, lui expliqua Timothy. Il te montrera, à toi aussi.

Tandis que les nuages glissaient dans le ciel, Timothy décrivit une ville avec une longue rue poussiéreuse, en mauvais état. Un vent léger soufflait, qui n'avait à soulever que de l'air brûlant et le sable du désert. Une boule d'armoise traversait de temps à autre la rue. Sur un bâtiment, elle vit une pancarte, celle du Cristal Canary. Il y avait aussi une banque. Une pension pour chevaux. Les gens étaient habillés comme autrefois ; les femmes portaient de longues robes, avec des motifs fleuris pastel le plus souvent et des bonnets qui leur protégeaient le visage du soleil.

— Ce sont les bureaux du journal, lui indiqua Timothy. Et là…, ajouta-t-il, en désignant un point dans le ciel, c'est le saloon.

Jessy eut alors l'impression de franchir avec lui les portes battantes et d'entrer dans l'établissement. Elle vit un pianiste. C'était un homme séduisant, aux magnifiques yeux verts. Il avait la peau plus brune que le cuivre, et il était difficile de décider si c'était un Blanc tanné par le soleil, un Indien ou même un Noir.

Elle se retrouva soudain assise sur ses genoux. Mais cela ne la dérangeait pas car, sans qu'elle sache comment, l'homme était devenu Timothy. Une jeune femme se tenait près d'eux et chantait.

Ils étaient quatre à la table de poker. Elle en reconnut deux : Ringo et Dillon. Sauf qu'il ne s'agissait pas de Dillon, mais d'un homme qui lui ressemblait beaucoup. Les deux autres joueurs lui étaient inconnus. L'un d'eux avait un sourire niais et l'autre l'air méchant. Elle ne les aimait pas.

Soudain, les portes s'ouvrirent violemment, et la silhouette d'un homme grand et sombre se dessina dans l'ouverture. Le soleil parut disparaître derrière lui. Les nuages noircirent ; ils parurent bouillonner de colère.

Elle avait peur.

— Cache-toi, lui dit Timothy.

Mais ce n'était plus Timothy. C'était de nouveau le pianiste.

— Il faut que j'aille chercher les gars de la ville.

Elle rampa sur le côté du piano.

L'homme qui venait d'arriver entra et s'avança jusqu'à la table de poker, suivi de quatre autres hommes, les plus immenses que Jessy ait jamais vus. Quelques paroles furent échangées. Et puis, brusquement, tout le monde se leva et les revolvers tirèrent de tous les côtés. Elle voulut crier, mais songea à temps qu'il valait mieux faire oublier sa présence…

Elle ferma les yeux.

Quand elle les rouvrit, il n'y avait plus que deux hommes debout.

Les portes battantes s'ouvrirent de nouveau. Un homme, immense lui aussi, fit irruption dans le saloon, traînant avec lui une femme très belle. Bien que vêtue de la tenue traditionnelle en daim, elle n'était pas indienne. C'était une femme blanche aux cheveux blonds.

De nouveau, il y eut des paroles échangées. Et de nouveau les revolvers emplirent le saloon de leurs détonations.

Jessy regarda l'homme qui ressemblait tant à Dillon. Il regardait la femme si belle et ses lèvres bougeaient. Jessy s'efforça d'entendre ce qu'il disait. Elle vit que la blonde ne le comprenait pas.

Jessy, elle, parvint à l'entendre.

Il n'avait prononcé qu'un seul mot : *ici*.

Elle regarda de nouveau autour d'elle et constata que les deux hommes étaient morts. La femme blonde était seule et sanglotait.

*
* *

Jessy se réveilla en sursaut. Elle n'était pas allongée sur le lit au côté de Timothy, mais assise sur une chaise, dans la salle où elle rejoignait tous les matins son grand-père pour le petit déjeuner. Elle avait dû poser la tête sur la table et s'endormir, tout comme Nikki.

Timothy n'était donc pas fou ni sénile.

Dans son étrange songe, Billie Tiger venait de lui indiquer Indigo.

Et John Wolf… L'avait-elle vraiment entendu parler ? Si c'était le cas, elle se trouvait face à une nouvelle énigme, un message d'un seul mot qui ne voulait peut-être rien dire.

Dans le cadre de ses recherches, Brent Blackhawk avait trouvé des liens de parenté très intéressants. L'un des plus surprenants faisait de Sandra, l'amie de Jessy, une descendante de Milly Taylor, la chanteuse qui se trouvait dans le saloon au moment de la fusillade. Il se demanda si Sandra avait connaissance de cette ascendance.

Il avait découvert une autre filiation, qui concernait Tanner Green, cette fois. S'il était possible que sa famille paternelle soit originaire de Philadelphie, sa famille maternelle venait de l'Ouest et le nom de jeune fille de sa mère était Hornsby. Il y avait un certain nombre de Riley Hornsby répertoriés sur les registres de recensement du Nevada et l'un d'eux pouvait très bien être l'homme de main qui accompagnait Frank Varny, se révélant aussi un ancêtre de Green.

Les surprises de Brent ne s'arrêtaient pas là. Par la branche maternelle, on pouvait remonter le lignage du malheureux voiturier, Ruby Yorba, jusqu'à Mark Davison.

Brent trouva étrange que passé et présent mettent en relation un sale type avec quelqu'un de bien.

Il se laissa aller contre le dossier de sa chaise et considéra l'incroyable réseau de noms et de liens de parenté qu'il venait de mettre au jour. Quasiment toutes les personnes sur lesquelles Dillon lui avait demandé de travailler avaient des ancêtres dans la région d'Indigo au moment de la fusillade, y compris Darrell Frye, Hugo Blythe et l'inspecteur Jerry Cheever, dont la généalogie révélait un lien de parenté avec l'inefficace shérif de la ville, Grant Percy.

Mais la vraie trouvaille, le jackpot, concernait Emil Landon : il avait un lien de parenté direct avec Frank Varny.

Après s'être accordé une courte pause, Brent reprit ses recherches. Il tomba alors sur quelque chose de surprenant, de si surprenant qu'il n'était même pas certain que cela ait un intérêt véritable. Apparemment, Landon n'avait pas qu'un seul enfant, celui dont tout le monde connaissait l'existence et qui s'était installé avec sa mère, dans l'Est. Deux décennies plus tôt, alors qu'il avait une vingtaine d'années, Landon avait amené une prostituée enceinte à l'hôpital, à Reno.

Brent fixa l'écran de l'ordinateur, relut ce qu'il avait devant les yeux et étouffa un juron. Il s'agissait des archives de l'hôpital et on ne mentionnait pas si Landon était allé en salle d'accouchement avec la jeune femme ou s'il avait seulement joué au bon Samaritain. Brent nota le nom de la femme et mena aussitôt des recherches à son sujet.

Rapidement, le résultat tomba.

La fille s'appelait Celia Smithfield et son arrière-grand-mère maternelle s'appelait Varny.

Brent sortit son portable et appela Dillon sur-le-champ.

*
* *

Laissant Nikki dormir, Jessy sortit dans le hall pour aller se dégourdir les jambes. Elle fut surprise d'y trouver Sandra. Son amie avait les yeux rouges, comme si elle avait pleuré.

— Qu'est-ce qu'il y a ? Qu'est-ce qui se passe ? lui demanda-t-elle, affolée.

— Il faut que tu voies ça ! s'exclama Sandra, en la prenant par le bras. Viens, dépêche-toi, c'est dans ma voiture.

— C'est bon, c'est bon, calme-toi…

Puisqu'il ne s'agissait que de sortir sur le parking et avec Sandra, Jessy décida de ne pas réveiller Nikki. Elle posa un bras réconfortant sur les épaules de son amie et se rendit compte, choquée, que celle-ci tremblait.

— Mais qu'est-ce qu'il y a ?

— Viens, c'est tout…

Jessy suivit Sandra jusqu'à l'accueil, où elle salua Jimmy de la main.

— Je reviens, lui lança-t-elle.

— Ma voiture est juste là, indiqua Sandra, quand elles rejoignirent le parking.

Elle ouvrit la portière, à l'arrière.

Jessy se penchait pour voir ce que son amie voulait tant lui montrer quand elle se sentit poussée vers l'avant. Sa tête heurta violemment la poignée de la portière opposée et une onde de douleur intense la traversa.

Puis elle eut l'impression que son crâne explosait et le monde bascula dans le noir.

Renseignements pris auprès du directeur du personnel, Jerry Cheever avait certifié à Dillon que tous les employés affectés au service en salles portaient des uniformes réalisés dans le même tissu.

Et ce n'était pas simplement cela qui clochait, chez la serveuse qui se différenciait. Il y avait ses cheveux. Trop volumineux et qui penchaient sur le côté. Comme une perruque mal positionnée.

Alors qu'il quittait le commissariat au volant de sa voiture, Dillon s'avisa soudain que cette femme lui était vaguement familière. Quelque chose dans son maintien. Dans sa façon de bouger.

Son téléphone sonna.

C'était Adam.

— Je pense que votre Darrell Frye est dans le coup. Je viens de le voir à la cafétéria du casino, qui parlait à une femme qui m'a paru suspecte. Elle portait une invraisemblable perruque et elle était très en colère. Elle lui a parlé de quelque chose qui devait se passer aujourd'hui. Si vous parvenez à joindre votre ami Cheever, dites-lui de chercher un prétexte pour interpeller cet homme.

— Compris. D'autant que je pense avoir vu la même femme sur les enregistrements des caméras de sécurité du casino. Je suis persuadé que c'est elle qui a administré le LSD à Green. J'appelle tout de suite Cheever.

Mais il dut se contenter de laisser un message car, lui dit-on, l'inspecteur avait momentanément quitté son bureau.

— Demandez-lui de trouver un motif, n'importe lequel, pour interpeller Darrell Frye. Le plus vite possible. Et qu'il me rappelle. C'est urgent !

Son téléphone sonna alors qu'il venait de raccrocher. Cette fois, c'était Brent.

— Tiens-toi bien ! Presque tous les noms coïncident. Exactement comme tu le pensais. Y compris Darrell Frye, pour qui tu n'étais sûr de rien…

— Je viens à la seconde de laisser un message à Cheever pour qu'il arrête Frye, sous n'importe quel prétexte, lui expliqua Dillon. Excuse-moi, je t'ai interrompu… Quoi d'autre ?

— Le plus surprenant est à venir. Emil Landon aurait un enfant.

— Je sais. Il vit avec sa mère, dans l'Est.

— Non, un autre enfant. Illégitime. Ici, dans le Nevada.

— Un fils ?

— Ça, je ne sais pas. Impossible de trouver la moindre trace de l'enfant après sa naissance. Mais devine un peu jusqu'à qui remonte le lignage de la mère ?

— Je t'écoute…

— Frank Varny. Intéressant, non ? Landon a lui-même de son côté un lien de parenté avec Varny. Et il aurait donc eu une aventure avec une femme qui serait une de ses parentes éloignées…

Soudain, Dillon se rappela où il avait vu la femme de l'enregistrement et pourquoi elle lui avait paru familière.

— C'était une fille ! s'écria-t-il.

Bon sang ! Comment avait-il pu être aussi stupide ? Il s'était laissé mener par le bout du nez, comme un idiot !

— Retourne à la résidence et récupère Jessy et Nikki. Et Timothy, aussi. J'ai peur qu'il se passe quelque chose de grave. Je vais rappeler Cheever et foncer à la morgue. C'est grave, Brent. Allez, fonce, maintenant !

Quand Jessy revint à elle, sa tête lui faisait un mal de chien. Il lui fallut un moment pour comprendre qu'elle n'avait pas rêvé, que Sandra l'avait bien poussée dans la voiture et l'avait enlevée.

— Mais que se passe-t-il ? demanda-t-elle, en essayant de se redresser.

Mais la douleur, trop forte, l'en dissuada.

— C'est Reggie ! lui répondit Sandra dans un cri.

— Reggie ? répéta Jessy, désorientée.

— Ils ne pouvaient pas t'atteindre parce que tu étais avec Dillon, alors ils ont enlevé Reggie et ils m'ont dit de t'amener à eux ! Ils attendent à Indigo. Si je ne suis pas là-bas dans une demi-heure avec toi, ils vont la tuer. Ils vont tuer Reggie !

Nauséeuse, Jessy essaya de reprendre ses esprits. Elle comprenait, mais elle devait trouver le moyen de calmer Sandra, de la raisonner et de la faire agir au mieux de leurs intérêts à toutes les deux.

— Tu as appelé la police ? lui demanda-t-elle.

— Je ne peux pas ! s'écria Sandra, hystérique. Tu ne comprends donc pas qu'ils sont prêts à la tuer ? Elle n'est rien, pour eux. Dès que tu seras là-bas, ils la relâcheront. Ils… ils ont juré de ne pas te faire de mal, de toute façon. Ils ont juste besoin de toi pour obliger Dillon à leur dire où se trouve l'or.

— Mais ça n'a aucun sens ! Dillon ne sait pas où est cet or…

— Ils pensent que si.

Jessy avait la tête qui tournait. Pourquoi quelqu'un s'était-il mis cette idée en tête ? Elle songea à la théorie de Dillon, à ce lien entre le passé et le présent ; elle se rappela aussi les mots de Timothy — *ils se rassemblent.* Quelqu'un s'était-il persuadé qu'en réunissant les descendants des protagonistes de la fusillade et en recréant ce bain de sang on révélerait d'une manière ou d'une autre l'endroit où se trouvait l'or ? Quelqu'un pensait-il que Dillon était capable de canaliser la mémoire du passé de ses ancêtres et de mener à l'or ceux qui le convoitaient tant ?

Elle cligna des yeux. Ses pensées étaient encore confuses, et elle n'arrivait pas à comprendre tout à fait ce qui se passait.

— Tu n'aurais pas de l'aspirine, ou quelque chose de ce genre. Tu m'as vraiment fait mal ! Comment as-tu pu ? Moi qui te croyais mon amie…

Sandra se tourna une fraction de seconde vers elle et Jessy regretta presque ses mots, en voyant le visage défait et ruisselant de larmes de son amie.

— Je… je suis désolée. Mais… j'étais obligée.

— Nous devons prévenir la police, maintenant.

— Je n'ai pas confiance en eux ! lança Sandra avec véhémence.

— Pourquoi ?

— Cheever m'a ramenée chez moi, hier soir. Il sait donc où j'habite. Qu'est-ce qui me prouve qu'il n'est pas complice ?

— C'est absurde ! Tu es dans l'annuaire, non ? N'importe qui peut savoir où tu habites.

— Oui, peut-être… De toute façon, ils ont dit qu'ils la tueraient s'ils voyaient le moindre policier.

— J'aimerais que tu te calmes et que tu me racontes ce qui s'est passé exactement.

Jessy savait qu'elle demandait l'impossible. Se calmer ? Alors que ces gens avaient déjà tué trois personnes ? Comme l'avait souligné Sandra, la vie de Reggie n'était sans doute rien, pour eux.

Sandra inspira longuement, le souffle tremblant.

— Je… je suis sortie faire des courses. Lorsque je suis revenue, j'ai d'abord cru que Reggie était rentrée du lycée, il y avait son sac à dos… Et puis, j'ai reçu leur coup de fil.

— Un homme ou une femme ?

— Je n'en sais rien. J'ai bien entendu que la personne utilisait un appareil pour déformer sa voix.

— Et tu es certaine qu'ils ont bien enlevé Reggie ? Qu'ils ne bluffent pas ?

Les sanglots de Sandra redoublèrent.

— Ils… ils me l'ont passée. Elle pleurait !

— D'accord, d'accord… Donc, elle est avec eux. Mais il faut absolument prévenir la police, Sandra. Tu peux être certaine que lorsque je me retrouverai entre leurs mains ils ne relâcheront pas Reggie. Elle en sait trop. Ils nous tueront toutes, sans être inquiétés : Indigo est une ville fantôme au milieu de nulle part. Et si tu ne fais pas confiance à Cheever tu n'as qu'à te tourner vers la police d'Etat.

— On ne peut appeler personne, de toute façon ! déclara Sandra.

— Pourquoi ?

— J'ai encore oublié mon téléphone portable.

— Et moi, j'ai laissé mon sac à la résidence, murmura Jessy, abattue.

Dillon composa le numéro du portable de Tarleton, mais le médecin légiste ne répondit pas. Il appela la morgue, songeant que Doug était peut-être occupé avec un cadavre et qu'il ne pouvait pas répondre. Il apprit que Tarleton était sorti un instant, et qu'il devait revenir, tandis que Sarah Clay avait pris son après-midi.

Il raccrocha. Que faire ?

La sonnerie de son portable coupa prématurément le fil de ses réflexions.

— Dillon ? C'est Brent. Jessy a disparu. Et Timothy et Ringo sont introuvables. Nikki, elle, est dans tous ses états. Selon Jimmy, l'aide-soignant qui était de service à l'accueil, Jessy serait partie avec son amie Sandra.

— Sandra ? répéta Dillon, incrédule.

— C'est ce qu'il a dit, oui.

— Appelle les flics et explique-leur. Moi, je vais là-bas.

— Là-bas ? Où ça, là-bas ?

— A Indigo.

Et Dillon fit brusquement demi-tour avec sa voiture, provoquant un concert en protestation de coups de Klaxon.

Cela faisait une éternité que Timothy n'avait pas conduit une voiture, mais c'était comme pour le vélo, cela ne s'oubliait pas vraiment. Il était désolé d'avoir faussé compagnie aux autres, mais il devait agir ; il était à l'automne de sa vie, une longue vie bien remplie, et il était prêt à affronter tout ce qui se présenterait sur son chemin.

Billie l'avait averti que les événements se précipitaient, que Jessy était en danger et il avait su alors qu'il lui fallait se rendre à Indigo. Si l'histoire devait se rejouer, ce serait avec lui, pas avec Jessy.

Conduire l'amusait. Jamais il n'aurait pensé que le fait de se retrouver au volant d'une ambulance le réjouirait autant, ni qu'un tel véhicule pouvait aller aussi vite. C'était formidable de rouler ainsi. Il savait qu'on n'allait pas tarder à se lancer sur ses traces, dès qu'on s'apercevrait à la résidence qu'un des véhicules manquait.

Bientôt, il put distinguer la ville, droit devant lui, même si elle était tellement dégradée par le temps et les intempéries qu'elle se confondait avec le sable du désert.

Une voix se mêla soudain à ses pensées, celle de

Billie Tiger. Billie lui conseilla de ne pas continuer sur la route principale et de ne pas laisser l'ambulance trop en évidence. Timothy songea qu'on le verrait de toute manière, si quelqu'un faisait le guet. Il était difficile de passer inaperçu avec un aussi gros véhicule sur les immensités planes du désert du Nevada.

Il entendit un cliquetis qui le contraria. Il l'entendait depuis le début de son escapade. Le bruit faisait curieusement penser au cliquetis d'une paire de vieux éperons.

Le moment était venu de ralentir, s'il voulait faire une entrée discrète.

Il sortit de la route et l'ambulance tressauta en roulant sur le terrain irrégulier. Si quelqu'un surveillait les abords d'Indigo, il l'avait repéré, forcément.

Mais il était probable aussi que ses adversaires soient très occupés, songea-t-il, en s'arrêtant à l'arrière d'un des bâtiments de la rue principale. Avec surprise, il découvrit que trois véhicules étaient déjà garés là. Ils étaient donc déjà trois.

Ils se rassemblaient.

Sandra se décida à ralentir aux abords de la ville.

Elle roula dans Main Street, la rue principale, et s'arrêta au milieu. Elle descendit aussitôt de son véhicule et cria le prénom de sa fille.

Jessy quitta à son tour la voiture et vit une femme sortir d'un des bâtiments délabrés. La banque, si l'on en croyait l'enseigne à peine lisible.

— Où est ma fille ? cria Sandra. Maintenant que je vous ai amené Jessy, dites-moi où est ma fille !

Elle voulut s'élancer vers l'autre femme, mais Jessy la tira vers l'arrière quand elle vit que l'inconnue tenait un petit pistolet à la main. En dépit de ce qu'elle lui avait fait, Sandra restait son amie.

— Du calme, dit la femme à Sandra, avant de détailler Jessy des pieds à la tête. Donc, vous êtes Jessy Sparhawk…

— Oui. Et vous ? Qui êtes-vous ?

— Sarah Clay.

Le nom n'évoquait rien à Jessy.

— Qui est derrière tout ça ? demanda-t-elle. Emil Landon ?

Sarah Clay se mit à rire.

— Emil Landon ? Ce sinistre crétin qui n'a pas voulu de moi comme enfant ? Qui proclamait à qui voulait l'entendre que ma mère avait tellement couché à droite et à gauche que plus de la moitié des hommes de Vegas pouvaient être mon père ? Qui a toujours refusé d'effectuer un test de paternité ?

— Emil Landon est votre père ? fit Jessy, abasourdie.

— Où est ma fille ? demanda Sandra.

— Maman !

L'appel venait de la banque. Reggie en sortit. Elle aurait pu courir vers sa mère, mais quelqu'un se trouvait avec elle, qui la retenait.

Hugo Blythe.

Bientôt suivi de Darrell Frye.

— Salut, Jessy, dit ce dernier.

La jeune femme était trop consternée pour parler. La nausée lui revint.

— Pourquoi est-ce que vous ne relâchez pas ma fille, maintenant ? demanda Sandra.

— Vas-y, rejoins-la, dit Blythe, en laissant partir l'adolescente.

Celle-ci parut littéralement s'envoler du trottoir de bois

en s'élançant vers sa mère, au milieu de la rue. Sandra la prit dans ses bras, secouée de sanglots.

— Maintenant, si vous pouviez avoir l'amabilité de venir par ici…, demanda Sarah Clay à Jessy.

— Mais qui êtes-vous, à la fin ?

— Je vous l'ai dit, Sarah Clay. Dillon ne vous a pas parlé de moi ?

Elle avait froncé les sourcils, visiblement décontenancée.

— Non, lui répondit Jessy, un peu étonnée par cette réaction.

— Ce n'est pas étonnant, remarquez. S'il y a quelque chose entre lui et vous, il ne va pas aller vous raconter qu'il se passe aussi quelque chose avec moi.

C'était forcément un mensonge ! songea Jessy. Malgré tout, elle sentit sa colère reprendre le dessus. Elle fit de son mieux pour la contenir et fixa l'autre femme avec tout le mépris dont elle était capable.

— Je vais être franche avec vous : je ne pense pas qu'il vous ait jamais accordé la moindre importance ni qu'il ait pu vous trouver sexy, d'ailleurs.

Peut-être était-elle allée trop loin.

Sarah Clay fondit sur elle et la gifla si violemment que la vision de Jessy se brouilla, la douleur se rajoutant à la migraine qui ne la quittait pas depuis qu'elle s'était cogné la tête à l'arrière de la voiture de Sandra.

— C'est bon, dit-elle. Maintenant que je suis là, vous pouvez les libérer. Laissez-les partir.

— Il va d'abord falloir que vous appeliez Dillon. Je veux qu'il vienne ici, après s'être débarrassé du vieux et de ses amis. Il va me dire où se trouve l'or.

— Vous êtes folle ! s'exclama Jessy. Il n'y a pas d'or, ici.

— Il y en a, je le sais. Il est forcément quelque part.

— Elle a raison, intervint Darrell Frye. Sarah a découvert une lettre de John Wolf à une femme, Mariah, dans laquelle il lui explique qu'il a trouvé l'or.

— Tais-toi, Frye ! lui lança-t-elle. Donne-moi ton portable. Elle va appeler Dillon et lui dire de rappliquer s'il ne veut pas qu'il arrive malheur à sa chérie.

Darrell Frye tendit son téléphone. Jessy, elle, se demanda s'il y avait seulement du réseau, dans ce coin perdu.

Sarah composa un numéro et jura. Jessy réprima un sourire. Sarah était sans doute directement tombée sur la boîte vocale.

Où Dillon pouvait-il être ? Nikki avait dû se réveiller, à présent, et donner l'alerte. Jimmy savait qu'elle avait quitté la résidence en compagnie de Sandra. En soi, la chose n'avait rien d'anormal ; mais les moments qu'ils vivaient étaient tout sauf normaux !

Soudain, le son d'un piano désaccordé sur lequel on jouait une vieille chanson leur parvint depuis le saloon. Ils sursautèrent tous.

— Emparez-vous d'elles et suivez-moi ! ordonna Sarah, en se hâtant vers le saloon.

Blythe se chargea de Sandra et de Reggie, tandis que Darrell prenait Jessy par le bras et l'entraînait avec lui. Elle se mordit la lèvre, s'obligeant à ne laisser paraître aucune émotion.

Emil Landon n'était donc pas l'instigateur de toute cette histoire. Mais était-il possible que sa propre fille ait essayé de le tuer ?

Ils pénétrèrent dans le saloon par des portes battantes qui ne battaient plus guère, menaçant plutôt de se décrocher de leurs gonds. Il fallut quelques secondes à Jessy pour s'habituer à la faible lumière qui régnait à l'intérieur.

Bientôt, elle distingua Timothy, assis au piano, les doigts posés sur les touches.

— Milly, tu as réussi ! lança-t-il à Sandra. Viens donc ici nous chanter une chanson, maintenant.

— Qui est ce vieux fou et comment est-il arrivé ici ? s'exclama Sarah.

— Pourquoi ? Quel est le problème ? demanda Timothy. Je m'appelle Turner. George Turner. Là, c'est Milly et sa fille. Tout le monde ne va pas pouvoir se joindre à nous ; certains sont morts, comme ce malheureux dont vous avez caché le corps dans la banque. Mais les autres sont là, et bien là.

En dépit du peu de lumière, Jessy put voir Sarah qui se décomposait. Il y avait donc bien un cadavre dans la banque.

— C'est le second des hommes qui m'ont agressée, n'est-ce pas ? demanda Jessy.

Darrell lui tordit douloureusement le bras. Mais elle poursuivit :

— Si vous comptez sur moi pour parler à Dillon, vous feriez mieux de me lâcher. Tout de suite ! De toute façon, c'est vous qui êtes armés et comme vous pouvez vous en rendre compte je ne le suis pas.

A sa grande surprise, Darrell, quoique hésitant, la laissa aller. Et Sarah ne s'y opposa pas.

— Entendu, emmène-les tous à la banque, ordonna-t-elle. Debout, le débris ! ajouta-t-elle à l'intention de Timothy. Tout de suite !

— Mais c'est idiot, dit-il. Laissez donc Milly me rejoindre. Nous vous régalerons de vieilles chansons…

Sandra, tremblante, n'avait pas bougé. Elle tenait toujours Reggie dans ses bras.

— Fais-moi sortir ce vieux schnock ! ordonna Sarah à Hugo Blythe.

Consciente qu'ils étaient capables de faire du mal à son grand-père, Jessy décida d'intervenir.

— Attendez, je vais m'en occuper.

Elle marcha jusqu'au piano et tendit la main à Timothy.

— Allez, Tim, nous devons retrouver les autres à la banque.

— D'accord, ma fille.

Et il se leva.

Sarah désigna la sortie. Ils quittèrent le saloon en la précédant et se dirigèrent vers la banque.

Ils traversèrent la rue principale, poussiéreuse, et montèrent sur le trottoir de bois opposé, s'arrêtant devant le bâtiment délabré.

— Vous voyez que vous auriez dû venir travailler pour moi, glissa Darrell Frye à Jessy.

Elle se tourna vers lui.

— Ce que je ne comprends pas, c'est la raison pour laquelle vous avez éjecté Tanner Green d'une limousine... avec un couteau dans le dos.

— Ça ne manquait pas de style, hein ? lança Sarah. Mon père a une grosse limousine identique à celle du Sun.

Elle se mit à rire.

— Vous êtes tous si stupides ! Darrell a pu emprunter la limousine du Sun. De mon côté, j'ai arraché un bouton de la chemise de Green, et il m'a suffi de flirter avec un employé du Big Easy pour pouvoir monter à bord de leur grosse Cacillac et y cacher cette preuve, au cas où quelqu'un aurait l'idée d'examiner les deux véhicules. Et quelqu'un l'a fait : Dillon. Nous avons minuté les choses de manière à ce que Darrell soit bien vu de tout le monde au rez-de-chaussée du casino ; quant à moi, qui irait me soupçonner ? Qui irait se douter que j'avais le moindre lien avec Indigo, l'or ou quoi que ce soit d'autre ? J'ai drogué Green, puis je l'ai tué. Il n'a jamais su ce qui lui était arrivé. Darrell a été super. Il est sorti en courant et nous a rejoints pendant sa pause. Il savait exactement où nous devions nous arrêter pour nous débarrasser de Green dans la foule sans être vus des caméras…

Elle sourit.

— Hugo était au volant. Mais Landon aurait pu jurer qu'il ne l'avait pas quitté un instant. Hugo lui a glissé un bon sédatif dans son verre et mon imbécile de père a dormi comme un bébé, sans se douter un instant que son fidèle garde du corps en avait profité pour lui fausser compagnie. C'était brillant !

— Mais pourquoi ? Pourquoi avoir tué Tanner Green, si c'était l'or qui vous intéressait ?

— Vous n'avez vraiment rien compris ! C'est *moi* qui ai tiré sur ce salaud qui refuse d'admettre qu'il est mon père. Ensuite, il fallait que Tanner meure, de façon à ce que Landon continue de croire qu'il était en danger. C'est moi qui ai ensuite amené Dillon sur cette mission : je suis tombée par chance sur le message indiquant que mon cher papa avait appelé mon chef, le lieutenant Brown, pour lui demander de lui recommander quelqu'un. J'ai prétendu que le lieutenant m'avait priée de le rappeler et je l'ai convaincu que la seule façon pour lui de résoudre ses problèmes, c'était d'engager Wolf. J'avais besoin de lui pour trouver l'or, et j'avais en même temps une merveilleuse occasion de pourrir la vie de mon père. C'était parfait !

— Admettons que vous le trouviez, cet or ? Qu'est-ce que ça fera ? demanda Jessy. Nous sommes sur une terre paiute.

Sarah se mit de nouveau à rire.

— Une terre paiute, exactement ! Mon père essaye justement d'utiliser son ascendance indienne pour obtenir le droit de construire un casino ici. Si jamais ils débarquent avec leurs bulldozers et commencent à creuser, ils risquent de tomber sur l'or. Pour empêcher ça, je n'ai vu qu'une solution : la mort de mon père. Cet or est à moi !

— Ça n'explique par pourquoi vous avez besoin de Dillon pour trouver l'or, fit remarquer Jessy.

Elle mesurait combien Sarah était dérangée. Ce plan, emberlificoté à souhait, bâti sur un rêve fou, en était la preuve. Dans l'immédiat, pourtant, c'était elle qui avait les cartes en main.

— Je suis dans la police scientifique, lui rappela Sarah.

— Et alors ? Qu'est-ce qui vous permet de croire que…

— C'est ici que John Wolf est mort et il était l'ancêtre de Dillon. J'ai dû lire à peu près tout ce qui a été écrit sur Adam Harrison, Harrison Investigations et Dillon Wolf. Je sais donc qu'il possède un pouvoir que la science n'a pas encore expliqué. J'ai la certitude qu'il sait où se trouve l'or. Et s'il ne le sait pas il le découvrira pour moi !

— Mais vous ne pouvez pas…

— Oh ! La ferme, maintenant ! coupa Sarah, en la poussant à l'intérieur de la banque.

Alors que la porte commençait de se fermer derrière elle, la plongeant dans la pénombre, Jessy s'avisa que les autres étaient restés dehors, eux.

— Laissez mon grand-père et mes amis, maintenant ! Dillon ne fera rien pour vous, à moins que je ne le lui demande. Et je ne lui demanderai rien si je n'ai pas la certitude que mes amis sont bien traités !

Alors qu'elle attendait une réponse, elle buta sur quelque chose au sol et s'immobilisa. Elle hésita, puis se pencha, lentement, la main tendue. Ses doigts entrèrent au contact d'une masse rigide, qu'elle identifia sans mal.

Un corps.

Elle retira aussitôt sa main en se souvenant qu'ils

avaient parlé d'un cadavre. Ils avaient tué quelqu'un d'autre, probablement le second des deux hommes qui l'avaient agressée près du Strip.

Puisant dans ses ressources, elle ravala un cri. Elle s'apprêtait à renouveler ses exigences, quand la porte de la banque s'ouvrit de nouveau. Sandra entra, suivie de Reggie, puis de Timothy.

— Qu'est-ce que nous allons faire ? demanda Sandra.

— Ne t'inquiète pas. Nous trouverons bien. Et Dillon va venir, assura Jessy.

Elle espérait de tout son cœur avoir raison.

Dillon vit sur son écran de téléphone que c'était Sarah qui l'appelait ; il sut sans le moindre doute qu'elle allait utiliser la vie de Jessy comme moyen de pression. Malgré toute l'envie qu'il en avait, il ne répondit pas : tant que les autres auraient besoin de Jessy, ils ne lui feraient rien. Elle devait être terrifiée, mais il ne pouvait pas répondre.

Il s'en voulait. Il n'avait rien vu venir ; il avait été aveugle. Ses soupçons s'étaient portés sur certaines des bonnes personnes, mais pas sur Sarah. Il espérait qu'il n'était pas trop tard, à présent.

Combien de temps encore avant qu'il atteigne Indigo ? Puis combien de temps encore avant que les renforts arrivent ? La ville fantôme allait-elle être le théâtre d'un nouveau bain de sang ?

Sarah était folle. Brillante, certes, mais rejetée par son père et hantée, rendue folle par ses démons. Elle avait manipulé l'action et les joueurs — lui compris — à tous les niveaux. La Cadillac utilisée pour le meurtre de Green était celle du Sun et, pour sa plus grande humiliation, Dillon s'était laissé abuser par la preuve qu'elle avait sans doute elle-même glissée dans la limousine du Big Easy. Darrell Frye était forcément complice. Et puisque Emil Landon n'était pour rien dans cette affaire, cela signifiait que Hugo Blythe y était mêlé, lui. Quelqu'un d'autre faisait-il partie du complot ? Probablement que non. Sarah devait savoir que plus on impliquait de personnes et plus on avait de risques que quelqu'un commette une erreur. Les hommes qui avaient agressé Jessy étaient juste des malfrats dont on avait loué les services. L'un d'eux était mort et, si l'autre était toujours en vie, ce n'était sans doute pas pour longtemps.

Son téléphone, posé sur le siège passager, sonna encore. Il se demanda s'il devait ou non répondre alors qu'il entrevoyait maintenant à l'horizon les contours flous des bâtisses d'Indigo.

Sarah l'appelait de nouveau. Il pressa le bouton pour prendre la communication, mais ne dit rien. Sarah dut penser qu'il y avait un problème de communication momentané, car elle attendit sans raccrocher.

Il entendit des voix, qui ne s'adressaient pas à lui.

— On va devoir tuer les trois autres, maintenant, disait Sarah.

— Tu ne connais pas Jessy, moi, si, répondit la voix de Darrell Frye. Si nous leur faisons quoi que ce soit, elle ne nous aidera pas. Elle est coriace.

— Mais comment le vieux est-il arrivé jusqu'ici ?

Cette fois, c'était Hugo Blythe qui venait de parler.

— Il a volé une voiture, voilà tout ! Vous allez finir par tout faire foirer, comme vous avez fait foirer le reste ! Au moins, les abrutis que vous aviez engagés pour enlever Jessy sont-ils morts, maintenant. Et toi, Darrell, tu es vraiment stupide ! On était peut-être en dehors du champ de la caméra, mais tu aurais pu te rendre compte que Ruby Yorba regardait droit vers la limousine et Tanner Green !

J'ai vu ces fichus enregistrements et j'ai pu me rendre compte de ce que les autres y ont découvert.

— Alors, comme ça, on fait tout foirer ? répliqua Darrell sur le ton du défi. Dès que Wolf sera là, il a intérêt à nous dire très vite où est l'or, qu'on récupère l'argent que tu nous dois et qu'on file d'ici. Parce que tôt ou tard quelqu'un va bien finir par comprendre qu'on travaille en équipe. Ton idiot de père va se demander pourquoi Hugo n'est jamais là, en ce moment !

— Du calme, lui dit Sarah. Nous avons deux morts à qui nous pouvons faire porter la responsabilité de…

On coupa et Dillon raccrocha également de son côté. Il était assez près de la ville, maintenant ; si le téléphone sonnait de nouveau, il répondrait, cette fois. Il savait maintenant de quelle façon il allait jouer la scène lorsqu'il arriverait.

Il aurait juste besoin d'un petit coup de pouce des morts.

17

La porte s'ouvrit et la lumière d'une lampe torche transperça l'obscurité. Dehors, derrière le faisceau aveuglant, Jessy vit que le soleil couchant baignait le ciel de rouge.

— Jessy, sortez ! ordonna Darrell Frye.

Elle ne bougea pas.

— Tu te bouges, Sparhawk, ou je tire dans le tas ! lança Sarah.

— Jessy..., murmura Sandra, en lui posant la main sur l'épaule.

— C'est bon, ne t'en fais pas. Je te demande juste de rester calme.

Jessy se tourna et tenta s'apercevoir Timothy dans la pénombre.

Il dut sentir son mouvement et son inquiétude, car il murmura :

— C'est bon, ma petite-fille. Nous sommes rassemblés.

Ses paroles et son calme surnaturel étaient déstabilisants, et presque aussi inquiétants que la nervosité de Sandra. Pour ne pas ajouter à sa fébrilité, Jessy marcha jusqu'à la porte et la franchit.

Sarah lui fourra aussitôt un téléphone portable dans la main.

— Appelez Wolf et priez pour qu'il réponde, cette fois ! Qu'il comprenne bien que s'il ne vient pas seul, c'est moi-même qui vous collerai une balle dans la tête. Si je dois y passer, vous y passerez avec moi.

Sans un mot, Jessy prit le téléphone et composa le numéro de Dillon.

Elle espérait secrètement tomber sur sa messagerie, ce qui leur permettrait de gagner encore un peu de temps. Mais il répondit, cette fois.

— Dillon ?

— Jessy ?

— Je… je suis à Indigo, avec une certaine Sarah Clay, qui affirme te connaître. Il y a aussi Darrell Frye et Hugo Blythe.

— Je sais, dit-il tranquillement.

— Elle dit que si tu ne viens pas seul et que tu ne lui révèles pas où est l'or elle me tuera.

— Je m'en doutais…

Sarah intervint.

— Répétez-lui bien : qu'il vienne seul ! Et il a intérêt à me dire où se trouve l'or.

— C'est bon, je l'ai entendue, fit Dillon. Ecoute-moi bien, Jessy. Tu vas lui expliquer que je serai heureux de lui laisser l'or. Mais je sais qu'en plus de toi elle retient Timothy, Sandra et Reggie en otages ; quand j'arriverai là-bas, ils ont intérêt à être sains et saufs, sans la moindre égratignure. Qu'elle vous amène tous dans le saloon. Explique-lui que la seule façon pour moi de savoir où se trouve l'or est de reconstituer la fusillade. C'est pour ça que j'ai besoin de votre présencc à tous.

Sarah arracha le téléphone des mains de Jessy.

— Salut, Dillon, dit-elle d'une voix mielleuse.

Jessy n'entendit pas ce qu'il lui répondit, mais elle vit Sarah se rembrunir.

— Vous n'avez pas à me dire ce que je dois faire ! Je suis armée et vos amis sont avec moi…

La réponse de Dillon suscita de nouveau une réaction.

— Quoi ? fit Sarah d'un ton furieux, en se tournant vers Darrell Frye. Vous n'avez pas besoin de parler à Darrell ! C'est moi qui dirige les opérations.

— On est tous dans le coup, Sarah, commenta ce dernier.

— Mais qui a eu le cerveau qu'il fallait pour imaginer un plan pareil ? répliqua-t-elle avec rage.

Puis elle baissa les yeux sur le téléphone, incrédule. Dillon avait raccroché.

Elle fit demi-tour.

— Emmenez-les dans le saloon, vite !

Elle poussa Jessy devant elle, si brutalement que la jeune femme faillit tomber.

Mais une main invisible l'aida à garder son équilibre.

Elle perçut alors un cliquetis familier et baissa aussitôt la tête pour cacher son sourire. Ringo avait dû venir avec Timothy. Il était ici, avec eux. Cette idée lui procura un étrange réconfort.

Elle marcha vers le saloon, tandis que Darrell et Hugo étaient allés chercher Sandra, Reggie et Timothy à la banque.

Sarah la poussa de nouveau au moment d'entrer. Jessy découvrit que Dillon se trouvait déjà là. Il était assis à la table de poker, un pied nonchalamment posé dessus, comme s'il attendait depuis un moment déjà.

Sarah, qui la suivait de près, laissa échapper un hoquet de stupeur. Mais elle eut vite fait de se reprendre.

— Vous êtes ici… Quel idiot, décidément ! Vous

auriez pu prendre un de nous par surprise et du coup, votre situation aurait été moins défavorable.

— Pourquoi ? Vous allez libérer mes amis et je vais vous donner l'or, c'est aussi simple que ça. Mais nous devons bien faire les choses. Vous avez visiblement effectué des recherches sur votre passé et vous savez donc que vous êtes une descendante de Varny — une *double* descendante, pour être exact. Ce qui me dépasse, dans cette affaire, c'est que vous aviez tout pour aller très loin et très haut. Vous avez brillamment réussi, à l'école de police.

— Mais je n'ai pas d'*argent* ! s'écria-t-elle. C'est vrai, j'ai mené des recherches, beaucoup de recherches. Mon idiote de mère était amoureuse de mon père. Elle s'est laissé plaquer, puis elle l'a déchargé de toute responsabilité financière. Pour *mon* bien-être, pensait-elle. Mais Landon est un idiot et il va perdre absolument tout ce qu'il possède. J'y veillerai. Il a des dettes, de grosses dettes, et une fois que j'aurai l'or et que je me serai établie je le plumerai complètement. Puis je le jetterai en pâture aux loups, avant de le tuer. J'ai tout préparé avec le plus grand soin. Mon père est d'une stupidité sans nom. Il a placé toute sa confiance en Hugo, alors que Hugo est avec moi depuis des années. Hugo se moque pas mal de lui ; ce qui l'intéresse, c'est sa part du butin.

— Et Darrell ?

— Elle… elle savait pour…, commença Darrell.

— Tais-toi, crétin ! l'interrompit Sarah, qui soupira. Oh ! et puis, qu'est-ce que ça peut bien faire ? J'ai découvert qu'il prenait sa part sur les profits du casino. Mais il avait les connaissances dont nous avions besoin pour mettre en scène la mort de Green. Le Sun n'a aucun secret pour lui, jusqu'à l'emplacement précis des caméras et leur champ. J'ai été brillante, vraiment. J'ai convaincu mon père de vous engager, puis j'ai tué Tanner. Je vous communiquais des informations et vous aussi, vous aviez confiance en moi. A présent, si vous voulez que tout le monde quitte cet endroit vivant, il va falloir me dire où se trouve l'or.

— Je vous l'ai déjà expliqué : nous devons reproduire ce qui s'est passé lors de cette fameuse nuit. C'est la seule façon pour moi de me glisser dans les pensées de John Wolf.

Sarah le fixa un instant avec scepticisme, puis hocha la tête alors que les autres les rejoignaient.

— Très bien, fit Dillon. Voyons un peu... Timothy — euh, désolé, George —, allez vous installer au piano. Toi aussi, Milly.

Comme personne ne bougeait, il s'éclaircit la gorge.

— C'est vous, Sandra. Reggie, tu restes avec ta mère. Et j'ai besoin que Jessy rejoigne Timothy. Comme je ne peux pas être deux personnes à la fois, à savoir Wolf et Mariah, nous devrons imaginer le moment venu que Mariah se tient à la porte. Ringo, viens t'asseoir à la table. Tanner, vous étiez avec les hommes de Varny, j'en ai peur... Ruby, vous, vous étiez à la table.

— Mais à qui est-ce que vous parlez ? s'exclama Darrell, avec un mélange de colère et de nervosité.

— A des morts, lui répondit Dillon, le plus naturellement du monde.

Ringo laissa alors Jessy le voir. Il haussa les épaules pour lui signifier qu'il ignorait où Dillon voulait en venir. Mais il prit une chaise, la faisant grincer sur le sol. Tous les autres sursautèrent.

— Qu'est-ce que vous manigancez, Wolf ? lança Hugo, une note de peur dans la voix.

— Vous voulez l'or ? lui demanda Dillon. Alors, laissez-moi faire. Bien, nous allons imaginer que Cheever est assis là, à la table. Il serait le shérif. Et vous, Sarah, vous serez Varny, bien sûr. Il y a aussi les quatre hommes de main qui sont morts dès le début de la fusillade. Je suis désolé, Tanner, mais ce sera pour vous, avec les deux hommes qui ont tenté d'enlever Jessy et que vous avez tués, ajouta-t-il à l'intention de Sarah.

— Vous n'avez vu qu'un corps, crut-elle bon de préciser.

— C'est vrai, vous avez été si obligeante de m'appeler dès que le premier est arrivé à la morgue. J'imagine qu'on n'a pas encore trouvé l'autre.

— Il est ici, à la banque, lui indiqua Jessy.

— J'aurais dû m'en douter. Nous devrions vraiment faire venir Cheever ici…

— Je vous l'ai dit : pas de policier ou elle meurt, lui rappela Sarah. Elle, et tous les autres, d'ailleurs.

Elle allait de toute façon les tuer, pensa Jessy. Et Dillon le savait.

— Je n'ai pas prévenu Cheever, alors vous pouvez arrêter les menaces.

Il se tourna vers Darrell Frye et Hugo Blythe.

— Un de vous sera Tobias et l'autre sera un autre homme de main… Le problème est de savoir qui est qui. Je n'ai pas eu assez de temps pour parler avec Brent et je ne suis pas sûr qu'il m'ait rapporté tout ce qu'il a découvert. Mais peu importe. Nous sommes tous ici, à l'exception du shérif. Billie Tiger pourrait prendre sa place, pour l'instant…

Jessy retint avec peine un hoquet de stupeur quand quelqu'un s'avança vers elle. Il s'agissait du petit Séminole qu'elle avait vu dans son rêve, l'homme à qui Timothy parlait. C'est ainsi qu'ils se retrouvèrent à quatre à la table de poker — un homme et trois fantômes.

— Ça suffit, maintenant ! s'impatienta Sarah. Finissez-en, Dillon ! Et vite !

Jessy croisa le regard de Dillon. Dans ses yeux, son

expression, elle puisa de la force. Mais il y avait autre chose. Elle se rappela le mot que John Wolf avait chuchoté dans son rêve et soudain elle comprit.

« Ici », dit-elle à Dillon, en se contentant de bouger les lèvres.

D'un hochement de tête, il lui signifia qu'il avait compris.

Ici. L'or se trouvait ici même.

— Joue-nous un morceau, George, demanda Dillon. Et accompagne-le, Milly.

Timothy plaqua les premiers accords de *A Bird in a Gilded Cage* — « Un oiseau dans une cage dorée » — et Sandra se mit à chanter.

— Bien, fit Dillon d'un ton approbateur. John Wolf avait la main gagnante. Mark Davison et lui — c'est vous, Ruby — étaient les seuls toujours dans la partie. Ringo s'ennuyait et Percy… il savait que vous alliez arriver, Varny. Il le savait parce qu'il vous avait averti que je revenais en ville. Il me soupçonnait de connaître l'emplacement de l'or et vous deviez donc agir vite, avant que je mette la main dessus. Vous le teniez sous votre coupe. C'est triste, parce que profondément je pense qu'il voulait être quelqu'un d'honnête. Beaucoup de religions croient que nous nous réincarnons et que nous nous améliorons à chaque nouvelle vie. Je pense que Percy a fini par trouver le courage qui lui manquait et dans cette vie il va être quelqu'un de bien.

— Mais qu'est-ce que c'est que ce charabia ? s'exclama Darrell Frye. Fermez-la et montrez-nous l'or !

Timothy fit soudain asseoir Jessy au piano. Elle sourit et posa les doigts sur les touches. Elle joua et chanta, d'une voix douce et basse. Mais elle se figea lorsqu'elle se tourna sur le côté. Timothy n'était plus là.

— A présent, vous arrivez, Varny, indiqua Dillon.

Vous vous avancez jusqu'à moi et vous me demandez où est l'or.

Jessy retint son souffle. Sandra laissa échapper un gémissement et s'arrêta de chanter tandis que Reggie s'accrochait à sa mère.

Tout semblait réel, soudain. Quatre hommes *se trouvaient* à la table de poker. Un nuage de fumée était suspendu au-dessus. Au-delà des portes battantes, le soleil se couchait à l'horizon, éclaboussant le ciel de rouge.

Les hommes de la table se levèrent soudain. Hugo cria et Jessy comprit qu'il pouvait à présent les voir : Ringo, Tanner et Ruby, tous en tenue d'époque, avec chacun deux revolvers. Poussant un nouveau cri, il sortit son arme et tira, sans résultat.

Dillon lui aussi s'était joint à la fusillade avec un pistolet. Il en pressa la détente et toucha Hugo ; puis il effectua un quart de tour et Darrell Frye, les mains tremblantes alors qu'il essayait de viser, s'écroula à son tour.

Puis Dillon se tourna vers Sarah.

Elle avait déjà levé son arme vers lui.

— Pas de ça, cow-boy, lui dit-elle. Et je me fous des visions que tu as fait apparaître. *Elles ne sont pas réelles.* Je veux mon or.

Les portes du saloon s'ouvrirent brusquement, à la volée, attirant l'attention de Sarah. Elle tira aussitôt dans cette direction, furieusement. Mais il n'y avait personne.

Ringo fit un pas sur le côté et elle regarda en direction du cliquetis de ses éperons.

Dillon profita de ce moment de distraction. Plutôt que de lui tirer dessus, il lui décocha un violent coup avec son arme, en pleine mâchoire. Avec un cri de douleur, elle s'effondra sur le sol.

Une silhouette apparut alors à la porte, et une voix autoritaire lança :

— Je prends les choses en main, Dillon. C'est une bonne chose que M. Sparhawk soit sorti par l'arrière pour venir me conseiller de ne pas donner l'assaut ou j'aurais le corps transpercé de quelques balles, à présent. Je crois que c'en est terminé pour ce soir, les amis…

— Dillon ! s'écria Jessy.

Ce n'était pas terminé.

Sarah, remise du coup de Dillon, avait pu récupérer son arme, qu'elle lui braquait de nouveau dessus. Une lueur folle dans les yeux, elle hurla :

— Non ! Tout ça n'existe pas !

Des coups de feu assourdissants claquèrent dans le saloon. Alors que Dillon n'avait pas eu le temps de tirer, Sarah fit entendre un gargouillement horrible et du sang commença de se répandre sur son chemisier.

Ringo Murphy se tenait à quelques mètres d'elle. Un filet de fumée s'élevait du canon du Colt qu'il venait d'utiliser. Les yeux fixés sur cette fumée, Sarah Clay finit par le voir et croire en son existence ; dans son regard, l'incrédulité, la rage et l'amertume se succédèrent, jusqu'à ce qu'il se vide de toute expression. Elle s'écroula, sans vie. Ringo était peut-être un fantôme, mais il avait réussi à mettre la main sur l'arme d'Hugo Blythe ; avec ce revolver, mais aussi l'héritage du passé, il avait rendu justice dans le présent.

Sandra se mit à sangloter, serrant Reggie contre elle. Timothy les rejoignit et les prit dans ses bras.

— C'est terminé, maintenant, leur dit-il.

— Mais… qu'est-ce qui s'est passé ? demanda Cheever.

— Un phénomène lié à la lumière, à l'énergie et au temps, lui répondit Dillon.

S'il y réfléchissait, Cheever allait se rendre compte que ce n'était pas si simple ; mais il serait sans doute obligé d'admettre cette explication, la réalité étant bien trop difficile à accepter.

Alors qu'elle se redressait et effectuait laborieusement quelques pas, Jessy entendit des sirènes, des claquements de portières, puis les voix d'Adam, Brent et Nikki, ainsi que d'autres qu'elle ne reconnut pas. Dans quelques secondes, le saloon serait envahi. Elle se jeta dans les bras de Dillon, qui la serra avec force et lui chuchota des mots de réconfort à l'oreille. Puis il l'écarta de lui et l'embrassa.

— Tu as réussi..., murmura-t-elle.

Il sourit.

— Je n'étais pas seul.

— C'est vrai. Ringo a été brillant.

— C'est à toi que je pensais. Tu as pu faire en sorte qu'il n'arrive rien à personne jusqu'à mon arrivée.

— Parce que Sarah Clay était persuadée que tu pourrais trouver l'or.

— A vrai dire, j'ai une idée assez précise de sa localisation...

Jessy esquissa à son tour un sourire.

— Je sais.

— Tu sais ?

— J'ai marché en rêve avec les esprits danseurs de Timothy. J'ai vu John Wolf. Il... il était en train de mourir... Il a regardé Mariah et il lui a dit : « Ici. »

Dillon hocha la tête.

— C'est ça. Exactement ça. Ici, dans le saloon. L'or est sous nos pieds.

Épilogue

Un mois plus tard, Jessy tripotait nerveusement son bouquet de fleurs, attendant que Dillon la rejoigne. L'organiste était prêt, l'assemblée était au grand complet et on n'attendait que les mariés pour commencer le service.

— Ils l'ont trouvé…, chuchota Dillon en arrivant près d'elle.

— Trouvé quoi ? répondit-elle dans un murmure.

— Les excavateurs ont trouvé l'or. La veine était juste là, qui courait sous le saloon. Grâce à cet or, la nation paiute va redonner vie à Indigo.

Elle se haussa sur la pointe des pieds pour l'embrasser.

— C'est formidable ! Maintenant, sors du passage, s'il te plaît. J'ai à faire.

La cérémonie était simple, mais Jessy voulait que tout soit parfait. Quand l'orgue commença de jouer, elle regarda derrière elle. Sally Teasdale, qui se cachait derrière la porte, lui adressa un clin d'œil et un signe de la main. Jessy remonta l'allée centrale en laissant tomber des pétales de roses sur son passage, jusqu'à ce qu'elle atteigne l'autel. La musique changea et les premières mesures de la *Marche des fiançailles* s'élevèrent. Mme Teasdale, vêtue d'une simple mais élégante robe bleu pâle, avec un voile assorti, remonta à son tour l'allée, un sourire radieux aux lèvres.

Plus droit que jamais, élégant, Timothy l'attendait devant l'autel.

La cérémonie était présidée conjointement par un pasteur et un shaman. On y parla en anglais et en sioux, mais toutes les personnes présentes comprirent ce qui se disait, quelle que soit la langue, Jessy en avait la certitude. La fin fut des plus traditionnelles, puisque le pasteur et le shaman lancèrent d'une même voix :

— Vous pouvez embrasser la mariée, à présent.

Timothy embrassa la nouvelle Mme Sparhawk et la cinquantaine d'invités qui composaient l'assistance — des amis, mais aussi des pensionnaires de la résidence — applaudirent à tout rompre.

Un peu plus tard vint l'heure de passer à table. Jessy prit place à côté de Dillon, et ils furent rejoints par Adam, Brent, Nikki, Jerry Cheever, Doug Tarleton, Sandra et Reggie.

— C'était un très beau mariage, commenta Jerry Cheever.

— Absolument, acquiesça Sandra.

Ils s'étaient revus deux fois et ce repas constituait leur troisième rendez-vous.

— C'est moi qui aurais dû répandre les pétales de roses dans l'église, bougonna Reggie.

— Comme j'étais demoiselle d'honneur, je m'en suis chargée, lui dit Jessy.

— Et tu n'as plus vraiment l'âge pour ça, fit remarquer Sandra à sa fille. Tu es trop vieille.

— Tu n'auras qu'à être demoiselle d'honneur à mon mariage, suggéra Jessy à Reggie.

— Tu vas te marier ?

— Je voulais dire : *si jamais je me marie…*

— Si vous tenez à notre présence à ce mariage, autant faire les choses vite, souligna Nikki. Nous n'allons pas pouvoir rester indéfiniment à Vegas.

— Eh bien, si Jessy est d'accord, il se pourrait que ce soit pour très bientôt, annonça Dillon.

Il se tourna vers elle, les yeux brillants.

— Est-ce une demande en mariage ?

Il hocha la tête.

— Dans ce cas, ce n'est pas terrible, comme demande ! commenta Jessy.

Dillon se mit à rire et entreprit aussitôt de mettre un genou à terre, à côté d'elle.

— Jessy, veux-tu m'épouser ? Ça ne fait pas longtemps que nous sommes ensemble, je le sais, mais je sais aussi que jamais je n'aimerai une autre femme comme je t'aime. C'est avec toi et personne d'autre que je veux passer ma vie.

Il marqua une pause et demanda :

— C'était mieux ?

— Oui, oui. Tu peux te relever, maintenant. Pourquoi cette précipitation ? lui demanda-t-elle à l'oreille.

Il secoua la tête.

— Je t'expliquerai plus tard, chuchota-t-il.

— J'irai choisir la robe de demoiselle d'honneur avec toi, annonça Reggie. Pas question que je porte du rose ou un de ces trucs en dentelle ridicules !

Cette nuit-là, alors qu'ils étaient au lit, Jessy eut l'explication de l'empressement de Dillon.

— Ringo s'en va, lui annonça-t-il.

— Quoi ? Mais… pourquoi ?

— Il dit qu'il se sent comme la cinquième roue du carrosse. La vérité, c'est qu'il en a terminé avec ce qu'il avait essayé de faire pendant plus de cent ans. Il m'a expliqué que la lumière l'appelait ; il la voit comme jamais il ne l'avait vue. Et il est impatient de partir.

Jessy hocha la tête. Elle était triste, mais elle comprenait.

Six semaines plus tard, ils étaient mariés. Ce fut un beau mariage, avec tous les amis que Jessy avait pu se faire tout au long de sa carrière, mais aussi les nombreux amis de Dillon, du Nevada et d'ailleurs. Sandra et Nikki s'étaient chargées de la plupart des préparatifs, et au final le mariage se révéla à la fois traditionnel et contemporain. Mais, pour Jessy, l'important était d'être amoureuse d'un homme qui était aussi son meilleur ami et toute sa force.

Deux jours après leur mariage, Jessy et Dillon se rendirent une nouvelle fois à Indigo. Ringo était avec eux. Jessy était installée entre les deux hommes, un peu écrasée sur la banquette avant. Malgré ses efforts, elle ne parvenait pas à contenir ses larmes.

Ringo tenta de la réconforter.

— Il ne faut pas être triste. Le moment est arrivé, c'est tout.

Il y avait des chantiers un peu partout, dans Indigo. La vieille ville fantôme revenait à la vie, une vie comme elle n'en avait jamais connu. Mais quelle que soit l'ampleur des travaux, tous les bâtiments étant concernés, il n'était pas question de toucher au cimetière. Les Paiute avaient un grand respect pour les morts.

Au cimetière, Ringo se dirigea droit vers sa tombe. Là, il serra la main de Dillon avec solennité, avant de hausser les épaules et de le prendre contre lui. Il embrassa Jessy une dernière fois.

— Sois heureuse, lui dit-il. Reste forte et courageuse, comme tu l'es déjà. Et n'oublie jamais la bonté. Fais preuve de gentillesse et de générosité avec *tous* ceux qui t'entourent.

Elle hocha la tête et déposa des fleurs sur la tombe en même temps qu'il se détournait. Alors que le soleil se couchait, un rayon de lumière illumina soudain le soir tombant. Ringo marcha en direction de cette lumière. Dillon et Jessy le suivirent du regard tandis que la lumière s'éteignait, peu à peu.

Et, soudain, Ringo disparut.

Dillon souleva le menton de Jessy et lui effleura les lèvres d'un baiser.

— Nous ferons ce qu'il nous a demandé, lui dit-il. Nous vivrons avec courage et générosité, en nous rappelant les leçons du passé.

Elle sourit.

— Vivre, apprendre et aimer, murmura-t-elle.

Il sourit à son tour, avant de l'embrasser de nouveau. Puis, la main dans la main, ils s'éloignèrent vers leur voiture, laissant Indigo derrière eux.

BestSellers

A paraître le 1er novembre

Best-Sellers n° 441

Magie d'hiver

Les six histoires réunies dans ce volume nous plongent au cœur d'un hiver romantique, pour mieux explorer la magie de l'amour et de la passion : retrouvailles bouleversantes et tendres réconciliations, rencontres imprévues, plaisir de la séduction, promesses passionnées… sans oublier le parfum d'enfance et le goût du rêve propres à cette saison chargée d'espoirs.

Best-Sellers n°442 • suspense

Plus fort que la peur - Dinah McCall

Quand Catherine Fane retourne pour la première fois à l'âge de 27 ans à Camarune, berceau de sa famille, c'est avec l'espoir d'honorer le dernier souhait de sa grand-mère : être enterrée près de la cabane perchée au milieu des bois où elle a vécu autrefois. Comment imaginer que sa vie va en être bouleversée à jamais ? Catherine ne connaît plus personne dans cette petite ville nichée dans les montagnes du Kentucky. Pourtant, dès son arrivée, les habitants lui témoignent une hostilité incompréhensible, angoissante, même. Jusqu'à ce qu'elle découvre que de sombres histoires de famille sont sur le point de remonter à la surface et qu'elle pourrait bien être associée à des événements du passé dont elle ignore tout. Bouleversée, Catherine accepte avec soulagement la protection du shérif Luke DePriest – un homme qui lui inspire spontanément confiance. Car malgré les tentatives d'intimidation chaque jour un peu plus nombreuses, elle a décidé de rester à Camarune pour découvrir la vérité, quitte à faire surgir de l'ombre le passé de la petite communauté…

Best-Sellers n°443 • thriller

Le secret écarlate - Erica Spindler

A trente ans, Alex Clarkson ressent un immense vide en elle et cherche toujours à percer le mystère qui entoure sa naissance. Aussi, quand sa mère se suicide, la laissant seule avec les secrets de son passé, Alex décide-t-elle de tout mettre en œuvre pour trouver enfin les réponses aux questions qu'elle se pose depuis l'enfance. Pourtant, lorsqu'elle contacte l'inspecteur Daniel Reed, le dernier à s'être entretenu avec sa mère, elle est encore loin d'imaginer les révélations qu'il va lui faire. D'après Daniel, en effet, elle aurait grandi jusqu'à l'âge de 5 ans dans une famille de viticulteurs. Une famille dont elle ne se souvient absolument pas, malgré la tragédie qui l'a frappée à l'époque : la mystérieuse disparition d'un bébé de quelques mois. Son petit frère ? Si tel est le cas… qu'est devenu cet enfant ? Et comment Alex a-t-elle ainsi pu tout oublier de ce tragique événement ? Résolue à aller jusqu'au bout, elle poursuit sa quête pour briser l'amnésie, quitte à déterrer des secrets destinés à rester enfouis à tout jamais…

BestSellers

Best-Sellers n°444 • thriller

Le sceau du silence - Karen Rose

Après des années d'absence, Susannah Vartanian est de retour dans sa ville natale de Georgie pour assister à l'enterrement de ses parents. La petite communauté de Dutton se trouve encore sous le choc de meurtres récents qui ont fait ressurgir des fantômes du passé. Un passé qui la renvoie à l'agression dont elle a été victime, adolescente... A l'époque, la terreur l'avait réduite au silence. Depuis, le remords et la honte ne l'ont pas quittée : parce qu'elle n'a pas eu le courage de parler quand il le fallait, d'autres victimes ont été violées et assassinées. Désormais décidée à surmonter son sentiment de culpabilité, Susannah brise enfin le sceau du silence et accepte de répondre aux questions de Luke Papadopoulos, l'agent du FBI chargé de l'enquête. Mais le temps presse, et Susannah sent l'ombre du mal planer à nouveau au-dessus d'elle…

Best-Sellers n°445 • roman

Un Noël au lac des Saules - Susan Wiggs

Maureen Davenport s'apprête à réaliser un rêve de toujours : se charger de l'organisation du spectacle de Noël dans sa ville d'Avalon, au bord du lac des Saules. Aussi est-elle furieuse d'apprendre que son équipier n'est autre qu'Eddie Haven, un homme qui se moque des règles et des conventions sans se soucier le moins du monde de mettre le spectacle en péril. Mais plus que tout, Maureen est furieuse contre elle-même. Car dès le premier regard que lui jette Eddie, son cœur se met à battre à tout rompre. Pourtant, encore sous le choc d'une récente et douloureuse rupture, elle n'aspire qu'à la tranquillité, loin de toute présence masculine. Tiraillée entre la méfiance et l'intensité des émotions nouvelles qu'Eddie suscite en elle, elle espère plus que tout que la magie réconfortante de Noël l'aidera à soigner ses blessures et à donner à sa vie un nouvel élan…

Best-Sellers n°446 • suspense

Mortel mensonge - Karen Harper

Le monde de Briana s'est écroulé en quelques instants face à cette vision d'horreur : sa sœur jumelle Daria noyée, prisonnière de leur bateau naufragé. Si la police a conclu à un accident, Briana, elle, ne peut s'ôter un affreux doute de l'esprit. Et si Daria avait été assassinée ? Difficile de croire en effet que cette dernière, nageuse accomplie, ait pu se laisser piéger par la tempête. Dès lors, Briana est prête à tout pour découvrir la vérité. Mais à peine démarre-t-elle son enquête sur la sœur dont elle croyait tout savoir, qu'un pan caché de la vie de Daria apparaît en pleine lumière - un secret si brûlant qu'elle a cru devoir mentir à sa propre sœur… Un mensonge qui lui a peut-être coûté la vie ?

Best-Sellers n°447 • historique

Le secret d'une lady - Kat Martin

Londres et Philadelphie, 1810

Cinq ans après que son fiancé Rafael Saunders, duc de Sheffield, a rompu leurs fiançailles, l'accusant à tort de l'avoir trahi, Danielle Duval s'est résolue à quitter l'Angleterre pour fuir le chagrin et le déshonneur. Là-bas, de l'autre côté de l'Atlantique, l'attendent une nouvelle vie… et un nouveau fiancé : un homme d'affaires veuf, prêt à lui accorder son nom et sa protection. Mais à peine est-elle arrivée à Philadelphie que Rafe resurgit dans son existence et prétend vouloir renouer avec elle. Conscient de l'erreur qu'il a commise autrefois, il lui offre même un précieux collier, gage de son amour. A la fois abasourdie et folle d'espoir, Dani est prête à tout pardonner puisque Rafe est l'amour de sa vie ; elle le sait à présent. Pourtant, elle hésite encore car un douloureux secret l'empêche de donner libre cours à ses sentiments…

www.harlequin.fr

GRATUITS !
2 romans
et 2 cadeaux surprise !

Pour vous remercier de votre fidélité, nous vous offrons 2 merveilleux romans **Best-Sellers** entièrement GRATUITS et 2 cadeaux surprise ! Bénéficiez également de tous les avantages du Service Lectrices :

- **Vos romans en avant-première**
- **5% de réduction**
- **Livraison à domicile**
- **Cadeaux gratuits**

En acceptant cette offre GRATUITE, vous n'avez aucune obligation d'achat et vous pouvez retourner les romans, frais de port à votre charge, sans rien nous devoir, ou annuler tout envoi futur, à tout moment. Complétez le bulletin et retournez-le nous rapidement !

☐ **OUI !** Envoyez-moi mes 2 romans Best-Sellers et mes 2 cadeaux surprise gratuitement. Les frais de port me sont offerts. Sauf contrordre de ma part, j'accepte ensuite de recevoir chaque mois 3 livres Best-Sellers au prix exceptionnel de 6,46€ le volume (au lieu de 6,80€), auxquels viennent s'ajouter 2,80€ de participation aux frais de port. Dans tous les cas, je conserverai mes cadeaux.

N° d'abonnée (si vous en avez un) |_|_|_|_|_|_|_|_|_|_| **EZ0F09**

Nom : .... Prénom : ....

Adresse : ....

CP : |_|_|_|_|_| Ville : ....

Téléphone : |_|_|_|_|_|_|_|_|_|_|

E-mail : ....

☐ Oui, je souhaite être tenue informée par e-mail de l'actualité des éditions Harlequin.
☐ Oui, je souhaite bénéficier par e-mail des offres promotionnelles des partenaires des éditions Harlequin.

<u>Renvoyez cette page à</u> : **Service Lectrices Harlequin – BP 20008 – 59718 Lille Cedex 9**

Date limite : **31 décembre 2010.** Vous recevrez votre colis environ 20 jours après réception de ce bon. Offre soumise à acceptation et réservée aux personnes majeures, résidant en France métropolitaine. Offre limitée à 2 collections par foyer. Prix susceptibles de modification en cours d'année. Conformément à la loi Informatique et libertés du 6 janvier 1978, vous disposez d'un droit d'accès et de rectification aux données personnelles vous concernant. Il vous suffit de nous écrire en nous indiquant vos nom, prénom et adresse à : Service Lectrices Harlequin - BP 20008 - 59718 LILLE Cedex 9. Harlequin® est une marque déposée du groupe Harlequin. Harlequin SA – 83/85, Bd Vincent Auriol – 75646 Paris cedex 13. SA au capital de 1 120 000€ - R.C. Paris. Siret 31867159100069/APE5811Z

Découvrez les

EXCLUSIVITÉS

qui vous sont réservées sur

www.harlequin.fr

La lecture en ligne **GRATUITE**

Votre **HOROSCOPE** amoureux

L'ensemble des **NOUVEAUTÉS**

Les **PARUTIONS** à venir

Les infos sur vos **AUTEURS** favoris

Les **OFFRES** spéciales…

…et bien d'autres surprises !

Rendez-vous vite sur

www.harlequin.fr

GRATUITS !

2 ROMANS* et 2 CADEAUX surprise !

Pour vous remercier de votre fidélité, nous vous offrons **2 romans* exceptionnels** de la collection de votre choix !

☛ **Bénéficiez de tous les AVANTAGES du Service Lectrices :**

- ♦ **5% de remise** systématique sur vos romans
- ♦ Des **cadeaux** gratuits
- ♦ Vos **romans en avant-première**
- ♦ L'abonnement gratuit au **magazine Romance**

En acceptant cette offre spéciale, vous n'avez aucune obligation d'achat. Vous pouvez retourner les romans, frais de port à votre charge, sans rien nous devoir, ou annuler tout envoi futur.

Il y a forcément une collection faite pour vous !

AZUR : La force d'une rencontre, l'intensité de la passion.
HORIZON : Des histoires d'amour tendres et optimistes, en gros caractères.
AUDACE : Une collection très coquine pour flirter avec les tabous…
BLANCHE : Passions et ambitions dans l'univers médical.
LES HISTORIQUES : Vivez le destin d'héroïnes au cœur de l'Histoire !
BEST SELLERS : Des romans à succès : suspense, drames et sagas.
NOCTURNE : Quand l'amour rencontre le monde de l'étrange…

PASSIONS : Des histoires d'amour modernes et passionnées…
PRÉLUD' : Vivez tout le romanesque des grandes histoires d'amour.
BLACK ROSE : Des histoires palpitantes où mystère et amour s'entremêlent.

MIRA : Les meilleurs policiers et thrillers en grand format.
JADE : Une collection féminine et élégante en grand format.

Complétez le coupon ci-contre et retournez-le nous rapidement !

* 1 roman pour les collections Jade, Mira et Audace
Pas de roman gratuit pour la collection Nocturne

OUI ! Envoyez-moi mes **2 livres offerts*** de la collection que j'ai choisie et mes **2 cadeaux surprise gratuitement.**
Sauf contrordre de ma part, j'accepte ensuite de recevoir chaque mois les romans de la collection choisie, simplement en consultation.

☛ COCHEZ la collection choisie :

❑ **AZUR**	ZZ0F56	6 romans par mois 24,76€
❑ **HORIZON**	OZ0F54	4 romans par mois 18,20€
❑ **AUDACE**	UZ0F52	2 romans par mois 12,28€
❑ **BLANCHE**	BZ0F53	3 volumes doubles par mois 20,32€
❑ **LES HISTORIQUES**	HZ0F53	3 romans par mois 19,75€
❑ **BEST SELLERS**	EZ0F53	3 romans par mois 22,18€
❑ **NOCTURNE**	TZ0F52	2 romans par mois 12,12€
❑ **PRÉLUD'**	AZ0F54	4 romans par mois 23,12€
❑ **PASSIONS**	RZ0F53	3 volumes doubles par mois 20,77€
❑ **BLACK ROSE**	IZ0F53	3 volumes doubles par mois 20,77€
❑ **MIRA**	MZ0F52	2 romans par mois 26,56€
❑ **JADE**	JZ0F52	2 romans par mois 26,56€

☛ COMPLÉTEZ vos coordonnées et renvoyez cette page à :
Service Lectrices Harlequin – BP 20008 – 59718 Lille Cedex 9

N° d'abonnée Harlequin (si vous en avez un) ___________

Mme ❑ Mlle ❑ Nom : ___________

Prénom : ___________ Adresse : ___________

____

Code Postal : ___________ Ville : ___________

Tél. : ___________

E-mail : ___________

❑ Oui, je souhaite recevoir par e-mail les offres promotionnelles des éditions Harlequin
❑ Oui, je souhaite recevoir par e-mail les offres promotionnelles des partenaires des éditions Harlequin

Le Service Lectrices est à votre écoute au 01.45.82.44.26 du lundi au vendredi de 9h à 17h ou par e-mail : service.lectrices@harlequin.fr

Date limite : 30 novembre 2010. Vous recevrez votre colis environ 20 jours après réception de ce bon. Offre soumise à acceptation et réservée aux personnes majeures, résidant en France métropolitaine, dans la limite des stocks disponibles. Offre limitée à 2 collections par foyer. Prix susceptibles de modification en cours d'année. Conformément à la loi Informatique et libertés du 6 janvier 1978, vous disposez d'un droit d'accès et de rectification aux données personnelles vous concernant. Par notre intermédiaire, vous pouvez être amenée à recevoir des propositions d'autres entreprises. Si vous ne le souhaitez pas, il vous suffit de nous écrire en nous indiquant vos nom, prénom et adresse à : Service Lectrices Harlequin BP 20008 59718 LILLE Cedex 9.

Harlequin® est une marque déposée du groupe Harlequin. Harlequin SA – 83/85, Bd Vincent Auriol – 75646 Paris cedex 13. SA au capital de 1 120 000€ – R.C. Paris. Siret 31867159100069/APE5811Z.

2 ROMANS et 2 CADEAUX surprise !

- Offre réservée à la Suisse -

OUI ! Envoyez-moi mes **2 romans gratuits** de la collection que j'ai choisie et **mon cadeau surprise**. Sauf contrordre de ma part, j'accepte ensuite de recevoir chaque mois les romans de la collection choisie, simplement en consultation. Chaque livre me sera proposé à -10%. La participation aux frais de port de SFr.3,45 par colis est incluse dans le prix. Je n'ai aucune obligation d'achat et je peux annuler à tout moment. Dans tous les cas, je conserverai mes cadeaux.

☛ COCHEZ la collection choisie :

- ❑ **AZUR** ....ZZ0FS1 ..... 4 romans par mois SFr.27,21
- ❑ **HORIZON**......................OZ0FS1..... 4 romans par mois SFr.28,29
- ❑ **BLANCHE**......................BZ0FS1 ..... 2 volumes doubles par mois SFR.22,35
- ❑ **LES HISTORIQUES**.......HZ0FS1 ..... 2 romans par mois SFr.22,17
- ❑ **BEST SELLERS** ....EZ0FS1...... 2 romans par mois SFr.25,59
- ❑ **PRÉLUD'** ....AZ0FS1 ..... 2 romans par mois SFr.20,01
- ❑ **PASSIONS**.....................RZ0FS1 ......2 volumes doubles par mois SFr.23,97

☛ COMPLÉTEZ vos coordonnées et renvoyez cette page à :
Service Lectrices Harlequin – BP 20008 – F.59718 Lille Cedex 9

N° d'abonnée Harlequin (si vous en avez un) ⎿⏌⎿⏌⏌⏌⏌⏌⏌⏌

Mme ❐ Mlle ❐ Nom : ______

Prénom : ______ Adresse : ______

______

Code Postal : ⎿⏌⏌⏌⏌⏌ Ville : ______

Tél. : ⎿⏌⏌⏌⏌⏌⏌⏌⏌⏌⏌⏌⏌⏌ Pays : Suisse

E-mail : ______

❐ Oui, je souhaite recevoir par e-mail les offres promotionnelles des éditions Harlequin
❐ Oui, je souhaite recevoir par e-mail les offres promotionnelles des partenaires des éditions Harlequin

Date limite : 30 novembre 2010. Vous recevrez votre colis environ 20 jours après réception de ce bon. Offre soumise à acceptation et réservée aux personnes majeures, résidant en Suisse, dans la limite des stocks disponibles. Offre limitée à 2 collections par foyer. Prix susceptibles de modification en cours d'année.Conformément à la loi Informatique et libertés du 6 janvier 1978, vous disposez d'un droit d'accès et de rectification aux données personnelles vous concernant. Par notre intermédiaire, vous pouvez être amenée à recevoir des propositions d'autres entreprises. Si vous ne le souhaitez pas, il vous suffit de nous écrire en nous indiquant vos nom, prénom et adresse à : Service Lectrices Harlequin BP 20008 59718 LILLE Cedex 9.

Harlequin® est une marque déposée du groupe Harlequin. Harlequin SA – 83/85, Bd Vincent Auriol – 75646 Paris cedex 13. SA au capital de 1 120 000€ – R.C. Paris. Siret 31867159100069/APE5811Z.

Composé et édité par les
éditions Harlequin
Achevé d'imprimer en août 2010

à Saint-Amand-Montrond (Cher)
Dépôt légal : septembre 2010
N° d'imprimeur : 100805 — N° d'éditeur : 15188

Imprimé en France